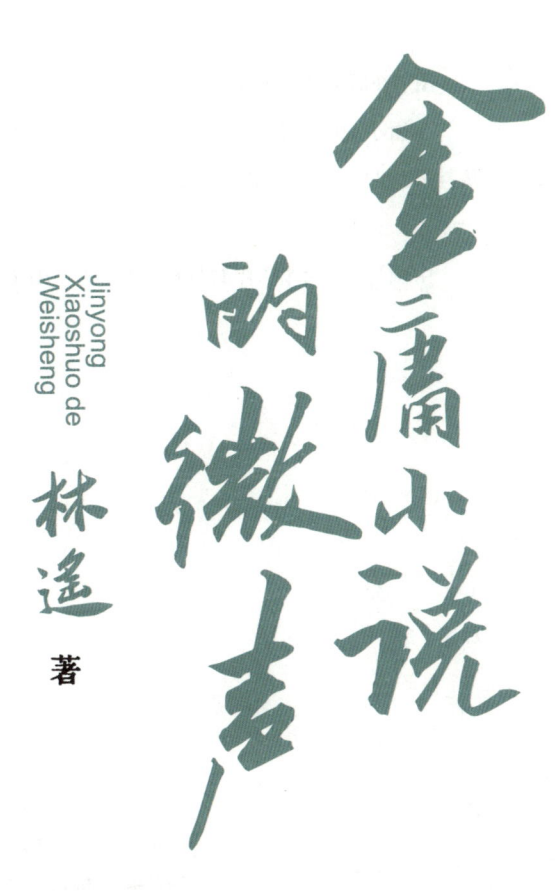

金庸小说的微声

Jinyong Xiaoshuo de Weisheng

林遥 著

山西出版传媒集团
北岳文艺出版社
·太原·

图书在版编目(CIP)数据

金庸小说的微声 / 林遥著. -- 太原：北岳文艺出版社, 2024. 9. -- ISBN 978-7-5378-6941-6

Ⅰ. I207.4

中国国家版本馆CIP数据核字第2024A7Q507号

金庸小说的微声
林遥　著

出 品 人 郭文礼	出版发行：山西出版传媒集团·北岳文艺出版社
	地　址：山西省太原市并州南路57号
	邮编：030012
选题策划 高海霞	电话：0351-5628696（发行部）　0351-5628688（总编室）
	传真：0351-5628680
	经 销 商：新华书店
责任编辑 高海霞	印刷装订：山西基因包装印刷科技股份有限公司
封面绘图 李志清	开本：787 mm×1092mm　1/16
	字数：303千　印张：19.75
书名题写 郤占华	版次：2024年9月第1版
	印次：2024年9月山西第1次印刷
	书号：ISBN 978-7-5378-6941-6
装帧设计 张永文	定价：98.00元
印装监制 郭　勇	本书版权为本社独家所有，未经本社同意不得转载、摘编或复制

序

陈墨

林遥打来电话，说他谈论金庸小说的文章即将结集出版，书名是《金庸小说的微声》，问我能不能给这本书写个序？我说：行。请先让我看看书稿。

之所以答应得如此爽快，是因为我和他的缘分，也是基于对他的了解。

我和林遥有缘，一是因为我们都是武侠爱好者，有同好也是同道；二是因为他是北京市延庆区作家协会副主席，我是延庆龙聚山庄非常住居民。

我对林遥的了解，是基于两次相会。一次是2018年，他的专著《中国武侠小说史话》出版，我有幸拜读，印象深刻。与我曾拜读过的，诸如陈山教授、罗立群教授关于中国武侠小说史的专著相比，林遥的《中国武侠小说史话》别有新意。

林遥不仅是武侠小说的爱好者、读者，也是武侠小说作者，著有长篇小说《京城侠谭》等。他还是说书人，在延庆城有个正规书场。每次说武侠小说，他都要带领听众进入历史现场，自然也会再创作，犹如《格萨尔王》的说唱人。

后来，我应邀参加北京作协召集的《中国武侠小说史话》研讨会，聆听了参会学者、评论家和武侠爱好者的高论，我也说了几点陋见。会上的发言，后来结集成册，想要了解详情的读者应该找得到那本书。

另一次是2021年7月，中国武侠文学学会与河南大学文学院联合主办了一次"现当代通俗文学暨武侠小说学术研讨会"，林遥和我都应邀参加。会上固然有不少精彩发言，会下的聊天有时候更好玩。

会下聊天只是一种常规说法。实际上，会间休息时，三五个人聚在一起，并不是聊天，多半是林遥的临时书场，我和其他人都是听众。中国北方武术源流、京津地区曲艺门派，他说起来都是滔滔不绝。说吃说喝说玩，他都能侃侃而谈。

听林遥说话时绘声绘色，肯定有人想起金庸小说《射雕英雄传》流行版开头的说书人，而我却是联想起《神雕侠侣》的主人公杨过在练内功时，不知不觉中发出长啸，练武功到一定程度就会如此。文化功夫深了，想必也会如此。

林遥多才多艺，且正当盛年，技艺精纯。爱武术、爱武侠、爱文学、爱文化，也懂武术、懂武侠、懂文学、懂文化，他的书，我当然乐意作序。

武侠小说是小说，小说的基本面是故事，故事是人类精神的食粮。没有故事滋养，人类心智就不可能成长和进步。生活故事、英雄史诗、战争故事、侦探故事、武侠故事、爱情故事，是故事的不同类型，正如物质主食分五谷及杂粮。

人类的认知进步路径曲折，有的很奇怪，有的很偏狭。例如，吃大米和白面的人，瞧不起吃棒子面及其他杂粮的苦哈哈。又如，热爱莫言、余华、苏童者，瞧不起喜欢金庸、古龙、黄易的人。有些人还很霸道，不许热爱纯文学的和喜欢通俗文学的各行其道，井水不犯河水。好在也有人懂得，细粮与粗粮搭配或许更有利于身体健康，莫言和金庸也并非冰炭不相容。

如何看金庸？如何谈论金庸？

当然可以八仙过海，各找自己喜欢的方法路径。

我谈金庸与林遥谈金庸，说法显然有所不同。我喜欢谈论金庸小说的故事情节、人物形象、结构形式、思想主题之类，林遥喜欢谈论的是有关金庸小说的知识性、趣味性的话题，可以说是知识考据，或知识追踪。

例如，金庸在《书剑恩仇录》中引进了民间文学界的阿凡提形象，我若谈论阿凡提，肯定是在小说文本框架内，讨论阿凡提形象，既机敏智慧又古道热肠，既洞察人心又诙谐幽默；继而讨论他和余鱼同、李沅芷的关系，讨论这一人物的文学价值和技艺含量。而林遥的《大侠阿凡提》却是追根溯源，从电影动画片到历史文化典籍，从土耳其到西亚、中亚、东欧等地伊斯兰世界，追踪大侠阿凡提形象的历史痕迹，了解这位文化英雄的来龙去脉。

又如，全真教主王重阳，在《射雕英雄传》中只是传说中人，是武功天下第一的"中神通"，他的事迹只在老顽童的记忆及黄药师的对话碎片中。在《神雕侠侣》中，王重阳形象有出人意料的改变，这位武功第一人，武功与情商天差地远，与林朝英有情却不懂得相爱，导致林朝英住进活死人墓，愤然创立古墓派。古墓派认知偏差及其传人李莫愁形象，是《神雕侠侣》中的重要寓言象征。我若说王重阳，焦点必然是金庸虚构的王重阳形象。而林遥的《重阳起全真》一文，则是从开封的延庆观（原重阳观）说到全真教主王重阳的真实历史。

林遥的这些文章，把金庸小说中的某些细节，当作知识点及话题焦点，对其做信息追踪和知识考据，最后转化为掌故闲聊。"微声"之微是微小，也是隐约；因而微声是微小的声音，也是隐约的声音，林遥的写作，是见微知著。

看这些文章，如同在古代驿站、路亭、茶馆、客栈中，一边喝茶解乏，一边听见识广博的林遥讲古聊天。《射雕英雄传》中黄蓉在张家口点菜的菜谱从何而来？《倚天屠龙记》中"明教教歌"及小昭唱的歌又是怎么回事？他都会给你一一考据、解说，保证让你眼界大开。

书中所说，知识与趣味兼备，不仅能消闲解闷，且能慰藉文化乡愁。

如果说故事是人类精神所需的主食；那么，掌故及其考据，则可以说是小菜，或是茶点，滋味鲜美，同样能滋养人类心灵。

是为序。

目　录

大侠阿凡提 …………………………………… 001

重阳起全真 …………………………………… 013

靖蓉的一餐饭 ………………………………… 036

东邪与"药师"的数世因缘 …………………… 058

《神雕侠侣》的情节疏漏 ……………………… 076

搏者张松溪 …………………………………… 100

来如流水逝如风 ……………………………… 117

俩俩相忘 ……………………………………… 136

百尺高塔上的抉择 …………………………… 156

八极定乾坤 …………………………………… 176

太极拳的穿越 ………………………………… 193

《笑傲江湖》和《广陵散》 ……………………… 219

《明报晚报》与《越女剑》 ……………………… 237

翻译家金庸 …………………………………… 265

谁翻旧曲唱新声（后记） ……………………… 303

大侠阿凡提

一

提起阿凡提，我相信大多数人脑海中都会浮现出一个维族老大爷的形象，他有着长脸、钩鼻子、漆黑眼珠、小圆眼睛，留着上翘的山羊胡子，戴着维族小帽，细长条的身材、手里拿着东不拉，倒骑毛驴……

好吧，我必须要说，这个形象来自上海美术电影制片厂的木偶动画片《阿凡提的故事》，这部动画片有很多集，我小的时候没少看，其中一些台词印象深刻，比如"沙子一袋子，金子一屋子""这个树荫是我的"等等，所以当我在金庸《书剑恩仇录》中看到叫阿凡提的人出现，委实在脑海里无法将这两个形象合二为一。

金庸小说[①]《书剑恩仇录》第十七回，就写阿凡提半夜智斗张召重和关东三魔，风趣幽默，身手敏捷，却也不过是牛刀小试，到了第十八回"驱驴有

[①] 金庸的小说经历了动态创作直至定稿的过程，其版本至少有5种：①金庸最早在报纸连载的是其小说的原始版本；②从1970年开始，金庸开始修订自己的小说，并在《明报晚报》上进行连载，可以称为修订连载版；③1974年到1981年，金庸在修订连载版的基础上，再次修订，以单行本的方式推出《金庸作品集》；④1985年内，金庸再次对《金庸作品集》进行部分修订，这一版本相对此前版本而言，情节变化不大，这也是世人最熟知的一个版本；⑤2002年到2006年，金庸最后一次修订自己的小说，相对于上一版本，有相当程度的修改增删。本书根据修订幅度，取其中3个版本举隅。为行文方便，将金庸小说的原始报纸连载版，称为"连载版"，1985年的单行本修订版本称为"修订版"，2000年后的修订版，称为"新修版"。"连载版"依据金庸原始发表的报纸杂志以及最早的"三育版""邝拾记版""武史版"；"修订版"依据香港明河出版有限公司"金庸作品集"2012年印刷本；"新修版"依据广州出版社出版的"金庸全集"2008年版。本书文中如无特殊说明，所引文字皆为"修订版"。

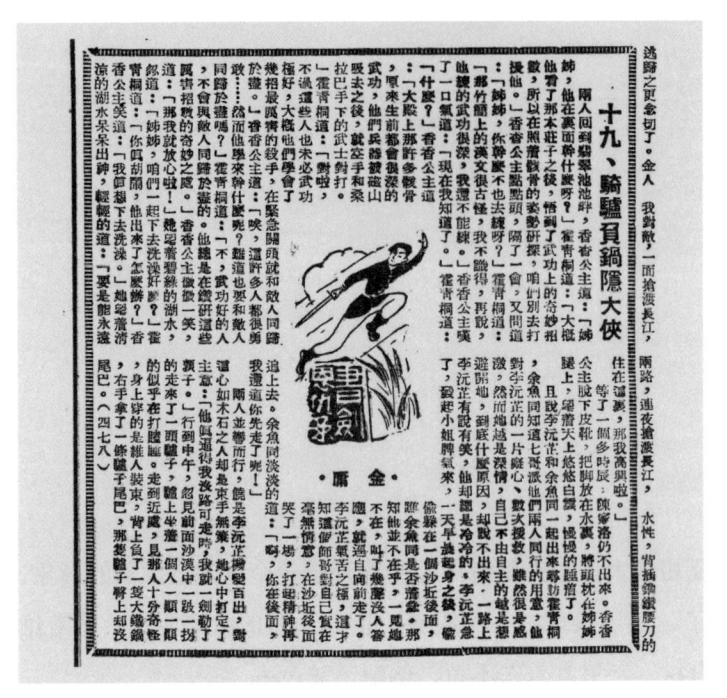

《书剑恩仇录》1956年6月1日《新晚报》连载页面

术居奇货,除恶无方从佳人",则是浓墨重彩,这一回故事,在金庸最初的连载版中是第三十四回"慷慨御暴怀佳人",虽然金庸后来多次修改,但有关阿凡提的故事,始终予以保留。

书里写余鱼同、李沅芷在沙漠中初逢阿凡提:

> 行到中午,忽见迎面沙漠中一跛一拐的来了一头瘦小驴子,驴上骑着一人,一颠一颠的似在瞌睡。走到近处,见那人穿的是回人装束,背上负着一只大铁锅,右手拿了一条驴子尾巴,小驴臀上却没尾巴,驴头竟戴了一顶清兵骁骑营军官的官帽,蓝宝石顶子换成了一粒小石子。那人四十多岁年纪,颔下一丛大胡子,见了两人眉花眼笑,和蔼可亲。

接下来阿凡提的行为堪称特立独行,机智无比。当李沅芷提出,"你带我们去,给你一锭银子"时,阿凡提这样回答:"银子倒不用,不过得问问毛驴肯不肯去。"此后三人的言语之间,引出了一场赌赛:将驴子负在肩头的阿凡提,居然赢了骑着骏马的李沅芷!尽管后到的李沅芷使诈,将驴尾巴掷在终点之后,迫使阿凡提认输,但从中不难看出阿凡提的绝世武功……这一路上的妙语连珠,庄谐并作,或嘲或讽,为《书剑恩仇录》这样一本话题沉重的小说平添了几分喜剧色彩。

那么金庸笔下的阿凡提和动画片里的阿凡提是一个人吗?

金庸在小说中称阿凡提的全名是纳斯尔丁·阿凡提,而动画片的主题歌也这样唱:"人人都叫我阿凡提,纳斯尔丁·阿凡提,生来就是个倔脾气,倔呀么倔脾气……"

这样看来,金庸小说中的阿凡提和动画片中的阿凡提应该是一个人,但他们的形象却并不相同。

事实上,阿凡提不是一个人名,而是一个称号,从维吾尔语看,来源自突厥语族的"Efendi",它有两种含义:其一是对男子的一般称呼,可以约略等同于"先生";其二是对有知识、有学问的人的一种尊称,也就是"老师"。

这个词语在突厥语系的各民族语言里是通用的:乌孜别克语是"阿潘提",维吾尔语是"阿凡提",甚至不属于这一语族的塔吉克语中的说法也颇为类似,称为"阿方提"。

聪明智慧、爱打抱不平的阿凡提是真有其人,还是只存在于传说,这是个至今未决的问题。

现代学者比较认可的是其中一种说法:阿凡提原型叫霍加·纳斯尔丁,他是土耳其西南部的阿克谢海尔城的人,陵墓至今犹存,墓碑上写着:"霍加·纳斯尔丁,土耳其人,生于1208年,卒于1284年。是伊斯兰教学者,当过教师,做过清真寺主持公众礼拜的领拜人。他是一个十分善于雄辩、善于讲故事、善于讲笑话的人。"[①]

前苏联时期的民间文学研究者杰甫列托夫甚至认为:"……在波斯、阿拉伯、土耳其、外高加索、北非洲、西西里岛、希腊,以及在巴尔干的保加利亚人、阿尔巴尼亚人和罗马尼亚人中间,事实上,东方所有笑话材料都是围

[①] 艾克拜尔·吾拉木翻译整理:《世界阿凡提笑话大全》,知识出版社,1994。

绕着这个名字收集起来的"。①

二

阿凡提是伊斯兰世界的智者,早在10世纪,阿拉伯的世界就流传着一位名叫朱哈的人和他的笑话,相传他是10世纪阿拉伯帝国阿拔斯王朝时代的人,出生在库法(今伊拉克境内),本名叫阿布·格桑·本·萨比特。当时的巴格达的学者纳迪姆编的一本《图书目录》中,就最初提到了《朱哈笑话集》。

11世纪,塞尔柱突厥王朝统治了从地中海到帕米尔高原的广阔疆域,在这个王朝统治下的小亚细亚半岛,开始流传霍加·纳斯尔丁的笑话。霍加和阿凡提一样,是个称号,也是"老师"的意思,二者其实同义。今日在土耳其伊斯坦布尔的托普卡皮博物馆里,还保存着一张18世纪霍加·纳斯尔丁的小型画像:他长着很长的白胡须,头上戴着一顶很大的缠头,身子骑在一头瘦小的毛驴上。传说他的墓建在四根圆柱子上,四周是空的,而在墓前的门上却装了两把大木锁,使每个路过这儿的人,都禁不住要发笑。

到了16世纪,土耳其的诗人拉米伊(1471—1531)将朱哈的趣事与当地流传的纳斯尔丁笑话收录到一本名叫《趣闻》的书里,这是最早的阿凡提故事集。当这些故事传回到阿拉伯时,阿拉伯人把霍加和朱哈混成一个人,称为"霍加·纳斯尔丁·阿凡提·朱哈"。另一方面,这些故事沿着"丝绸之路"向东传播到了中亚与新疆地区。在新疆维吾尔人口述的故事中,阿凡提是生活在12世纪的人物。

北京语言大学田禾写过《"阿凡提"多面形象探源》一文,里面提到一位从事对外汉语教学工作的教师,在班里举办汉语比赛,有位塔吉克斯坦的学生获了一等奖,于是老师就奖给他一个杯子做奖品,杯子上画着阿凡提的形象,并且夸他,像阿凡提一样聪明。结果学生看到杯子上的阿凡提,非常

---

① 戈宝权译:《纳斯列丁的笑话——土耳其的阿凡提的故事》,中国民间文艺出版社,1983。

生气，拒绝了奖品，说："为什么给我这个杯子，他是个笨蛋，我们不喜欢他。"老师很吃惊，完全没有料到。场面一时很尴尬，后来经过沟通，学生虽然理解了老师，但仍然拒绝这个奖品。这名学生把这件事告诉了田禾，并且说他不熟悉阿凡提的故事，但在他们国家的语言里，形容一个人愚蠢，会说"你是阿凡提吗？"作为语言研究者，田禾很奇怪，又去询问来自伊朗和埃及的学生，他们也说，在自己的国家，也会用阿凡提来嘲笑对方。来自土耳其的学生却说，阿凡提是智慧和正直的象征。

其实我们今天认识的阿凡提，肯定距离历史人物已经很远，但传奇人物永远逃避不了被涂抹的命运，在伊斯兰文化圈里，阿凡提被土耳其文、维吾尔文、乌兹别克文、波斯文等等翻来覆去地传诵着，以至问起阿凡提是哪里人，出现了各种不同的说法：中国的维吾尔人说他是新疆喀什人，乌兹别克斯坦认定他出生在乌兹别克斯坦的布哈拉，阿拉伯人却称伊拉克的巴格达才是他故乡。

汉语世界出现阿凡提的故事，其实很晚。1949年冬季，一位名叫赵世杰的年轻人随解放军进入新疆，在部队学习两年维吾尔语后，被分配到南疆区党委组织部工作。1952年8月，赵世杰作为土改工作队员赴阿克苏县浑巴什区参加土改试点，在这里，他听到一位维吾尔老人对他讲："阿凡提跟财主斗了几百年，虽说扫了财主的威风，却没有斗倒财主。今天我们贫雇农总算把这个作恶多端的恶霸地主斗倒了！"赵世杰听了这话很奇怪，就问阿凡提是谁？老人一口气讲了好几个阿凡提捉弄财主的故事，并说他的故事七天七夜也讲不完。阿凡提这个神奇的人物一下引起了赵世杰的兴趣，此后，他先后去过阿克苏、温宿、疏附、疏勒、莎车、阿图什、和田7县和喀什市，开始有意识搜集阿凡提故事。

1955年，《民间文学》杂志在7月号刊登了李元玠翻译的汉文《纳斯尔丁·阿凡提的故事》（10则），阿凡提首次进入汉语世界，也引起民间文学研究者贾芝的关注，发表了《关于阿凡提的故事》在同期的《民间文学》上。1958年，上海文化出版社出版了赵世杰译的《阿凡提的故事》；1959年作家出版社出版《阿凡提的故事》；1963年新疆人民出版社出版《纳斯尔丁·阿凡提的故事》。1978年，新疆人民出版社再次出版赵世杰编译的《阿凡提的故事》，1981年，中国民间文艺出版社出版了戈宝权先生主编的《阿凡提的故事》，共收录笑话 393 则，是当时收录阿凡提故事最全的一部书。通过查阅资料，到20世纪90年代中期，国内先后出版了汉、蒙古、维吾尔、哈萨克、藏、锡伯6种文字16个版本的《阿凡提的故事》。《人民画报》的外文版、《中国文学》的英文版和法文版、《中国导报》的世界语版都曾把阿凡提故事向国外介绍过。外文出版社还将《阿凡提的故事》译成法文、孟加拉文、西班牙文等多种外文版本出版，发行到了国外。

在阿凡提的故事里，"借锅生子"是一个著名的故事。阿富汗流传的笑话《炒锅生儿子》的版本中，邻居借了阿凡提的锅，归还时多加了一口小锅，并对他开玩笑说，这是锅生的儿子。后来阿凡提向他借锅，并且以锅死了为由不给邻居还锅，戏弄了无辜的邻居。而在新疆流传的故事中，阿凡提先向贪财的巴依老爷借锅，还回去时说锅生了儿子。贪心的巴依老爷让他好好照顾大锅，以便让大锅多生几个儿子，阿凡提就以大锅死了为由，戏弄了贪心的巴依老爷，这个故事在动画片《阿凡提》中也曾出现。

《书剑恩仇录》中，金庸也写到了这个故事：

> 那童子道："纳斯尔丁，胡老爷说，你借去的那只锅子该还他啦。"阿凡提……笑道："你去对胡老爷说，他的锅子怀了孕，就要生小锅啦，现下不能多动。"那童子一呆，转身去了……胡老爷走到阿凡提面前，道："我借给你的锅子生了个孩子，那很好。甚么时候再生第二胎哪？"阿凡提愁眉苦脸的道："胡老爷，你的锅死啦。"胡老爷怒道："锅子怎么会死？"阿凡提道："锅子会生孩子，当然会死。"胡老爷叫道："你这骗子，借了我铁锅想赖。"阿凡提也叫道："好吧，大家评评理。"胡老爷想起贪便宜收了他的小铁锅，这时张扬开来大失面子，真是哑子吃黄莲，说不出的苦，连连摆手，挤在人丛中走了。

金庸写这段故事的目的是展现阿凡提的智慧，还包括为脚夫吃鸡评理，以麦种作比喻，戏弄欺压穷人的胡老爷的故事，这也是《阿凡提的故事》中曾出现过的内容，可是这些文字在《书剑恩仇录》新修版中，被金庸一笔删掉，改成了："进来一群回人，七张八嘴地对阿凡提申诉各种纠纷争执，又把他拉到市集去评理……阿凡提又说又笑地给他们排解，不断地引述可兰经，众人都感满意。余鱼同听他满腹经文，随口而出，不禁十分佩服。"

连载版中，金庸在阿凡提登场伊始，将其相关的故事接连写了十天，除了借锅生子、死鸡生蛋、种麦吃麦，还有阿凡提买油等故事，以当时连载的情况推断，金庸极有可能为了吸引读者，所以大量化用了民间故事，迨至修订时，就将这些非原创的因素逐渐删削，尽量减少民间故事的影响，将阿凡提塑造为一位精通《可兰经》的智者，为后来开解陈家洛的心灵困境做了铺垫。

三

金庸是否在看过赵世杰发表的《阿凡提的故事》后，才使用了这些故事桥段呢？从时间上看，答案是否定的。《书剑恩仇录》是金庸的第一本小说，连载于《新晚报》，写作时间为1955年2月8日至1956年9月5日，余李初遇阿凡提一段，在第478期，时间是1956年6月1日，但对比连载版、修订版和新修版，涉及阿凡提的情节始终存在。赵世杰的《阿凡提的故事》要到1958年才整理完成出版，动画片的出现要到1980年，金庸在1956年能够看到赵世杰整理文字的未出版稿，可能性实在太小。

金庸笔下阿凡提的故事会来自哪里呢？事实上，在19世纪末和20世纪初，霍加·纳斯尔丁的笑话曾引起世界各国的兴趣，许多国家都出版过他的笑话集，包括英文、俄文、德文、法文等多种文字。我们现在能够看到的，比如巴基斯坦作家斯尔达尔·穆罕默德汗·阿杰孜的《毛拉·纳斯尔丁》，元文琪译编的《伊朗阿凡提的故事》，伊德里斯·沙赫著，戈梁译的《纳斯尔丁·阿凡提的笑话》（阿富汗的阿凡提故事）等。这些作品里的阿凡提，有时呆傻愚昧，有时行为怪异，有时耍小聪明，有时精灵聪慧，有时机智勇敢，有时乐于助人，总之是一个具有多面性的喜剧形象，成为人们生活中的笑料和调剂。①

据我推测，金庸阅读的阿凡提故事应该来自英语世界或者俄语世界。金庸是新闻从业者，他在报社的重要任务之一就是翻译，他的英语是极好的。1948年3月30日，金庸飞往香港，参与香港《大公报》的复刊工作，一边担任国际电讯翻译，一边协助谭文瑞编辑国际新闻，所以他直接读到英文版的《阿凡提故事》并不奇怪。阿凡提是伊斯兰世界富有传奇色彩的人物，他倒骑毛驴，机智诙谐，风趣幽默，又是一位爱打抱不平、伸张正义的智者，金庸构思自己第一部小说，有近半篇幅描述的是回部的伊斯兰世界，将这样一位人物直接拉入武侠小说的世界，就成了顺理成章的事。这种将历史或民间人物直接植入小说的做法，在金庸此后的武侠小说创作中屡见不鲜。

《游侠纳斯列金》书影，世界知识出版社，1985年12月出版

至于俄语世界，1948年到1958年，金庸一直工作在《大公报》和《新晚报》，二者其实是一家系统，编辑经常互换。《大公报》系统一直是香港左翼报纸的龙头老大，因此金庸大量接触苏联的文学作品是极有可能的。

苏联作家列·瓦·索洛维也夫在20世纪40年代写成了《纳斯列金在布哈拉》《纳斯列金的奇遇》两篇小说，出版时改名为《游侠纳斯列金》。纳斯列金不过是纳斯尔丁的不同译法，其实就是阿凡提。

在这部小说中，阿凡提风流潇洒，故事开始，伊朗的某大臣满城搜捕阿凡提，结果阿凡提睡在了大臣老婆的身边。此后，被伊斯兰世界的艾米尔、

---

① 张玉安、陈岗龙：《东方民间文学概论》（第二卷），昆仑出版社，2006。

汗王、哈里发深恶痛绝的游侠想起了自己的故乡，骑上毛驴回到布哈拉，在全体百姓的支持下，阿凡提耍弄了艾米尔和大臣们，并设计将高利贷主人沉入冰冷的湖底，在百姓的欢呼声中，他离开故土，开始新旅程……

《游侠纳斯列金》还有一册续集，名叫《游侠纳斯列金与巴格达窃贼》，讲述十年后，阿凡提再次冒险的故事。这两部书在1985年和1988年由世界知识出版社出版过，此后没有见国内再版过。

无论金庸是从哪里看到的阿凡提故事，他都为武侠小说的世界塑造了一位少数民族的"大侠"形象，这是一个诙谐、善良又身负绝技的回族大胡子，并且智慧无双。《书剑恩仇录》新修版中，金庸特别又写了一章"魂归何处"，讲述了陈家洛因香香公主之死，内疚于心，想要自杀，结果被阿凡提所救，并用《可兰经》教义帮助陈家洛获得心灵救赎，使得陈家洛皈依伊斯兰教，成为穆斯林。

《书剑恩仇录》是金庸的第一部武侠小说，距离民国时旧派武侠小说的写作风格颇为接近，若论小说的创新意识，甚至还比不上六七年前朱贞木的《罗刹夫人》和《七杀碑》。红花会的帮会架构往上溯源，可以追到《水浒传》，但红花会豪杰的帮会作风，还比不上梁山泊，最起码梁山好汉不会这样内心阳光，思维中二。

1955年10月5日，《书剑恩仇录》在《新晚报》连载约8个月后，金庸在《新晚报》上发表《漫谈"书剑恩仇录"》一文，讲述创作《书剑恩仇录》的前因：

> 八个月之前的一天，新晚总编辑和"天方夜谭"的老总忽然向我紧急拉稿，说"草莽"已完，必须有"武侠"一篇顶上。梁羽生此时正在北方，说与他的同门师兄中宵看剑楼主在切磋武艺，所以写稿之责，非落在我的头上不可。可是我从来没写过武侠小说啊，甚至任何小说都没有写过，所以迟迟不敢答应。但两位老编都是老友，套用"书剑"中一个比喻，那简直是章驼子和文四哥之间的交情，好吧，大丈夫说写就写，最多写得不好挨骂（挨骂），还能要了我的命么？于是一个电话打到报

馆,说小说名叫"书剑恩仇录"。至于故事和人物呢?自己心里一点也不知道。老编很是辣手,马上派了一位工友到我家里来,说九点钟之前无论如何要一千字稿子,否则明天报上有一大块空白,就请这位工友坐着等我写。那有什么办法呢?于是第一天我描写一个老头子在塞外古道上大发感慨,这个开头下面接什么全成,反正总得把那位工友先请出家门去。"书剑"的第一篇就是这样写的。①

此文我仅在张圭阳所著《金庸与〈明报〉》中读到过部分段落的引用,原以为就此湮没难觅。孰料金庸2018年逝世后,《大公报》为纪念金庸,重新刊载了8篇金庸曾在《大公报》写过的文章,这篇文章正在其中,让世人得窥金庸彼时的创作心态,可知金庸匆匆上马,对新派武侠小说侠客行为以及侠义精神的认识与解读,其实还未形成。

古龙谈及金庸小说时曾提到:"在《书剑恩仇录》中描写'奔雷手'文泰来逃到大侠周仲英的家,藏在枯井里,被周仲英无知的幼子,为了一架望远镜出卖,周仲英知道这件事后,竟忍痛杀了他的独生子。这故事几乎就是法国文豪梅里美最著名的一篇短篇小说的化身,只不过将金表改成了望远镜而已。"②

读过金庸小说的人,看到这段文字,总会有些摸不着头脑,实则最初的版本中,的确是周仲英之子周英杰被张召重以"千里镜"诱惑,泄露了文泰来藏身所在,周仲英拜过祖宗灵位后,将周英杰亲手杀死。红花会群雄到铁胆庄威逼周仲英,完全是仗势欺人,毫不讲道理。这些人所作所为,看不出丝毫"侠"字。这些段落,在后来的修订版里,都被金庸逐一改过。

2018年10月1日至3日,香港大学国际金庸研讨会和澳门文艺评论家协会在澳门大学共同举办了"金庸与中外武侠小说国际学术研讨会",当时谁也没有想到,这次研讨会竟是金庸有生之年的最后一个学术研讨会。我彼时受

---

① 金庸:《漫谈"书剑恩仇录"》,《新晚报》1955年10月5日。
② 古龙:《关于"武侠"》,载《古龙散文集》,香港天地图书有限公司,2016。

红花会群雄　李志清/绘

邀参会，恰与台湾师范大学的林保淳教授同屋。林教授号称武林百晓生，著有《台湾武侠小说发展史》等多部专业论著，也是最早提出金庸版本学的学者。他年轻时读的《书剑恩仇录》即为早期连载版，过了这么多年，他提起这段情节，犹自愤愤地说："这段情节违背人性。"

对于侠客行为的定义，彼时的金庸并没有想清楚。这个答案，恐怕要等到《神雕侠侣》里，郭靖讲述"为国为民，侠之大者"的道理时，才能够回答。

在《书剑恩仇录》中，反而是配角阿凡提，充满了鲜明的侠义精神，"侠客"内涵悄然肇始。金庸最初的写作大概属于无意识，不过正因为阿凡提的出现，对他后来武侠世界的构建产生了先兆，这种精神最终超越个人恩怨、社会阶级、民族宗教。《书剑恩仇录》里的阿凡提，与历史和民间传说里的阿凡提，在侠义精神上其实一脉相连。

重阳起全真

一

我在2021年7月末参加了由中国武侠文学学会、河南大学文学院主办的一场"现当代通俗文学暨武侠小说学术研讨会",会期4天。河南大学位于开封,会议之余,师友相聚,不免要感受一下开封的古城风情。开封是古都,武侠小说中经常作为侠客登场的舞台,金庸的《书剑恩仇录》,群雄相聚在开封铁塔寺旁的修竹园酒家,陈家洛曾击壶而歌:"闲过信陵饮,脱剑膝前横,将炙啖朱亥,持觞劝侯嬴。三杯吐然诺,五岳倒为轻,眼花耳热后,意气素霓生……"算是他为数不多的豪侠气概。这首李白的《侠客行》,1966年6月11日成为金庸小说《侠客行》的开篇,故事地点就在开封东门十二里的小镇侯监集。开封城里有侯家胡同,开封的杞县有侯家寨,地点都对不上,料想是金庸自己虚构出来的。有趣的是,《侠客行》修订版里,石清、闵柔夫妇没有在吴道通身上找到玄铁令,闵柔提议,去汴梁城看戏听书散心。石清就说汴梁的银匠是高手,要给闵柔挑几件首饰。到了新修版里,石清在说首饰前,加了一句"汴梁龙须面是天下一绝,一斤面能拉成好几里长,却又不断,倒不可不尝。"开封的"龙须面"也称"焙面",是一种很有特色的面条,搭配上糖醋鲤鱼,就是"鲤鱼焙面",是开封宴席上常见的一道美食。我没有查到金庸是否旅经开封,不过豫菜在全国各地亦有传播,想是金庸在哪里吃过,在新修版中特别提了一下。历史上的开封龙须面是刀切而成,以刀切面,细

王喬像　选自明代玩虎轩刻本《列仙全传》

若发丝，足见厨师精湛之刀工，时至今日，技术改良，才改刀切为抻拉，这点恐怕是金庸所不知道的了。

我作为武侠小说的研究者和爱好者，既然来到开封，自然想去寻觅与武侠相关地方。翻看史地资料时，真的发现了一处很武侠的古迹。

此地听名字就很亲切——延庆观。我的家乡名叫延庆，二字完全相同。之所以说这个地方很武侠，按照介绍，这个地方原名重阳观，是道教全真派创始人王嚞传道及逝世的地方。

全真派创始人？熟悉金庸《射雕英雄传》的立刻会冲口而出：王重阳！是的，就是王重阳。王重阳和全真七子的名字之所以能够让人耳熟能详，真的得益于《射雕英雄传》和《神雕侠侣》两部武侠小说。

凡读过金庸小说的，谁不知道第一次华山论剑，王重阳技压东邪、西毒、南帝、北丐，被称为天下第一高手。当然，历史上真实的王重阳，虽也是文武双全，但武功是不是天下第一却没记载，想来应该不是的。

王重阳这个名字只是金庸在小说里这样称呼，历史典籍上都称他为王嚞。说实话，这个字太难找了。即使写出来，一般人还念不出来。"嚞"字说穿了，不过是"哲"字的异体字。道教喜弄玄虚，比如说道教的一些典籍中经常出现"炁"这个字，看起来真是高大上，查过书才知道，原来这个字这不过是"气"的异体字。这就像现在网络上有很多人喜欢用繁体字，以此显示自己有文化。不过也有些人其实并不识得繁体字，但也想显示自己的文化修养，于是就使用简体输入法，然后选择"转换繁体"，点击一下就轻松完成。殊不知这下不免闹了笑话。简化汉字时，常常一简对多繁，电脑转换繁体字可没有这种本领，于是乎，前后的"後"和皇后的"后"；松树的"松"和放松的"鬆"，里程的"里"和里外的"裏"，理发的"髮"和发财的"發"……统统"繁"成了一个字，反而错了，不如老老实实用简体字。

王嚞最初的名字也没这么难认，他原名中孚，字允卿，"嚞"字是他修道之后自己起的。中孚，出于《易经》："中孚，豚鱼，吉；利涉大川，利贞。"除了这些名字，他还有一堆其他的别名：名德威，字世雄、知明等，号重阳子。好在王重阳当年没有现在这样的人事档案表，否则这许多的名号在"曾用名"那一栏肯定是填不下的。

从"中孚"这个名字可以看出，王重阳出生在一个读书家庭。"中孚"是六十四卦之一，寓意是诚信。千万别提起《易经》就和算卦相面联系起来，《易经》可是"四书五经"之一，古代读书人的必读书目。王重阳能取这样的名字，家里肯定是比较有文化的。

我写作之余，另外一个身份是说书人，每周都会坚持在书馆现场说评书。有一次在说书时，曾背了首诗，以作上场诗："一住行窝几十年，蓬头长日走如颠。海棠亭下重阳子，莲叶舟中太乙仙。无物可离虚壳外，有人能悟未生前。出门一笑无拘碍，云在西湖月在天。"此诗念罢，醒木一拍，就问在座诸公，有听过这首诗的吗？座中有武侠小说爱好者，直接答曰听过。又问，知道作者是谁吗？又曰金庸。我一笑："就知道你会这样回答。"

人们对这首诗有印象，确是因为金庸的《射雕英雄传》。小说第二十五回"荒村野店"，临安牛家村曲三酒馆，全真七子布天罡北斗阵合斗梅超风，七人每人念一句，最后再由丹阳子马钰收束全句，"梅超风听这七人吟诗之声，个个中气充沛，内力深厚，暗暗心惊"。

比武之前吟吟诗，倒是潇洒得很，不过这首诗的作者并非小说的作者金庸，而是全真七子的师尊王重阳。平心而论，王重阳这首悟道诗，写得相当不错，阅后让人难忘。尤其是末尾两句"出门一笑无拘碍，云在西湖月在天"，可与北宋黄庭坚的"坐对真成被花恼，出门一笑大江横"，弘一法师的"华枝春满，天心月圆"相媲美，也足证他的文化素养。

二

开封的延庆观和北京白云观、四川常道观并称为中国三大名观。延庆观距离开封府景点不远，从开封府北门出去，走小纸坊街右拐，就进入延庆街，遥遥望见一处翠瓦红墙，就是延庆观。

进门之后，山门殿里的壁画，却"雷"得我外焦里嫩。画中间一位背插宝剑的长须人物，负手远望，眼前翻飞一只大雕，身后有一弯弓射雕的男子，右下方的人物披散头发，双手喷着白气；左下方有一白须白发的老者和一位双手拿峨眉刺的少女。熟悉香港83版电视剧《射雕英雄传》的读者估计眼熟，这些形象来自电视剧，大致是王重阳、周伯通、郭靖、黄蓉，双手能喷白气的是谁，委实猜测不出。

延庆观出名，确是因王重阳。历史上王重阳在此逝世后，弟子丘处机为纪念他，遗命弟子修建道观，蒙古太宗五年（1233）建成，从城市历史来看，也正是因为这座建筑的存在，让开封保持了宋、元、明、清建筑遗存的完整序列。

只不过历史上的王重阳与小说里的形象颇有差距，在古建筑的门口涂绘小说人物，实在不伦不类。

王重阳生于宋徽宗政和二年（1112），是陕西咸阳刘蒋村人，此地虽然僻处乡村，但王重阳家境殷实，自幼聪颖。少年王重阳刻苦攻读，目的是参加科举，高中做官。然而，人算不如天算，宋钦宗靖康二年（1127），王重阳刚刚15岁，金兵入侵，宋室南渡，北方落入金人之手。

大兵之后，必有荒年。王家殷实，不免被流民劫掠，被吃了大户，导致王家家道中落。王重阳当时虽年轻，却心地善良，他对前来剿匪的官兵表示并不愿意进行追究，因为这些流民是因为没有饭吃才转而抢劫的。

世人闻听，都说这个孩子有古风，若是出家，当为高僧。事实证明，这种推测大有道理，只不过他后来没有成为高僧，而成了一流道士。

作为一位自幼饱读诗书的读书人，参加科考走入仕途，仍然是少年王重阳的追求，于是他报名去参加科举考试。

只是当时宋朝已经跑到江南的临安建立政权了，北方没有行政机构，王重阳参加的是哪家的科举呢？这个国家很多人不熟悉——"大齐国"。

这个齐国并非东周时期的齐国。金国占领了宋朝北部，自觉不好管理，就在金天会八年（1130），扶持宋朝降臣、原济南知府刘豫为皇帝，国号"大齐"，定都北京大名府，管辖黄河故道以南的河南、陕西地区，史称"伪齐"。中国古代的读书人，提及民族大义个个都是文天祥，但一看到科举考试，马上都成了钱谦益。民族大义当然重要，但比起考科举做官来，一切要往后边靠。

开封延庆观　郭强/摄

可是即使是这样的烂政权，王重阳居然也落榜了。当然，这也不能说明王重阳的水平不行，科举腐败，自古有之，所以后世的道士们为王重阳找到了理由，说王重阳考试前得罪了考官。

王重阳可能也气得不行，心想文无第一，武无第二，文章写得好，你说不好，我没有办法，我弃文习武总可以了吧？比武场上，我把他们都打趴下，总没有争议了。俗话说得好，功夫两个字，一横一竖，对的站着，错的倒下！

不得不说，王重阳真是天才，到了金熙宗天眷元年（1138），王重阳改应武举时，一举中了甲科。

历史在此时和王重阳开了个不小的玩笑。他还没有从中举的兴奋中清醒过来，便遇到了一个尴尬的问题："大齐国"没有了！

两个月前，金天会十五年（1137）十一月，金国见自己在北方的根基已固，就废除掉大齐国，在汴京设立行尚书台，治理河南、陕西地区。

如此一来，25岁的王重阳所取得的名次成了个玩笑。金国人哪里肯相信你这些大宋"南蛮"？肯定觉得"非我族类，其心必异"，不过考虑到王重阳的名次，还是勉强给了他一个官。什么官呢？——陕西户县甘河镇收酒税的小吏。

不用多思，亦可想到，王重阳心里会觉得多窝囊。王重阳对金人并无太多的好感，但王重阳也绝不是《神雕侠侣》中描述的，是一位类似于辛弃疾那样，在金人统治区组织义军抗金的失败英雄。从这点上来看，小说中王重阳的经历，原型来自辛弃疾。

王重阳混了20年收酒税的日子，大概觉得在当官这个行当，再也没有发展前途，终于辞官了。按道教的说法是"辞官解印，黜妻屏子，拂衣尘外"。这些话说得很有气魄，但说实在话，这种"辞官归隐"颇为尴尬，因为彼时的王重阳根本算不上官，充其量只是个小吏。

三

时间到了金正隆四年（1159），每日待在家中纵酒狂放的王重阳遇到了他的人生转机。六月的一天，王重阳在甘河镇一家小酒铺子喝酒，遇到了两位异人。这两个异人同样都是披发披毡，而且年龄样貌极为一致。王重阳大感惊异，跟随他们至僻静处，恭敬求学。两位异人认为其孺子可教，于是传授了他修仙秘诀。

那么王重阳遇到的人是谁呢？有人说是道士刘海蟾，也有人说是吕洞宾和钟离权。道教内部倾向于第二种说法，后人也大多表示赞同。钟离权还好，但遇见吕洞宾的机会实在太高了。唐朝以后遇仙的传说里，曝光率第一位的就是吕洞宾。

王重阳修仙之后，性情大变，举止怪异。金正隆六年（1161），他给自己改名王嚞，字知明。所谓知明，是因为他仰慕陶渊明，喜欢菊花，而菊花又是在重阳前后开放，所以号叫重阳子。改好名字后，王重阳弃家出走，在终南山山脚下一个叫南时村的地方，挖了个洞穴，取名为"活死人墓"。王重阳在里面一住就是两年。

《神雕侠侣》对"活死人墓"的描写，是"中神通"王重阳抗金失败后建设的地下军事工程，里面各类设施齐全，有吃有住，占地极广。可是历史上对王重阳"活死人墓"的记载，不免让人失望："凿塘丈余，高数尺"，不过是一个深坑而已。王重阳在墓的四边分别种上一株海棠，所以才有了诗中"海棠亭下重阳子"之句。

王重阳为什么要种海棠呢？传说王重阳这是在树立志向："将来使四海教风为一家，"所以一定要种四棵，并且要有个"海"字。除此之外，"活死人墓"中，还孤零零地供有一个牌位，上书五个字："王害风灵位。"

"害风"是陕西当地的土话，疯子的意思。王重阳有先见之明，估计自己住在"活死人墓"里，附近的人少不了在背后议论自己是疯子，与其让别人议论，不如干脆自己先写出来。

我在2016年曾经寻访过"活死人墓"。这处所在，现在被称为"重阳成道宫"，其南数里，就是有全真教"天下祖庭"之称的"大重阳万寿宫"。成道宫比起重修后的重阳宫，显得破败和荒凉，仿佛是被岁月遗忘的角落，只有几位常驻的道士在此居住。道观不大，我推开一扇虚掩铁门，迎面一处小院，杂草丛生，唯在东北角有一排屋舍，是道士们的居所。绕过屋舍，植有一株孤寂的银杏树。银杏树下，活死人墓的墓碑静静伫立。这通碑亦是后来修复，水泥质地，满满的现代感。这里颇为幽静，却有两只猫儿在阳光下舒展身躯，享受阳光的温暖，宁静而不喧嚣。活死人墓为一大坑，上有木石泥土所覆，据说活死人墓曾有一条墓道，深不见底，但因保护的需要，不允进入，遂用土封住了墓道。

此为当地口传之说，考诸史料，活死人墓却是王重阳亲手封填。王重阳在这里修行三年多，金世宗大定三年（1163），他从"活死人墓"中出来，填了"活死人墓"，一把火烧掉了墓边的草屋，提着一个铁罐就离开了。此时的王重阳，仿佛经历了一番生死劫，脱胎换骨，他有一首诗写道："活死人兮活死人，死中得活是良因。墓中闲寂真虚静，隔断凡间世上尘。"从此踏上了新的征程。

王重阳一路上化缘乞食，东出函谷关，赴山东一带传教。可能王重阳此时功夫已颇有进境，再加上"外来的和尚会念经"，王重阳到山东后，声名远播，竖起了全真教派的旗号，短短时间内，聚集了大量的追随者，其中最著名的当数马钰、谭处端、王处一、丘处机、郝大通、刘处玄、孙不二七人。金庸的小说里称他们"全真七子"，道教内部的正式称呼为"北七真"。

数年后，王重阳携弟子马钰、丘处机、刘处玄、谭处端四人西归陕西，途中住在开封太宁坊王家饮店弘传道教，这个王家饮店大致位置就在今天延庆观北。此刻的王重阳大概完成了生命中最重要的事，金世宗大定十年（1170）正月初四，他突然去世，道教称"羽化"。弟子们于是在其羽化地建起一座"重阳观"作为纪念，这个"重阳观"在金国灭亡时被毁为废墟。

当时王重阳年仅58岁，这个年龄对修道之人来说不算高寿。《射雕英雄传》中写王重阳曾死后复活，用一阳指破了欧阳锋多年的蛤蟆功。这段情节，细思不免奇怪，王重阳有看家本领是先天功，当初他用先天功力压群雄，自然能对付西毒，可他此时为什么非用一阳指呢？王重阳的一阳指学自南帝段皇爷，难道后学的本领比自己看家的本领还好用吗？其实这个写法是《射雕英雄传》修订版修改过的，连载版不是这样。连载版中，王重阳的武功就是一阳指，专破蛤蟆功，段皇爷反而练的是先天功。坊间有本小说叫《谁是大英雄》，是《射雕英雄传》的前传故事，作者署为金童。金童是卧龙生在香港发表小说所用之笔名，后来很多不是卧龙生写的小说，也都署了这个名字。不过这部小说作者绝不是卧龙生，据赵跃利先生考据是香港另一位武侠小说作家——金锋。这本"前传"是依据连载版《射雕英雄传》所写，里面写明王重阳用的是一阳指。我当初读的时候还很奇怪，后来看过连载版，才明白修订版将王重阳和段皇爷的功夫对调了。之所以如此，是因金庸写《射雕英雄传》的时候，《天龙八部》还没有问世，而写《天龙八部》的时候，一阳指变成了大理段氏的家传武功，《射雕英雄传》的时间轴又在《天龙八部》之后，金庸不得不进行修改。正因一阳指克制蛤蟆功，王重阳才要南赴大理，将一阳指传给段皇爷，希望自己死后有克制欧阳锋的人。不过修订版一改，也产生了问题，书里说"南火克西金"，段皇爷的一阳指是蛤蟆功的克星，王重阳再去大理传先天功就未免多此一举。只是原作已成,王重阳若不去大理,周伯通和瑛姑的孽缘就发生不了,后面的故事和人物都会受到影响,也只能维持这段情节了。

历史上也记载王重阳死后复活一说,不过没有小说中传奇,只是说王重阳死后,众弟子号啕大哭,王重阳就又醒了过来,安慰众弟子说:"哭什么啊?"然后又让马钰附耳过来,悄悄嘱咐了一番,这才真的故去。

王重阳自出活死人墓,到山东传道,不足三年,但却收下了七个出类拔萃的弟子,所创立的全真教,在道教的历史上,具有举足轻重的地位。

金庸《神雕侠侣》中,有首诗是赞王重阳的,并说是王重阳的情人林朝英和东邪黄药师合写,其实这首诗原作者是元朝人商挺,名为《题甘河遇仙宫》,描述的就是王重阳在甘河镇遇仙的事:"子房志亡秦,曾进桥下履。佐汉开鸿基,矻然天一柱。要伴赤松游,功成拂衣去。异人与异书,造物不轻付。重阳起全真,高视乃阔步,矫矫英雄姿,乘时或割据。妄迹复知非,收心活死墓。人传入道初,二仙此相遇。于今终南下,殿阁凌烟雾。我经大患余,一洗尘世虑。巾车徜西归,拟借茅庵住。明月清风前,曳杖甘河路。"

小说里去掉了最后六句,只到"于今终南下,殿阁凌烟雾"。此诗并不见佳,大概金庸也找不到合适的诗作。不过金庸说是林朝英和黄药师所写,不免拉低了小说对这二人"惊才绝艳"的评价。

以一首诗沟通了历史与小说,金庸大有巧思。作家李天飞雅擅书法,为我草书写了这首诗,他将诗句分成两部分书写,至《神雕侠侣》引句为一段,后面再补上商挺余句。我将之挂在平时写作的座椅后,为斗室颇增雅气。

四

王重阳创立的全真教后来盛极一时,这与王重阳对道教理论的革新有很大关系。

在此需要区分一下道教和道家思想。道家思想是以老子、庄子为代表的一种思想流派,是一门学术传统,而道教则是以道家学术思想的内容做中心,

长春子丘处机　李志清/绘

采集《书经》系统的天道观念，再加入杂家学说和民间的传说信仰所构成的宗教。现在世俗为讲述方便，常把两者混为一谈，其实不能说道教理论就是道家思想。柏杨对两者的区别，曾幽了一默，他在《中国人史纲》中说：我们要特别注意，"道教"跟"道家"不同，犹如"狗"跟"热狗"不同一样。

中国道教的发展脉络是清晰的。不过早期的道教派别众多，最初让世人感兴趣的就是炼丹服用可得长生的说法。炼丹求长生，在今天看来，是极其不靠谱的一件事。从南北朝到北宋时期，因服食丹药"升天"的人不计其数，倒不是说道士故意骗人，因为道士自己为此中毒的也有很多。

道教内部也发现这一问题，逐步从专注炼丹，转向了书写"符箓"。何为"符箓"呢？简单点说，"符箓"就是道士做法事时，写在纸上的一些神秘符号或文字。"符"偏重符号，"箓"偏重文辞。一般认为，东汉张道陵已经发明了"符箓"，但后辈道士一直在研究炼丹，没有关注这项技能。如今发现炼丹危险重重之后，各家各派一时间都开始练习符箓咒语、斋醮法事，以求为人祈福禳灾、除妖驱邪，形成了道教的"符箓诸派"，著名的有正一（天师）、上清、灵宝、神霄、清微等等。

宋哲宗绍圣四年（1097），朝廷下令，敕封以龙虎山、茅山、阁皂山为本山的正一、上清、灵宝三大派为"经箓三山"，为道教"符箓"做了官方认定。

到宋徽宗时期，宋徽宗赵佶崇奉道教，自命"道君皇帝"，招徕了大量像林灵素、郭京那样的骗子道士，使得道教声名狼藉，从北宋末年以来逐渐衰落。

王重阳创立的全真教，返本归元，以老、庄之说为宗，更以开阔的胸怀，兼并收容儒、佛思想的优点，提出了"儒门释户道相通，三教从来一祖风"的观点，为道教增添了新的生命力。

全真教不搞"符箓"，讲究澄心定意，抱元守一，存神固气。在衣食住行上，修道者提倡"苦行"。王重阳自己提着铁罐，到处化缘为生。大弟子丹阳子马钰，修道时每日只讨食一钵面，一年四季赤脚走路，夏天不过度喝水，冬天不烤火。玉阳子王处一在《射雕英雄传》里号称"铁脚仙"，这个绰号来自真实的历史,但得名之由却和小说不同。小说中说王处一武功过人,可以单腿独立悬崖,吓退群盗。历史上的王处一崇尚"苦行",曾在砂石地上跪得膝盖溃烂,露出骨头,同时,他赤脚登山,不畏荆棘岩石,才有了这个外号。

最出名的长春子丘处机,每天也是只吃一顿饭,身上披着一件蓑衣,人称"蓑衣先生"。《射雕英雄传》第一回,丘处机出场时:"那道士头戴斗笠,身披蓑衣,全身罩满了白雪,背上斜插一柄长剑,剑把上黄色丝条在风中左右飞扬,风雪满天,大步独行,实在气概非凡。"

按金庸最初的构思,丘处机的武功修为肯定是相当高的。1957年1月5日,《射雕英雄传》连载到第五天,丘处机在文中被称为"武功盖世的当今第一位大侠",这个时候,金庸甚至都没有想到要写"全真七子",直到三个月后,江南七怪和"黑风双煞"荒山恶斗,全真教的名字才第一次出现,此时,金庸的创作思路改变,"五绝"出现,丘处机本领直线下降,"当今第一"和"武功盖世"的名头不保。

犹记得在小说第二回"江南七怪",丘处机与江南七怪在醉仙楼斗酒,连喝20几碗毫无异状,原来他内功厉害,将酒逼到脚下汩汩流出,如一道清泉流过楼板,当时读过,真是过目难忘。后来读书,看唐鲁孙写《谈酒》一文,说20世纪30年代,他参加一场酒会,上海来的潘永虞年近花甲,大概喝了50斤酒,也未如厕,也不擦汗,后来听说回到浴室里,从棉裤上拧出20多斤酒。原来世上真有人能将酒从腿上排出来。

由此亦可见,金庸人物形象塑造,既有所本,亦能变化发挥,特别注重历史细节上的描写,而一般的武侠小说作家,往往很难兼顾到。

此外,王重阳和全真七子的文化修养极高,诗词更是信手拈来,基本每位都有诗集和文集存世,他们和那些不学无术的骗子道士不同,一些官绅之流对他们也大为青睐,使得道教的面貌为之一新。

王重阳在山东传教的时间只有三年,金大定九年(1169)秋,他留王处一、郝大通在昆嵛山修炼,自己携丘刘谭马四大弟子返回陕西,途中逝世在开封。大弟子马钰在其后继任掌教,在终南山一带修道传教,丘处机则在磻溪龙门苦修十三年,谭处端、刘处玄、孙不二在伊洛一带宣教,郝大通则行

丘处机像　选自明代玩虎轩刻本《列仙全传》

化河北。这样,全真教在北方地区逐渐流行开来。马钰之后,刘处玄、丘处机先后掌教,此时的全真教,注重争取金朝统治者的承认和重视,并始营造宫观,奠定了宗教活动的基础。

《射雕英雄传》里的全真教反抗金国统治,王重阳抗金起义,丘处机开篇就杀了一名"汉奸",其实这和历史上的全真教完全相反。全真教正因和金国统治者合作,才使全真教广为传播。但这并不是金庸故意要违逆历史,而是在他所处时代,学术界产生了王重阳和全真教为宋室遗民的形象。

晚清的学者陈铭珪最先称王重阳是"有宋之忠义":

> 陈铭珪称王重阳是"有宋之忠义",主要根据有两条。一条是说王重阳年青(轻)时应的是宋朝的科举考试,宋亡后因愤激而"日酣于酒"、"害风"、"佯狂"。二是元朝的商挺(1209—1288)写过一首《题甘河遇仙宫》诗,其中有"重阳起全真,高视仍阔步。矫矫英雄姿,乘时或割据。妄迹复知非,收心活死墓"等句,陈铭珪乃释"乘时或割据"为"曾纠众与金兵抗"。[①]

陈铭珪所依据的"根据",后经学者郭旃、郑素春二位细加辨析,都被证实是站不住的。不过陈铭珪提出的观点,经民国史学家陈垣与姚从吾发扬,将王重阳"有宋之忠义"扩展到整个全真教。考诸时代背景,1937年七七事变后,陈垣困于北平,相继撰写《通鉴胡注表微》《明季滇黔佛教考》《南宋初河北新道教考》等论文,以表彰遗民的方式明志。到1946年,姚从吾《金元全真教的民族思想与救世思想》出版,观点更为鲜明,树立起王重阳和全真教爱国的形象,关于其创教原因,文章直接说:"金朝是异族侵入中国……创立全真教的王嚞、邱处机,不但是贤者避世,而且有反抗异族,保全汉族文化的积极行动。"又说:"重阳王真人创立全真教的原因……是由于从事爱国运动的失败。"又说全真、大道、太一三教创立之举是"独善其身,不事异

[①] 杨讷:《早期全真道与方技的关系及其他》,《中华文史论丛》2010年4期。

族。用现在的话说,就是具有民族思想,保存民族的人格,不当汉奸,不与外族合作"。①

陈垣是著名的历史学家,姚从吾历任北大历史学系、台湾大学历史系教授,二人的观点,足可以代表当时学术界的认知。这些论文发表的时间,恰是金庸的青少年时期,受其影响,毫不奇怪。

《射雕英雄传》《神雕侠侣》中,全真七子的武功以丘处机最高。真实的历史中,丘处机是否武功最高,无法可考,但从全真教发展历程来看,贡献最大的就是丘处机。是以,除了金庸的武侠小说,墨余生的《明驼千里》、东方玉的《飘华逐剑飞》等武侠小说中也都有丘处机的身影,出场即是绝顶的武林高手。

丘处机开创的是全真教龙门派,他曾拜见过金世宗,也曾主动请命,对当时聚众抗金的山东义军杨安儿等人进行招安,历史上的丘处机绝非小说中杀金贼、诛汉奸的大侠。丘处机的政治嗅觉其实极为敏感,其后金、蒙、南宋三势鼎立,争相召求丘处机,他概不应召。直到蒙古太祖十五年(1220),已经73岁高龄的丘处机审时度势,谢绝了宋、金两国征召,率十八名弟子,赴成吉思汗之邀。当然,在《射雕英雄传》小说中,邀请丘处机的建议,出自郭靖的提议。

丘处机为何会谢绝金、宋之召,转而不辞辛苦奔赴万里呢?蒙古太祖十五年(1220)十二月,西行途中,他在德兴府(河北涿鹿)龙阳观过冬,以诗复寄燕京道友:"十年兵火万民愁,千万中无一二留。去岁幸逢慈诏下,今春须合冒寒游。不辞岭北三千里,仍念山东二百州。穷急漏诛残喘在,早教身命得消忧。"②显然,丘处机已经看到蒙古势力的壮大,他不远万里,一为全真教的发展,二为百姓免受屠戮。这首诗也出现在《射雕英雄传》第三十七回"从天而降"里,不过金庸将"兵火"改"兵灾","身命"改为"生民",不知是金庸引用的资料之故,还是他故意为之,也许他觉得"生民"二

---

① 杨讷:《早期全真道与方技的关系及其他》,《中华文史论丛》2010年4期。
② [元]李志常:《长春真人西游记》,《四部备要·史部》(据连筠簃本校刊),上海中华书局。

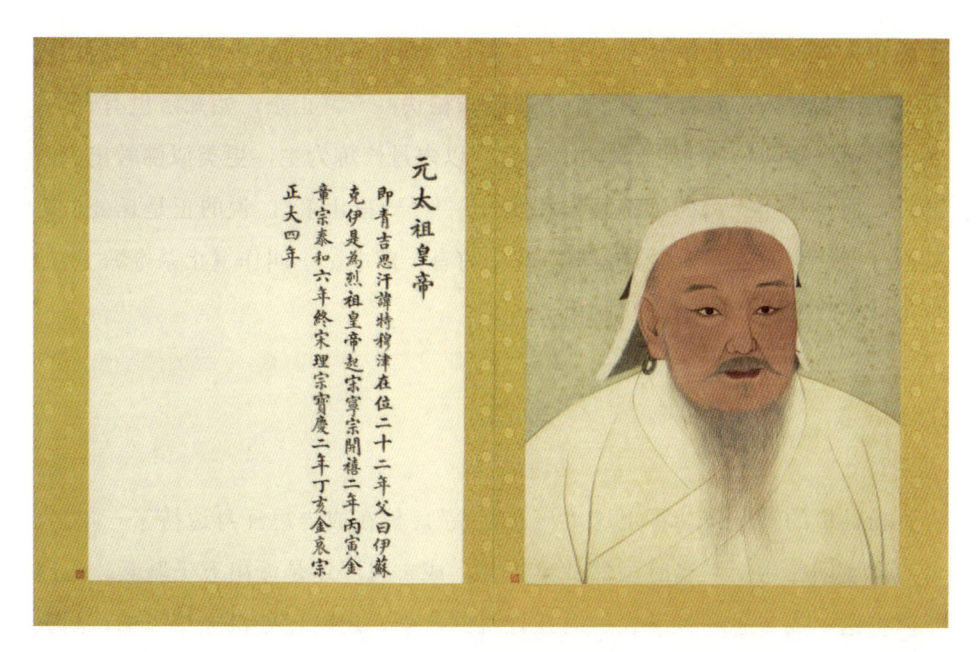

成吉思汗像　　选自台北故宫博物院藏《元代帝半身像册》

字更能与小说中撒马尔罕城破之惨相呼应吧。

丘处机历经两年多的时间，跨越万里征途，历尽艰险，于蒙古太祖十七年（1222），到达西域大雪山（今阿富汗都库什山）下的成吉思汗军营。

成吉思汗见丘处机白发苍苍，一派仙风道骨，十分高兴，上来就要讨要长生之术和长生不老药。丘处机则早有心理准备，回答说："世上只有卫生之道，而无长生之药。"短命之人皆因不懂"卫生"之道，而"卫生"之道以"清心寡欲为要"，即"一要清除杂念，二要减少私欲，三要保持心地宁静"。

在后来二人朝夕相处的日子里，丘处机还不断以身边小事来劝诫成吉思汗。一次，成吉思汗打猎射杀野猪时突然马失前蹄，可野猪却不敢扑向成吉思汗。丘处机借此劝说："上天有好生之德，陛下圣寿已高，应减少打猎。坠马是上天对陛下的告诫，野猪不敢靠近，是上天对陛下的保护。"成吉思汗对此十分信服，称呼上连"先生"都免了，直接叫"神仙"，并告诉左右："但神仙劝我语，以后都依也。"

丘处机的劝告，并没有被成吉思汗全部接受，但还是在一定程度上减轻了蒙古人征战中的残酷杀戮。很多年后，乾隆皇帝在丘处机"羽化"的白云观写下一副对联：万古长生，不用餐霞求秘诀；一言止杀，始知济世有奇功。所谓"不用餐霞"，正因全真的道家修行以内丹修炼为主，更类似佛教出家的苦修，而不是正一派的"符箓"和炼丹。"一言止杀"，说的正是丘处机万里西行，一言而救万千生灵之事。几年前有一部电影，叫作《止杀令》，讲的也是这个故事。

五

丘处机的济世奇功不止这"一言止杀"。他在成吉思汗身边待了一年后，自北印度回归中土。当时虽然战事频仍，成吉思汗还是派出五千骑兵，沿路予以护送。成吉思汗为了表达对丘处机的尊崇，还赐丘处机虎符玺书，封大宗师，并下令免除全真教的一切赋税，让他"掌管天下所有的出家人"。

回到中土后，丘处机的弟子李志常托他之名写下一本《长春真人西游记》，记载此行的所见所闻。有趣的是，因为书名中有"西游记"三个字，直到清朝，绝大多数人还坚持认为，神话小说《西游记》的作者，就是丘处机。

蒙古太祖十九年（1224），丘处机回返燕京。途中二月，丘处机路过我家乡延庆。《长春真人西游记》中说："醮于缙山之秋阳观，观在大翮山之阳。"醮为道教所作祈福法事。延庆于金元时名为缙山，大翮山今名海陀山，北京境内的第二高峰，也因上下落差超过800米，成为2022年冬奥会高山滑雪的主要赛场。

海陀山我曾登顶两次，海拔2000余米，道路难行，耗时甚长。1500多年前，北魏郦道元在《水经注》中曾对此山详述，称其"峰举四十里""高峦截云，层陵断雾，双阜共秀，竞举群峰之上"。昔日之所以称大翮山，乃因颇具神仙气质。传说秦始皇统一六国，政务繁剧，有上谷郡（延庆旧属之）人王次仲，化篆书为隶书，易于书写，秦皇遂征王次仲入朝。王次仲三征不至，秦皇将其投入囚车，押往咸阳。次仲行至居庸关，化身为大鸟，撞破囚车，翻飞而去，途中落羽化山，即为此山。翮字意为禽鸟羽毛中的硬管，代指鸟翼。

北京白云观　赵敦/摄

如此神仙气度，自然引动丘处机敬仰之情。所谓"阳"者，水之北、山之南，秋阳观位于大翩山南麓，丘处机见山水明秀、松萝烟月，遂题诗云：

其一：
秋阳观后碧岩深，万顷烟霞插翠岑。一径桃花出水急，弯环流水洞天心。

其二：
群山一带碧嵯峨，上有群仙日夜过。洞府深沉人不到，时闻岩壁洞仙歌。

岁月递嬗，我已难觅秋阳观遗迹，只能在登临海陀山时，略思丘处机的善念风采。丘处机到达缙山，距离燕京已然不远，数日后，他在燕京奉旨掌管天下道教，住在天长观（今白云观）。凭着虎符玺书，挽救了蒙古统治区下的大批百姓，"由是为人奴者，得复为良。与濒死而得更生者，毋虑二三万

北京白云观邱祖殿　　赵敦/摄

人。中州人至今称道至之"。①直到后来继丘处机执掌全真教的尹志平，还凭借丘处机留下的虎符玺书，庇护了很多人的生命。

顺便要提到一个事实，历史上的尹志平，道号"清和妙道广化崇教大真人"，"勤于诲人，严于律己。不慕荣利，甘居淡泊"，执掌全真教十一年，年届七十，才将教事交付李志常，归隐于大房山清和宫修炼，一生清白，绝对没有和小龙女发生什么事！金庸也因此觉得将这样一位高士描写成私德有亏，不太妥当，在新修版的《神雕侠侣》里，尹志平这个角色被一个叫作甄志丙的人取代了，尹志平则一心修道，少问世事。

丘处机的万里西行，使得全真教盛极一时。丘处机的声誉登峰造极，寺庙改道观、佛教徒改信仰道教者不计其数。蒙古太祖二十二年（1227），丘处机在长春宫葆光堂羽化，终年82岁。为了安葬丘处机的遗蜕，尹志平等人买下长春宫东面的一所宅院作为下院，这座下院的位置就是今天北京的白云观。

---

① [明]宋濂：《元史·丘处机传》，中华书局，2016。

翌年春，尹志平将丘处机迁葬于下院的处顺堂，也即白云观的邱祖殿。是以白云观直到今日还是中国道教协会的所在地。

丘处机临终前，还惦记师尊王重阳"羽化"的重阳观，因其已毁，遗命道士王志谨重修重阳观，这一修就是30年，远比当年的规模更为宏大，元世祖赐名"朝元宫"，后来再次毁于战火，明洪武六年（1373）重修，更名为"延庆观"，相沿至今。

延庆观不大，我走进山门，直入眼帘的便是观里的主建筑玉皇阁，这也是观里唯一的古建筑，后面的三清殿和东西配殿都是1985年后修建的。

玉皇阁是仿木结构，通体三层，不见梁檩，砖瓦相连，第一层外墙正方形，南面有瓮门，进入瓮门就可发现内部上圆下方，呈蒙古包式的穹隆顶，既体现了汉地"天圆地方，天人合一"的思想，又带有蒙古文化的特征，可谓是汉蒙文化巧妙结合的产物。最有特点的是玉皇阁檐脊上除了常规的瑞兽，东南和西南两个方向，还有两位蒙古武士，头戴尖顶毡帽，脚穿筒靴，伏在狮子背上，身体前倾，高举手臂，御风而行。东北和西北方向上，是两位骑在狮子上的西域人的形象。这种道观建筑上具有异域形象的造型，在中国古建筑上颇为少见，也折射出当时全真教和蒙古统治者良好的合作关系。正因丘处机对全真教传播的功绩，道教中人常将他与王重阳相提并论，"是教也，源于东华，流于重阳，派于长春，而今而后，滔滔溢溢，未可得而知其极也。"[①]全真七子死后，以丘处机门徒最盛，以他为祖师的龙门派，从明清至近代，一直是全真教的主流。

由于丘处机的努力，全真教在元朝初期，一直受到元朝统治者的推重。全真教大修宫观，广招门徒。高鸣《清虚宫重显子返真碑铭》称"东尽海，南薄汉淮，西北历广漠，虽十庐之聚，必有香火一席之奉"。当时的孟樊麟在《十方重阳万寿宫记》中感叹："历观前代列辟重道尊教，未有如今日之极，教徒蕃衍，道门增广，未有如今日之盛。"

[①] 张宇初、张宇清、张国祥等：《道藏》第三册（影印本），文物出版社、上海书店、天津古籍出版社，1988。

延庆观玉皇阁　**郭强/摄**

　　全真教至此已经发展到了事业的巅峰，距离王重阳从"活死人墓"出关，不过相隔短短的六十年而已，让人不得不感叹王重阳、马钰、丘处机等人传道能力之强。

　　所谓"烈火烹油，鲜花着锦"，全真教上升的速度太快，盛极而衰也是难以避免。丘处机逝世三十年后，佛、道产生了"化胡经"之争，元朝当时统治者立场明显。全真教在蒙古宪宗蒙哥汗八年（1258）和元世祖至元十八年（1281）佛道大辩论中两次败北，受到了沉重的打击，其鼎盛局面，亦随之结束。不过即便如此，全真教的影响仍然巨大。后世把道士分为两类，一类是出家的全真道士，另一类就是正一派的火居道士，正是全真教对道教的贡献。

　　金庸喜欢在小说中加入历史真实人物，王重阳和全真七子也正是这样被他写入了小说，从而为人广泛所知。他在台湾接受读者提问，有人问："请问小说中的历史人物中是否会掺杂个人情感，喜欢的写好一点，不喜欢的写坏一点？"金庸回答："这是必然的。加上历史人物，是为了增加真实性，有历史人物陪衬，读者会觉得小说故事可靠性多一点，但也因此加了不少个人想象。"[1]

王重阳昔年想返回故乡，没料到殁在王家饮店。寓居王家饮店时，王重阳曾命马钰移栽过一株双枝的桐树，后重阳观多次被毁，明洪武六年（1373）重修时，竟然发现枯树根中又萌发出了两株新苗，枯树逢春，更有七藤环抱，恰似全真七子不忘师恩，可称奇异。

武侠研究在当今文坛，究属小众，夏日时节，开封论剑，旧雨新知，在延庆观欣赏双桐参天，花繁叶茂，藉此读武侠，思古人，亦可算壮游。与诸师友作别后，我赋《七律》一首以记游踪："笔锋论剑复同舟，朝夕还家万里游。明月照人清夜雨，白云随棹汴河流。青灯旧业书千纸，红袖新诗酒百筹。回首中原戎马迹，夷门慷慨又兹留。"《书剑恩仇录》中，陈家洛感慨："大梁今犹如是，而夷门鼓刀侠烈之士安在哉？"王重阳和全真七子历史上游仙，小说中游侠，虚实相照，国人精神根脉实则存焉。

---

[1] 金庸：《历史人物与武侠人物》，载《金庸散文集》，作家出版社，2006。

靖蓉的一餐饭

一

我记得第一次读《射雕英雄传》时，正当冬日，家乡延庆，旧属察哈尔，后隶张家口，划归北京市才三十余年。长城以北，塞外风雪，凛冽苦寒，北京城内已通暖气，我家旧屋，不过一蜂窝煤炉子而已。读到靖蓉初遇在张家口，地缘相近，顿觉亲切。追读至郭靖要请小叫花子黄蓉吃饭，黄蓉点菜，如数家珍，大摆其谱，直接看蒙，转头看屋外雪色浓烈，这次第竟有几分温暖。书里的黄蓉为教训以貌取人的店小二，开口就说："别忙吃肉，咱们先吃果子。喂，伙计，先来四干果、四鲜果、两咸酸、四蜜饯。"能说出这样内行话的人，当然是吃过见过的主儿，但店小二仍不服气，问："大爷要些甚么果子蜜饯？"黄蓉则说："这种穷地方小酒店，好东西谅你也弄不出来，就这样吧，干果四样是荔枝、桂圆、蒸枣、银杏。鲜果你拣时新的。咸酸要砌香樱桃和姜丝梅儿，不知这儿买不买到？蜜饯吗？就是玫瑰金橘、香药葡萄、糖霜桃条、梨肉好郎君。"

黄蓉紧接着要了"八个马马虎虎的酒菜"："花炊鹌子、炒鸭掌、鸡舌羹、鹿肚酿江瑶、鸳鸯煎牛筋、菊花兔丝、爆獐腿、姜醋金银蹄子，"又配了十二样下饭的菜，八样点心，摆满了两张拼起来的桌子。

这段文字最早发表在香港《商报》，是《射雕英雄传》连载的第140天，时间是1957年5月22日，那天是星期三，干果中写的是"圆眼"，八道菜中，写的是"葱花兔丝"。这个我查了当天连载的报纸，确认无误。报纸连载同时，由金庸授权三育图书文具公司结集出版，每册5回，一共出了16册。结集的第3册书中，已经由"葱花兔丝"改成了"菊花兔丝"，不知当初报纸上是排字的错误，还是金庸自己修改过了。16年后，金庸修订《射雕英雄传》，同时在《明报晚报》连载，字句之间有些出入，"圆眼"改成了"桂圆"，其他菜品名称直到世纪新修版再也没有变。

1956年的这个月，金庸和《大公报》的新闻记者朱玫举行婚礼，地点在香港美丽华酒店，彼时，金庸在《新晚报》（《大公报》旗下报纸）当编辑，写着随笔和影评。编辑工资不多，他业余时间给长城电影公司当编剧。爱情和事业，肉眼可见般茁壮成长。

1957年的4月11日，金庸写下靖蓉相遇这段文字前的一个月，他以本名查良镛编剧的电影《绝代佳人》，在文化部1949至1955年优秀影片授奖大会上获得优秀影片荣誉奖，他自己获得编剧金质奖章。这个月他在《长城画报》第75期发表电影《小鸽子姑娘》的插曲《泥土是宝贝》的歌词，署名林欢。《小鸽子姑娘》也是他编剧的电影。他此时与"大公报社"的管理方已经产生了分歧，但彼时他恐怕也不会想到，次年他将辞去编辑职务，进入长城电影公司当专职编剧，而《射雕英雄传》完稿之日，他会离开"长城"，自己去创办一份前途未卜的报纸《明报》。

1957年的5月，金庸已经度过了去年人们对《碧血剑》"江郎才

《长城画报》第九十期，时间为1958年，封面人物为影星夏梦。这是最后一期刊登有金庸文章的《长城画报》　赵跃利/供图

尽"的批评期，大家对《射雕英雄传》颇为看好。郭靖也终于要从蒙古回到中原，书中的女主角现身，亮相就是点了一桌子菜。那么黄蓉所点菜品究竟都是什么？有的从菜名上约略可以推断出食材原料，但是具体做法，绝大部分不复见于今日。也是这个月，金庸和百剑堂主、梁羽生合著的《三剑楼随笔》单行本由香港文宗出版社刊行，金庸对于翻阅掌故随笔愈发熟稔，当黄蓉脱口而出这些菜品时，想必早已经做足了功夫。

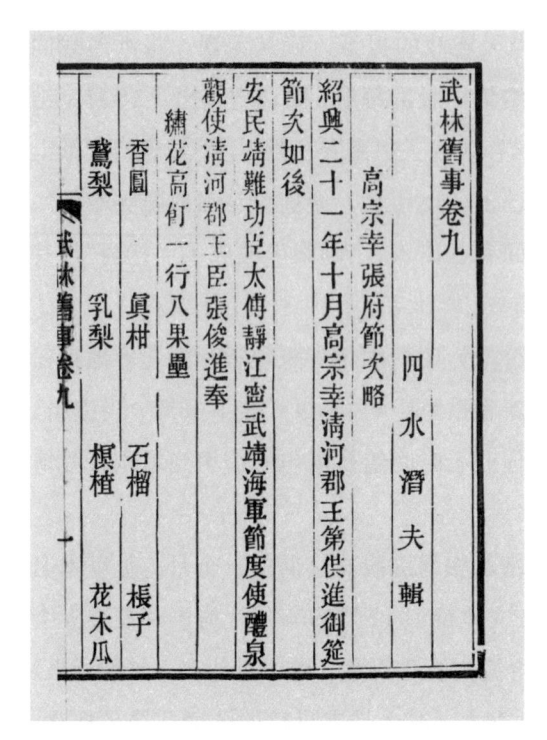

南宋周密《武林旧事》明代刊本

少年时沉迷于精彩的故事情节，虽然当时想过，以金庸喜欢"引经据典"的性格，这些菜断不会毫无来历，不过此念头在脑海中一闪而过，也没再纠结。

后来颇读杂书，在南宋周密所撰《武林旧事》中，看到"卷九"的一则史料"高宗幸张府节次略"，记述宋高宗赵构去清河郡王张俊家吃饭，附有一份菜单，对比之下，略有恍然："原来黄蓉的模仿对象是张俊啊！"

武林这个词，当然非武侠小说中的武林，乃是杭州旧称，南宋时的都城临安，因西湖周围群山名"武林"，故此得名。

张俊是凤翔府成纪（今甘肃天水）人，原是弓箭手出身，后来在赵构即位时立过功，与岳飞、韩世忠、刘光世并称南宋"中兴四将"，但其为人贪婪好财，"桧知张俊贪，可以利动，乃许以罢诸将兵，专以付俊，俾赞其议。俊果利其言，背同列而自归于桧，桧深感之。至是，得俊语，复投其所甚欲。"①秦桧答应张俊，将岳飞的兵权交给他，于是在秦桧授意下，张俊收买岳飞部将，炮制伪证，出首状告岳飞，促成岳飞的冤狱。张俊的行为为人不齿，明朝万历年间重铸岳飞墓前跪像时，就将张俊铸像列入其中。"中兴四将"和铁铸奸佞中都有他，历史之吊诡，无耻者的嘴脸与施政者的权柄，总是刷新着人们的认知。

南宋绍兴十二年（1142），张俊迎合宋高宗赵构和秦桧与金国和谈，主动交出兵权，罢枢密使，进清河郡王，开始了退休敛财的生活，十年之间，张俊疯狂兼并土地，名下田产达到了惊人的一百余万亩，这还不包括张俊占有的大量园林、住宅。张俊每年收租，光大米就有一百万石，相当于南宋最富庶的绍兴府全年财政收入的两倍，房租达七万三千贯钱。《夷坚志》里记载，张俊家里银子太多，为了防盗，他将银子堆积在一起，铸成千两一个的大银球，取名"没奈何"，意思是小偷来了也没办法。

绍兴二十一年（1151）十月，宋高宗来到张俊家吃了一顿饭，张俊之豪奢，从《武林旧事》中开列的单子上可见一斑。

宋高宗此行当然不是独自前往，还带有秦桧等朝中的大臣和宫中侍卫，怎么看都有点"吃大户"的意思。在这次家宴上，张俊给皇帝上了各种点心正菜就有一百八十八道，秦桧等大臣侍卫的菜品大概一百一十道，按照等级不同，各有安排。除了吃喝，走的时候还有"伴手礼"，张俊进献有各种宝器，金、银、玉、玛瑙、犀角种种材质无所不包，还有各种古玩、瓷器、名人字画，"美术"教材里必提的吴道子《送子天王图》，就在其中，其他的仅绫罗缎锦就达到千匹。郭靖请黄蓉吃罢饭后，先予貂裘，再赠宝马，倒是颇符合宋代宴席规矩。

二

张俊的家宴在正餐开始前，就先上几轮"开胃菜"，这些相当于摆放在客

---

① [宋]岳珂编，王曾瑜校注：《鄂国金佗稡编续编校注》，中华书局，2018。

《射雕英雄传》1957年5月22日《香港商报》连载页面

人面前的小零食。第一轮先来"绣花高钉一行八果垒":"香圆、真柑、石榴、棖子、鹅梨、乳梨、榠楂、花木瓜"。① "钉"是贮食、盛放之意,一般仅作为陈设,所以这八道属于"看果",意思是看的,不能直接食用,此处的香圆,估计就是香橼,干制后的果实,是一味中药。这有点像现在摆放在大餐桌上的鲜花。第二轮是"乐仙干果子叉袋儿一行",这就是干果了,黄蓉点的四样干果荔枝、龙眼、蒸枣、银杏出现,除了这四样,还有八样:香莲、榧子、榛子、松子、梨肉、枣圈、莲子肉、林檎旋。

第三轮是"缕金香药一行":"脑子花儿、甘草花儿、朱砂圆子、木香丁香、水龙脑、史君子、缩砂花儿、官桂花儿、白术人参、橄榄花儿",这些也不是吃的,而是能散发香味的香料,用来清新空气,大致属于当年的空气清新剂。第四轮是"雕花蜜煎一行":"雕花梅球儿、红消花、雕花笋、蜜冬瓜鱼儿、雕花红团花、木瓜大段儿、雕花金橘、青梅荷叶儿、雕花姜、蜜笋花儿、雕花棖子、木瓜方花儿",这部分相当于今天的食材雕刻,只不过是蜜饯雕刻,增加宴席的视觉艺术。

这些只看不吃的菜,黄蓉估计郭靖这样的蒙古汉子理解不了,而且她也

---

① [宋]周密,[明]朱廷焕作,谢永芳校注:《武林旧事》附《增补武林旧事》,中州古籍出版社,2019。后面引文皆来自本书,不再注。

不认为这家店里有这样的香料和雕工，也就此省略掉了。

第五轮是"砌香咸酸一行"，黄蓉点的砌香樱桃和姜丝梅有了，剩下有十样："香药木瓜、椒梅、香药藤花、紫苏柰香、砌香萱花柳儿、砌香葡萄、甘草花儿、梅肉饼儿、水红姜、杂丝梅饼儿"。砌香咸酸从名字上来看，除了添加香药，应该是咸的，可能是盐渍，因为上一道是蜜饯，这一轮要在味觉上化解前一类的甜腻。

第六轮"脯腊一行"，亦即干制肉品，包括十味："肉线条子、皂角铤子、云梦犯儿、虾腊、肉腊、嬭房、旋鲊、金山咸馁、酒醋肉、肉瓜齑。"皂角铤子，其实就是长条肉干；云梦犯儿，是晒干之后再蒸的猪肉；"嬭"通"奶"，应该是今日蒙古的奶渣子；鲊是肉末，肉瓜齑是切碎的肉块。总之，这一批全是干肉和奶制品，黄蓉看郭靖来自蒙古，张口就要切一斤牛肉、半斤羊肝，知道摆上桌他也不会感觉新鲜，于是就此略过。

第七轮"垂手八盘子"："拣蜂儿、番蒲萄、香莲事件、念珠巴榄子、大金橘、新椰子象牙板、小橄榄、榆柑子。"第八轮"切时果一行"："春藕、鹅梨饼子、甘蔗、乳梨月儿、红柿子、切枨子、切绿橘、生藕铤子。"第九轮："时新果子一行"："金橘、蔵杨梅、新罗葛、切蜜蕈、切脆枨、榆柑子、新椰子、切宜母子、藕铤儿、甘蔗柰香、新柑子、梨五花子。"这三部分，主要是鲜果，橙子（枨子）、橘子、椰子、柿子、橄榄、杨梅、莲藕、巴旦木（巴榄子）等等都出现了，而且从南到北，从东到西，从春到冬，从中到外，无所不包，要知道那可是在一千多年前，将这些水果收集起来，该是何等的人力物力，真是匪夷所思。

黄蓉倒是没有难为店小二，只说"拣时新的"，时当隆冬，张家口地处塞上，虽然没有直接点名，但是能找到几个鲜果子已经极为不易了。金庸在这里虽然写的是张家口，但郭靖所处时代还没有这座城市，要到明代因边务才会设立。金代时，此地属西京路，若说金代这一地区有重镇的话，恐怕是张家口以北三百里外的九连城，或者是附近的宣化城。但甭说再往北，我家乡延庆在新中国成立初期，属于张家口地区，我幼时的冬天，除了地窖里的"国光"苹果，也就剩下冻海棠，何况一千多年前。金庸在这里不写明，我估计他自己也不知黄蓉该点什么了。

第十轮"雕花蜜煎"、第十一轮"砌香咸酸",与此前一样,照方抓药,重来一遍。第十二轮是"珑缠果子一行",出现了黄蓉口中的香药葡萄,其他十一种:"荔枝甘露饼、荔枝蓼花、荔枝好郎君、珑缠桃条、酥胡桃、缠枣圈、缠梨肉、香莲事件、缠松子、糖霜玉蜂儿、白缠桃条。"从"珑缠"的名字来看,应为裹缠白糖之类的干鲜果品。周密的另一本书《浩然斋雅谈》说:"俗以油饧缀糁作饵,名之曰蓼花,取其形似",[1]蓼花本是植物,这个是取其形状命名。这种食物我小时候吃过,属于北京稻香村点心"大八件"之一,圆柱形,外面裹白糖,里面是蜂窝状的空心。

这种"珑缠"在《西游记》小说中也提到过,孙悟空在朱紫国给国王治好了病,国王宴请三藏师徒,席中有"斗糖龙缠列狮仙,饼锭拖炉摆凤侣","龙缠"就是"珑缠",清代陈元龙编撰的类书《格致镜原》卷二十三载:"缠糖或以茶、芝麻、砂仁、胡桃、杏仁、薄荷各为体缠之。"可见这种食物一直不间断地流传了下来。

黄蓉所点蜜饯类的糖霜桃条,估计就是这部分的珑缠桃条,玫瑰金橘和香药葡萄应是蜜渍之后裹白糖。梨肉好郎君这个名字出自金庸杜撰,当自荔枝好郎君变化而来,大概因为黄蓉在点四干果时已经点过荔枝,是以变成了梨肉好郎君。

不过这样一改,完全是金庸想当然耳。北宋蔡襄《荔枝谱》中记载,福建地区用红盐法、白晒法和蜜煎法保存荔枝,"荔枝好郎君"大概率是蜜渍的荔枝。梨子因为含水量大,酸度小,很少选为蜜饯原料,这一行业技术金庸可能不知道。

三

走笔至此,正餐前的"开胃菜"终于结束,宴席开始上正菜。分为下酒

---

[1] [宋]周密:《浩然斋雅谈·志雅堂杂钞·云烟过眼录·澄怀录》,邓子勉校点,辽宁教育出版社,2000。

十五盏：第一盏，花炊鹌子、荔枝白腰子；第二盏，奶房签、三脆羹；第三盏，羊舌签、萌芽肚胘；第四盏，肫掌签、鹌子羹；第五盏，肚胘脍、鸳鸯炸肚；第六盏，沙鱼脍、炒沙鱼衬汤；第七盏，鳝鱼炒鲎、鹅肫掌汤齑；第八盏，螃蟹酿枨、奶房玉蕊羹；第九盏，鲜虾蹄子脍、南炒鳝；第十盏，洗手蟹、鯚鱼假蛤蜊；第十一盏，五珍脍、螃蟹清羹；第十二盏，鹌子水晶脍、猪肚假江珧；第十三盏，虾枨脍、虾鱼汤齑；第十四盏，水母脍、二色茧儿羹；第十五盏，蛤蜊生、血粉羹。

黄蓉所点的酒菜，第一道也是花炊鹌子，与张俊家宴正菜相同。宋代人似乎很喜欢吃鹌鹑，《东京梦华录》中有"新法鹌子羹"，南宋吴自牧的《梦粱录》有"山药鹌子""笋焙鹌子""蜜炙鹌子""鹌子羹"等多种鹌鹑的做法。

黄蓉点的其他七道菜：炒鸭掌、鸡舌羹、鹿肚酿江珧、鸳鸯煎牛筋、菊花兔丝、爆獐腿、姜醋金银蹄子，虽然没有出现在上面的菜单里，但很多制作方法、原材料和名目极为相似，比如"炒""羹""鸳鸯""酿"、江珧柱、肚等等。在《射雕英雄传》连载版和修订版中，江珧用的是"瑶"字，在新修版中换成了"珧"，指的都是干贝，写法不同而已。

野史上说宋真宗时的宰相吕蒙正每天早晨要吃鸡舌羹，每日靡费数百只鸡，黄蓉点的鸡舌羹应是出自这里。

《东京梦华录》中记载当时兔肉做法：盘兔、炒兔、葱泼兔，没有兔丝，不过宋代林洪的《山家清供》中有一则兔肉吃法："遇雪天，得一兔，无庖人可制。师云：山间只用薄枇、酒、酱、椒料沃之。以风炉安座上，用水少半铫，候汤响一杯后，各分以箸，令自入汤摆熟，啖之，乃随意，各以汁供，"[①]名为"拨霞供"，做法就是将兔肉切成薄片，用酒、酱、椒料腌制以后涮锅子。黄蓉所点之菊花兔丝应与此相类，兔丝氽烫，形似菊花。

《山家清供》也记载了炙獐，将獐子肉切成大块，用盐和调料腌制后，以羊油包裹，猛火烤熟，弃羊油，食獐肉。黄蓉所谓爆獐腿，应似这样的做法。

[①] [宋]林洪：《山家清供》，中国商业出版社，1985。

今天厨艺中的"爆",指的是旺火少油、快速翻炒,不过前提是要先有一口冷锻技术成熟的薄铁锅,可这种先进的冶铁技术,当时算是军工,一般地方还真没铁锅,只有高端酒楼才可能拥有,彼时平民家没有吃炒菜的。黄蓉点炒鸭掌,考验的不是食材和厨师手艺,反而像是酒楼的档次。

姜醋金银蹄子,姜醋是做法,金银蹄子应是火腿和新鲜肘子同烹。蹄指蹄髈,这是江南的叫法,北方称肘子。昔日名噪一时的南海十三郎,本名江誉镠,虽为粤剧编曲名家,出身却是广州世家子弟,其父江孔殷是著名美食家。十三郎的侄女江献珠后来也成为美食家,她写《家馔》,记录江家菜谱,有一道金银肘子,主料就是火腿和肘子,做法颇费工夫,先煮再冲冷,再煮后去骨,将火腿酿于肘子中,叠成双层上桌。

下酒十五盏里还出现了很多"签",这个有点令人费解,因这个菜品名字广泛出现在两宋的笔记中,却在此后的元明文字中难以寻觅。推测"签"应指一种做法,但究竟怎么做,却是众说纷纭。现在较多的一种说法认为,既然叫"签",就和竹子有关,大概是一种竹帘。竹帘能做什么呢?那就是食物切碎卷起。宋人陈世崇《随隐漫录》收录有《玉食批》文字,谓"司膳内人所书",记载皇太子的日常饮食,其中说:"以蟛蜞为签,为馄饨,为柸瓮,止取两螯。余悉弃之地,谓'非贵人食'。"[1]蟛蜞就是梭子蟹,取两螯之肉做"签",可想其碎。

从这里引申想开去,今天中国饮食中的豆腐皮、蛋皮、网油等,依旧还在保留这种将食物卷起,然后或炸或蒸的工艺。我在河北昌黎吃过一道菜,名字就叫炸签子,点菜时以为类似牙签肉的熟食,上菜后发现,做法就是将肉剁碎揉团,然后裹上绿豆面炸制。

下酒的十五盏三十道菜上完,还没到结束的时候,接下来还有插食:炒白腰子、炙肚胘、炙鹌子脯、润鸡、润兔、炙炊饼、炙炊饼臡骨;劝酒果子库十番:砌香果子、雕花蜜煎、时新果子、独装巴榄子、咸酸蜜煎、装大金橘小橄榄、独装新椰子、四时果四色、对装拣松番葡萄、对装春藕陈公梨。

---

[1] 上海古籍出版社:《随隐漫录》,载《宋元笔记小说大观》第五册,上海古籍出版社,2007。

張循王俊

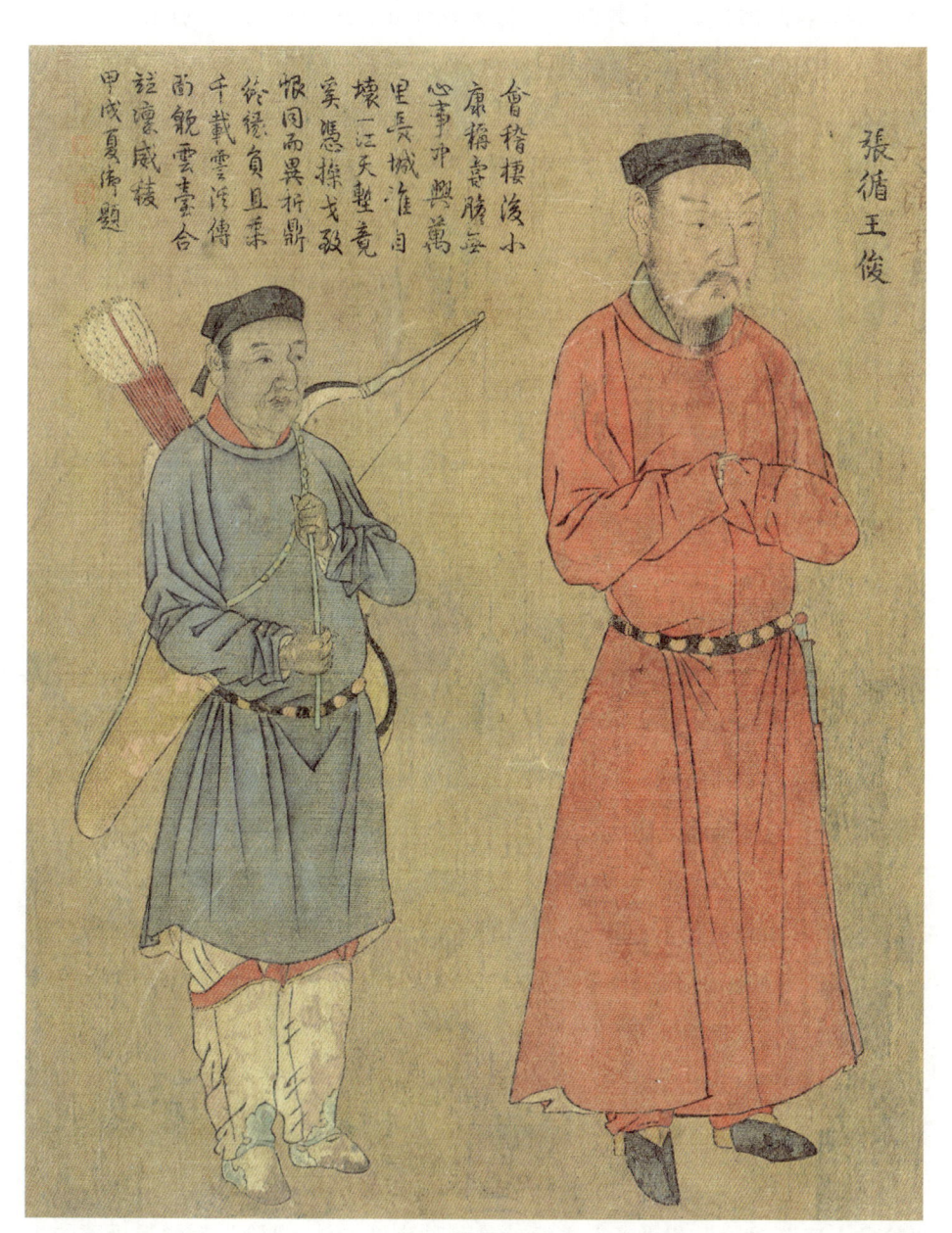

會稽樓後小康橋壹勝無
心事中興業萬里長城准自
壞一江天塹竟
笑憑操戈敢
恨同而異析鼎
千載雲烟傳
總緣負且柔
蜀舶雲臺合
趋凛威稜
甲戌夏御題

张俊像，选自中国国家博物馆藏南宋绘本《中兴四将图卷》

另有所谓厨劝酒十味，即江珧炸肚、江珧生、蝤蛑签、姜醋生螺、香螺炸肚、姜醋假公权、煨牡蛎、牡蛎炸肚、假公权炸肚、蟑炬炸肚，与插食一样，不计入正式下酒的十五盏。

插食在《东京梦华录》中提到过，大致是在食物上插上鲜花、小旗子等做装饰，使得食物好看。这里之插食应该是宋代宴席上的"插食盘架"，一种竹编的架子，形似假山，可以盛放餐具，让宴席从平面到立体，形成视觉上的层次感。

诸般菜品上罢，还有细垒四卓（桌），又次细垒二卓（桌）：内蜜煎、咸酸、时新、脯腊等件；对食十盏二十分：莲花鸭签、茧儿羹、三珍脍、南炒鳝、水母脍、鹌子羹、鲟鱼脍、三脆羹、洗手蟹、炸肚胘。

书说至此，张俊为宋高宗安排的这场"豪门盛宴"，终于全部上齐。按照宋高宗随行人员官位等级每人各不相同，这里就不再详细列举了。

下酒、插食、厨劝酒里面的一些菜，黄蓉在张家口没有点过，但是她师父北丐洪七公却吃到了。《射雕英雄传》第三十三回"来日大难"，靖蓉二人与洪七公别后重逢，洪七公在老顽童周伯通的保护下，流连南宋皇宫数月，除了"连吃了四次鸳鸯五珍脍，算是过足了瘾，"又吃了"荔枝白腰子、鹌子羹、羊舌签、姜醋香螺、牡蛎酿羊肚……"据此看来，张俊府上的厨师与皇宫御厨擅长的菜品还是颇为相似的。

在这儿又不得不提一下"鸳鸯五珍脍"，这道菜在《射雕英雄传》中，一直让洪七公反复惦记。小说里说这道菜出自南宋皇宫御厨，张俊家宴正菜中也有"五珍脍"，只不过没有"鸳鸯"。这道菜因"厨房里的家生、炭火、碗盏都是成套特制的，只要一件不合，味道就不免差了点儿，"别地儿还吃不到。洪七公身受重伤，念念不忘就是再吃一顿"鸳鸯五珍脍"。

菜品中的"鸳鸯"往往是指使用两种主料，抑或同一主料采用两种做法，颇类今天吃鱼头，一半剁椒，一半泡椒。"脍"字现在用得很少，我们常说"脍炙人口"，"脍"和"炙"本意就是两种烹饪方法。"脍"为切得极薄的生肉片，"炙"则是将肉用火烧熟，如今我们基本都称其"烤"，考据"烤"这个汉字出现得极晚，乃是齐白石自创出来的字，古书里提到烤肉，只称为炙。

"脍"的吃法，主要指鱼生。西晋的季鹰先生张翰见秋风起，"因思吴中莼菜羹、鲈鱼脍"，想念的就是一盘生鱼片。北宋汴梁有金明池，每年三月三都要举办一项重要活动，称为"临水斫脍"。人们在池边举行垂钓比赛，钓上的鲜鱼，游人要花比市面高一倍的价钱买下，现场切片蘸吃。苏东坡笔下诗句"运肘风生看斫脍，随刀雪落惊飞缕"，描绘的即是这样的场景。

前面说的张俊宴席正菜的第十三盏有虾枨脍，枨就是"橙"，虾肉片得极薄，挤上橙汁，这种吃法不就是今天的龙虾肉刺身吗？

按中国人今日的理解，吃鱼生、肉生的习惯，仿佛是出自日式料理，实则不然。不只是日本，东南亚国家有很多这样的菜品，除了鱼虾蟹，泰国至今还会将新杀的野味切丝，拌上各种调料直接吃，是以我认为"鸳鸯五珍脍"大概是以两般不同蔬菜垫底，上面叠放五种不同的薄肉片，佐以料汁，算是一道生鲜。

为了写这篇文章，我还将几种《射雕英雄传》电视剧版本找来看了一下，无一例外，剧组道具师安排的都是五颜六色、腾着热气的一盆汤菜。"鸳鸯五

黄蓉制作"二十四桥明月夜" 李志清/绘

珍脍"成了"鸳鸯五珍烩",成了乱炖,可惜汤菜在宋代不叫"烩",而是"羹"。

黄蓉在店里"马马虎虎"点了八个酒菜,着实吓坏了店小二,至于十二道下饭的菜和八样点心,店小二不敢再问,生怕问了自家做不出来,只管拣最好的安排。他不问,金庸也没写,不过通过张俊家宴的菜单子,我们也能约莫想象得出。

四

写到这儿,不知大家是否觉得熟悉,这种上菜的次序和仪式,与传统相声《报菜名》如出一辙。相声里说,正菜之前,先上"四干、四鲜、四蜜饯、四冷荤、三甜碗、四点心",四干是黑瓜子、白瓜子、花生蘸、甜杏仁儿;四鲜是北山苹果、深州蜜桃、桂林马蹄、广东荔枝;四蜜饯是青梅橘饼、桂花八珍、冰糖山楂、圆肉瓜条;四冷荤是全羊肝儿、熘蟹腿儿、白斩鸡、烧排骨;三甜碗是莲子粥、杏仁茶、糖蒸八宝饭;四点心是芙蓉糕、喇嘛糕、油炸桧子、炸元宵,接下去才是正菜"蒸羊羔、蒸熊掌、蒸鹿尾儿、烧花鸭、烧雏鸡……"

这段相声《报菜名》也叫《菜单子》,是20世纪20年代京津相声名家李德钖(艺名万人迷)创作,罗列了二百多道菜,到20世纪30年代,经过很多相声演员不断增添删减、加工整理,逐渐形成今天大家所熟知的文本,在表演的过程中,也被称"满汉全席",实际上这些菜和"满汉全席"并无关系,却从中可以窥见当时民间对于宴席菜品安排的认知。

民国时期,北京有位"市长名厨"周大文,字华章,他家境殷实,年轻时在奉军里当过幕僚,精通无线电,能破译密码。周华章平时票京剧,喜古玩,擅长烹饪,还和张学良拜过把子,1931年到1933年,当过两年北平市长。他因为喜欢烹饪,广泛结交宫廷和民间名厨,后来下海当了主厨,中餐西餐都做。他有个女儿,就是后来的京剧名家刘长瑜,以《红灯记》中的李铁梅一角为人熟知。

周华章写了一本《烹调与健康》的书,其中有他对当年北京老厨师的访问,据老厨师说,北京老年间宴席的排场因循古礼,每桌席最初只一人,后来坐三人,逐渐增为五人,最多的也没超过六人。周华章记载了他了解的前清时代最丰盛的满汉燕翅烧烤全席,这个宴席是民间宴席的最高规格,总计有六大件、六小件、四押桌、两道点心、二十四个碟子,包括四干、四鲜、四蜜饯、八冷荤、四热炒。此外,还有一道进门点心、两道茶。进门点心有甜有咸,一干一稀,甜干点心有酥合子、山药饼,稀的有糖莲子、冰糖百合、杏仁茶,咸干点心有烧卖、蒸饺,稀的有汤面、馄饨等。每份量极小,有专用的碟、碗、匙,比席间用具要小。两道茶,一道是甜的,多用桂圆、红枣、莲子,另一道是普通茶叶,夏季用绿茶,冬季用花茶或红茶。入座前,每人面前先摆好匙、箸、食碟、双子和抱怀碟,再摆水果碟在桌子的四个角上,若是台面有鲜花,要摆在靠鲜花的里面,再交叉摆蜜饯和干果,中心摆冷荤。一桌三人,分为主人、主宾、陪客。正菜之前,将这些摆齐,请来宾入席。主人先敬酒,再分敬干果和蜜饯,再敬酒后,开始上热炒。

燕翅全席分六大件六小件,鸭翅席、鱼唇席、海参席都是四大件六小件。所谓大件小件有鱼翅、烧烤等菜,做法不同,分大小碗。从清末到民初,筵席逐渐简化,先减去干果碟和蜜饯碟,后又减去鲜果碟,只留四冷荤、四热炒、八个大件或十个大件。不久又减去四热炒,只留四冷荤、八大件或十六大件。

相声所言,乃是根据民众所熟悉的生活素材加以创作,宴席当然上不了那么多菜,不过这种规格形式,一直存在于民间。食材品质自然高下有别,相应的仪式感让人怀念。我家乡延庆的宴席,称为"八八席",意为八个大碗炖菜和八个小碗炒菜,至今犹存。"八八席"四人一桌,最多五人,落座之后,先上茶点(糕点),不许上四盘或六盘,俗话说"四六不成材",其他数量均可,最多时九盘。上茶点时随上茶水,点心可吃亦可不吃,一般很少吃,有点前面提到的"看食"的意思。茶点撤下后,上"九个压桌碟",包括"三干、三鲜、三冷荤",皆为凉菜,菜品各异,并无具体要求。如果只有六小碗炒菜,则称为"八六席",大碗最后一道都上丸子汤,取"完"字谐音,表示菜肴已经上齐。

五

我手头保留着一份民国时期家乡北京延庆名厨王昆山的菜单子。王昆山是延庆陶庄村人，生于清光绪元年（1875），王氏16岁到北京城学艺，光绪二十年（1894）艺成回到延庆，在延庆的永宁望族胡家作厨师。

永宁现在属延庆下辖的一个镇，旧有城池，明宣德五年（1430）三月阳武侯薛禄修筑，正统年间以砖石砌固，永宁往南即为明十三陵，为明代长城防线上重要军镇，设立目的是拱卫陵京。胡氏始祖胡维，字之刚，永平府滦州人，明初受命镇抚永宁，二世胡显、三世胡泳，均授武略将军，其后数百年间繁衍为大族。十二世胡先达，道光二年（1822）进士，历任江苏溧阳、武进知县，后至贵州任松桃同知。胡先达在永宁办了两件大事，一是联络其他人捐银4557两，购地创立缙山书院，鼓励乡土教育；二是捐资修建义冢，让外地人殁于此地者能入土为安。胡先达的孙子胡元陔，清末举人，迁居山西右玉，他有个女儿，按胡氏族谱十五世"寿"字排，取名胡寿楣，后改名胡楣，在20世纪30年代成为著名作家，与潘柳黛、张爱玲、苏青并称为"民国四大才女"，笔名关露，世人所知，她也是中共隐蔽战线的著名"红色间谍"。

王昆山入胡家为厨，就在于他深谙传统宴席的规矩和菜品质量，时人对其操持宴席的刀口、色泽、火候等，认为恰到好处，技术全面，所以也经常把他请去料理延庆地区结婚、丧事、满月、寿诞、暖房等宴席。他留下的菜单写得分明：

九碟茶食：每碟二饽饽（小点心）五个，计二斤二两五钱。

九碟凉碟："三干"，核桃仁、花生米、瓜条；"三鲜"，橘子、葡萄、大枣；"三荤"，卤肝、灌肠、熏肉。

八碗小碗：格炸夹、包肉、喇嘛肉、酥肉、烧干贝、烩瑶柱、烧海参丁、烩鱿鱼丝。

八碗大碗：红烧肉、白肘子、红烧鲤鱼、清炖鸡、鱼肚汤、海参汤、海米汤、肉丸子汤。

这种席面虽与北京城里宴席菜肴的数量和质量无法比，但基本上比照传统宴席场面程序、仪式进行，先上点心，再上押桌，然后是小碗、大碗，最后是主食。

徐珂《清稗类钞》饮食类的众多篇目中有类似记载："肴馔以烧烤或燕菜之盛于大碗者为敬，然通例以鱼翅为多。碗则八大八小，碟则十六或十二。""计酒席食品之丰俭，更以碟碗之多寡别之，曰十六碟八大八小，曰十二碟六大六小，曰八碟四大四小。"①

延庆北为张家口，南临北京城，张家口的蔚县至今还流行着八大碗，而京南的房山、大兴及与之毗邻的河北保定一带，当地举办宴席时还流传着传统席面，称为"十二八席""八八席"等，前者指六小碟、六小碗、八大碗；后者指四小碟、四小碗、八大碗。

再往前溯源，清代中叶有一本菜谱大全《调鼎集》，其"进馔款式"看撰有具体描述，记载有"十六碟、四热炒（二点一汤）四热炒（二点一汤）四大碗（四点一汤）四烧碟，两暖盘、两暖碗"，"十二碟、四热炒、四小碗、两盘、两碗"，"十六碟高装、四中盘烧碟、四小碗、四小盘、中碗、五中盘、六点一茶、四攒每盘三色"。②等等。其所用的诸如"燕窝、鱼翅、鲍鱼"等高档食材以及"高装盘、暖碗（中空连底，内装烧酒点燃后保持温度）、攒盘"等组合器皿，明显自高档宴席礼俗转化而来。

《礼记·礼运》说："夫礼之初，始诸饮食"。按《礼记》所述，中国的宴席礼仪在周代时就已经形成了一套较为完善的制度。随着时代发展，食材的日渐丰富，烹饪技法的进步，贵族宴席愈加繁复，以《射雕英雄传》的宋代背景为例，社会上出现了"四司六局"，就是专门负责高档餐饮的管理机构，据宋代灌园耐得翁《都城纪胜》"四司六局"记："官府贵家置四司六局，各

---

① 徐珂编撰《清稗类钞·饮食类》第十三册"宴会"，中华书局，1996。
② [清]童岳荐，张延年校注《调鼎集》卷二"进馔款式"，中国纺织出版社，2022。

有所掌,故筵席排当,凡事整齐,都下街市亦有之。常时人户,每遇礼席,以钱倩之,皆可办也。"①

帐设司,负责宴席的环境布置;茶酒司,又名宾客司,负责邀请、迎送、送茶、斟酒等协助主家进行招待;台盘司,负责端菜、撤盘子、餐具清洗等;厨司,负责宴席菜品的制作,从选料到烹调,都是他们的任务;果子局,负责采买和装饰时新水果;蜜煎局,采办蜜饯类等干果;菜蔬局,负责采购少见或时新蔬菜,以及糟卤菜等;油烛局,负责宴席进行时的灯火照明;香药局,负责供应各种香料,及时清洁空气,提供醒酒汤药;排办局,负责宴席环境挂画、插花、擦拭桌椅、洒扫地面等。

看这些资料,我们今天依然会觉得咋舌:一顿宴席的方方面面都有专业机构为你考虑周全了。南宋张俊宴席的整套排场,绝非临时起意,而是当时奢靡风气的真实反映,并且"常时人户,每遇礼席,以钱倩之,皆可办也","主人只出钱而已,不用费力",②只要你有钱,相应的场面谁都可以置办。

由宋延至明清,这种宴席制度下移辐射至社会其他群体,并开始互相参照,趋于合璧,模式逐渐固化,形成特定"套路"。清代李光庭《乡言解颐》一书则记录了嘉庆、道光年间京畿一带的宴席模式:"其时席面用四大碗、四七寸盘、四中碗,谓之四大八小。所用不过鸡豚鱼蔬,而必整必熟,无生吞活剥之弊,亦属能手。今则改旧生新,用小碟小碗……"③稍晚刊行的顾禄《桐桥倚棹录》记载苏州一带风土,卷十"市廛"载:"盆碟则十二、十六之分,统谓之'围仙',言其围于八仙桌上,故有是名也。其菜则有八盆四菜、四大八小、五菜、四荤八拆,以及五簋、六菜、八菜、十大碗之别……"④勾勒出了苏州"斟酌桥三山馆"酒楼的宴席规格。

以此观之,南北菜品不同,宴席的规制差相仿佛,本质上讲,这种有主有宾的宴席,实际是一种社交活动。为使这种社交活动符合秩序和规矩,所

---

① [宋]灌园耐得翁:《都城纪胜》"四司六局",中国商业出版社,1982。
② [宋]孟元老:《东京梦华录译注》"筵会假赁",北京联合出版公司,2015。
③ [清]李光庭:《乡言解颐·人部》"食工",石继昌点校,中华书局,1982。
④ [清]顾禄:《桐桥倚棹录》卷十"市廛",王稼句点校,中华书局,2008。

张家口大境门　郭强/摄

以形成相应的"仪式感",成为宴席的指导和档次区别。

郭靖在张家口请黄蓉吃的这一顿饭,黄蓉按照宋代宴席的规制,随意点了菜,其中隐含的却是中国人千年以来对宴席的态度和认知。金庸小说之所以耐读的原因,就在于虽是小说中简单的闲笔,但其来有据,且这种闲笔在今日生活中,依然可以寻到参照,这可能是其小说雅俗共赏,拥有旺盛生命力的原因。

六

1932年春,金庸8岁,表兄徐志摩的灵柩被迎回故乡安葬,他作为代表前往吊唁,按照礼节,受到了隆重接待。金庸在徐志摩的灵前跪拜后,60余岁的老舅舅徐申如向金庸作揖答谢,徐志摩14岁的儿子则向金庸磕头答礼,然后安排金庸独自一人入席。他只是个8岁的孩子,不会喝酒,做了个样子,吃了几口菜就下桌告辞了。

金庸后来接受《明报月刊》记者采访时回忆："我一生之中，只有这一次经验，是一个人独自坐一张大桌子吃酒席。桌上放满了热腾腾的菜肴，我当时想，大概皇帝吃饭就是这样子吧。两个穿白袍的男仆在旁斟酒盛饭……"①

徐申如亲自将金庸送出大门，安排家里的船，由船夫和男仆护送他回家，并向金庸父母呈上礼物作为答谢。

这次丧礼上的宴席，依然是中国传统宴席的礼俗。

1969年，金庸45岁，已经是《明报》的大老板，事业有成。《明报》创刊十年，此时日销十二万份，十年生聚，已在香港雄踞一席，旗下的《明报月刊》则在海外知识分子中颇受尊重。

先后当过《明报月刊》和《明报》总编辑十几年的董桥曾回忆："当年，查先生给我的聘书上提醒我必须'遵照《明报》一贯中立、客观、尊重事实、公正评论之方针执行编辑工作。在政治上不偏不倚，在文化上爱护中华民族之传统，在学术上维持容纳各家学说之宽容精神'"。②

1969年的世界并不安宁。2月3日，阿拉法特成为巴勒斯坦武装力量领导人；3月2日，中苏珍宝岛开战；3月28日，美国总统艾森豪威尔逝世；4月1日至24日，中国共产党第九次全国代表大会在北京举行。这一年，还有卡扎菲发动政变，诞生了利比亚共和国，越南胡志明逝世，人类登上月球……

金庸在《明报》上连续写下"社评"：《台北今年开十全大会》《"九大"主席团分四等七级》《党组织重要性渐失》。5月20日，金庸在《创刊十年，亦喜亦忧》中说："十年后，《明报》已不怎么小了。然而，我们的国家和人民，这十年来却历尽了苦难。我们企图报道整个世界、中国（内地）和香港的进步和幸福，但不幸的是，十年来报纸的篇幅之中，充满了国家的危难和人民的眼泪……我们只希望，《明报》今后能有更多令人喜悦的消息向读者们报道，希望我们的国家和社会中，今后会有更多的欢笑，更少的忧伤。"③

金庸的心里并不快乐，因其政治立场，《明报》毁誉交加，以至于前两年

---

① 田家明：《剑桥观礼记》，《明报月刊》2005年9月号。
② 董桥：《"八十"自述》，《明报月刊》1986年10月号。
③ 傅国涌：《金庸传》，北京十月文艺出版社，2003。

金舫酒店,"蜜月吧"旧址,今为香港北角金舫大厦。金庸、林乐怡当年相逢于此。　郭强/摄影

他需要避居新加坡。他的充满寓意的小说《笑傲江湖》连载接近尾声,他也准备要撰写最后一部小说《鹿鼎记》。

1969年夏日的一天黄昏,金庸来到位于北角的金舫酒店七楼的"蜜月吧"默默喝啤酒。1966年9月19日,《明报》社址搬到北角英皇道的南康大厦,距离这里并不太远。"蜜月吧"有小隔间,门前有珠帘,颇具私密性,《明报》的董千里、陈非、倪匡等人常喜欢到这里喝啤酒写稿子,渐渐影响到金庸也跟了过来。

这是个暑假,16岁的女学生林乐怡为了学业,正在"蜜月吧"打工,当一名小侍应,在她的眼中,她看到一个穿着皱巴巴西装的中年男人,独自一人默默喝啤酒,他一人喝了好几杯,也不吃东西。少女很担心,觉得他这样下去会喝醉,于是上前问他喝了这么多酒,肚子饿不饿?金庸没说话,只是点了点头。林乐怡说:"我点一客火腿扒给你吃好不好?"金庸仍然无语。年轻的林乐怡觉得他可能不方便,就冲动了一下,说:"不要紧的,我请你吃。"

女孩子当然是客气，金庸却立刻点了头。火腿扒端上，金庸吃完火腿扒，饮罢啤酒，起身走了，临走时对林乐怡说了句谢谢。林乐怡愣住了，她没想到这个中年男人真的不结账就走。她自己只是个小侍应，怎料到中年男人当了真。过了两天，金庸和《明报》另一位创始人沈宝新一起过来，两人边喝啤酒边聊天。林乐怡上前打招呼，却见这个男人始终不提那天的事，心想也就算了。回到柜台，经理却问："你认识那个男人啊？"林乐怡怒气未息，说："就是这个男人，前天见过他，没有付账。"经理闻后吃惊，说，这是《明报》的大老板查先生，也就是武侠小说作家金庸。林乐怡从来不看武侠小说，觉得这种书有什么好看的。又过两天，金庸再次来到"蜜月吧"，他拿出一个精致的盒子送给林乐怡，低声说："谢谢你那天请我吃火腿扒，小小礼物，不成敬意。"林乐怡打开盒子，发现里面是一块"浪琴"手表。这块表价值2700元，当时香港普通人的月收入不过一二百元，真不是个小数目。

坊间对于金庸和林乐怡的相识颇多传闻，此为林乐怡当面对沈西城所言，料来无差。西城先生对我感喟说："情多必自伤，金庸亦如是。"

金庸和林乐怡相识后不久的9月24日，中国北方一个叫郭路生的诗人，写下了一首诗《相信未来》，这首诗以手抄本的形式在全国知青中传抄，予困境中的青年人以巨大慰藉。金庸当然不会看到这首诗，但关于困境和未来，金庸有自己的想法。后来的事，众所周知，1976年，金庸与朱玫离婚，林乐怡成为其第三任妻子，陪他度过了42年的余生。

昔日的金舫酒店，今日已经变为金舫大厦。2017年，我路过香港北角，恰好路过金舫大厦，经过20世纪70年代的改建，早已寻觅不到旧照片中的样子。金舫酒店是当年香港众多文人聚会的所在，比如著名的作曲家姚敏就是在这里与朋友聚会时心脏病发作去世的。罗大佑号称华语流行音乐教父，而罗大佑的偶像就是姚敏，称其为"20世纪中国最伟大的艺术家"。姚敏成名很早，现在每到过年，满街"恭喜恭喜恭喜你……"其实这首歌为了纪念抗战胜利所作，原唱正是姚敏。1950年后，姚敏去了香港，他写的歌捧红了数代歌星，从昔日上海滩的周璇可以数到20世纪末的梅艳芳，支撑了香港国语流行歌坛的大半边天。香港国语流行歌曲在20世纪60年代末衰落，粤语流行歌曲兴起，正与1967年姚敏的逝世有关。主持姚敏葬礼的司仪叫作黄霑，他毕生憾事就是没能和姚敏合作，所以立志要成为下一个姚敏，最后还真成为一代宗师，与金庸、倪匡、蔡澜共称"香港四大才子"。

不知道当初金庸被林乐怡请了一客火腿扒时，他会不会想起十年前，自己笔下的郭靖在张家口请黄蓉吃的那一餐饭。书中情节成为生活中的谶语，郭靖不识"东邪"的贵女，林乐怡也不知《明报》的大老板。或许在金庸的记忆里，两人相识的这顿饭，虽然仅仅是一顿火腿扒，可能远胜那些摆满了两个桌子的菜肴。

金舫大厦兀自矗立，往事如烟，俱都风流云散了。

东邪与"药师"的数世因缘

一

金庸小说中的人物名字,一向为人称道,其含义多于典有征,可见金庸巧思。在《射雕英雄传》的诸多人物中,东邪名黄药师,以"邪"闻名,书里说他"古灵精怪,旁门左道""行事怪癖""生平最恨的是仁义礼法,最恶的是圣贤节烈"、做事全凭内心好恶,不理世俗目光,世人无法理解他的行为,故称其为"东邪"。

细说起来,金庸最初设定"五绝"时,即有意五位高手以中国传统的"五行"观念相应,绝非随意"东西南北中"一番。

"五行"的理论是中国传统文化的重要哲学思想,是古人对于组成自然界原始五种物质的概括,分金、木、水、火、土五种形态,木生火,火生土,土生金,金生水,水生木,是谓相生;木克土,土克水,水克火,火克金,金克木,是谓五行相克。五行之间既相生又相克,彼此变化,构成规律,应用到中国传统文化的各家学问中。

《孔子家语·五帝》中说:"天有五行,水、火、金、木、土。分时化育,以成万物,其神,谓之五帝。"而《尚书·洪范》中也有类似的说法"五行,一曰水,二曰火,三曰木,四曰金,五曰土。水曰润下,火曰炎上,木曰曲直,金曰从革,土爰稼穑。润下作咸,炎上作苦,曲直作酸,从革作辛,稼穑作甘。"

东邪黄药师　李志清/绘

"五行"对应方向：东主木、西主金、南主火、北主水、中主土，再看《射雕英雄传》中"五绝"的名字，你会发现他们一一对应"五行"，东邪黄药师，"药"字带"艹""木"（繁体字为"藥"）应木；西毒欧阳锋，"锋"中有"钅"应金；南帝一灯大师，"灯"里"火"应火；北丐洪七公，"洪"中带"氵"应水；中神通王重阳，"王"字和"重"字都带"土"应土。《射雕英雄传》第十二回"亢龙有悔"中，洪七公也曾说过："那位'南帝'功夫之强，你爹爹和我都忌他三分，南火克西金，他更是老毒物欧阳锋的克星。"金能克木，黄药师的弟子梅超风就死在欧阳锋的手中。

"五行"当中，又以土居首位，因土地化育万物，董仲舒在《春秋繁露》里就说："土者，五行之主也……是故圣人之行，莫贵于忠，土德之谓也。"是以第一次华山论剑，"五绝"之中以中神通王重阳为胜利者。

从颜色来看，东方为青色，西方为白色。第十三回"五湖废人"中东邪出现："突然之间，半空中如鸣琴，如击玉，发了几声，接着悠悠扬扬，飘下一阵清亮柔和的洞箫声。众人都吃了一惊。欧阳克抬起头来，只见那青衣怪人坐在一株高耸之巅。手按玉箫，正在吹奏。"黄药师平常所着衣物为一袭青衣。第十八回"三道试题"，欧阳锋初登场，郭靖"凝神瞧欧阳克身后那人，但见他身材高大，也穿白衣，只因身子背光，面貌却看不清楚。"

金庸在"五行"五色的运用上，虽不似名字那样刻意，却也是暗自贴合。

黄药师的出身来历，其实经过了三次变化，最早的连载版第十回"荒山之夜"首次提到：

> 原来陈玄风和梅超风是同门师兄妹，两人都是桃花岛岛主黄药师的弟子。那黄药师武功自成一派，只是他的功夫是在桃花岛秘练而成，艺成之后，从未离开过桃花岛，所以中土武林人士，极少知道他的名头，其实论到功力之深湛，技艺之奥秘，黄药师决不在名闻关东关西的全真教与威震西南的段氏之下。

而到了修订版的第四回"黑风双煞"中，这段文字却变成了：

陈玄风和梅超风是同门师兄妹，两人都是东海桃花岛岛主黄药师的弟子，黄药师武功自成一派，论到功力之深湛，技艺之奥秘，实不在号称天下武学泰斗的全真教与威震天南的段氏之下。

金庸最初写到黄药师之时，"五绝"的设定还未出来，也无"东邪"绰号，如同《射雕英雄传》开篇，读者皆以为丘处机是不得了的大高手，谁知到得后来，郭靖的武功已经远胜"全真七子"。这是小说逐日连载，作家对小说的武功设定产生了变化。这一缺陷，亦不能怪金庸。武侠小说源出书馆说书，君不见，武侠评书中，甫出场的豪杰，到后来已被层出不穷的英雄，打压得喘不过气来。这种创作方式，依然被今日网络小说写作承袭。金庸修订时，整本书已然完结，回看这段文字，自是觉得黄药师一个人在桃花岛秘密练功，而且从未离开，实在不合情理，与后面的情节相互抵牾，且偏处一隅的人，称不上"邪"，更加不能在武林中拥有绝大的名气，所以在20世纪70年代修订时将这句删掉了。

及至20世纪新修版时，金庸为黄药师补全了"身份履历"，原本修订版的第十回"冤家聚头"改成了"往事如烟"，借助梅超风的回忆，追溯黄药师的往事：

……师父是浙江世家，书香门第，祖上在太祖皇帝时立有大功，一直封侯封公，历朝都做大官。师父的祖父在高宗绍兴年间做御史。这一年奸臣秦桧冤害大忠臣岳飞，师父的祖父一再上表为岳飞伸（申）冤，皇帝和秦桧大怒，不但不准，还将他贬官。太师祖忠心耿耿，在朝廷外大声疾呼，叫百官与众百姓大伙儿起来保岳飞。秦桧便将太师祖杀了，家属都充军去云南。师父是在云南丽江出生的，他从小就读了很多书，又练成了武功，从小就诅骂皇帝，说要推倒宋朝，立心要杀了皇帝与当朝大臣为岳爷爷跟太师祖报仇。那时秦桧早已死了，高宗年老昏庸。师父的父亲教他忠君事亲的圣贤之道，师父听了不服，不断跟师祖争论，家里都说他不孝,后来师祖一怒之下,将他赶了出家。他回到浙江西路,非但不应科举,还去打毁了庆元府明伦堂,在皇宫里以及宰相与兵部尚书的衙门外张贴大告示,在衢州南迁孔府门外张贴大告示,非圣毁贤,指斥朝廷的恶政,说该当图谋北伐,恢复故土。朝廷派了几百人马昼夜捕捉,那时师父的武功已经很高,又怎捕捉得到他。就这样,师父的名头在江湖上非常响亮,因为他非圣毁祖,谤骂朝廷,肆无忌惮,说的是老百姓心里想说却不敢说的话,于是他在江湖上得了个"邪怪大侠"的名号。

这段文字补上了黄药师出身来历,但又出现了问题。根据《新元史》《明史》的记载,宋高宗时期,云南丽江由麽些蛮蒙醋醋割据,不在南宋行政区域,虽地域上归属于大理国,置丽水节度,但大理段氏也不曾直接管辖,黄药师全家又怎么能发配到丽江呢?我估计这和金庸的云南丽江之行有关。1999年5月,首届世界华人"炎黄杯"名人围棋邀请赛在云南丽江举行,金庸是年75岁,他是4位发起人之一,还和聂卫平在丽江木王府下了一局棋。在丽江,金庸除了下棋,也聆听了纳西古乐,与丽江纳西古乐的文化名人宣科一起煮酒论乐,写下一幅字"先闻山坡羊,再聆浪淘沙,唐宋古曲入梦;既晤李后主,又揖唐玄宗,连夕魂梦与君同"赠给宣科。

丽江一行,给金庸留下深刻的印象,2000年之后,他开始修订自己的小说,大笔一挥,就让黄药师出生在了丽江。从这些变化中,可以看到金庸对黄药师的人物塑造的思考历经了近40年,金庸执意将"东邪"为人性格怪异,狂傲不羁,却最敬重忠臣孝子的原因逐一剖析明白。

二

以"药师"为名,非金庸首创,考诸这个词语的本源,乃是外来词语,最早不见于诸子典籍。佛经中称呼医生为药师,《大宝积经》卷一〇八中说:"譬如大药师,善能疗治一切诸病。自无有病,见诸病人而于其前自服苦药,

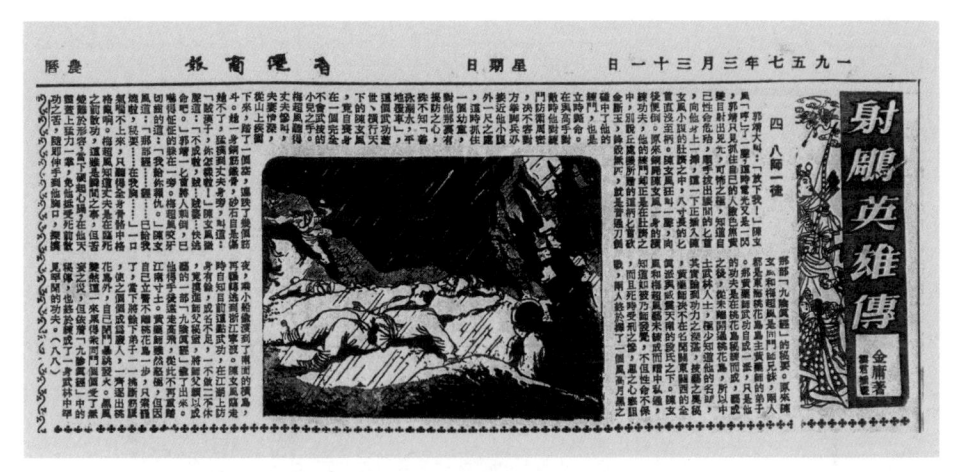

《射雕英雄传》1957年3月31日《香港商报》连载页面

诸病人见是药师服苦药已，然后効服，各得除病。"不过，真正让"药师"为大众熟悉，则是药师佛。

按佛经言，药师佛（Bhaisajyaguru）为东方净琉璃世界的教主，与中央释迦牟尼、西方阿弥陀佛合称"三世佛"，俗称"三宝佛"。药师佛全名药师琉璃光如来，其身为明彻无瑕的碧琉璃色，左手持药壶或诃子药，右手结施无畏印。黄药师绰号东邪，所居东海桃花岛，与当时南宋人间纷扰的陆上相比，无疑是一方东方净土，而黄药师又一袭青衫，博通医卜星相之术，也和药师佛的形象吻合。

药师佛有六个分身，加上本身，又称七佛药师，又作七躬医王。《射雕英雄传》中黄药师则有六大弟子陈玄风、梅超风、曲灵风、陆乘风、武罡风、冯默风，若说不是金庸化用旧典而自出机杼，未免太过巧合了。

药师佛修行时曾发大愿，只要众生称念药师佛号，就能身心安乐，消灾延寿。在中国人看来，药师佛治疗疾病，阿弥陀佛解脱死亡，二者一东一西，为娑婆众生救苦救难。

伴随文化交流，药师佛的信仰又与中华民间信仰逐渐融合。隋唐名医孙思邈著有《千金方》，俗称药王，其《大医精诚》："凡大医治病，必当安神定志，无欲无求，先发大慈恻隐之心，誓愿普救含灵之苦。若有疾厄来求救者，

孙思邈像　选自明代玩虎轩刻本《列仙全传》

不得问其贵贱贫富，长幼妍媸，怨亲善友，华夷愚智，普同一等，皆如至亲之想，亦不得瞻前顾后，自虑吉凶，护惜身命。"堪称中国版的《希波克拉底誓言》，影响极大。全国各地，特别是北方地区，多有"药王殿"存在，即使我所在之小城延庆，亦有专门供奉的神位，更有民间故事相传。

明末清初时，有讲孙思邈救白蛇后得道为药王的《药王救苦忠孝宝卷》，《药王救苦忠孝宝卷》特别说道："药王者，天生圣人，世世名医，生于春秋，降住燕地，姓秦名越人，字称卢医，道号扁鹊，八十一化，能救八十一种难，三教通化，遇儒护国佑民扁鹊真君，遇道飓灾救苦天尊，遇释消灾灭罪药王菩萨……药王变化广无边，累劫传留万万年，十代名医轮流转，保佑天下万民安。"

药师佛信仰在中国民间的流传，遂有人开始以"药师"为名，金庸笔下除了《射雕英雄传》中的黄药师，另有一位李药师，不过此人没有正式出场，而出现在对话中。《笑傲江湖》中，盈盈以身为质，将令狐冲送往少林，求少林方丈方证传授令狐冲《易筋经》，化解体内的异种真气，方证大师向其介绍《易筋经》的来历，说此书是达摩面壁所留，梵文写就，禅宗二祖慧可不识，后在四川峨眉山遇到梵僧般剌密谛，这才阐发贯通，然而"但那般剌密谛大师所阐发的，大抵是禅宗佛学。直到十二年后，二祖在长安道上遇上一位精通武功的年轻人，谈论三日三晚，才将《易筋经》中的武学秘奥，尽数领悟……那位年轻人，便是唐朝开国大功臣，后来辅佐太宗，平定突厥，出将入相，爵封卫公的李靖。李卫公建不世奇功，想来也是从《易筋经》中得到了不少教益。"

李靖（571—649）史有其人，字药师，说来有趣，《旧唐书》写为"李靖，本名药师"，《新唐书》则写为"李靖，字药师"。考虑到李靖此前为南北朝时期，正是佛教大兴之时，当时民间以取佛教名字为荣，比如隋文帝杨坚的原名叫"杨那罗延"，被赐鲜卑姓"普六茹"后，又呼为"普六茹那罗延"，那罗延是印度三大主神之一毗湿奴的化身，随佛教传入中国，因此李靖本名就是李药师。李药师的哥哥叫李药王，和李靖的名字如出一辙，李药王后来也有个名字，叫李端。兄弟俩之所以改名，似受北周建德三年（574）发生的著名的周武帝灭佛事件影响，当时李药师3岁，为免受牵连，改成李靖。李靖是中国古代著名的军事家，精通兵法，善于谋断，曾击败隋末各路起义军，为大唐开国立下大功，唐太宗时，两败颉利可汗，平灭东突厥，后率兵击败吐谷浑，封卫国公。《贞观政要》中李世民曾夸赞："李靖、李勣二人，古之韩、白、卫、霍岂能及也！"又在《辩迹论》中说："得李靖为帅，快哉。"

李靖当然是名将，但他是否精通武术，史书上并未记载，不过金庸借方证之口讲述《易筋经》的来历，进而与李靖攀上关系，倒不是金庸自己天马行空的想象，而是其来有自。

《易筋经》本是中国气功的导引术，明代时刊刻发行，前有序言，其关于《易筋经》的来历，基本为金庸所据。序言最后说："徐鸿客遇之海外，得其秘谛，既授于虬髯客，复授于予，尝试之，辄奇验，始信语真不虚……时唐贞观二载春三月三日李靖药师甫序。"序言作者署为李靖。

《易筋经》中道家名词比比皆是，出自佛教的可能性极小，序言中还提及了虬髯客，这更是传说中的人物。清代凌廷堪《校礼堂文集》、徐震《易筋经洗髓经考证》，就说过虬髯客、红拂女、李靖等风尘三侠，最早是来自唐末杜光庭所写的唐人传奇故事。唐代的年号，一般都称为年，仅在唐明皇天宝和肃宗时，曾把年改为载，其他时间，所用年号都称年，而没有称载的，可见李靖序言伪托。

不过正如金庸常说的，正史不喜欢，小说家是喜欢的，有了《易筋经》序言作背书，李药师也成为精通武功的高手。

三

历史上，与黄药师生活年代接近的，有两位药师，一为郭药师，一为高药师。

《射雕英雄传》的历史背景大致以南宋宁宗庆元五年（1199）至成吉思汗逝世（1227）这个时间段展开，当然书中人物的年龄并不符合史实，比如成吉思汗去世当年，丘处机也即逝世，金庸则让丘处机继续在《神雕侠侣》中

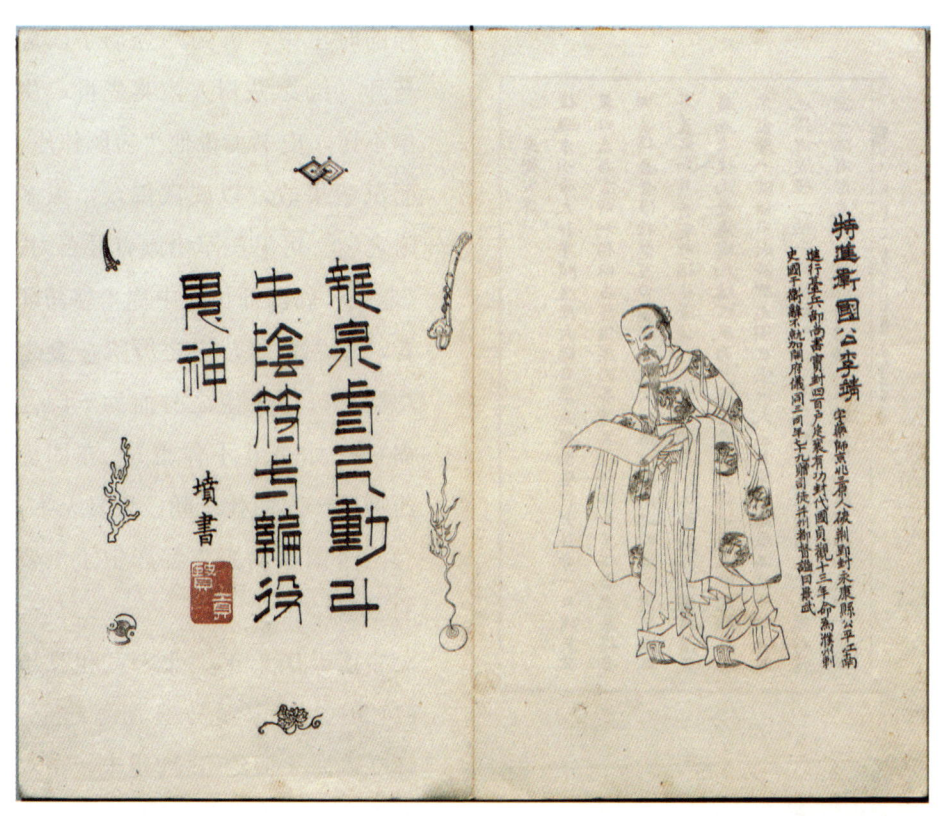

李药师像　　选自清代吴门柱笏堂刊本《凌烟阁功臣图》

登场，此小说家言，不必深究。按金庸在新修版的说法，黄药师祖父为岳飞申冤被杀，全家充军云南，黄药师出生在云南丽江，也即是说，黄药师出生当在岳飞冤杀后的一至两年间。岳飞于南宋绍兴十一年十二月二十九日（1142年1月27日）被杀，黄药师生年约为1142年到1143年，在他出生前不到30年的北宋政和六年（1116），这一年也即辽天祚帝天庆六年（1116），渤海人高永昌杀辽东京留守萧保先，自称大渤海国皇帝，占领辽东五十余州。天祚帝派宰相张琳讨伐，在沈州被支援高永昌的女真兵击败。天祚帝命燕王耶律淳为都元帅，招募辽东饥民，取报怨女真之意，谓之"怨军"，分为八营28000余人，其中一位首领名叫郭药师。

这个时间的中国北方，正是辽、宋、金三个王朝冲突逐鹿的时代，在这样的时空中，郭药师登场了。郭药师，渤海铁州人，其先世、生年不详，史书上说他"貌颇伟岸，而沉毅果敢，以威武御众，人多附之"[1]，可见在军中颇有号召力。《金史·郭药师传》中称"郭药师者，辽之余孽，宋之厉阶，金之功臣也。以一臣之身而为三国之祸福，如是其不侔也"。亦即郭药师以一人而仕三朝，反复无常，对三个国家的兴亡都产生了重要的影响。

辽天庆十年、北宋宣和二年（1120），北宋派马植渡海赴金，订立"海上盟约"，约定宋、金双方南北"夹击辽国"。到辽保大二年（1122）三月，金兵攻辽，天祚帝逃奔夹山，耶律淳留守南京称帝，史称"北辽"，改"怨军"为"常胜军"，升郭药师为诸卫上将军、涿州留守。六月，耶律淳死后，萧后掌权。这一年是北宋宣和四年，七月，宋以刘延庆为都统制，率军二十万向北辽用兵，九月，郭药师看情形不对，率所部八千人献涿、易州投降宋朝，被宋徽宗任命为恩州观察使。郭药师的降宋，使北辽失去了一支重要武装，也成为北辽灭亡的前奏曲。

北宋朝廷对郭药师颇为倚重，连赐官职，甚至打了败仗也未责罚，郭药师却拥兵自重，大做生意，赚取钱财，结交权贵，实则对谁也不忠心，比如他和部下始终不改"左衽"，即仍穿辽服，不换宋装，时人将其与安禄山相比。

宋金的"海上盟约"不过是夹攻辽的短暂同盟，一旦辽亡，宋金直接接

《易筋经·李卫公序》 选自《少林真本易筋洗髓内功图说》

---

[1] [宋]徐梦莘：《三朝北盟会编》卷九，上海古籍出版社，2008。

境，战争不可避免。宋宣和七年、金天会三年（1125）十一月，辽亡之后，金兵立即分东西两路攻宋。东路军的完颜宗望（斡离不）连陷檀、蓟州。郭药师率军在白河与金军相遇，还击败了金军，追杀了三十里。郭药师当然愿意维持自己割据的状态，然而宋将张令徽等人不战而逃，导致常胜军全面溃败，郭药师当即向完颜宗望投降，由宋之"厉阶"而成为金之"功臣"。

郭药师降金后，金太宗完颜吴乞买任命其为燕京留守，并赐姓完颜氏。由于郭药师对宋之情况熟稔，宗望南下攻宋，令郭药师为先锋。金天会四年（1126）正月七日，宗望率部到达汴梁，由郭药师引导，驻于城西北的牟驼冈。此前，郭药师曾去过汴梁，在牟驼冈打过球，知道宋之天驷监在此，有马二万匹，饲料如山，遂引宗望攻取。金兵攻汴不下，与宋议和，《宋史·郭药师传》记金国"诘索宫省与邀取宝器服玩，皆药师导之也"。然而，即使郭药师为金立下了功劳，在金退兵后，宗望仍找借口夺了郭药师的常胜军兵权。

郭药师后来经历，《宋史》《金史》本传都无记载，在《大金国志》《建炎以来系年要录》等书中略可找到痕迹。金天会十年（1132）秋，郭药师曾被捕下狱，虽不久获释，但家产尽为完颜宗翰（粘罕）所得，明显被金国"用完即弃"。《大金国志》有段十分恰当评论："大金虽以权宜用之，其心岂不疑之哉？始夺其常胜军并器甲鞍马散之，继夺其家财没入之，药师得不死幸矣。"

郭药师在辽、宋、金三个国家的夹缝中谋求利益，处处投机，百般算计，最终湮灭在历史尘烟中。

网上有人说，郭药师是黄药师的历史原型，考诸郭药师的生平经历来看，无论性格还是行事作风，恐怕靠不上边。至于另一位高药师，则是前文提到的宋金"海上盟约"的引线之人，与黄药师的心境颇类。

《三朝北盟会编》开篇记："政和七年秋，七月四日庚寅，登州守臣王师中奏，有辽人蓟州汉儿高药师、僧郎荣等以舟浮海，至文登县，诏师中募人同往探问以闻……"，"登州奏，有辽人船二只，为风漂达我驼矶岛，乃高药师、曹孝才及僧郎荣，率其亲属老幼二百人，因避乱欲之高丽，为风漂至……"[①]

---

① [宋]徐梦莘：《三朝北盟会编》卷一，上海古籍出版社，2008。

当时登州辖蓬莱、黄县、文登、牟平四县，州长官称"知登州（事）"，时任知登州的人叫王师中，王师中上奏说当时文登县漂来两只船，他去问过，原来是辽东汉人高药师几家二百余人为避战乱，从辽东乘船出发，计划前往高丽，没想到被风吹到了山东。

此事在《续资治通鉴》中亦有记载，但高药师等人不是蓟州人："至是金之苏州汉儿高药师、曹孝才及僧郎荣等，率其亲属二百余人，以大舟浮海，欲趋高丽避乱，是月，为风漂达宋界驼基岛（驼矶岛）。"[1]

金国没有苏州，应是辽之苏州，位于今辽宁省大连市的金州

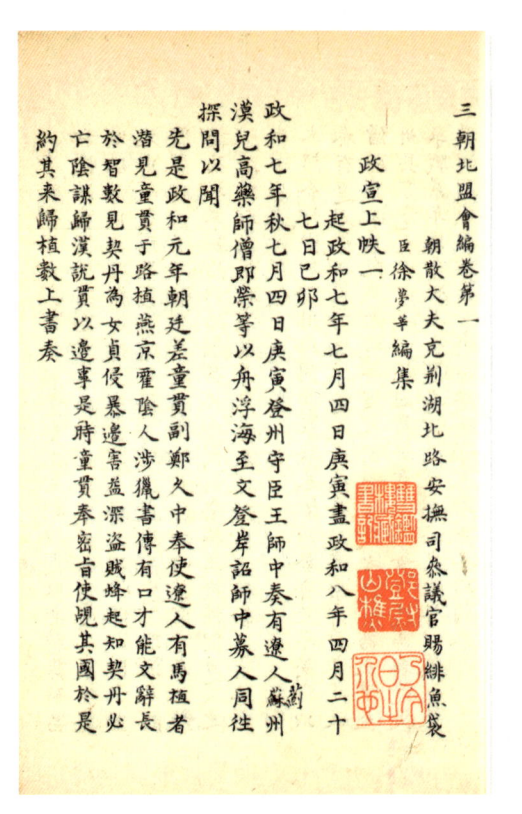

《三朝北盟会编》 选自京都大学人文科学研究所藏钞本

区。辽兴宗耶律宗真在位时（1031—1055），在卑沙城设州，因宋有苏州，举世繁华，所以也叫苏州。苏州下辖两县，来苏县和怀化县。金占辽东后，设东京道辽阳府，将苏州与复州合并，称复州，苏州降为化成县，后化成县升格为州，命名为金州。

从地理位置推断，《续资治通鉴》的说法更为可信，因为从辽东半岛走海路到高丽是合理的。高药师漂流到的驼矶岛，位于长山列岛中间，北宋设军驻守，算是宋辽两国事实上的分界线。

高药师错误抵岸，给北宋朝廷带来一个极为重要的消息：女真与辽人开战，夺取契丹旧地，已至辽河。实际上，女真首领完颜阿骨打在辽天庆四年

---

[1] [清]毕沅：《续资治通鉴》，上海古籍出版社，1987。

（1114）（宋政和四年）已经起兵，但古代通讯不便，这事儿北宋君臣并不知道。北宋朝廷上下遂兴起一个大胆的念头：联金灭辽，夺回燕云十六州！高药师作为一个小人物，就这样"泛海"漂进了历史——他被委派为沟通北宋和金国的使者。《三朝北盟会编》中陆续出现多次："二十二日丁丑，高药师等下船往女真……四月二十七日己卯，遣武义大夫马政及平海军卒呼延庆同高药师等，过海至女真军前议事……童贯与王师中选马政，可委呼延庆，善外国语，又办船，同将校七人兵级八十人，同高药师去女真军前。"

此处我们又看到一个熟悉的名字——呼延庆。这个呼延庆还真是演义小说和评书里呼延庆的原型，北宋将领呼延赞的后代，只不过他可没有评书里那样勇武，时任登州平海军的指挥使，因通晓女真话，又善谈说，所以参与了宋金间的战略沟通。

宋金的"海上盟约"并非一次就谈判成功，而是反复进行了沟通，但是不论双方达成了什么协议，从历史最后的结果来看，不过是"与虎谋皮"。《三朝北盟会编》对高药师到来后，北宋朝廷制定的计划："诏登州守臣王师中，募人同高药师等赍市马，诏泛海以往探问，其后通好女真，议举兵相应夹攻灭辽。"有句评语："国家祸变自是而始。"

曾在宋金"海上盟约"里发挥重要作用的高药师，在此后的史料中无声无息消失了。不知他就此留在北宋，还是仍和家人去了高丽。若留在北宋，恐躲不过后来的"靖康之变"，但是他若仍按照原计划，继续带着家人乘船出海，也许会觅得一方海外乐土吧。从这一点上，黄药师倒是很符合高药师的初心，躲避乱世，"乘桴浮于海"，隐居桃花岛上，守着妻女过日子。

四

最后一位"药师"，时间距离黄药师很远，但身世最像，也距离金庸自己最近。

金庸出生在海宁查氏家族，这是江南的文化望族。自元至正十七年（1357）从江西婺源迁至浙江嘉兴，历600余年生息。六世查约、七世查秉彝以后，人才辈出，明末清初，至查慎行、查嗣瑮时泂为鼎盛，康熙一朝，查氏一家进士及第者有十人，当时被称为"一朝十进士，叔侄五翰林"。查氏家族最后一位考中进士的是查文清，清光绪十二年（1886）丙戌科，官任江苏丹阳知县，他也是金庸的祖父。

据《海宁查氏族谱》记载，自查约等创修族谱，从第七世起，制定了排行字辈：秉志允大继嗣克昌奕世有人济美忠良传家孝友华国文章宗英绍起祖德载光。

按照排行，金庸（查良镛）为海宁查氏二十二世。金庸自己在修订版《鹿鼎记》第一回后的"注"里，就写道："我的一位祖先查嗣庭……"牵涉进"维止"案，后自杀于狱中。查嗣庭的哥哥是清代大诗人查慎行，金庸遂从查慎行的《敬业堂诗集》中选了五十联七言句作为《鹿鼎记》小说标题，并说："查慎行本名嗣琏，是嗣庭的亲哥哥，他和二弟嗣瑮、三弟嗣庭都是翰林。此外堂兄嗣韩是榜眼，侄儿查昇是侍讲，也都是翰林。查慎行的大儿子克建、堂弟嗣珣都是进士。"

现在很多文章都说金庸的祖先是查慎行，不能算错，但并不准确。金庸这一支世系是查昇一脉，而查昇的父亲为查嗣琪，查嗣琪是查慎行和查嗣庭的堂兄弟。

查昇（1650—1707），字仲韦，号声山，康熙二十七年（1688）壬午科二甲第二名进士，翰林院编修。康熙三十八年（1699），授江西乡试主考官。翌年九月，入南书房为康熙日讲官，此后历任谕德、詹事府少詹事等职。他以书法闻名，康熙就曾称赞查昇书法："他人书皆有俗气，惟查昇乃脱俗耳。用功日久，自尔不同。"查昇曾多次为康熙代笔书写赐给大臣的字幅。金庸在香港的书房里挂着一副对联"竹里坐消无事福，花间补读未完书"，即出自先祖查昇之手。不过金庸并不太喜查昇的字，他觉得自己祖先的字缺乏劲力。这可能是性格的原因，金庸为人外圆内方，他的字就很有力道，颇有棱角。

查慎行幼子查克念，克念之子查岐昌（1713—1761），字药师。按大家族的说法，查药师当然也算是金庸的一位先祖了。

查药师的科举之路并不甚佳，史料说他"虽为诸生，能绍其家学"，所谓

查慎行画像　选自《清代学者象传合集》，上海古籍出版社，1989年

诸生，也就是秀才。明清时，读书人经过童子试，考入地方官学，称作生员，有廪膳生员（廪生）、增广生员（增生）、附学生员（附生）等类别，统称诸生。这些名字，常看《聊斋志异》的人会觉得非常眼熟。对秀才而言，不能中举，功名之路就到此为止了。查家彼时因"维止"案被抄家，生计艰难，查药师的祖父查慎行于雍正五年（1727）故世，至其父查克念乾隆二年（1737）去世，家中都无法完成营葬。查药师曾遍乞旧交，也未有结果。新修版《射雕英雄传》中黄药师祖父被杀，全家被发配云南，金庸的灵感或许正来自这里。

在家变的境况下，查药师依然秉承家学，科举不顺，却攻诗文，他在诗学和方志学方面卓有成就，纂修有《拓城志》十卷及《归德府志》，著作《四库读字略》四卷、《岩门精舍诗钞》二卷、《巢经阁读古记》约百卷、《岩门诗话》《吴趋》《江上》《豫游录》《岩门诗文集》四十卷、《南烛轩诗话》《查氏诗逸》廿四卷、《古盐官曲》等。乾隆年间修《海宁县志》，稿本也多出其手，堪称博识。黄药师之腹笥宽广，大抵出自查药师生平。

查药师《岩门诗话》曾记："先曾伯祖伊璜以诗文负重名。结庐东山下，颜其堂曰敬修，从游者不远千里。有知人鉴，识海阳吴六奇于行丐中，厚赒之，后吴积军功至广东提督，以厚币邀公，至其军，赠赀巨万，及公以苕中私史牵连，赖吴力保得释。"[1]

这也即《鹿鼎记》第一回，查继佐结交吴六奇之事，可见彼时查家后人撰文，已开始记录这些往事。查药师著述既丰，想来金庸幼时，虽未必看过这些著作，却也听过祖上的这些旧事，成年后发挥丰富的想象力，应用到小说写作中。

药师之名，未必为金庸刻意为之，但其读书既广，构思人物姓名时，自然而然会勾起幼时的记忆，遂有了名满天下的东邪黄药师。

---

[1] ［清］阮元：《两浙輶轩录》，清嘉庆刻本，转引自张兵、张毓洲《清代案狱与查慎行的心路历程》，西北师范大学学报（社会科学版）2012年11月。

竹树绕幽居清溪趣有馀鹤闲临水久懒见惹尘酒渴妨开卷春阴入芳锄尝看古图画多半写樵渔 書如 冠千年寓 查昇

查昇书法　选自《嘉兴历代书法图录》,浙江人民美术出版社,2022年6月

《神雕侠侣》的情节疏漏

一

《神雕侠侣》是金庸创作的第5部武侠小说。1959年金庸和同学沈宝新一起商量，准备办一份名为《野马》的小说杂志，但是这本杂志最终没有办成，反而催生了后来与金庸一生牵绊的报纸《明报》。

1959年5月20日，《明报》正式创刊，创刊号的第3版是小说版，头条刊载的就是金庸的《神雕侠侣》。此前，《神雕侠侣》的前传《射雕英雄传》刊载在《香港商报》上，其结束时间是5月19日。从两部书的顺序来看，完全是无缝衔接，从中可以窥见金庸对《神雕侠侣》的写作安排，心中早有预谋的。

《射雕英雄传》在《香港商报》结束连载时，金庸还写了一段告白：

> 我在本报撰写《碧血剑》与《射雕英雄传》，前后已近三年半，承蒙各位读者不断来信指教和讨论，使我得到很大的鼓励，心中自然是非常感激的……我和《商报》同仁以及《商报》的读者们交情也不算浅，本应该续撰新作，只因最近我其他的事务比较忙碌，实在抽不出时间，只好与各位读者暂别，将来一俟有暇，当再在本报与各位相见。

这段启事刊出的第二天，金庸的《明报》就创刊发行，刊载的武侠小说便是之前为他博得巨大声名的《射雕英雄传》的续集。可以做这样的推论，金庸《明报》创立的时间，其实是由金庸自己武侠小说创作的时间来决定的。金庸经过深思熟虑：《明报》创刊之初，如何能够吸引读者？恐怕只有依靠自己的武侠小说，并且为了更具把握，只有蹭刚完结的《射雕英雄传》热度，为其撰写续集。对于小说的续书，1956年12月22日，金庸在《大公报》"三剑楼随笔"专栏发表了《书的"续集"》一文，里面谈及："给小说或戏剧写续集，这种兴趣似乎十分普遍……当时我就觉得很奇怪，既有兴致写作，为什么不另外写一部小说呢？"

金庸言下之意，无疑不大喜欢续集的，但为了《明报》，他不得不将《射雕英雄传》续下去。这样的考量，从当时其所处时代环境来看，肯定是极其明智的。倪匡曾经说过这样一句话："《明报》不倒闭，全靠金庸的武侠小说。"

《神雕侠侣》自1959年5月20日开始连载，一直到1961年7月8日结束，除了其间有4天脱稿外，共连载了777期。金庸此前连载的4部武侠小说《书剑恩仇录》《碧血剑》《射雕英雄传》《雪山飞狐》，无论是在《新晚报》还是《香港商报》，每天大约都在千字，而《明报》刊登《神雕侠侣》每日字数增加到了1400字，堪称是加量不加价。连载期间，金庸因生病脱更，故事正进行到杨过和小龙女放下断龙石，欲与李莫愁师徒一起毙命古墓之时，正在惊险之际。《明报》为此于1959年9月28日还进行了致歉说明：

金庸先生不适 读者函电纷驰 小说明天见报 神雕迷请释念

金庸先生抱恙后，本报接到许多电话和读者亲自送来的函件，或询问金庸先生的病状，或询问"神雕"今天可否刊出，盛情十分可感。昨天当编者将这番消息告诉金庸先生时，他在病榻中也非常不安，本拟扶病续写，但终因力不从心，未能成文。今迫得再将"神雕侠侣"停一天，据金庸先生说，今天无论如何可以续写，明天将见报了。那么请"雕迷"再耐性一天吧。编者也是"雕迷"之一，待金庸先生痊愈后，决令他大进补品，不许他再来一次对读者"抱歉"了。

——编者谨启

《射雕英雄传》1959年5月19日《香港商报》连载结束页面

　　足见当时读者对《神雕侠侣》的喜爱之情。《神雕侠侣》在金庸小说创作生涯中极其重要，为《明报》早期能够存续发挥了重大作用。这本书在承袭《射雕英雄传》固有人物之外，成功塑造了一位至情至性的神雕大侠杨过。杨过和小龙女的爱情故事，几乎成为武侠小说世界撰写的最为动人的爱情故事。

　　金庸自1970年开始修订自己的武侠小说，《神雕侠侣》修订版于1976年推出，这个版本也是我们目前最为熟悉的版本。从这个版本中，可以看到一些疏漏和矛盾的地方，为什么会出现这些问题？如果不从金庸最早的连载版本入手，很难获得完整的答案，本文试从连载版、修订版、新修版的修改，举数例以做探讨。

二

　　《神雕侠侣》修订版第二回"故人之子"中，杨过初出场，因为捡拾李莫愁的冰魄银针，中了剧毒，书上这样写道：

> 他幼时曾给毒蛇咬过，险些送命，当时被咬处附近就是这般麻木不仁，知道凶险，忍不住哇的一声哭了出来。

可见杨过幼年时候曾为毒蛇所咬，并且危及性命。这样不免留下两个疑惑，一是，杨过中了蛇毒，被何人所救？二是，常言道："一朝遭蛇咬，十年怕井绳。"从正常的心理来推断，杨过应是惧怕蛇的。但从小说后文来看，并非如此，不仅没解释杨过幼时中毒的事，并且杨过心里也不畏惧毒蛇。

在修订版第二十三回"手足情仇"，神雕斗毒蛇时，杨过一直跃跃欲试，想要帮助神雕，在神雕与大毒蟒缠斗时：

> 眼见那雕似乎不支，杨过拾起一块大石，往巨蟒身上不住砸打。那巨蟒身子略松，丑雕头颈急伸，又将毒蟒的左眼啄瞎。毒蟒张开巨口，四下乱咬，这时它双眼已盲，哪里咬得中甚（什）么，丑雕双爪掀住蛇头七寸，按在土中，一面又以尖喙在蟒头戳啄。眼见这巨雕天生神力，那毒蟒全身扭曲，翻腾挥舞，蛇头始终难以动弹，过了良久，终于僵直而死。

这条三角头巨蟒有"碗口粗细"，以神雕之能，仍要与其争斗多时，若说此时的杨过已经身负武功绝艺，不再畏惧毒虫，似也可解释，但杨过不能连常人的畏惧之心都没有，甚至连一丝惊叹之心也无，仿佛一直以来对蛇类司空见惯。

小说第三回"求师终南"，桃花岛上，杨过尚在少年，同郭芙、二武弟兄玩耍的时候，发现毒蛇后，郭芙、二武很害怕，而杨过的行为颇为大胆："杨过转过身来，果见一条花纹斑斓的毒蛇，昂首吐舌的盘在草中。杨过拾起一块石子，对准了摔去，正中蛇头，那毒蛇扭曲了几下，便即死了。"甚至在被二武弟兄痛打时："他咬牙强忍，双手在地下乱抓乱爬，突然间左手抓到一件冰凉滑腻之物，正是适才砸死的毒蛇，当即抓起，回手挥舞。"

这些可以说少年杨过胆大，但是孩童见到毒蛇应有畏惧之心，何况他小时候曾经被毒蛇所咬，险些送命。

《神雕侠侣》中出现的这个问题，其实在连载版中可以找到答案。

盖因此事，涉及杨过生母之事。杨过的生母，在通行的修订版和后来的新修版中，皆为穆念慈，这也是读者对杨过母亲的基本印象。但在金庸最初的写作当中，杨过的母亲，是一个后来被金庸删掉的养蛇女子秦南琴。

连载版《射雕英雄传》第五十四回"新盟旧约"，郭靖在拖雷的质问下，表示一定会娶华筝为妻，黄蓉伤心欲绝，和郭靖分手而去，郭靖一人赶赴岳州，黄蓉转而暗中跟随。郭靖行至隆兴府武宁县时，搭救了捕蛇少女秦南琴。秦南琴暗恋郭靖，在第五十五回"蛙蛤大战"中，靖蓉重逢，郭靖为黄蓉疗伤，恰遇雷雨，秦南琴为二人打伞：

> 南琴虽对黄蓉甚是敬慕，但不免存着私心，一把雨伞遮不得二人，渐渐的（地）向郭靖一边偏去，黄蓉的头上就如一盆盆水往下倾泼一般。

秦南琴后因善于捕蛇，被铁掌帮掳走，又被裘千里（即为修订版中的裘千丈）献给杨康，不幸被杨康奸污，有了身孕，生下的孩儿便是杨过。秦南琴性格坚忍，假意委身杨康，瞅准机会纵放毒蛇咬伤杨康，还为杨康敷上使"蛇毒发作得更厉害的药"，让杨康痛苦数日，还当着杨康的面一页一页撕毁《武穆遗书》。穆念慈在"连载版"的结局，更为哀感动人：

> 欧阳锋与黄蓉望着杨康在地下打滚，各有各的念头，都不说话，忽听庙顶屋瓦格的一响。欧阳锋喝道："偷听什么？下来吧？"黄蓉一惊，只道柯镇恶悄悄爬上了屋顶，却见庙门口黑影一晃，一人从屋上跃下，直奔进殿。
>
> 黄蓉叫道："穆姊姊，你也来啦！"穆念慈毫不理睬，俯身抱起杨康，柔声道："你认得我吗？"杨康"荷、荷"的（地）叫了两声。穆念慈道："啊，你看不见我。"转过身子，让月光照在自己脸上，又问："你认得我么（吗）？"杨康呆呆的（地）瞪著（着）她，隔了半晌，终于点了点头。穆念慈很是欢喜，低声道："活在这世界上苦得很，你受够了苦，我也受够啦。咱们走啦，好不好？"杨康又点了点头，忽然大叫一声。穆念慈坐

在地下，将他身子紧紧抱在怀里。

黄蓉见了这副（幅）情景，不禁暗暗叹息，只见穆念慈的头渐渐垂下，搁在杨康肩上，两人都不动了。黄蓉一惊，叫道："穆姊姊，穆姊姊！"穆念慈恍若不闻。黄蓉俯身轻轻扳她肩头。穆念慈随势后仰，跌在地下。黄蓉失声惊呼，只见她胸口插了半截铁枪，早已气绝。再看杨康时，他胸口刺了一个大孔，鲜血泊泊而流，亦已毙命。

原来穆念慈不忍杨康多受苦楚，抱着他时，暗暗用杨铁心遗下的半截铁枪将他刺死，随即倒转枪头，抵住自己胸口，用力一抱杨康，铁枪透骨抵心，一痛而逝。

对于修订版将秦南琴与穆念慈合二为一，很多连载版的读者并不认同，亦舒《旧的好》一文中就大表不满："改过的射雕英雄传，我不喜欢……射雕改得我最伤心的是穆念慈那一段。旧本何等凄艳浪漫……新本竟改得无影无踪，我真要哭出来，何必叫穆念慈活下去？黄蓉活着也就是了。"

按连载版《神雕侠侣》，秦南琴最终一个人带着杨过，仍以捕蛇为生，杨过自幼随母亲捕蛇，直到一次秦南琴为异蛇所啮，毒发身亡，这才流落江湖。

《神雕侠侣》连载版第四回"桃花岛上"，杨过首次出场，就是驱赶着一群蛇：

忽听山后异声大作，涌出成千成百的青竹蛇儿，一个十四五岁的少年身穿青袖，口中唱着山歌，拍手踏步而来。那些蛇儿随着歌儿，一列列的（地）涌到李莫愁身前。

《神雕侠侣》连载版第七回"四个徒儿"，杨过和郭芙、二武弟兄遇到蛇时：

杨过听见"蛇"字，转过身来，果见一条花纹斑斓的毒蛇，昂头吐舌，盘在草中。杨过自幼是捉蛇好手，那将它放在心上，右手一伸，已

杨过黯然销魂掌　李志清/绘

拿住毒蛇的七寸，用力往石上一摔，登时摔死。

在《神雕侠侣》连载版第六三回"紫薇宝剑"中，杨过初遇神雕：

> 杨过自幼跟随母亲捕蛇，一听声音，即知有七八条巨大的毒蛇同时游近。他对毒蛇自是毫不惧怕，但蛇数众多，倒也不可不防……杨过因母亲丧于毒蛇之口，生平恨蛇入骨，他对那丑雕虽无好感，但不愿它为毒蛇所害，当下一纵而出，一剑往蛇身上斩去。

金庸20世纪70年代修订时，他已经意识到这个问题，尽量做了修改，但是囿于情节已成，很多改动仍然留下了痕迹。

事实上，秦南琴的存在，也可以解释为何黄蓉从一开始就不喜欢杨过。按照常情推论，杨康固然人品不佳，卖国求荣，但穆念慈深明大义，又和黄蓉甚为投契，面对自己闺蜜的遗孤，黄蓉的恶感终究会有所降低。可是若换作秦南琴，一切又顺理成章，这是恶人的遗腹子，其母又是自己曾经的"情敌"，无论如何，黄蓉也难以产生好感。

《射雕英雄传》修订版删掉秦南琴这个人物，又经金庸妙笔重撰，世人已忘记了书里曾经有这样一位性格坚毅激烈的姑娘。从故事情节来看，对全书似乎影响不大，但对续作《神雕侠侣》里杨过性格的形成，以及对小龙女的爱恋影响甚大。

《神雕侠侣》连载版第五回"故人之子"就写道：

> 杨过禀受父母遗传，性格趋于极端，对人好起上来可以甩出了自己性命不要，但只要别人对他稍有侮慢轻蔑，他会终生记恨，千方百计的要报之而后快。他热起上来如一团烈火，冷起来却又寒逾冰雪。

这段文字在后来的修订版和新修版中不见踪影，从中可以窥见金庸最初对杨过性格的塑造。而这个性格与其说遗传自杨康，毋宁说遗传自秦南琴。

《射雕英雄传》连载版，郭靖夜晚看到秦南琴：

> "……见南琴披散头发，站在月光之下。她这副模样，倒有三分和梅超风月下练功的情状相似，郭靖不禁心中微微一震，只是这少女肤色极白，想是自幼生在山畔密林之中难见阳光之故，这时给月光一映，更增一种飘渺（缥缈）之气。"

再看《神雕侠侣》连载版小龙女的出场：

> 那少女披着轻纱般的白衣，风致（姿）绰约，二十岁不到年纪，除了一头黑发之外，全身雪白，面容秀美异常，只是肌肤间少了一层血色，隐隐透着异气，却似不食人间烟火的一位仙女。

杨过对小龙女的爱恋，或许有恋母的成分。连载版中说小龙女二十岁不到，到了修订版改为了十六七岁，双方减少了年龄差距。小龙女的肤色苍白和对世事冷淡，恰和秦南琴相似。杨过性情激烈，没有国家民族概念，应该也是遗传自秦南琴。秦南琴原是孤独的山林捕蛇女，对国家和民族意识相当淡薄，个性虽刚烈且做事坚韧，但处事言谈都较为冷淡。秦南琴反复折磨杨康，又撕毁《武穆遗书》，也可以解释杨过在襄阳城时种种正邪摇摆的行为，虽失去了大侠传统正义的形象，反而更见真实。

秦南琴在《射雕英雄传》中又不能不删除。首先正如金庸自己所言，秦南琴的存在，其实与穆念慈颇有重复之处。其次，金庸为杨康保留了一点人性，否则杨康不仅仅是卖国求荣、奸诈狡猾，还要加上人品卑劣，在小说里锋芒过盛，让读者难以接受。修订版改后，弱化了杨康在故事里的影响，平衡了反派和主角之间的强弱关系。最重要的是，秦南琴撕毁大部分《武穆遗书》，使之不再完整的情节设定，直接影响到后面《神雕侠侣》郭靖兵法如神、襄阳大战和《倚天屠龙记》中刀剑隐藏"秘籍兵书"的重大关目。

诚如叶洪生先生所言："至于删去原著中的秦南琴，使其与穆念慈合而为一，改自杀殉情为合体孽缘等相关故事情节（包括血鸟及蛙蛤大战，共约两万五千字），则是作者既痛苦又明智的抉择。"[①]

三

《神雕侠侣》中杨过断臂是重要关目，此后，杨过成为武侠小说中少有的独臂大侠。电影《独臂刀》是大导演张彻阳刚武侠片的奠基之作，剧本由倪匡所写，其故事和创意，其实都是从《神雕侠侣》而来，以至于银幕上一时之间出现了很多独臂大侠。

然而在《神雕侠侣》修订版中，杨过的右臂究竟是用什么剑斩断的，出现了叙事的明显错漏。

[①] 叶洪生：《论剑·武侠小说谈艺录》，学林出版社，1997。

《神雕侠侣》修订版第二十六回"神雕重剑"：

  那日杨过与郭芙在襄阳郭府之中言语冲突以致动手，郭芙怒火难忍，抓起淑女剑往他头顶斩落。杨过中毒后尚未痊愈，四肢无力，眼见剑到，情急之下只得举右臂挡在面前。郭芙狂怒之际，使力极猛，那淑女剑又锋利无比，剑锋落处，杨过一条右臂登时无声无息的给卸了下来。

这个叙事过程并无问题，但联系前文，这段文字说郭芙手中握的是"淑女剑"，却明显不对。

修订版第二十四回"意乱情迷"，郭芙手持"淑女剑"去见杨过，被杨过打了一掌，狂怒之下，又举剑刺向杨过：

  ……（杨过）冷笑一声，左手回引，右手倏地伸出，虚点轻带，已将她淑女剑夺了过来。

  郭芙连败两招，怒气更增，只见床头又有一剑，抢过去一把抓起，拔出剑鞘，便往杨过头上斩落。杨过眼见寒光闪动，举起淑女剑在身前一封，那（哪）知他昏晕七日之后出手无力，淑女剑举到胸前，手臂便软软的（地）提不起来。郭芙剑身一斜，当的一声轻响，双剑相交，淑女剑脱手落地。

  郭芙愤恨那一掌之辱，心想："你害我妹妹性命，卑鄙恶毒已极，今日便杀了你为我妹妹报仇。爹爹妈妈也不见怪。"但见他坐倒在地，再无力气抗御，只是举起右臂护在胸前，眼神中却殊无半分乞怜之色，郭芙一咬牙，手上加劲，挥剑斩落。

从这里可以看出，此刻郭芙手中拿的剑应是杨过床头的一把剑。按照情节推论，这柄剑能够将"淑女剑"打落，应该就是"君子剑"。"君子剑"和"淑女剑"本是一对，得自绝情谷主公孙止。原本杨过佩君子剑，小龙女佩淑女剑，但在襄阳城内，小龙女误会杨过，将自己身佩的淑女剑转赠郭芙，自

神雕侠侣　　李志清/绘

己黯然离去，这才引出郭芙质问杨过，盛怒之下，斩断杨过右臂一截。

前后文对照，淑女剑先在郭芙手中，继而被杨过夺走，郭芙又抢过杨过床头的"君子剑"，击落杨过手中的"淑女剑"，剑斩杨过。金庸在后面补叙情节时，又说斩断杨过右臂的是"淑女剑"，则显然写错了。然而金庸为什么会出现这样的明显疏漏呢？这是因为《神雕侠侣》的连载版中，斩断杨过右臂的宝剑，既非"淑女剑"，更不是"君子剑"，而是剑魔独孤求败的"紫薇软剑"。金庸在20世纪70年代修改过程中，因为两段情节相隔两回，偶有疏神，修改时忘记了。

连载版《神雕侠侣》中，杨过在断臂前遇到神雕时，神雕与三角头的毒蟒大战，杨过仗君子剑相助神雕，他一剑斩在毒蟒身上：

只听得当的一响，那剑竟尔反弹出来。杨过这一下自是大惊失色，他这柄君子剑虽不能说削铁如泥，但寻常刀剑当之立断，连法王的金轮也曾被此剑切去一片，此蛇纵然猛恶，终究是血肉之躯，何以能将君子剑弹开？他心中惊奇，手上更加使劲，刷刷刷连斩三剑，竟是当当当连响三声，这声音宛如金铁相交，绝不是毒蛇鳞甲反弹之声。他举剑一看，只见君子剑刃口上竟有三个缺口，蛇身能反弹利剑已是一奇，而将剑刃碰出缺口，那是匪夷所思之事了。

……当下奋起全力，当的一下，又往毒蟒身上一剑斩落。

斗（陡）然间手上一轻，一柄剑只剩下半截，那毒蟒身上也是鲜血喷射，但身子却并未斩断。

为何毒蟒有此异能呢？原来独孤求败因为"紫薇软剑""误伤义士不祥，乃弃之深谷。"恰巧被毒蛇吞入腹中，因为剑身奇软，能随着蛇身扭曲，虽藏于蛇腹之中，却不至将蛇皮刺破。神雕遇到毒蟒，发现紫薇软剑便与之大战，欲使软剑重见天日。杨过帮助神雕除了毒蟒，获得神雕好感，神雕便将软剑给了他。杨过带着"紫薇软剑"，在后面的故事中，曾持之与李莫愁、武三通大战。

《神雕侠侣》连载版第七十二回"神雕魔剑"说得分明：

原来那日两人在襄阳郭府之中，言语冲突以致动手，郭芙怒火难忍，掀起杨过床头的宝剑，便往他头顶斩落。杨过中毒之后尚未痊愈，四肢无力，见那宝剑斩到，床上无可趋避，只得抢过郭芙携来的淑女剑一挡。但郭芙手中所持之剑，乃是剑魔独孤求败当年用以横行天下的利器，当真是断金如泥，锐不可当，淑女剑虽然也是宝剑，还是被这剑削断。

"君子剑""淑女剑"一前一后，尽被"紫薇软剑"斩断，反观修订后的《神雕侠侣》，"君子剑""淑女剑"却没有了下落。"紫薇软剑"斩断了杨过右臂，应验了书中独孤求败所说"紫薇软剑"不祥。推测金庸落笔之初，是早有考量的。

对于修订版《神雕侠侣》中的这个漏洞，金庸并非没有发现。在21世纪的新修版中，金庸重新修改了这段文字。

新修版《神雕侠侣》第二十四回"惊心动魄"：

> 郭芙连败两招，怒气更增，见床头又有一剑，正是君子剑，抢过去一把抓起，拔出剑鞘，便往杨过头上斩落。杨过见寒光闪动，举淑女剑在身前一封，哪知他昏晕七日之后出手无力，淑女剑举到胸前，手臂便软软地提不起来。郭芙剑身一斜，当的一声轻响，双剑相交，淑女剑脱手落地，杨过跟着坐倒在地。

第二十六回"神雕重剑"：

> 那日杨过与郭芙在襄阳郭府中言语冲突，以致动手，郭芙怒火难忍，抓起君子剑往他头顶斩落。杨过中毒后尚未痊愈，四肢无力，眼见剑到，情急之下只得举右臂挡在面前。郭芙狂怒之际，使力极猛，那君子剑又锋利无比，剑锋落处，杨过一条右臂登时遇剑而断，给卸了下来。

金庸在新修版中，确凿地写出郭芙从床头抓起的就是"君子剑"，并言明郭芙以此剑斩断了杨过的右臂。

至于"君子剑"和"淑女剑"的结局，金庸在新修版的《倚天屠龙记》中给出了答案。《倚天屠龙记》新修版第三十八回"君子可欺之以方"中，金庸改写了修订版中黄蓉把杨过的玄铁剑熔了，加上西方精金，铸成倚天剑和屠龙刀的说法，而是说：

> ……将神雕大侠杨过留赠给郭师祖的一柄玄铁重剑熔了，再加以西方精金，铸成了一柄屠龙刀；又以当时最为锋锐的两柄宝剑，杨过大侠的君子剑与杨夫人小龙女的淑女剑，熔合而铸成一柄倚天剑。

从此倚天剑没有了玄铁剑的血统，其前身成了"君子剑"和"淑女剑"！

当然，这里还有个细节非常有趣，最初连载版《神雕侠侣》中，杨过在绝情谷没有等到小龙女，竟然将玄铁剑"抛在绝情谷中，没再取回"，后来的故事里，杨过也就不再使用玄铁重剑，等到修订版时，金庸可能觉得杨过将剑魔独孤求败的玄铁剑轻率抛掉，有些欠妥，改写为杨过武功大进，达到独孤求败的木剑境界，不再使用重剑。新修版的改动，等于将杨过平生使用的重要兵器，一一写明了结局。

连载版中，"紫薇软剑"被毒蟒吞食，毒蟒竟然身体不损，太过匪夷所思。金庸对"紫薇软剑"的修改，其实秉承了金庸在修订小说的一贯思路，即在作品修订中，务使小说中的情节更能为世人所接受，大幅删削的就是种种神功绝艺，以及神禽异兽，试图将还珠楼主"奇幻仙侠"带给他的影响降到最低，《射雕英雄传》里的小红鸟，《倚天屠龙记》里的玉面火猴，都是这样消失不见的。

平心而论，金庸在新修版《神雕侠侣》中的修改，我个人认为还算是合理，然而合理并不代表好看，老读者没了当初乍睹惊险情景的刺激，自然觉得不如连载版精彩，诚如亦舒所说："我不要看合理的武侠小说，根本上没有想象力的人是不会去看武侠小说的，欧阳锋被囚在冰柱中三日三夜，咱们看着过瘾之至，手汗都兴奋出来了，现在只改为一个时辰，就没那么开心了。小说是小说，咱们医学院的学生从来没吭过半句声，说一个人不可能在冰里三日不死，咱们看金庸的小说从来不反驳，他说甚（什）么是甚（什）么，因为看得高兴，走得入味，反正雅俗共赏，夸张一点有何不可！"

四

孙婆婆是《神雕侠侣》中戏份很少的配角，但她推动了故事的发展，重要性无可置疑。杨过能够留在古墓，被小龙女收留，全靠孙婆婆的爱护。如果不是孙婆婆在临死之前，向小龙女恳求，以小龙女彼时冷淡的性格，杨过是无缘踏入古墓的。

以孙婆婆如此的重要性，金庸却没有对她的出身来历，做明确的交代，可以说倏忽而来，戛然而止。

修订版《神雕侠侣》第四回"全真门下"，借丘处机之口，讲述了古墓派的来历：

> 那位前辈（指古墓派创始人林朝英）生平不收弟子，就只一个随身丫鬟相侍。两人苦守在那墓中，竟然也是十余年不出，那前辈的一身惊人武功都传给了丫鬟。这丫鬟素不涉足江湖，武林中自然无人知闻，她却收了两个弟子。

这两名弟子，一个是赤练仙子李莫愁，另一个当然就是小龙女。

按修订版所言，小龙女原是十八年前在重阳宫外拾到的一个弃婴，后被一个"中年妇人"收养。丘处机这样说："讲到那中年妇人的形貌打扮，我们才知是活死人墓中的那个丫鬟。"小说在此处明确交代，林朝英的随身丫鬟不仅是小龙女的师父，而且是她的养母。

所谓"活死人墓"是全真教祖师王重阳为抗金兵而修筑的用于暗藏兵器、甲胄、粮草的巨型地下武备仓库。起义失败，他将自己幽闭于此，自称"活死人"以表愤慨。后来此墓被王重阳的情侣林朝英夺得，逼他出家为道，并在邻近修建重阳宫，开创了全真教。因为有王重阳、林朝英这层关系，王重阳的弟子都称丫鬟为"道友"。

丫鬟无名无姓，也从不与外人交往。在杨过初入古墓时，林朝英和她的随身丫鬟都已去世，而与小龙女同住在古墓中的是脸上生满鸡皮疙瘩、面相极丑的孙婆婆。

修订版第五回"活死人墓"中，从小龙女视角介绍孙婆婆"是服侍她师父的女仆，自她师父逝世，两人在古墓中相依为命。"小龙女称她为"婆婆"，这是江南一带年轻人对老年妇女的通称，是金庸自己生活经历的反映，若按终南山所在陕西的称呼，应该唤作"孙大娘"。

从上述文字来看，孙婆婆是不在古墓派武功的师承序列之内的。古墓派的辈分排列应是：师祖林朝英弟子是丫鬟师父；丫鬟师父有两名弟子，李莫愁和小龙女；李莫愁收徒洪凌波和陆无双，小龙女收徒杨过。无须图表，古墓派师承传递脉络简单清晰。

孙婆婆的出现，最早在丘处机的叙述里，彼时小龙女丫鬟的师父逝世：

> 过得几年，有一日墓外荆棘丛上挑出一条白布灵幡，我们知道是那位道友去世了，于是师兄弟六人到墓外致祭。刚行礼毕，荆棘丛中出来一个十三四岁的小女孩，向我们还礼，答谢吊祭……只是见那小女孩孤苦可怜，便送些粮食用品过去，但每次她总是原封不动，命一个仆妇退了回来。

小女孩自然是小龙女，仆妇应是孙婆婆。这里就出现了问题，首先孙婆婆是林朝英丫鬟的仆妇，这个身份很怪，古墓派又不是大观园，随身丫鬟竟也要有人服侍。其次，孙婆婆是否见过林朝英？她是在林朝英生前还是死后来到古墓？按前面的说法，林朝英生平不收弟子，只有一个随身丫鬟，孙婆婆似乎是在林朝英死后才被她的"随身丫鬟"招来进入古墓，丫鬟既然已经成为古墓派之主，那么有个服侍之人，也算合理。但这样理解，却又与后面的叙述发生许多抵牾不合。

首先，孙婆婆不是古墓派武功的正统传人，但她武功相当了得，一人曾把全真教第三代弟子中的前几名高手赵志敬、尹志平、张志光等一群人都打败，使他们感到"这丑婆子武功招数奇异之极，眼见难敌"，到后来，孙婆婆只是比郝大通略逊一筹。以孙婆婆如此的武功，竟然被排斥在古墓派传承序列之外，实在是匪夷所思。

其次，小说多处写到，实际抚养小龙女的是孙婆婆，而不是丫鬟师父。修订版第五回"活死人墓"，当孙婆婆初见杨过时，这样写道："孙婆婆十八年来将小龙女抚养长大，内心深处常盼再能抚养一个男孩。"又说："孙婆婆自小将她抚养长大，直与母女无异。"孙婆婆临终前，曾对小龙女说："姑娘，若是老婆子不死，也会照料你一生一世。你小时候吃饭洗澡、睡觉拉尿，难道……难道不是老婆子一手干的么？你……你……你报答过我甚（什）么？"

按孙婆婆年龄推算，当初抱养小龙女的"中年妇女"如果是三十余岁，那么十八年后当是五十余岁，与孙婆婆的出场年龄相吻合。说明孙婆婆与丫鬟师父的年龄相仿，此外，小说还多次写到孙婆婆是见过林朝英的，受过她的武功指导，而且了解她的思想感情，比如："她在墓中住了几十年，从不与外人来往。"郝大通也曾对孙婆婆说："你我数十年邻居……"

"数十年"不是一二十年，资历相当老。小龙女后来也对杨过说："你记得孙婆婆么？她既服侍过祖师婆婆，又跟了我师父多年。"

林朝英因向王重阳求婚不成，逼使王重阳出家，并对所有的男人产生恼恨。小龙女说："咱们祖师婆婆好恨王重阳……听师父与孙婆婆说，天下男子就没一个好人。"孙婆婆如果不是同林朝英有过密切接触，是很难了解林朝英这些想法的。

对比《神雕侠侣》连载版，金庸对孙婆婆的出身来历，其实曾经有详细的记述，只是在修订版的删削过程中，并没有更好处理，以致留下了疏漏。

连载版《神雕侠侣》第十二回"全真门下"开宗明义说：

原来这美貌的白衣少女，正是活死人墓的主人小龙女，那孙婆婆是服侍她师父的女仆，自她师父逝世，两人在墓中相依为命。

第十三回"活死人墓"，孙婆婆临终前，曾给杨过留下了一件棉袄：

孙婆婆的丑脸现出一丝微笑，眼睛望着杨过，似有话说，但一口气却接不上来。

杨过知她心意，俯（附）耳到她口边，低声道："婆婆，你有话跟我说？"孙婆婆道："你再低下头来。"杨过将腰弯得更低，把耳朵与她口唇碰在一起。孙婆婆低声道："我身上这件棉袄，你好好收着，这……"说到这里，一口气再也提不上来，突然满口鲜血喷出，喷得杨过半边脸上与胸口衣襟都是斑斑血点，就此闭目而死。

小龙女　李志清/绘

修订版里孙婆婆说的最后一句话是："你龙姑姑无依无靠，你……你……也……"没有了这件棉袄的事。

那么消失了的这件棉袄究竟隐藏着什么秘密呢？

李莫愁进入古墓，正值小龙女受伤，杨过和小龙女皆不能敌，放下断龙石，欲和李莫愁师徒同归于尽。修订版第七回"重阳遗刻"，杨、龙二人躲避于石棺内，发现王重阳留在棺盖内侧中的字迹，写着"玉女心经，技压全真，重阳一生，不弱于人。"将棺底掀开，可以到达另一间石室，在里面有王重阳阅读《九阴真经》后，留下的破解《玉女心经》之法：

这只是他（王重阳）一念好胜，却非有意要将九阴真经泄漏于世，料想待得林朝英的弟子见到九阴真经之时，也已奄奄一息，只能将这秘密带入地下了。

考诸金庸最初写作中，王重阳并不是写的这十六个字，也没有写在石棺内。

连载版《神雕侠侣》第十八回"宫砂犹在"中，小龙女因一直在寒玉床上练功，身体是至寒的底子，重伤后与李莫愁交手，动用了内家真力，制力一去，犹如身堕万仞玄冰中，奇冷彻骨，牙齿不住打战。杨过取出孙婆婆临死时留给他的那件棉袄，给小龙女披上。小龙女还是冷得难熬，咬紧牙关，双手撕拉，将孙婆婆的棉袄撕破，烛火下见缝中露出块白布，上面写得有字。杨过这才想起孙婆婆临死时郑重其事的（地）将棉袄交给自己，原来另有别意。杨过将白布抽出，布上写有十六个字："重阳先师，功传后世，观其画像，究其手指。"

这张重阳祖师的画像，就是杨过拜小龙女为师之时，向其唾吐的那张。二人反复观看，也不得要领。小龙女突觉身子发抖，碰到烛台，一大片烛油泻下来，倒在画上。杨过将烛油刮去时，宣纸经油浸过，略现透明，隐隐见到画像手指上似写着"二、三"等几个数目字。原来画像中手指的线条之旁，写满了极小的小字。笔画比发丝还细。小龙女阅读后，才知王重阳在石室中留下了克制《玉女心经》之法。二人遂又到石棺中，打开棺底，进入石室，发现《九阴真经》要旨。

棉袄中藏有这样重要的线索，孙婆婆又是如何得到的呢？

《神雕侠侣》连载版第十九回"重阳遗篇"里这样解释，王重阳翻阅《九阴真经》之后，回到活死人墓，在全墓最隐秘的石室顶上，刻下了《九阴真经》的要旨，并一一指出破除玉女心经之法。又在自己肖像的手指上，留下了字句，若是林朝英的后人有缘，好教他知晓全真教创教祖师的武学，不是《玉女心经》所能克制。王重阳出了古墓后，在巨石旁凭吊林朝英昔日所画字迹，又想自己虽在画像上留下了字迹，但过于细微隐晦，古墓派的后人未必能够发现，如果指点明白，《九阴真经》又要泄漏于世？正在为难之时：

> 忽然听到有一个女子呜咽哭泣，极是悲切，一问之下，知她姓孙，当年林朝英行侠江湖，曾救过她的性命，她上山叩拜，得知林朝英已经逝世，想要进墓祭吊，却不得其门而入。王重阳于是指点了她入墓之法，并道："我有十六个字，你好好记住了，却不可泄漏于人。他日你天年告终之时，再告知于古墓的主人。"那姓孙的女子磕谢了，将十六字记诵于心，入墓祭吊，后来为林朝英的丫鬟收留，长居古墓，那就是孙婆婆了。她将这十六字写在一块白布之上，缝入棉袄，临死时送给杨过，这十六字就是"重阳仙师，功传后世，观其画像，究其手指。"孙婆婆姿质不甚聪明，对此十六字始终未加钻研，是以不知石室中所藏的隐秘。

如此一来，完整解释了孙婆婆的出身来历。孙婆婆当年也是在江湖闯荡的女侠，曾经被林朝英所救，与林朝英算是旧相识。林朝英逝世后，到古墓拜祭时才留在古墓中，想来曾被林朝英和丫鬟师父指点过武功。

金庸之所以删掉了这一大段的内容，可能主要是觉得在画像手指边写下这么多的字，却不被人发现，实是有些不符合常理，另外对整段故事的推动，显得过于啰唆，修订时将这一大段孙婆婆传递信息的情节删掉。只是如此一删，孙婆婆的出身来历，反而变得扑朔迷离，留下了很多的疑团，这恐怕是

095

金庸在修改过程当中始料未及的。

有趣的是，金庸在《神雕侠侣》的新修版中，将"玉女心经，技压全真，重阳一生，不弱于人"，改为"玉女心经，欲胜全真，重阳一生，不弱于人"。这样的改动，其实是合理的。按原本的意思，全真教武功其实已经输了，王重阳不过是在放狠话而已。修改后，则变成了"《玉女心经》想胜全真教，其实不可能，因为所破的都是粗浅功夫，以我王重阳的修为来说，一生没输过"。

五

从金庸小说的三次修改来看，金庸小说在文化上始终是一个整体，作者一直致力于对中国传统文化和西方现代文化的结合，试图使每部作品都不一样。金庸一直致力于从"武侠本位回归到小说本位"，创新是他创作小说的基本精神。

1981年7月9日，《南洋商报》发表了杜南发对金庸的采写文章《长风万里撼江湖》，金庸很明确地说：

> 我们不能很笼统地、一概而论地说武侠小说好还是不好，或是说爱情小说好还是不好，只能说某作者的某一部小说写的（得）好不好，好的小说就是好的小说，和它是不是武侠小说没有关系。[①]

在这里金庸强调的是武侠小说的"小说本位"，这一本位的确立，从而使武侠小说成为一个开放的文类体系，可以在内容和形式上海纳百川。作家有句话叫"不悔少作"，但真正能有这样的心态很难。博尔赫斯这样的作家，他的第一本诗集照他自己的说法，是父亲花钱印的，当他后来正式出版自己的诗集时，曾经拿自己的新诗集逐家去和人商量，能不能把那本换回来。阎连

[①] 苏墱基：《金庸茶馆》第五册, 中国友谊出版公司, 1998。

科也说过，他非常懊悔自己一生的写作："其中80%是垃圾，20%比较好，但这20%有多强的生命力？我活着，它就活着，我死掉，它就死掉。"

以画家为例，现实生活里，很少看到一名画家，会将少年时的作品拿来重新进行修改。从艺术创作规律上看，画家的年纪越长，他的创作经验越丰富，艺术技巧也越来越成熟，对于自己早期的画作不满意是一定的。这个经验也可以推广到其他的艺术类型上，众多的文艺创作者都会对自己早期作品不满，但几乎没有人会拿出巨大的精力，将少年时的作品反复进行修改，在他们眼中，最满意的作品永远是下一部。

金庸不同。他会对自己作品不满意的地方不遗余力地修改。除了众所周知的修订版、新修版，金庸还在修订版重新连载和印刷前，或动几个字，或修改标点，或替换成语，总之"生命不息，修改不止"。修改无疑会使情节和人物更为合理，但是修改也会产生更多新问题，就作者而言，某些情景、某些人物可有可无，删掉并不可惜，但对读者来说，可能那些情节是重中之重。倪匡、亦舒兄妹对金庸修订不满，正是因为自己喜欢的情节没有了。作家在某个时期对于某事的看法是不同的，写作的情感也不一样。作家重读自己以前的作品，可能都不明白自己当初在写的时候，为什么要这样写。其实这是作家的潜意识，包含着彼时作家对所处时代以及环境的认知。

金庸的小说一边写一边刊登，是当年武侠小说写作的惯例，这种习惯自清末民初报业兴盛，连载小说跃登版面，一直绵延下来。事实上，承袭这种创作方式的，是当前的网络小说。这种写作方式迥异于今天我们理解的纯文学创作，在构思好大纲后，集中力量一口气写完，然后经历几次修改，直到自己满意，再拿去发表和出版。逐日连载的写作范式，构成了对作家的掣肘。从金庸的性格来看，他又是个较为严谨和严肃的人，对初期作品的不满意可以想象得到。

作家毕竟无法同时代抗衡，也无法同年轻时候的自己相抗衡。正如杨过的母亲是秦南琴，一名普通的捕蛇女子，在其生活困顿之时，必然会求助无门，她当然不会去找郭靖，也更不会知道郭靖在哪里。替换成穆念慈后，人物性格产生了扭曲。穆念慈幼年闯荡江湖，算是武林中人，她带着杨过，能够寻找到桃花岛,也可以在生命的最后关头,嘱咐他去寻找丘处机。一位母亲能为儿子做的必是如此。

在金庸看来,武侠小说和京剧、舞蹈、音乐等相同,是要求赏心悦目,或是悦耳动听。1962年,金庸创办的《武侠与历史》杂志出版至100期的时候,金庸特别写了篇文章《"武史"百期漫谈》,其中说道:"中国近代的小说受西洋小说影响极深,意识和技巧上都有很大进步,可是读者最多,流传最广的还是传统的说部……主要的原因,那是由于这些说部的形式和内容合于中国人的口味。武侠小说在这一点上,也总是能保持中国传统小说的风格……许多人都说,武侠小说所以能有这么多的读者,是由于海外的中国人精神苦闷,无可发泄,于是从武侠小说中去逃避现实。这可能是一部分原因,但绝不是根本原因。武侠小说的读者中,占比例最大的是青年和少年,从十岁到二十岁的不计其数。十几岁的孩子,能有什么苦闷?有什么解决不了的难题,必须在武侠小说中去寻求逃避?据我想,武侠小说中展开着一个神奇的世界,人物和事件充满着新鲜的罗曼蒂克情调,本身自有它奇异的吸引力。好像吃糖果,吃冰激凌,不一定是为了争取营养,也不一定是为了精神苦闷需要调剂,只是为了它的美味。"金庸话虽如此,他本人似乎也没完全看破"雅俗之见"。1998年5月16日,美国科罗拉多大学主办"金庸小说与二十世纪中国文学国际学术研讨会",来自世界各地40多名代表出席。会议经费由金庸赞助,后来这本学术论文集也由香港明河社出版有限公司于2000年出版。研讨会题目原本是"金庸武侠小说",但在金庸的坚持下,删掉了"武侠"两个字。仔细想来,金庸的坚持却也未免"着相"。

1993年春天,金庸在英国爱丁堡大学演讲,说:"今天我到爱丁堡来讲小说,只有一句话,我之会写小说,全仗得到爱丁堡两位大师的教导指点,那是华尔特·司各特爵士和罗伯特·斯蒂文森。我不敢说来讲什么心得和意见,我是来向贵市的两位大师致敬和感谢。"[①]

金庸有"顺情说好话"的习惯,他来到某地,往往会迎合主办方,夸赞

---

① 金庸、(日)池田大作:《探求一个灿烂的世纪(金庸/池田大作对话录)》,北京大学出版社,1998。

当地人和事，但这段话中，金庸除了忘记提他最喜欢大仲马，基本上算是由衷之言。他曾对严家炎教授说："我比较喜欢西方18—19世纪的浪漫派小说，像大仲马、司各特、斯蒂文森、雨果。"虽然他也说："这派作品写得有热情，淋漓尽致，不够含蓄，年龄大了会觉得有点肤浅。"[1]金庸的武侠小说受到西方近代浪漫主义文学影响颇深，这一点毋庸置疑。其实金庸不必讳言。谁说武侠小说不是小说？只不过它的写作目的是读者至上，单纯从文学角度来看，小龙女伤重不治，杨、龙二人天人永隔，才具有悲剧性的力量，但是恰逢《明报》初创，读者为了《神雕侠侣》才买报纸，金庸怎肯为此得罪读者？甚至《神雕侠侣》结束后，他又续了《倚天屠龙记》，先写《神雕侠侣》中出现的郭襄，当读者以为这将是一本《郭襄传》时，金庸在第33天将笔锋调转到几十年后，终于从《射雕英雄传》《神雕侠侣》的时空里跳出。金庸的妥协和无奈，略可窥见。在武侠小说的写作中，纯文学写作中的那些高贵说辞是无效的，二者不必争论高低。作家负责提供一个属于他的世界，在这个世界中，作家要表达一种感情，刻画一种个性，描写人的生活或是生命，其艺术追求主要在求美、求感动。这些感情和价值，在人生中本来就有。

1954年7月29日，金庸还没写武侠小说，这一天，他在《大公报》"影坛"栏目发表《谈〈驯悍记〉》一文，说道："莎士比亚剧作的故事情节全部取材于别人，但这丝毫没有妨碍他的伟大。他的伟大是在于作品内容的深刻和人性刻画的生动。《驯悍记》也是这样，重要的不是它的故事，而是它所包含的意义和戏剧中的人物。"

武侠小说不是不能表达思想，而是书写的途径和方法不同，却一样可以使得读者热血沸腾、热泪纵横地接受。金庸小说的思想价值并非直接表现，而是写作过程中的自然流露，他一直试图在作品中完成一个"人性"胜过"神性"的过程，这也是金庸数次修改武侠小说，孜孜以求的动力之源。

---

[1] 严家炎：《金庸小说论稿》，新星出版社，2021。

搏者张松溪

一

金庸《倚天屠龙记》中,对于武当派、张三丰、武当七侠着墨甚多,对一个门派塑造如此成功,大见金庸讲故事的本领。小说开头是郭襄游历少林寺,重遇少年张三丰(张君宝),紧跟着一笔跳跃到几十年后,连续七回的主角其实是张三丰的弟子张翠山,至于主角张无忌独立担当故事,则要在第十回之后。即使这样,张无忌也要称呼张三丰为太师父,张三丰还传了他太极拳剑,张无忌亦算武当派弟子,是以,《倚天屠龙记》最风光的门派应属武当。

书里张三丰有七位弟子,被称作武当七侠。关于七侠的真实性,金庸在修订版第三回"宝刀百炼生玄光"后的注中说:"据旧籍载,张三丰之七名弟子为宋远桥、俞莲舟、俞岱岩、张松溪、张翠山、殷利亨、莫声谷七人。殷利亨之名当取义于《易经》'元亨利贞',但与其余六人不类,兹就其形似而改名为'梨亭'"。

金庸如此一改,七人名字就统一了,请看"桥、舟、岩、溪、山、亭、谷",全是具体名词,仿佛观赏一幅中国水墨画,颇有趣味。

金庸所言的这本"旧籍"到底是哪一本书?金庸没有交代,我曾经很认真地查找过,在清以前的书籍中并无所获,我初步怀疑是来自民国时期许禹生编著的《太极拳势图解》一书,这本书里有七人学艺的故事,讲述宋远桥、俞莲舟等七人为友,共同寻访一个名为"夫子李"的人,结果久寻不遇,却

知柔知剛
萬夫之望

傅增湘題

辛酉六月
太極拳勢圖解
傅增湘

自序

余幼孱弱多疾病因徧閱養生之書帥飲食慎起居若是者累年未收效嘗得華陀五禽經達摩易筋經八段錦諸書從事練習然均有闕無毀精意不傳勉強摹仿效亦甚勘逸未竟學後乃從事外家拳術習技擊尋蹈躡於是身體稍壯然苦於鍛鍊之猛稍輟而疾又作矣始知亦非良法最後得內家拳術即世所謂太極功者俯仰屈伸以意導氣簡而易習柔而省力習未期年而宿疾盡蠲竊王鉅矣其拳每勢運動均有節拍前後聯絡如一氣呵成呼吸與動作相為激盪氣血筋骼活潑無滯殆深得古導引術之剛柔進退陰陽虛實合周易太極之理而對敵之時因勢利導應機而發批隙導窾惡肯綮誠莊子所謂技而近乎道者也因爲圖解公之於世離於古人之意未必盡合而善習者未始不可藉爲入道之階閱者勿專視爲拳技也可

中華民國十年秋古燕許禹生敘於體育研究社

體育季刊題詞 蔡元培

教育三綱體育特重康強其身智德可
用鴻範曰肅又曰乂疾是征小雅所載無拳無
勇允禽體戲華陀遺拳岳飛文士百
戰曰摧有義无匱斯知九衆于此一徧病
夫無恥

《太極拳勢圖解》書影，北京體育研究社 1921 年出版，傅增湘、蔡元培等名人為該書題字。

碰到了张三丰,于是七人拜其为师,学习名为"十三式"的太极拳。

　　许禹生的太极拳学自杨健侯,是正宗杨氏太极拳的传人,《太极拳势图解》这本书,是杨氏太极拳系首部图文并茂,并且公开发行的太极拳书籍,最早发表在《体育季刊》上,在1921年正式出版发行。许禹生在民国时期是教育部的主事,他与杨健侯、吴鉴泉、纪子修等人在1916年倡导成立了北京体育研究社,担任副社长,为很多大中小学培养了武术师资。

　　我之所以要提到北京体育研究社,因许禹生在书里说:"有宋书铭者,自云宋远桥后,久客项城幕。精易理,善太极拳术,颇有所发明。与余素善,日夕过从,获益匪鲜。本社教员纪子修、吴鉴泉、刘恩绶、刘彩臣、姜殿臣等多受业焉。"[①]

　　清末袁世凯执政之时,幕宾中有一位名叫宋书铭,年七十岁,精通易理、擅长太极拳,自言为明代武术家宋远桥十七世孙,所练拳称作"三世七",共有三十七个拳势,又名长拳,与太极十三式拳势名目大同小异,但趋重单势练习,推手方法则相同,而北京体育研究社中很多人都向他学过太极拳。

　　从现有资料来看,宋书铭,字硕亭,大约生于19世纪40年代,除此找不到其早期经历,大约在1916年后离开北京,不久去世。宋书铭在北京期间,曾经和北京练习太极拳的拳家有过交往。当时"太极拳"这个名字刚刚在社会上流传,练拳的人基本都属一个圈子。按许禹生书中的说法,宋书铭的拳术很高超,北京体育社诸拳师曾与之试手,宋书铭功夫甚至高过当时正值盛年的吴鉴泉、许禹生、纪子修等人,以致吴鉴泉等以师礼之。这些拳师认为,宋书铭的拳就是太极拳,许禹生等人将双方切磋之事当作精彩逸闻来谈论,虽然大家比不上宋书铭,却都非常高兴。

　　宋书铭自称拳术是家传,据宋氏云,其拳传自始祖明代宋远桥。宋书铭留下一本称为《宋氏家传太极功源流支派论》的家传拳谱,这本拳谱为手抄本,原本不知所终,世间所传皆为当时的过录本。

　　中国武术的源流本就有神话传奇的成分,各家拳种又喜欢伪造源流,所

[①] 许禹生、常学刚校:《太极拳势图解》,山西科学技术出版社,2006。

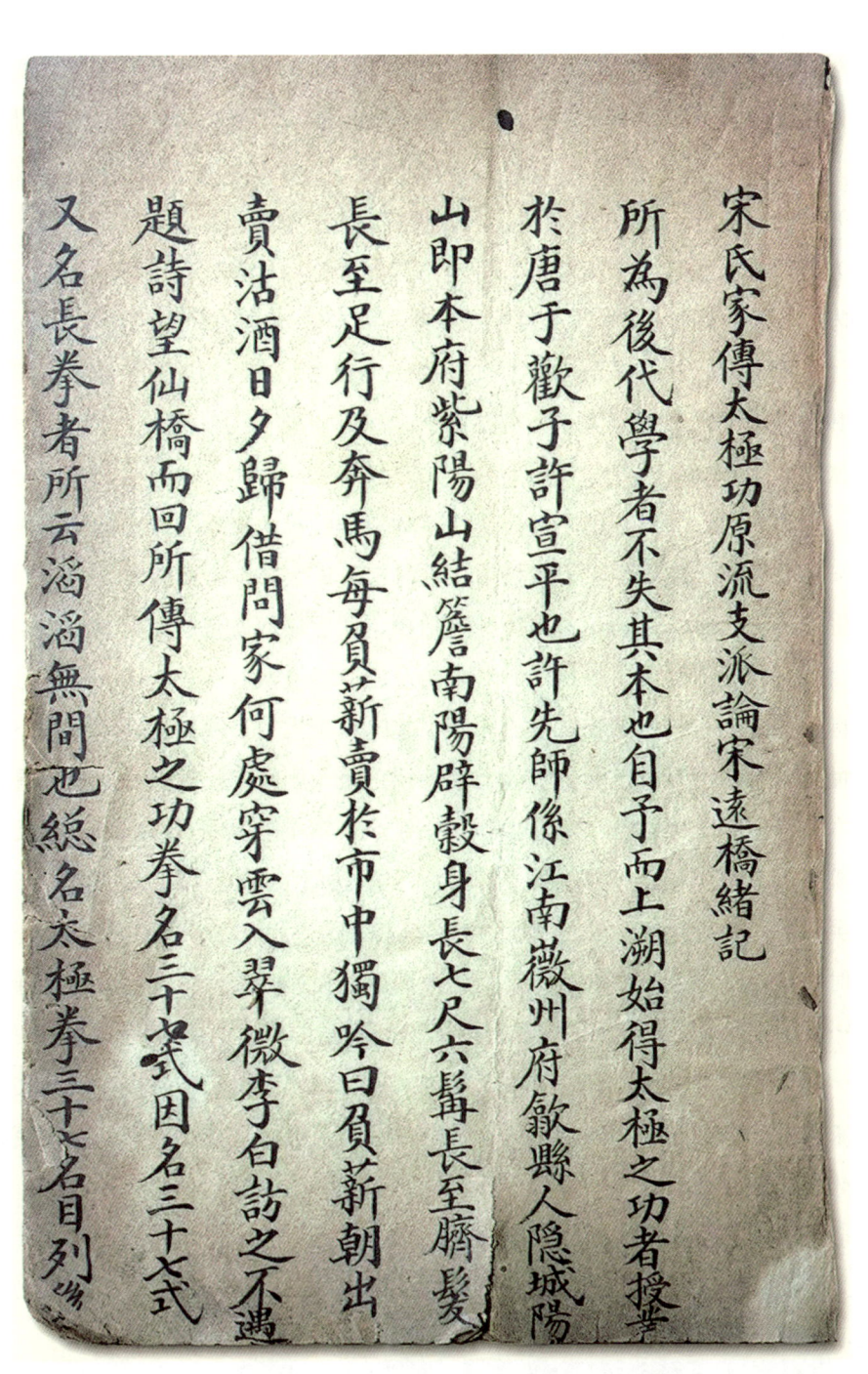

宋氏家傳太極功原流支派論宋遠橋緒記

所為後代學者不失其本也自予而上溯始得太極之功者授受

於唐于歡子許宣平也許先師係江南徽州府歙縣人隱城陽

山即本府紫陽山結篷南陽辟穀身長七尺六寸髯長至臍髮

長至足行及奔馬每負薪賣於市中獨吟曰負薪朝出

賣沽酒日夕歸借問家何處穿雲入翠微李白訪之不遇

題詩望仙橋而回所傳太極之功拳名三十七式因名三十七式

又名長拳者所云滔滔無間也總名太極拳三十七名目列

寇氏所傳《宋氏家传太极功源流支派论》抄本书影　赵泽仁/供图

以对《宋氏家传太极功源流支派论》，学术界曾经广有争论。北京吴氏太极拳传人赵泽仁师傅收藏有一本北京寇家后人传出的《太极功》抄本，对比世间的几种抄本，这本书较为完整，自寇利民（1949出生）从其祖父寇孟杰（1900—1959）传下，保存完整、来历清楚。寇孟杰系民国时代北京名医，祖辈为清宫御医，除《宋氏家传太极功源流支派论》抄本外，还留下一卷《童年志》、五卷《弱冠志》以及大量的医案、秘方。《童年志》《弱冠志》记录个人经历及文存，其中提到，寇孟杰于1916年春在北京西郊跟从荣翰章学习儒学和太极拳的，推测寇孟杰大概在这个时间段抄录了《宋氏家传太极功源流支派论》。

我和赵泽仁师傅有过间接合作。赵师傅是吴氏太极拳北派宗师王茂斋先生一脉的正宗传人，他除了太极拳，也习练尹氏八卦掌。2017年，我写作的电影剧本《八卦掌之潜龙勿用》开机拍摄，武术顾问就是赵泽仁。我在剧本里将八卦掌技击时所用的招式、对手的反应，以及八卦掌攻击的人体部位一一标识清楚。这其实是我自己的一点小趣味，事实上，我知道武术指导不一定懂八卦掌，更不一定能将我的文字表现出来。剧组实拍时，武术指导看着剧本的确惊讶，因为他没有见过哪个编剧会在剧本里写明打斗动作的："反手缠腕，合身顺势向前，掌劈面门，以'金丝抹眉'废掉双目……摆步横开，转至身后，顺势拗步盖掌，'脑后摘盔'以掌缘打后脑……"偏巧赵泽仁师傅当时在剧组，拿过剧本看后，说，这个编剧是懂武术的，这几招应该这样打……真的在现场将我笔下的文字套招套了出来。

寇氏抄本可以反证彼时《宋氏家传太极功源流支派论》的存在，其文中以宋远桥的口吻说："予与俞莲舟、俞岱岩、张松溪、张翠山、殷利亨、莫谷声久相往来金陵之境。"

当然，存在并不代表文中所述史实就一定是真的。在此先不论《宋氏家传太极功源流支派论》中所述历史真伪，但"武当七侠"之名集体出现，最早应来源于此，殆无疑问。

按《宋氏家传太极功源流支派论》，宋远桥是唐许宣平"三十七"太极功拳术的传人，而后宋家又学了其他几种拳术，其源流大致如下：其一，宋氏

"三十七"祖于唐歙县许宣平,明代传人为宋远桥;其二,俞氏"先天拳"祖于唐代安庆李道子,一直活到明朝,"不火食,日啖麸数合",称夫子李,传人为泾县俞氏俞清慧、俞一诚、俞莲舟、俞岱岩;其三,"张氏十三势"祖于明武当山玉虚子张三丰,传人为明张松溪、张翠山;其四,程氏"小九天",祖于韩拱月,传南北朝休宁程灵洗,其小宗为程珌;其五,殷氏"后天法",祖于北宋扬州之胡镜子,传安州宋仲殊,明代传殷利亨。

从以上资料中,七人遇到张三丰:"予七人共抒之,耳提面命,月余始归,自此不绝往来。"并无师父弟子的说法,不知金庸看的是哪本"旧籍"。当然,这本《宋氏家传太极功源流支派论》所述过于玄幻,迹似小说,从《唐诗纪事》《全唐诗》可见许宣平名字,只是道士而已,未记载练过拳,李道子寿长数百年,更属无稽之谈。

《倚天屠龙记》是1961年7月6日开始在《明报》连载,最初金庸没有改动名字,殷六侠还叫殷利亨,殷梨亭则是修订版之后的改动,上述注释也是出自这个修订版。

金庸在新修版中,对这段注释文字也进行了修改:"据史籍载,张三丰之七名弟子为宋远桥、俞莲舟、俞岱岩、张松溪、张翠山、殷利亨、莫声谷七人。殷利亨之名当取义于《易经》'元亨利贞',本书初版即用原名,但与其余六人不类,且有不少人误书为'殷亨利',兹就其形似而改名为'梨亭'。另据澳洲国大学(澳大利亚国立大学)柳存仁教授考据,明代有武人名张松溪,当存其说。"

金庸在2000年后的这次修改中,"旧籍"变成了"史籍",金庸明显在证明自己并非空穴来风的臆造,同时透露了两个信息:一是殷利亨名字之改,除了要和其他人的名字统一,关键是容易被人写成殷亨利,堂堂的武当殷六侠成了外国人;二是金庸终于把张松溪的名字重点标出,要知道武当七侠虽是小说家言,但七人之中,唯有张松溪,是历史上确有其人,且在史书上有相关记载的武学宗师。

《倚天屠龙记》小说中,对张松溪的评价是"沉默寡言,潜心料事,言必有中",二师兄俞莲舟说起他也称其"机智过人"。

许宣平像　选自明代玩虎轩刻本《列仙全传》

张翠山一去冰火岛十余年，匿迹无踪，生死未明，江湖传言，张翠山乃龙门镖局灭门惨案真凶，武当诸侠多方打探，多年下来不免心淡，只有张松溪始终不肯放弃，并且料定有朝一日，张翠山若重履中原，龙门镖局一案定会再起波澜，虎踞、燕云、晋阳三家镖局分别为江南、冀鲁、西北各省众镖局之首，必会出头，为了避免彼时被动，张松溪在事先留下恩惠，一场争斗，开局就胜三分。

张翠山归来后，各大门派齐临武当山兴师问罪，少林和武当两派围绕几桩公案唇枪舌剑，斗智斗理，张松溪居中谋划，词锋犀利，使得武当派于逆势之下，占尽先机。

小说到后来，七侠莫声谷被宋青书和陈友谅所害，武当四侠根据莫声谷所留标记一路追查，机缘巧合之中，误会了张无忌。武当四侠力战张无忌所扮蒙面人，其余三人不敌受制，唯有张松溪处变不惊，施展巧计，扯下了张无忌的蒙面巾。

张松溪无疑是小说中配角，出场不过数次，但金庸把这个"沉默寡言，潜心料事，言必有中"的配角刻画得入木三分，予人深刻印象，描写可谓传神。

二

真实历史上的张松溪又有着怎样的人生呢？

明代嘉靖年间，张松溪以内家拳享名宁波，传为内家拳创始人，然而，对于这位武术家的生平，武术界却有着种种争论。

首先就是籍贯，武术理论家徐哲东在1930年出版的《国技论略》中提出浙江鄞县、海盐两说，1985年上海教育出版社出版的《武术拳种和拳家·张松溪小传》据张松溪派内家拳传人推断其生于温州。

其次是其生卒年，史籍上并未明确写出，《武术拳种和拳家》一书推断其生于明正德元年（1506）年前后，卒于明光宗泰昌元年（1620），终年110多岁。

其三，张松溪所习拳术，黄宗羲《王征南墓志铭》、黄百家《内家拳法》，称其为内家拳，而民国时期宋书铭在《宋氏家传太极功源流及支派论》中称为太极拳。

关于张松溪和内家拳的研究，近代武术史学家唐豪曾到宁波实地走访，认为内家拳早在宁波失传。唐豪的许多论点，比如太极拳的源头、张松溪的师承、内外家的分异等等，影响甚大，但囿于时代和资料，难免有误，至今仍有争论。

当时唐豪所引用的资料皆出自黄宗羲父子的著作和雍正《宁波府志》的张松溪传。

宁波古称四明。黄宗羲写有《王征南墓志铭》，文中提道："松溪之徒三四人，而四明叶继美近泉为之魁。由是流传于四明。四明得近泉之传者，为吴昆山、周云泉、单思南、陈贞石、孙继槎，皆各有授受。昆山传李天目、徐岱岳。天目传余波仲、吴七郎、陈茂弘。云泉传卢绍岐。贞石传董扶舆、夏枝溪。继槎传柴玄明、姚石门、僧耳、僧尾。而思南之传，则为王征南。"

文中言明王征南为张松溪的再传弟子，在这篇文章里，黄宗羲更历史性地提出内家拳的源流，并说宋徽宗时期，武当道士张三峰是内家拳的祖师，后来内家拳传至陕西、传至温州，又传至四明，传到张松溪。这个宋朝的张三峰和张松溪隔着三百多年。

黄宗羲是浙东史学的开创者，但他的说法引起很大争议。黄宗羲所写张三峰是北宋人，而《明史》中所记明朝初年也有一位武当道士张三丰，这位名为"张君宝"、号为"张邋遢"的道士并没有确切记载其会武功。不知这两人确有渊源，还是毫无关联，但经过时间的演绎，最后世人都相信，明朝的张三丰乃是内家拳或太极拳的祖师，是一位武学宗师。

清雍正年间，曹秉仁纂修《宁波府志》卷三十一《张松溪传》载："张松溪，鄞人，善搏，师孙十三老。其法自言起于宋之张三峰……由三峰而后，至嘉靖时，其法遂传于四明，而松溪为最著……盖拳勇之术有二：一为外家，一为内家。外家则少林为盛，其法主于搏人……内家则松溪所为正，其法主于御敌……"

唐豪在《手臂余谈》中就曾断言："查言松溪籍贯、师承者，最早惟《宁

张三丰像　选自明代刊本《仙佛奇踪》

波府志》），故考信者应以此书为据。"然而唐豪的论断过于武断，其实对于张松溪的记载，起码《王征南墓志铭》就比《宁波府志》早。

王征南卒于康熙八年（1669），黄宗羲墓志当写于其后，《宁波府志》纂修于雍正十三年（1735），晚于《王征南墓志铭》。将天下拳术分为外家拳与内家拳，外家以少林为代表，而内家则以张三峰所传张松溪为正宗，因袭的便是黄宗羲的说法，后代学者多依从其说。在《王征南墓志铭》之前，还有文章有过详细记述，可惜唐豪没有发现。这篇文章出自明代万历年间著名大臣沈一贯之手，名为《搏者张松溪传》，收入在其《喙鸣文集》卷十九，清代袁钧辑四明丛书本《四明文征》卷十六亦收录此文。沈一贯与张松溪所处年代很接近，其记载应该比较接近事实。

在这里我需要特别说明，考察《搏者张松溪传》之"搏"在原始文献中，应为"抟"字，这个字读音为tuán，简体为"抟"。《王征南墓志铭》中说："少林以拳勇名天下，然主于搏人，人亦得而乘之。"亦为"抟"字。旧说部中，与赵匡胤对弈赢华山，能睡上三个月的希夷先生陈抟老祖，名字就是这个字。《说文》里说："抟，圜也，"即团集凝聚的意思，颇为符合内家拳的发力方法。在后期的书籍中，"抟"变为了"搏"，想是传抄刊误之故，但是今日武术史料及论著皆写作"搏"，我这篇文章也就从俗，不做更改，仅在此略做解释。

沈一贯（1537—1615），字肩吾，又字不疑、子唯，号蛟门，浙江鄞县人。沈一贯在隆庆二年（1568）考中进士后，一直在北京做官，直到明万历三十四年（1606），有人连续上章弹劾沈一贯，遂辞官回到家乡宁波，史料中称其"杜门不出九年"，作为一位70岁的老人，在城里闲居无事，听说了张松溪的事迹，于是寻到张之徒弟，写下了这篇《搏者张松溪传》。

《搏者张松溪传》开头说："我乡弘正时有边诚，以善搏闻。嘉靖末，又有张松溪名出边上。张衣工也，其师曰孙十三老，大梁街人，性粗憨，张则沉毅寡言，恂恂如儒者。"这里明确写出，边诚、张松溪皆与沈一贯同乡，松溪职业是裁缝，拜艺于拳师孙十三老。显然，张松溪生于宁波，而海盐、温州之说是不对的。

沈之文字中，称张松溪之技，出名在嘉靖末。嘉靖共在位四十五年，如果张松溪30岁左右成名，生年最早也要在嘉靖初年。《武术拳种和拳家》一书推测松溪生于正德年间，不免太早。至于卒年，《搏者张松溪传》没有写到，只是说："张终身不娶，无子，事母以孝闻，死于牖下。"

沈一贯卒于万历四十三年（1615），张松溪的卒年自然要早于沈一贯。《武术拳种和拳家》一书推测其卒于泰昌年间，肯定是错误的。若以张松溪生于嘉靖初年计算，其享年当在80岁左右。因为《搏者张松溪传》记载有张松溪70岁时，被诸少年堵在月城内，请其显示绝艺，张松溪不得已，以硬功将数百斤重的三块石头皆劈为二，说明张松溪至少活过了70岁。

张松溪生活的年代，正是倭寇猖獗之时，"少林僧七十辈至海上求张，张匿不见。好事少年怂恿之。僧寓迎风桥酒楼，张与少年窥其搏，失哂。僧觉遮之。张曰：'必欲一试者，须呼里魁合要，死无所问。'张故羼然中人耳，僧皆魁梧健力，易之，诺为要。张衣二如故，袖手坐，一僧跳跃来蹴，张稍侧身，举手而送之，如飞丸度窗中，堕重楼下，几死。盖其法云：搏举足者最下易与也。"

当时武将万表结纳少林僧，以备抗击倭寇。嘉靖三十二年（1553），倭寇自海盐进屯渚山，万表尽散家财，选拔僧兵二百人，击退倭寇。推测当时这些僧人是来邀请张松溪出征倭寇，所以故意试探张松溪的武功高下。

沈一贯称张松溪禀承师训，择徒严格，谓其拳术造诣不及乃师。传中又说张松溪"尝被监司征，使教战士，终不许，曰：'吾盟于师者，严不授非人。'"这里的战士，应当就是抗倭的兵卒，但张松溪竟然不愿出任军中教练，从此事中，可见张松溪是一位保守之人，恰可与文中"所教徒仅仅一二，又不尽其法"相印证。沈一贯说张松溪授徒仅一二，比黄宗羲所说"松溪之徒三四人"更少。

三

张松溪自言拳术有所谓"五字诀"：勤、紧、径、敬、切，又说前三字传为师父所授，后两字是自己所创，从沈一贯文中的描述，能看出内家拳后发先至、以柔克刚等技击特点，但也能看出张松溪所传之内家拳，并非后来流行的太极拳。

虽然按沈一贯和黄宗羲所说，张松溪收徒不多，但不管怎样，其所授并非一人，这些人再传，历经百年传递，终还是会流传出去。清代黄宗羲之子黄百家写有《王征南先生传》，说："先生之术，所授者惟余，余既负先生之知，则此术已为广陵散矣。"后来多认为内家拳在黄百家之后已经失传。清末民初在四川南充有"松溪内家拳"出现，武术家顾留馨说他在1932年时，向寓居上海

《搏者张松溪传》选自明代刊本《喙鸣文集》，可见其字为"搏"。

精武会的四川南充人林济群学过松溪内家拳，所授拳械都着重身法、步法、手法，轻巧圆转，变化多端，用法连环，滔滔不断，这些特点和书中记载的内家拳非常相似。松溪内家拳在四川至今仍有流传。

宁波地区就没有内家拳流传了吗？2004年3月2日，《宁波晚报》以头版头条大红字的标题刊登：《发黄的地契上记着400年前风靡宁波的内家拳拳谱精华再次现身》，文中说，内家拳谱持谱人及练习者夏宝峰和任惠国来到宁波市武术协会，申请成立内家拳分会。

这份在地契上记载的内家拳拳谱的出现，动摇了此前武术界认为宁波地区内家拳失传的定论。夏宝峰是宁波奉化人，出身武术世家，13岁那年，在

自家祖屋墙里发现十多张发黄地契，地契为夏氏家藏的嘉庆四年（1799）地契，内家拳拳谱就写在地契的另一面，拳谱记载有《内家拳源流》《示后思篇》等。据夏氏后裔所述，拳谱是夏氏祖上为防止内家拳失传而又不愿张扬，将其写在最珍贵的家藏地契之上藏于墙中，其内家拳是明代后期内家拳夏枝溪一支传承下来的。据《示后思篇》记载："家传有绝技，曰行字，俗名'鹅头颈拳'。斯术原名剑术，因书剑同理而成，故以行字名之，曰行字拳势。余姚黄不失（即黄百家）谓张三峰即精于少林，复从翻之，故又名内家……都不外敬、紧、劲、径、切五字诀。"《源流》则记载："从孙十三老后，有鄞县人张松溪字敬伯名某美，克承绝传，为十三老之徒，十三结义兄弟之最。技集大成，开五字诀先河。""我剡源始祖清流太公，王清畸山夏人，修文备武，得艺于宗人枝溪之流，故亦精于技击"，说明内家拳的技艺在四明山地区世代相传，并未间断。

此前四川南充松溪内家拳传人秉承一种说法，认为松溪内家拳是南充独有的武术拳种，是一种十分古老的拳术，因其封闭的地理环境和保守的传衍方式，仅在川北一带有少量传人。地契上的内家拳谱新闻出来后，松溪内家拳的传人看到后，专门来考察，结论是认为宁波内家拳不同于四川松溪内家拳，祖师都出自张松溪一人，形成了两种不同的拳术。武术研究者为区别此前的"松溪内家拳"，称宁波内家拳为"四明内家拳"。

我看过网上"四明内家拳"视频，其发力颇类陈氏太极拳老架和赵堡太极拳，但是其中内在关系和源流，无资料可考，亦不曾实地交流过，不敢妄言。

回看沈一贯的《搏者张松溪传》，这篇文字无疑很珍贵，但我想来，专门研究武术史的唐豪都没能发现这篇文字，金庸也不大可能专门去研究张松溪，这篇《搏者张松溪传》，金庸理应没有读过。金庸之所以写张三丰弟子七人，除了受《太极拳势图解》这本书影响，更大可能是受到民国武侠小说大家朱贞木的启发。

1948年，朱贞木写作《罗刹夫人》一书，其中一段，写的就是武当张松溪。书里的人物桑苎翁就是"武当派嫡传四明张松溪先生的门人"，朱贞木还特别在此句后面注了一句"张松溪为明代武当派宗师,见黄梨洲南雷文集"。

朱贞木写张松溪晚年为求仙道独自出走,在罗刹峪洞府修行,留给弟子一封书信,写道:"……然世有由武术而进来仙道;如我武当祖师之仙迹流传,迹近神话,迄今尚无明确之征验。余忝为武当传人,齿已衰暮,愿为后人试证仙道之真妄,否则以此世外桃源为余埋骨佳城,亦属佳事……俟五载后,由此登岩,左行百步许,奇松古柏之间,即余蜕骨证仙之窟,试启窟一验余仙道之成否,希志之勿缓。武当掌门人张松溪留字。"五年后,桑苧翁遵嘱来到他说的"证仙之窟",打开之后,却见"顶上钟乳倒垂,晶莹似玉,靠里一块大玉石平地涌起,形如莲蓬,上面倒着一具骷髅,两条枯骨落在地上,一半已埋在泥土内"。移开骷髅,大石上依稀露出四个字来,却是张松溪以金刚指力,画了四个字"仙道无凭"。

以武术而证仙道,这个观点其实属于世俗认知。中国的传统武术是一门思想性很强的技艺,对传统文化各方面都有所吸收,其中当然包括了道教丹道。何为丹道?学者胡孚琛在《道学通论》一书中说:"道学中的神仙是由人修炼得神通而来的,其修持方法有多途,但以内丹学为正宗。因之丹道学虽包括外丹学,但主要指内丹学。"[①]可见丹道是一种修炼方法,目的是修神通,或者按道教的说法,即是成仙。

丹道研究,自近代道教学者陈撄宁倡导"仙学"以来,经王沐发展,再到胡孚琛重新将"仙学"改为"丹道学",经历了漫长的发展,与武术是似近实远的两个体系,在这里不做多谈。传统武术典籍中,的确采用了很多道教丹功的说法,比如《易筋经》《洗髓经》,说是传自达摩,但其中的阴阳、精气神、经脉等名词,显然并非来自佛教,却是道教修炼一向所重视的,一些金水、玉茎、昆仑、元海等隐语,更是丹道特有的术语。《易筋经》里,更有"顺施成人,逆用成仙"的说法。

丹道南宗创始人、北宋张伯端在《悟真篇》中说:"草木阴阳亦两齐,若还缺一不芳菲。初开绿叶阳先倡,次发红花阴后随。常道即斯为日用,真源

[①] 胡孚琛:《道学通论》,社会科学文献出版社,2009。

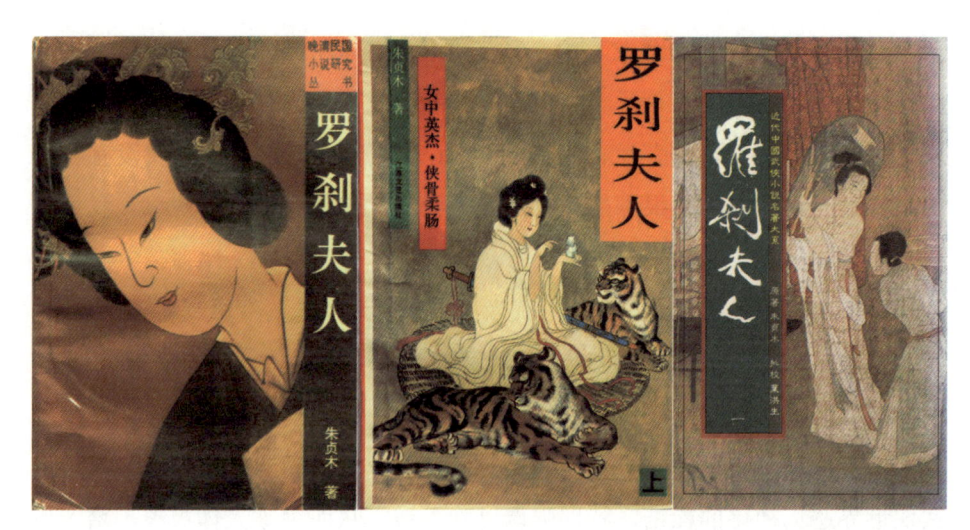

作者所藏不同版本《罗刹夫人》书影

反此有谁知？报言学道诸君子，不识阴阳莫乱为。"草木生长，需要阴阳两齐，人若不能调节好自身阴阳，如何能修得长生呢？在丹道修炼中，懂得阴阳和谐的道理，极其重要。

反观中国传统武术，对这种阴阳和合、辩证统一的观念呈现另一种解读，比如武术分阴手、阳手，手背是阳，手心是阴，拳谱中提到"翻天"，其实就是手背朝下。阴阳在武术中既代表变化，又代表动作运行规律。

胡孚琛曾研究过意拳（又称大成拳）的桩功，他在《道学通论》中称："大成拳创始人王芗斋所传桩功，我曾从其弟子于永年修习，发现这是最适合作内丹筑基功之用的站功。"[1]传统内家拳系统的拳术，特别是太极拳和形意拳，都要求站浑圆桩。意拳作为王芗斋（1885—1963）开创的拳术，源自形意拳，我少年时最早接触传统武术，学习的就是意拳。意拳对桩功格外重视，我站桩就先站了几个月。除站桩之外，意拳的桩还有行、坐、卧桩，可以说是汲取各家内家拳之长，非常具有代表性。站桩的过程中，要求有呼吸、松沉、动静、虚实等等，与丹道隐隐相通，是以得到胡孚琛的称赞，但二者最终的目的肯定是不一样的。

---

[1] 胡孚琛：《道学通论》，社会科学文献出版社，2009。

李安的电影《卧虎藏龙》中，武当派传人李慕白去见俞秀莲，说："这次闭关修炼，我一度陷入了一种很深的寂静。我的周围只有光。时间、空间都不存在了……"俞秀莲就问："你得道了？"李慕白说："不，我没有得道的喜悦……相反被一种很深的悲哀围绕。我这次破戒下山，有些事，我得想想……"

这个细节契合了中国人印象中武当派以武术证仙道的观念，而整部电影，其实有大量导演李安对中国道教修炼的解读。

在朱贞木的笔下，武术悟道是没有希望的，他力求将武侠世界的书写拉回现实，但是40年后的1988年，黄易撰写武侠小说《破碎虚空》，又打破了武侠世界避免神化的桎梏，特别强调以武入道，从而突破人体极限，踏入另一方天地。这种写法后来成为网络玄幻小说写作套路之滥觞，世事变化，莫可预料。

《罗刹夫人》初版于1948年5月，雕龙小说出版社出版，后来的3年间，三益书店、励力出版社、正华书店都曾再版，彼时非常畅销，以这本书的流行程度，金庸定是读过，况且金庸《天龙八部》一书，受《罗刹夫人》描写的罗刹神话、白国因由以及大理境内有关"天龙八部"的种种传说，影响甚深，金庸提笔写武当派，不免也会想到这段情节。

来如流水逝如风

一

金庸的《倚天屠龙记》，在我印象里可能是金庸所有作品中，最具人文气息的一部小说。从金庸创作的时间线来说，《倚天屠龙记》在他的15部小说中，无疑具有特殊的意义。

《神雕侠侣》在《明报》连载结束的时间是1961年7月8日，但《明报》很早就开始刊登广告，向读者预告《神雕》结束之后，将连载金庸"射雕三部曲"的最后一部《倚天屠龙记》。

1961年的《明报》并没有走出销量的困境，每日维持在两万份，不过勉力维持。在过去的两年间，《明报》经常调整副刊的内容和加强新闻报道，许多新闻为了吸引人，不乏粗鄙的标题。为了能够打开销量，《明报》甚至开辟了马经版，争取"马迷"读者。作为大股东的金庸，本不喜背上诲赌之名，但为了报纸生存，又不得不为之。

世人皆知《明报》上金庸的社评非常有名，其实《明报》在最初开创的两年，还没有什么力量去顾及社评。被称为《明报》社训的"有容乃大，无欲则刚"8个字，当时也还未出现。这8个字原是1962年副刊"自由谈"编辑室的座右铭，后来被引用为《明报月刊》的编辑方针。

这一年的金庸，作为社会身份，他是武侠小说作家、电影编剧、知名影评人，但他还不是一位成功的报业老板。怎么能够让《明报》生存下去，金

小东邪郭襄　李志清/绘

庸依然彷徨而苦恼。《神雕侠侣》终于要写完,即使金庸对于小说写作再有新想法,也不得不屈从世事,继续为《神雕侠侣》撰写续集。

为了强调两部小说的连续性,让《神雕侠侣》的读者每天买《明报》追看小说,金庸从1961年7月1日起,就开始预告:

"神雕"尾声中现身的张君宝,即武当派创派祖师张三丰。金庸先生新作"倚天屠龙记",故事接续"神雕"。张三丰及其众徒为书中重要人物,而杨过、小龙女、郭襄等亦将出现。

1961年7月2日继续广告:

金庸先生新作"倚天屠龙记",定七月四日开始在本报刊登,头一段精采(彩)热闹节目为:"小东邪大闹少林寺"。

1961年7月3日广告不停:

金庸先生新作"倚天屠龙记"明日起在本报刊登,与"神雕侠侣"未完部份(分)同时刊载,俾读者诸君先睹为快。

1961年7月4日仍是广告:

金庸新作"倚天屠龙记"中,首段写张三丰创立武当派,少林寺十八罗汉齐上武当山索还"九阳真经",自此引出无数奇幻变故,六日起开始连载。

从这些预告来看,金庸对于《倚天屠龙记》究竟写些什么故事,远谈不上计划,只是牢牢扣住杨过、小龙女、郭襄等人物,甚至还抛出十八罗汉上武当索还"九阳真经"的噱头,大略言之,招徕读者而已。

119

1961年7月6日,《倚天屠龙记》登场,彼时《神雕侠侣》尚未结束,所以从1961年7月6日到8日,《明报》同时刊载《神雕侠侣》最后三续以及《倚天屠龙记》开头三续。

这三天"小东邪"郭襄很忙,在同一个版面的两篇小说中来回串场,吸引着读者的目光。1961年7月8日,《神雕侠侣》最终回,金庸特别写道:"至于九阳真经下落如何,将来当在'倚天屠龙记'中交代。"

然而,金庸小说写作的很多重要转变,都是始自于《倚天屠龙记》,江湖恩怨不再执着于历史兴衰,而是从自身的矛盾开始展开,武林争斗开始庙堂化,具有了政治解读的可能性。如果我们以严肃文学的标准审视金庸小说,《倚天屠龙记》也是可以经得起检视的一部作品。在这部小说里,金庸终于脱离了为他带来巨大声誉的《射雕英雄传》叙事空间,他对于人物的塑造和理解,也是从《倚天屠龙记》有了转变。

这种改变,无疑与1962年5月《明报》广泛报道非法移民潮有关。当时有大量内地人口偷渡香港,香港政府以非法入境处理,并要求香港报章不予报道。5月8日,《明报》以人道主义立场,大规模报道偷渡事件。《明报》当天头版头条标题为"爷娘子弟哭相送,尘埃不见罗湖桥",到5月15日,《明报》刊发社评,首次就非法移民问题发表立场。香港其他中文报纸虽然也有不同程度报道,但没有一份报纸能像《明报》这样发出明确呼吁。《明报》的立场,也引起读者的关注,突破此前销量徘徊不前的两万份局面,一举达到了三万份。

金庸最初创办《明报》,想走的是小市民轻松阅读的路线,并没有想要涉足政治立场。金庸虽然多次强调《明报》是一份立场中立的报纸,但因金庸出身左派报纸,香港左派报章仍将《明报》视为一份左派的外围报纸,彼此关系融洽。当金庸这次旗帜鲜明亮明观点之后,左派报章不再将《明报》视为同路人,金庸也与自己昔日的朋友渐行渐远。及至非法移民潮结束,6月8日,《明报》在第一版刊登了将要开辟"自由谈"栏目的启示,邀请各界人士"自由"发表言论,《明报》的读者群,也逐渐从小市民转为知识分子。

若在这个时间段回看《倚天屠龙记》的故事,正是张无忌在朱武连环庄被骗，习学《九阳真经》之后再次出世，又在布袋中之中亲聆成昆暗算明教群雄的时间。金庸对于小说内容的思索，与他现实所处环境分不开。

二

金庸在文章中曾说："赵树理的《李有才板话》，讽刺解放区某个乡村中选举的不民主，他说既然年年大家都一定选这个人，何必费事填写选票上的人名？不如刻个印版，每年拿来印上一印，岂非简单省事？对于许多公式化的文艺作品，我禁不住也有这样的感觉。"

1963年，金庸以"徐慧之"的笔名，在《明报》开设了专栏"明窗小札"，为了故意隐匿身份，还在文中称呼《明报》老板为"金庸兄"。金庸对自家的小说是改了又改，但对于结集出版的《明窗小札》却是一字不改。这年的4月25日，金庸在"明窗小札"中发了篇文章，叫作《台湾武侠小说的套子》，里面列了7种台湾武侠小说的模式，并说"这些小说情节大同小异，故事成了八股，随手翻去，几乎很少见到有什么新意。"

可见金庸对刻板的武侠小说创作始终是反思的，只是囿于创作环境，他也不得不从俗，所谓"自古深情留不住，唯有套路得人心。"情节不能随心所欲，自然要在人物行为判定上做出些改变。

这种改变当然不一定能被所有人接受。梁羽生化名佟硕之写《金庸梁羽生合论》，发表在1966年1月创刊的《海光文艺》上，文中批评金庸的小说从《倚天屠龙记》走上了邪路，特别强调："人性虽然复杂，正邪的界限总还是有的，搞到正邪不分，那就有失武侠小说的宗旨了。假如把金庸的武侠小说，将《倚天屠龙记》作分界，划分为两个阶段，我们可以相当清楚地看出前后两个阶段的不同……金庸的武侠小说，从《倚天屠龙记》开始渐渐转变，至今也不过三年多，'实迷途其未远，觉昨是而今非'，让我改陶渊明《归去来辞》的一字来奉劝金庸，不知金庸是否可能听得进去？"[1]我们现在看梁羽生

---

[1] 苏墱基：《金庸茶馆》第五册，中国友谊出版公司，1998。

的评论，当然觉得他具有"卫道士"气息，但是结合当时香港左派报章的立场，梁羽生当然有他对武侠小说写作的认知，同时，他也敏锐地发现了金庸小说写作开始了转变。那么，这就出现了一个问题，武侠小说中，正邪就一定要二元对立吗？

关于正邪分野，在六大门派围攻光明顶，明教面临灭顶之灾之时，这些正派口中的"魔教"诸人却视死生如无物，平静吟诵："焚我残躯，熊熊圣火。生亦何欢，死亦何苦。为善除恶，惟光明故，喜乐悲愁，皆归尘土。怜我世人，忧患实多。怜我世人，忧患实多……"这几句话当时初读之下，竟着实难忘。

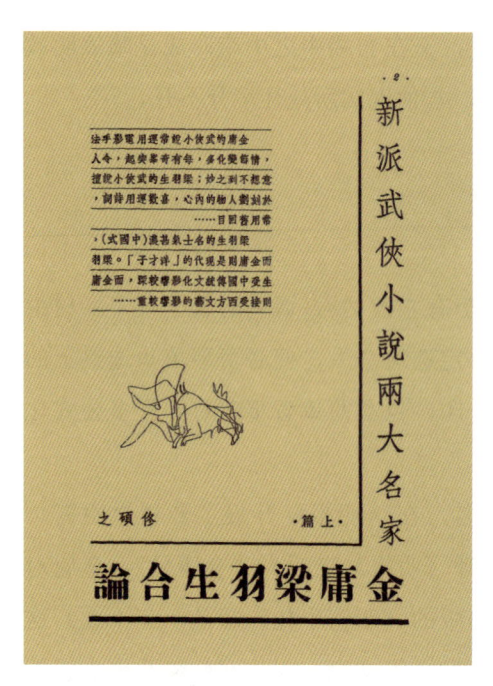

《金庸梁羽生合论》刊载书影　选自《海光文艺》1966年1月

无独有偶，我后来看过北京大学教授钱理群的一篇文章，里面对这几句话也是赞赏有加，说"突然有一种被雷电击中的感觉"，并加了一句："怜我民族，忧患实多"，于是"一切忧患与焦灼都得以缓解"。[①]

我没有钱理群先生这样浓烈深邃的情绪，只是觉得这几句话大可玩味："魔教"要怜悯世人忧患，而"正派"却要剿灭这些人，那么何为正？何为邪？这种思考，的确高于一般武侠小说人物正邪"二元化"的分法。

这几句话连载版即有，也非出自历史资料，应为金庸自己所作，字句虽简，却可窥见金庸在诗词上的素养。除了明教"教歌"，在《倚天屠龙记》中另有几句诗，同样也令人阅后难以忘怀。

[①] 钱理群：《金庸的出现引起的文学史思考——在杭州大学金庸学术讨论会上的发言》，《通俗文学评论》1998年第3期。

第二十回"与子共穴相扶将"里，张无忌和小昭困于光明顶地道，小昭唱了一首歌"到头这一身，难逃那一日。百岁光阴，七十者稀。急急流年，滔滔逝水。"而张无忌年纪虽轻，十年来却是艰苦备尝，今日困处山腹，眼见已无生理，咀嚼曲中"到头这一身，难逃那一日"两句，不禁魂为之销。

到第三十回"东西永隔如参商"里，这首歌再次出现。张无忌与赵敏随金花婆婆到灵蛇岛寻找金毛狮王谢逊，遇上波斯明教总坛来的三使者，陷于困境。三使所用圣火令上的武功匪夷所思，连身负九阳神功和乾坤大挪移的张无忌都一时无法取胜。

受伤的殷离在睡梦中哼唱曲子，也是这几句，到后来"歌声却是说不出的诡异，和中土曲子浑不相同，细辨歌声，辞意也和小昭所唱的相同：'来如流水兮逝如风；不知何处来兮何所终！'她反反复复唱这两句曲子，越唱越低，终于歌声随着水声风声，消没无踪。各人想到生死无常，一人飘飘入世，实如江河流水，不知来自何处，不论你如何英雄豪杰，到头来终于不免一死，飘飘出世，又如清风之不知吹向何处。"

来如流水兮逝如风，不知何处来兮何所终！我对这两句歌词印象极为深刻，读后念念不忘，以至于后来每次想到这句话，都会忍不住去再翻一遍小说原文。

这两句诗是否也是金庸所作呢？

三

小说对于这首歌曲的两句歌词以及波斯三使者的武功来历，进行了解释：

谢逊道："明教传自波斯，这首波斯曲子跟明教有些渊源，却不是明教的歌儿。这曲子是两百多年前波斯一位最著名的诗人峨默做的，据说波斯人个个会唱。当日我听韩夫人唱了这歌，颇受感触，问起来历，她曾详细说给我听。

"其时波斯大哲野芒设帐授徒，门下有三个杰出的弟子：峨默长于文学,尼若牟擅于政事,霍山武功精强。三人意气相投,相互誓约,他年祸福与共,富贵不忘。后来尼若牟青云得意,做到教王的首相。他两个旧友前来投奔,尼若牟请于教王,授了霍山的官职。峨默不愿居官,只求一笔年金,以便静居研习天文历数,饮酒吟诗。尼若牟一一依从,相待甚厚。

"不料霍山雄心勃勃,不甘久居人下,阴谋叛变。事败后结党据山,成为威震天下的一个宗派首领。该派专以杀人为务,名为依斯美良派,当十字军之时,西域提起'山中老人'霍山之名,无不心惊色变。其时西域各国君王丧生于'山中老人'手下者不计其数。韩夫人言道,极西海外有一大国,叫做英格兰,该国国王爱德华得罪了山中老人,被他遣人行刺,国王身中毒刃,幸得王后舍身救夫,吸去伤口中毒液,国王方得不死。霍山不顾旧日恩义,更遣人刺杀波斯首相尼若牟。首相临死时口吟峨默诗句,便是这两句'来如流水兮逝如风,不知何处来兮何所终'了。韩夫人又道,后来'山中老人'一派武功为波斯明教中人习得。波斯三使武功诡异古怪,料想便出于这山中老人。"

这段故事,究竟是真实的历史?还是又是金庸的小说杜撰呢?
请看下面一段文字:

波斯诗人莪默·伽亚谟(Omar Khayyam)……幼年所住的学校便在纳霞堡。据他的学友尼让牟(Nizam al Mulk)的记录,当时有一位最大的哲人野芒(Imam Mowaffak)在纳霞堡教书。那就是他们的老师。尼让牟的父亲遣尼让牟来就学,尼让牟在这里遇着两个意气相投的朋友,一个是奔沙伯(Ben Sabbah),一个就是莪默·伽亚谟。尼让牟是图司(Tus)的人,奔沙伯是阿里(Ali)的人,莪默是纳霞堡的本地人。他们读的是"可兰经",研究的是古代传说。有一天他们三人相聚,霍山(Hasan,即奔沙伯)向尼让牟和莪默说道:"世间一般的信仰,都说野芒先生的弟子会得到幸福(当时的信仰,凡读'可兰经'及古代传说的人都能够得到幸福,如我国以前读五经三传之类),但是我们假使不能都得到幸福的时候,我们会怎样来互相帮助?"尼让牟和莪默答道:"随便怎样都好。"霍山便说:"那末(么)我们大家应该发誓:'无论幸福落与谁人,都应得均分,不能专享。'"尼让牟与莪默都同意了。后来尼让牟做了官,竟做到当时的教王阿尔士朗(Alp Arslan)的宰相。

尼让牟做了宰相之后,他的两个旧友来访他,尼让牟请于教王,给了霍山的官职。霍山嫌升进太迟,他把官职丢了。后来竟成了专好杀人的一种宗派——依时美良派(Ismailians)的首领。他在一〇九〇年占据了里海南岸山国中的阿拉牟提城(Alamut),十字军时有名的"山中老人"就是霍山。尼让牟后来也是被他刺杀了的。诗人阿塔尔叙尼让牟将死时说道:"啊,大神哟!我在风的手中去了。"——这正和莪默诗"来如流水,逝如风"句(见第二十八首)相类。

莪默去访问尼让牟宰相的时候,他不要官职,只向他说道:"你能给我最大的赐与(予),便是在你的福庇之下,使我得到一个清净的地点安居,我要开展科学的利益,并祝你福寿康宁。"宰相便从纳霞堡的财库中每年赠他一千二百密(Mithkal)的年金。①

《鲁拜集》书影,人民文学出版社,1958年初版,1978年重印

---

① 莪默·伽亚谟:《鲁拜集》,郭沫若译,人民文学出版社,1958。

将这两段文字进行对比，我想从译名到语言，应该可以看出，金庸故事的叙述来源，就是来自这里。这段文字的译者是郭沫若，文字中的译名属伊斯兰教的专用名词，郭沫若、金庸采用的是较为古雅的译名，通过查考，这些译名在今日的通行译法中有了极大不同：野芒对应伊玛目（意为领拜人，引申为学者、领袖、祈祷主持人）、霍山对应哈桑、裁默对应欧玛尔、尼让牟对应尼札姆、依时美良派对应伊斯玛仪派，纳霞堡对应今伊朗境内霍拉桑地区的内沙布尔。

四

上面所引文字，出自郭沫若翻译的《鲁拜集》，我手中的书是人民文学出版社1958年初版，1978年的重印本。不过，这本书翻译出版的时间很早，1924年即由上海泰东书局印刷出版，此后又多次重印和再版。

"鲁拜"一词并非人名，而是诗体名，即四行诗。一、二、四句是韵脚，相当于中国近体诗里的绝句，也有译成柔巴依、怒湃，所以《鲁拜集》是一本诗集的名称。

《鲁拜集》的作者被郭沫若译为裁默，金庸小说称为峨默，还有译成奥玛，现在则多译为欧玛尔，不论何种翻译，所指的这位诗人都是著名的数学家、天文学家、哲学家欧玛尔·海亚姆。

海亚姆是公元11世纪的人，1048年5月15日出生在古丝绸之路上的内沙布尔，后在阿富汗北部的巴尔赫接受教育。1070年前后，20多岁的海亚姆应邀来到撒马尔罕。自此，他安心从事数学研究，完成了代数学的重要发现，包括三次方程的几何解法，他通过圆锥曲线寻求方程的解，给出了$x3+Bx=C$，$x3+ax2=c3$，$x3±ax2+b2x=b2c$等类型的方程的根，这是当时最深奥的数学。依据这些成就，海亚姆完成了代数著作《还原与对消问题的论证》，简称为《代数学》。不久，海亚姆应塞尔柱王朝第三代苏丹马利克沙的邀请，西行至都城伊斯法罕，在那里主持天文观测并进行历法改革，并受命在该城修建一座天文台。

他的早期著作《算术问题》只留下封面和几篇残页，但幸运的是，《还原与对消问题的论证》流传下来，这就是经典数学名著《欧玛尔·海亚姆代数学》。1931年，在海亚姆诞辰800周年之际，由卡西尔英译的校订本《欧玛尔·海亚姆代数学》由美国哥伦比亚大学出版。我们今天能了解到海亚姆对数学的贡献，主要是基于这部书。

在几何学上，海亚姆留下了《辩明欧几里德几何公理中的难点》一文，试图证明欧氏几何的第五公设。论者认为，他关于平行公设的证明已经隐含了后世非欧几何的思想。海亚姆出任天文台台长18年之久，编制了《马利克沙天文表》，记录了黄道坐标和最亮的数百颗恒星。他还制定了堪与格利高里历相比的新历法，其法每3770年（一说5000年）误差一天，格利高里历则每3330年误差一天。

1118年，马利克沙的三子桑贾尔迁都谋夫，海亚姆随同前往。在那里他与弟子们合写了《智慧的天平》，用数学方法探讨如何利用金属比重确定合金的成分。晚年，海亚姆独自一人返回故乡内沙布尔，亦即纳霞堡，他从此招收弟子，专心教学。海亚姆终生未娶，既没有子女，也没有遗产。如果对欧玛尔在数学史上的地位感兴趣，想了解他更多的故事，可以观看BBC的纪录片《数学的故事》，里面有详尽的介绍。

1131年的一天，海亚姆在看书时，突感不适，太阳西下时，离开人世。在之后至少700年的时间里，世人对海亚姆的认同仍然是数学家，有关他的诗作，无人问津。

五

海亚姆研究天文、数学之余，写下了大量四行诗，据说最全的抄本，收集他的四行诗有500多首。相较于同时期的其他诗人，海亚姆的诗歌创作的数量不能算多。彼时在古波斯，凡诗人必要多产，比起同时期动辄千首诗作的诗人，海亚姆无疑相形见绌。

也许因为海亚姆是科学家，他对自然本体的客观本性有深刻的理性认知，所以他的诗与中古世界的宗教神秘主义大相径庭：浩瀚广漠的宇宙，无限绵延的时间，飘忽落寞的人生，都以个体的自我体验出之，超越了时代，充满了现代意味。希腊哲人德谟克利特说过："不失常态者成不了诗人。"海亚姆正是这样的奇人。

海亚姆的诗能够为世人所知，是因为《鲁拜集》有了一位杰出的英文译者——爱德华·菲兹杰拉德（Edward Fitz Gerald，1809—1883）。

菲兹杰拉德和海亚姆一样，也是位个性极强的人。他青年时代就读剑桥三一学院，跻身于剑桥的精英学生团体，此俱乐部仅接纳12个人，因而被称作"使徒"（Apostles），当时的成员包括后来的著名文学家丁尼生、萨克雷，他们都是菲兹杰拉德的好友。

菲兹杰拉德离开剑桥后，回到乡下，靠着祖产过起了隐居生活，直到44岁才结婚，婚后不久即离异，此后孑然一身，日常唯有读书、泛舟、吸烟、听音乐。

有件事颇能显示其个性。有一次他驾船去荷兰欣赏一幅名画，海上颠簸，备尝风浪之苦，岂知到达港口后，菲兹杰拉德伸手试风，觉得这个风向适合返航，于是掉头而归，画却不看了。这件事像极了中国晋人王徽之的故事。王徽之，字子猷，是王羲之的三公子，一日推窗见大雪纷飞，突然兴起，立即乘舟从山阴到剡溪访好友戴逵戴安道，舟行竟夜，始抵剡溪，不料王徽之令船夫返回，船夫不解，王子猷答："乘兴而来，兴尽而返，何必见安道耶？"此段典故称为"雪夜访戴"，足可与菲氏东西辉映。

菲兹杰拉德死后，墓碑上镌刻的铭文是 I am all for short and merry life（我一生短暂而快乐）堪称盖棺之论。

1852年，菲兹杰拉德从师考威尔（Edward Byles Cowell）学习波斯语。考威尔在牛津波德莱图书馆（Bodlian）发现了一份1460年的波斯文手抄本，正是包含158首诗的《鲁拜集》，他随即誊写了一份交给了菲兹杰拉德。考威尔后来又在英国皇家亚洲学会孟加拉分会图书馆发现了另一部《鲁拜集》抄稿，也誊写了一份送给菲兹杰拉德。

菲兹杰拉德读后受到强烈震撼，于是在1857年用了半年时间翻译《鲁拜集》，1859年4月9日该书英译本初版正式出版。英文第一版《鲁拜集》由菲兹杰拉德自费出版，仅仅发行了250本，自己还留了50本，售价从5先令一路直落到1便士，仍然无人问津，可谓备受冷落。后经著名诗人罗塞蒂（D. G. Rossetti）和斯温伯恩（A. C. Swinburne）大力推介，才引起世人关注。从1868年到1889年，一连印刷到第五版。第一版收入75首诗，第四版增至101首，成为最流行的版本。到1925年，这个101首的译本已重印139次，逐渐传播到世界各地。

受到菲兹杰拉德译本的影响，世界文坛兴起了经久不衰的"鲁拜热"，译者纷起。据不完全统计，全球共有700多种版本的《鲁拜集》，其中包括32种英译本、16种法译本、12种德译本、5种意译本、4种俄译本等等。早期菲氏译的《鲁拜集》的版本洛阳纸贵，已经成为文物，如今一本1929年版的《鲁拜集》，已卖到8000美元。2009年，菲茨杰拉德《鲁拜集》英译本出版150周年的时候，英国1月份的《卫报》撰文说："《鲁拜集》的出版对维多利亚时代的英国来说，其重大的影响并不亚于同在1859年出版的达尔文的《物种的起源》。"[①]这本书的影响真的让人叹为观止。

《鲁拜集》的中文译本亦多，从胡适、郭沫若、闻一多、徐志摩，再到伍蠡甫、黄克孙、李霁野、黄杲昕、陈次震等人都以不同版次的英文底稿做过翻译，译者几达30余位，堪称被翻译最多的一本英文诗集。钱锺书早年也曾译过《鲁拜集》，不过译稿没有公布，而今只能从《槐聚诗存》看到一首译自《鲁拜集》的诗，时间为1936年，在这里钱氏将《鲁拜集》意译为《醹醁雅》。郭译《鲁拜集》早已流行，钱氏当不会不知，或许他觉得"醹醁雅"译音相近，且"醹醁"二字大增"酒气"吧。

木心在《文学回忆录》中也说："十九世纪末，爱文学的青年每人一本《鲁拜集》。这是文学史上的风流韵事。我在十三岁时见到《鲁拜集》译本，也爱不释手。奇怪的文学因缘，凭本能觉得好。"[②]木心也译有部分《鲁拜集》

[①] 引文来自2009年1月英国《卫报》所刊载的相关评论。
[②] 木心口述、陈丹青笔录：《文学回忆录》，广西师范大学出版社，2013。

中的诗作。

六

《倚天屠龙记》里说首相尼让牟死前吟诵峨默的诗："来如流水兮逝如风，不知何处来兮何所终！"但在所见到的《鲁拜集》中，并没有能与之完全对应的诗。

郭沫若所译《鲁拜集》第28首的最后一句"只是'来如流水，逝如风'"相类，但并不完全。若从诗意来看的话，第29首其实更为接近。

我将菲兹杰拉德的英文译本、黄克孙的七言古诗译本、郭沫若的新诗译本并列于下：

28
菲氏：
With them the Seed of Wisdom did I sow,
And with mine own hand wrought to make it grow
And this was all the Harvest that I reap´d —
"I came like Water, and like Wind I go."
黄氏：
辜负高人细解蒙，
希夷妙道未能通。
此心本似无根草，
来是行云去是风。
郭氏：
我也学播了智慧之种，
亲手培植它渐渐葱茏；
而今我所获得的收成——
只是"来如流水，逝如风"。

29

菲氏：

Into this Universe, and Why not knowing,

Nor Whence, like Water willy-nilly flowing:

And out of it, as Wind along the Waste,

I know not Whiter willy-nilly blowing.

黄氏：

浑噩生来非自宰，

生来天地又何之。

苍茫野水流无意，

流到何方水不知。

郭氏

飘飘入世，如水之不得不流，

不知何故来，也不知来自何处；

飘飘出世，如风之不得不吹，

风过漠地又不知吹向何许。

黄克孙本是物理学家，他也和海亚姆一样，研习科学之外，喜欢文学，他的译文是中国的七言诗，天才横溢，文采斐然，足堪与英译媲美。郭沫若的译文是新诗体，因为郭氏本身也是诗人，颇能抓住原诗的精髓。

这样看来，金庸应该是参考郭氏的译文，将第28首的末句和第29首的意象相结合，才成了小说中的"来如流水兮逝如风，不知何处来兮何所终"。最为巧妙的是妙用了"兮"字，大有《楚辞》的味道。

一个"兮"字，古意盎然，点睛之笔，其实全在这个小词的去留。

七

走笔至此，关于《倚天屠龙记》和《鲁拜集》之间的因缘已经说得差不多了，不过，金毛狮王谢逊所讲故事中，还有山中老人霍山的事，有必要提一下。

小说中说山中老人霍山"……事败后结党据山，成为威震天下的一个宗派首领。该派专以杀人为务，名为依斯美良派……"。

依斯美良派现在一般译作伊斯玛仪派，是伊斯兰教众多派别中的一支，在阿巴斯王朝晚期，兴起于北非，是个伊斯兰教的极端主义派别，本身并非"专以杀人为务"，真正的由霍山创立的"暗杀派"实际上是伊斯玛仪派的一个分支。

霍山的译名，现在一般都称作哈桑。哈桑生于伊朗，自称南阿拉伯希米叶儿王朝后裔，是否会武功倒不知道，但他精通算术、几何、天文，在埃及加入伊斯玛仪派。当时法玛蒂朝中王子争位，导致伊斯玛仪派分裂。哈桑支持长子，失败被逐，逃到叙利亚和伊朗宣传教义，建立了以暗杀为主要手段的阿萨辛派（Hashishi）。暗杀这个词在英语里是assassin，如果你玩过一款动作类游戏《刺客信条》，相信你对这个词不会陌生，其原始词根就是来自这个教派。

1090年，哈桑夺取伊朗西北的"阿拉木特"（波斯语意为"鹰巢"）堡垒，建立了独立王国。此堡位于厄尔布尔士山脉中，海拔超过3000米，地势险峻，阿萨辛派的信徒以此为根据地，击退了赛尔柱人的多次围剿，统治了伊朗北部的山区。这一王国历史上被称作"阿拉木特谢赫朝"，统治者被称为谢赫，第一任谢赫就是哈桑。

哈桑立国于阿勒布兹山中，所以被称为"山中老人"。他的继承人和他一样在山中神秘的生活，每一代谢赫都被称作"山中老人"，成为世袭称号。

阿萨辛派"只问目的，不择手段，把暗杀变成一种艺术"。根据记载，谢赫把一些狂热的信徒培养成"菲达伊"，意为"奉献生命的人"，即"敢死队",对他们进行精神麻醉和控制,用来执行具体暗杀任务。《倚天屠龙记》小说中写到的"山中老人"控制青年之手段,也并非是小说家的想象,而是来自《马可·波罗游记》。

阿萨辛派威震中东地区200多年,从这里派出无数杀手,搞得当时的波斯王朝和后来的十字军人人自危。波斯(塞尔柱王朝)丞相尼让牟确实也是死在阿萨辛派的刺客手中。不过,郭沫若和金庸说他们是至交好友,同窗多年,则属虚构,双方不仅政见不合,而且年纪也相差甚多。

尼让牟就是塞尔柱王朝著名首相尼扎姆·穆勒克,历史记载,尼扎姆文武双全,集军政大权于一身,治世有方,热心学术,奖励科学研究,门下汇集了不少的学者。这样的杰出人物,遭人忌恨,在1092年死于暗杀。

小说中的英王爱德华指的应该是爱德华一世,他在位期间,英国是欧洲最强大的国家,但是不列颠人并非都尊敬他,苏格兰人和威尔士人就很痛恨他,犹太人亦如此。爱德华一世高大英俊,被称作"长腿爱德华"。

英王爱德华一世画像　视觉中国/供图

《倚天屠龙记》1963年1月30日《明报》连载页面（爱德华文字后，有"金庸按：此事见新英国正史。"）

王后吸毒救夫之事确有记载。爱德华一世的妻子是卡斯蒂利亚的埃莉诺公主（1241—1290），二人感情甚笃，1290年埃莉诺于威尔士去世，在她的遗体运回伦敦的路上，爱德华一世在每个驿站都竖立了一个十字架。至今，伦敦还保留着一部分这种十字架，被称为"王后十字架"。不过爱德华一世在世的时间，距离谢逊口中的霍山，相距近百年，是以霍山刺杀英格兰国王爱德华之事，纯属金庸的杜撰。毕竟当时的英格兰只是远离欧洲大陆的岛国，不可能插手到中东。而"山中老人"也没必要派人渡海去刺杀一个威胁不到自己的人物。不过以金庸的习惯，他是一定要证明自己所言有据，《倚天屠龙记》连载版，在爱德华这段文字后面，他写了句"金庸按：此事见新英国正史。"爱德华被刺事件发生在1272年6月，地点是十字军控制的叙利亚城市阿克，他当时只是王子，没有成为英格兰国王，行刺者是埃及苏丹派来的间谍。一种说法就是埃莉诺从创口吸出毒液，救了爱德华的性命。修订版之后，这句"金庸按语"消失，想来金庸也发现了错误，但这段细节颇有力量，也就当作"小说家言"了。

此一时间段，阿萨辛派实已灰飞烟灭。1256年，成吉思汗的孙子，忽必烈的兄弟旭烈兀率蒙古大军西征，挺进波斯，在伊朗和伊拉克一带建立了伊儿汗国。他当然不会允许阿萨辛派这样的恐怖组织存在，于是提出，只要投降，可保活命。末代"山中老人"鲁铿丁率众出降，蒙古人捣毁了所有阿萨辛派的城堡。紧接着，旭烈兀违背诺言，将阿萨辛派众人全部杀死，据说"虽在襁褓者，亦不幸免"，这个威震中东的暗杀组织瞬间崩溃。

　　鲁铿丁在朝见蒙哥汗的途中，也被旭烈兀派的护送军校杀死。不知他在临死时对自己的命运作何感慨，更不知道他临死时是否也会想起这句歌："来如流水兮逝如风，不知何处来兮何所终。"

俩俩相忘

一

台视与杨佩佩工作室合作拍摄的1994版《倚天屠龙记》，在当年风行一时，记得彼时我正读初中，即将面临中考，可心心念念的全是电视里的《倚天屠龙记》。这部剧的制作班底在当时可谓强大。这部剧细究起来，其实对金庸原著改动颇多，有的观众就不买账，认为里面感情戏过滥，称其为"拍出来的金庸像提着把菜刀的琼瑶"。不过制作人杨佩佩对这部剧非常得意，她在采访中说，金庸称赞说其小说改编最满意的就是这部戏。据传金庸看过周海媚饰演的周芷若后，开玩笑说，早知道就改结局，让周芷若跟张无忌在一起了。考诸小说，倒非虚言，对于周芷若的结局，金庸始终摇摆不定，在他的小说里，《倚天屠龙记》结尾每次修改都要改动。连载版中，周芷若青灯黄卷，出家为尼；修订版则显得开放，暗指张无忌有可能享齐人之福；新修版里，周芷若有了更加前卫的婚姻观念，她允许张赵二人在一起，但不得成亲，因为这样久了，张无忌终会想起她。

杨佩佩版的电视剧留下的几首歌曲确实不俗，街头巷尾，魔性穿耳，堪称"神剧出神曲"，其歌曲传唱度之高、创作之成熟，突破了武侠剧的局限，洵为电视剧音乐佳作，也正因如此，该剧获得了台湾金钟奖最佳音效、美术指导两大技术奖项。

这些歌曲中，有两首是台湾词作者厉曼婷所作，一首是成龙演唱的《你给我一片天》，另一首便是辛晓琪演唱的《俩俩相忘》。这首歌名，大部分人都会读作《两两相忘》，"俩"读音是 liǎ，读 liǎng 的时候，是"伎俩"的意思，不过念作 liǎ liǎ，有说不出的一种怪异。《俩俩相忘》在剧中由小昭在明教地道中唱来，颇让人动情：

拈朵微笑的花，想一番人世变换，到头来输赢又何妨。
日与夜互消长，富与贵难久长，今早的容颜老于昨晚。
眉间放一字宽，看一段人世风光，谁不是把悲喜在尝。
海连天，走不完，恩怨难计算，昨日非，今日该忘。
浪滔滔，人渺渺，青春鸟，飞去了，纵然是千古风流浪里摇。
风潇潇，人渺渺，快意刀，山中草，爱恨的百般滋味随风飘。

熟悉金庸小说原著的人，自然知道这段情节出自《倚天屠龙记》第二十回"与子共穴相扶将"，张无忌无法打开石门，心生歉疚，小昭要为他唱曲儿：

小昭坐在他身边，唱了起来：
"世情推物理，人生贵适意，想人间造物搬兴废。吉藏凶，凶藏吉。"
张无忌听到"吉藏凶，凶藏吉"这六字，心想我一生遭际，果真如此，又听她歌声娇柔清亮，圆转自如，满腹烦忧登时大减。又听她继续唱道：
"富贵哪能长富贵？日盈昃，月满亏蚀。地下东南，天高西北，天地尚无完体。"
张无忌道："小昭，你唱得真好听，这曲儿是谁做的？"小昭笑道："你骗我呢，有甚（什）么好听？我听人唱，便把曲儿记下来了，也不知是谁做的。"
张无忌想着"天地尚无完体"这一句，顺着她的调儿哼了起来。小昭道："你是真的爱听呢，还是假的爱听？"张无忌笑道："怎么爱听不爱

《新编录鬼簿》 选自日本关西大学藏旧钞本

听还有真假之分吗？自然是真的。"

小昭道："好，我再唱一段。"左手的五根手指在石上轻轻按捺，唱了起来：

"展放愁眉，休争闲气。今日容颜，老于昨日。古往今来，尽须如此，管他贤的愚的，贫的和富的。

"到头这一身，难逃那一日。受用了一朝，一朝便宜。百岁光阴，七十者稀。急急流年，滔滔逝水。"

曲中辞意豁达，显是个饱经忧患、看破了世情之人的胸怀，和小昭的如花年华殊不相称，自也是她听旁人唱过，因而记下了。张无忌年纪虽轻，十年来却是艰苦备尝，今日困处山腹，眼见已无生理，咀嚼曲中"到头这一身，难逃那一日"那两句，不禁魂为之销。所谓"那一日"，自是身死命丧的"那一日"。他以前面临生死关头，已不知凡几，但从前或生或死，都不牵累旁人，这一次不但拉了一个小昭陪葬，而且明教的

138

存毁、杨逍、杨不悔诸人的安危、义父谢逊和圆真之间的深仇，都和他有关，实在是不想就此便死。

这段文字我着实是喜欢，就忍不住全文照录了。厉曼婷所写歌词化用了原著中小昭所唱之词，正所谓古韵易得，却也要生就侠骨柔情，才能入味入心，呈现出一番古朴浪漫的情怀。

对比电视剧《倚天屠龙记》，其中有几个版本，小昭在明教地道中都唱了歌。1986年梁朝伟版，小昭扮演者是尚在稚嫩的邵美琪，其歌词："这一片大地翠山河，春花与蝴蝶风中飞，带给我和平与安详，为我人生添欢喜，身飞起，心飞起，让大地情歌滋润大地……"美则美矣，但与彼时情景并不搭配。1994年马景涛版，陈孝萱饰演的小昭，唱的便是《俩俩相忘》，原唱者辛晓琪。2001年吴启华版和2009年邓超版，用的都是书中原文，只不过2001年版为粤语，2009年版编曲大兴异域之风。到了2019年曾舜晞版，直接用回了《俩俩相忘》，颇有向经典致敬之意。

纵观各剧版本，《俩俩相忘》这首歌化用原文大部分的词语意境，又经过现代诗歌形式的演绎，契合度无疑最高。有的版本虽然使用的是原文，但限于编曲和一些今人对词意的理解，皆只取了其中几句，展现并不完整。

考诸原著当中的这几句曲子词，非是金庸自己所做，而是元代关汉卿所写的散曲《双调·乔牌儿》，金庸略作修改，但在原文中并未点出。

关汉卿的原作如下：

《乔牌儿》世情推物理，人生贵适意。想人间造物搬兴废，吉藏凶，凶暗吉。

《夜行船》富贵那（哪）能长富贵，日盈昃，月满亏蚀。地下东南，天高西北，天地尚无完体。

《锦上花》展放愁眉，休争闲气。今日容颜，老如昨日。古往今来，恁须尽知，贤的愚的，贫的和富的。

《幺》到头这一身，难逃那一日。受用了一朝，一朝便宜。百岁光阴，七十者稀。急急流年，滔滔逝水。

这几段散曲，出自《乐府阳春白雪》钞本后集卷四，录有全套，曲下未写撰人，在目录写明关汉卿作。[①]《倚天屠龙记》的故事背景发生在元朝末年，小昭能够唱元人散曲，倒也符合历史语境。只是如2009年电视剧版中，将这段曲词改编成异域曲风，却有些不妥。想来是因为编导认为小昭具有波斯血统，这首歌应该是从两河流域传来，却是想错了。

关汉卿所写散曲蕴涵着丰富的中国哲理韵味，《双调·乔牌儿》中，开篇就在自然物理与人生价值的对比中，明确提出对待人生的态度："世情推物理，人生贵适意。"这里的"世情"即社会人生的状况，"物理"即自然大化的规律，二者的关系是由此及彼、相互印证的辩证关系。从空间范畴关系说，后者决定着前者，不可逆转，因此也决定着作者的人生理念，人生应该以适意为最重要，适意就是顺应自然，自然而然，不能人为扭曲。《夜行船》具体阐释："富贵那（哪）能长富贵，日盈昃，月满亏蚀。地下东南，天高西北，天地尚无完体。"还是由"世情"起笔，通过一系列自然现象，来论证世间的富贵不能长久。

在关汉卿所阐发的人生哲理中，蕴涵着辩证法思想："想人间造物搬兴废，吉藏凶，凶暗吉。"

关汉卿的哲思源头来自道家思想。在老子哲学中，"自然无为"是其重要观念之一，也是最高的生活境界。庄子所追求的生活理想是与大自然融为一体，要超越常人所企慕的与人和谐融洽的"人乐"，追求与天道相合的"其生也天行，其死也物化"。在道家看来，"道"和"美"的本质，皆在自然无为。这是道家哲学和美学的核心。

关汉卿的这段散曲，吸收了传统的道家思想，又结合了自己的人生体味与思索，可说是散曲的上乘之作。

按小说《倚天屠龙记》中的人物设定，张无忌的父亲张翠山，是张三丰

[①] 林畐：《关汉卿新论》，博士学位论文，首都师范大学，2004。

最得意的弟子，自幼修习，正是道家一脉。小说第十三回"不悔仲子逾我墙"，在蝴蝶谷中，张无忌遇到金花婆婆，金花婆婆感叹无忌的短命，张无忌则是：

> ……心头忽然涌起三句话来："生死修短，岂能强求？予恶乎知悦生之非惑邪？予恶乎知恶死之非弱丧而不知归者邪？予恶乎知夫死者不悔其始之蕲生乎？"

这三句话出自《庄子》。张三丰信奉道教，他的七名弟子虽然不是道士，但道家奉为宝典的一部《庄子南华经》却均读得滚瓜烂熟。张无忌在冰火岛上长到五岁时，张翠山教他识字读书，因无书籍，只得划地成字，将《庄子》教了他背熟。

关汉卿代表作《关大王单刀会》 选自日本大正三年京都帝国大学文科大学刊朱印本《覆元椠古今杂剧三十种》，据元刻本影刻

张无忌幼年时的识字课本，就是道家的经典《庄子》，他的思想受道家影响无疑是很深的。读者都觉得张无忌性格优柔寡断，总是屈己从人，却不知是幼年的教育环境影响了他。

回到小说中，小昭唱曲子时的情境，两人被成昆堵在秘道中，其时应是都有了必死的觉悟。读者自然知道，两人定会脱困，但在小说当中，张无忌屡推石门，无功而返，心中沮丧，定然觉得生还无望。小昭的心里，肯定更

不好过，原文说小昭哭了，可是不一会儿又破涕为笑，转而安慰起张无忌来。

小昭在这样的境况下，唱出勘破世情的一首曲子，应情应景，只觉二人命运悲惨，令人怜惜。一个满腹心事的小丫鬟和一个半生孤苦的少年，从此长埋地下，无人知晓，也无人挂念，果然是"到头这一身，难逃那一日"，小昭心中的悲痛和从容，借曲子词婉转传达，而这些曲子词，又恰恰和张无忌幼年时接受的人生教育非常贴合，因此张无忌才能"魂为之销"。

金庸对笔下人物性格的把握，以及他转引诗词曲赋，烘托小说情节的准确程度，于此可见一斑，看似不经意之间，却是举重若轻，功力不凡。

二

金庸之所以引用关汉卿的曲子词，一是历史背景合适，二是曲词内容贴切，三来也不无暗含向关汉卿致敬之意。

关汉卿之名，人们可说耳熟能详，其作品也家喻户晓，但观其生平资料却寥寥无几，连身份、生卒年都无法确知。

元末戏曲家、杂剧作家钟嗣成在元至顺元年（1330）完成的两卷《录鬼簿》，是一部专门记载元曲作家生平事迹及作品目录的专著。书中著录元曲作家152人，作品400余种。钟嗣成将150多位作家分作三期：第一期为"前辈已死名公才人有所编传奇行于世者"，其中包括关汉卿等五十六人，是钟的祖辈人物。第二期为"方今已亡名公才人余相知者为之作传，以《凌波曲》吊之"或"已死才人不相知者"，包括宫天挺等三十人，这一类是钟嗣成的父辈人物。第三期，"方今才人相知者纪其姓名行实并所编"和"方今才人闻名而不相知者"，共二十五人，这类是钟嗣成的同时代人物。有专家认为，这是钟嗣成对元杂剧发展演变系统考察后的分期方法，对后世戏曲研究很有影响。王国维的《宋元戏曲史》就是据此将元杂剧分为三期：第一期，蒙古时代（1264—1294）；第二期，一统时代（1294—1331）；第三期，至正时代（1331—1368）。《宋元戏曲史》第九章《元剧之时地》中列出了"有杂剧存于今者"的剧作家第一期二十七人，二期七人，三期四人。王国维说："此三期,以第一期之作者为最盛,其著作存者亦多,元剧之杰作,大抵出于此期中。""元曲四大家"关汉卿、马致远、郑光祖、白朴皆属这一时期。

关汉卿之名不详,字汉卿,号已斋叟,现存他的作品里有散曲《大德歌》十首。大德是元成宗的年号,时间范围是从1297年到1307年。根据关汉卿散曲中的一些文字记载,约可推断他的生年应在1230年之前,卒年应在1300年前后。

关汉卿的身份,有记载说是太医院尹,有专家考证,"尹"字可能是"户"字之误。因为:第一,元代没有"太医院尹"这个官职;第二,元代却有"太医院户"。"太医院户"是元代户籍的一种。[①]前辈如果是医生,受太医院管辖,后辈即使不当医生,也属于医户。这也是剧作家田汉在话剧《关汉卿》当中,说关汉卿懂得医术的来源。

元朝存在的时间很短,只有90余年,但吏治腐败,文化粗俗。关汉卿和当时的知识分子一样,在断绝了科举仕途的道路以后,列入"九儒十丐"之中,走进了瓦舍勾栏,成为编撰杂剧的"书会才人"。《永乐大典》所引的元代人熊自得《析津志》对他的评价精辟而生动:"关一(己)斋,字汉卿,燕人。生而倜傥,博学能文,滑稽多智。蕴藉风流,为一时之冠。" 元末贾仲明对他的挽词说:"珠玑语唾自然流,金玉词源即便有,玲珑肺腑天生就。风月情,忒惯熟,姓名香四大神洲,驱梨园领袖,总编修师首,捻杂剧班头"。

关汉卿在元杂剧中,有着至高无上的地位,早在明初时,朱权的《太和正音谱》"古今群英乐府格势"栏目下即说:"关汉卿之词,如琼筵醉客。观其词语,乃可上可下之才,盖所以取者,初为杂剧之始,故卓以前列。"

《宋元戏曲史》第十二章《元剧之文章》中,王国维对关汉卿进行了前所未有的高度评价:"关汉卿一空依傍,自铸伟词,而其言曲尽人情,字字本色,故当为元人第一。"

关汉卿长期生活在市井,出入瓦舍勾栏,学会了很多民间技艺。他在散曲《南吕一枝花·不伏老》中说:"我也会吟诗,会篆籀,会弹丝,会品竹;

[①] 蔡美彪:《关于关汉卿的生平》,《戏剧论丛》1957年第2期。

我也会唱鹧鸪，舞垂手；会打围，会蹴鞠；会围棋，会双陆……"明显是位多才多艺的人。也因为长期生活在社会底层艺人中，形成了一种愤世嫉俗、爱憎分明、不屈不挠的顽强性格。也是在这支散曲中，他称："我是个蒸不烂、煮不熟、捶不扁、炒不爆、响当当一粒铜豌豆。"

关汉卿和当时著名女演员珠帘秀交往深厚。关汉卿所做的杂剧很多是"旦本"，当代学者王季思先生在《元散曲选注》就说："关汉卿所塑造的光彩夺目的妇女形象，很多是从珠帘秀等优秀女艺人身上找到原型、汲取素材的。"关汉卿创作的许多剧目也是由珠帘秀搬上舞台。珠帘秀演技高超，也因剧目是关汉卿按照珠帘秀的演技特色而写，比如《赵盼儿风月救风尘》等，所以珠帘秀演起来更加得心应手、充满感情，将关汉卿的戏表现得淋漓尽致，获得理想的戏剧效果。一位杰出的剧作家，一位出色的演员，二人感情弥笃、配合默契。一写一演，珠联璧合。

今日关汉卿已经被列为世界文化名人，初高中历史课本上有他的名字。关汉卿逐渐被重视，也和1958年6月28日，中国举行了纪念"世界文化名人"关汉卿戏剧活动七百周年大会有关，元杂剧也列为古典文学中重点的研究对象。

关汉卿如此成就，为何生平资料这样少呢？这和中国古代"诗言志，文载道"的传统有关。文人认为诗歌和文章才是正经"主业"，小说、戏曲都不过是难登大雅之堂的雕虫小技。甚至在"五四"时期，陈独秀在北京大学开设"元曲"科目，还要力排众议，这是我国大学讲坛第一次开设"元曲"科目，从而将"鄙俗"之学搬入高雅之堂，当时，上海某报还撰文批评北京大学设立"元曲"的课目，指元曲为"亡国之音"，认为不当讲授。

元杂剧的兴盛，就在于其改变了文人以诗歌为传统的艺术表现形式，"沉抑下僚"而"不平之鸣"，颇有突然性和爆发性。蒙古帝国的暴力，冲击了中国的儒家礼乐文化、伦理道德，反而给底层的社会生活带来了清新气息，反映社会现实的戏剧一下喷薄涌出。

金庸在修订版的《射雕英雄传》开头，增加了一段张十五说书，以示不忘中国小说的源头是中国说书艺人所作的话本，在《射雕英雄传》和《倚天屠龙记》中，又将元曲纳入文中，这和当时国内提升关汉卿地位，与他一心想提升"武侠小说"地位的心思是分不开的。

陈世骧教授是当代著名学者，长期执教于美国伯克利加州大学东方语文学系，主讲中国古典文学和中西比较文学，他在给金庸的信函中说："当夜只略及弟为同学竟夕讲论金庸小说事，弟尝以为其精英之出，可与元剧之异军突起相比。既表天才，亦关世运。所不同者今世犹只见此一人而已。"

陈世骧将金庸小说与元杂剧相提并论，金庸应该是大有知己之感，他在《天龙八部》的"后记"中说："中国人写作书籍，并没有将一本书献给某位师友的习惯，但我热切的要在《后记》中加上一句：'此书献给我所敬爱的一位朋友——陈世骧先生'……当时我曾想，将来《天龙八部》出单行本，一定要请陈先生写一篇序。现在却只能将陈先生的两封信附在书后，以纪念这位朋友。当然，读者们都会了解，那同时是在展示一位名家的好评。"金庸不仅是信件原文附录，明河社版《天龙八部》第五册，还将书信原件影印一并收录。陈世骧的两封信字迹秀挺，从书法角度来看，亦是精品。

由此可以想见，金庸面对知音的得意之感，其实跃然纸上。

三

《倚天屠龙记》于1961年7月6日至1963年9月2日在《明报》连载，由邝拾记报局结集出版，也就是《倚天屠龙记》的连载版小说。在连载版当中，张无忌、小昭被困地道，小昭唱曲一段，在第五十五回"秘道练功"：

> 小昭坐在他的身边，唱了起来："依山洞，结把茅，清风两袖长舒啸。问江边老樵，访山中故友，伴云外孤鹤，他得志，笑闲人；他失志，闲人笑。"无忌起初两句并无留意，待得听到"他得志，笑闲人；他失志，闲人笑"那几句时，心中蓦地一惊，又听她歌声娇柔清亮，圆转自如，满腹烦忧，不禁为之一消，又听她继续唱道："诗情放，剑气豪，英雄不把穷通较。江中斩蛟，云间射雕，塞外挥刀。他得志，笑闲人；他

张无忌　李志清/绘画

失志，闲人笑！"悠闲的曲声之中，又充满着豪迈之气，便问："小昭，你唱得真好听，这曲儿是谁做的。"小昭笑道："你骗我呢，有什么好听？我听人唱，便把曲儿记下了，也不知是谁做的。"无忌想着"英雄不把穷通较"这一句，顺着小昭的调儿哼了起来。小昭道："你是真的爱听呢，还是假的爱听？"无忌笑道："怎么爱听不爱听还有真假之分吗？自然是真的。"小昭道："好，我再唱一段。要是有琵琶配着，唱起来便顺口些。"

接下来，小昭唱的才是"世情推物理，人生贵适意"几段散曲，连续罗列，堆砌文中。可见金庸在最初写作的版本里，除了使用了关汉卿的《双调·乔牌儿》，还用到了元代散曲家张可久《庆东原·次马致远先辈韵九篇》中的两首，即引文中"依山洞，结把茅"和"诗情放，剑气豪"的两段。

如前文所言，张无忌和小昭二人在秘道之中被困，脱身无望，小昭所唱"豪迈之气"，确与当时情景不符，有此两段唱词，反为冗文，金庸将其删去，又将关汉卿所作散曲，经过段落剪裁，行于文中，从文字角度来讲，确比原文高明得多，而小昭的善解人意、惹人怜爱的形象，也更为突出。

这首曲子在《倚天屠龙记》中，不仅小昭唱过，殷离也曾经唱过，是在殷离海中受伤之后。不过金庸安排殷离唱这首曲子，目的仍是要写小昭。将《倚天屠龙记》三个版本对比，可以看到金庸对小昭这个人物，的确是非常地喜爱。

《倚天屠龙记》连载版，第八十二回"美若天仙"：

忽然之间，一声极温柔、一声极细致的歌声散在海上："到头这一身，难逃那一日。百岁光阴，七十者稀。急急流年，滔滔逝水。"却是殷离在睡梦中低声唱着小曲。

曲声入耳，张无忌心头一凛，记得在光明顶上秘道之中，出口被成昆堵死，眼见无法脱身，小昭也曾唱过这个曲子，不禁向小昭望去。月光下只见小昭正自痴痴瞧着自己，和他目光一相对，立时转头避开。

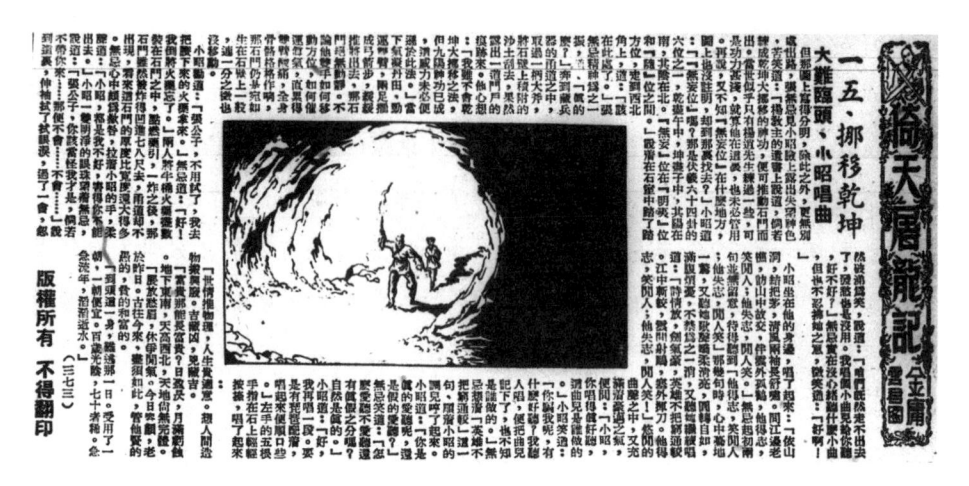

《倚天屠龙记》1962年7月13日《明报》连载页面

《倚天屠龙记》修订版，第二十九回"四女同舟何所望"：

> 忽然之间，一声声极轻柔、极缥缈的歌声散在海上："到头这一身，难逃那一日。百岁光阴，七十者稀。急急流年，滔滔逝水。"却是殷离在睡梦中低声唱着小曲。
>
> 张无忌心头一凛，记得在光明顶上秘道之中，出口被成昆堵死，无法脱身，小昭也曾唱过这个曲子，不禁向小昭望去。月光下只见小昭正自痴痴的瞧着自己。

《倚天屠龙记》新修版，第二十九回"四女同舟何所望"：

> 忽然之间，一声声极轻柔、极缥缈的歌声散在海上："到头这一身，难逃那一日。百岁光阴，七十者稀。急急流年，滔滔逝水。"却是殷离在睡梦中低声唱着曲子。
>
> 张无忌心头一凛，记得在光明顶上秘道之中，出口为成昆堵死，没法脱身，小昭也曾唱过这个曲子，不禁向小昭望去。月光下只见小昭正自痴痴地瞧着自己，清澈的目光中似在吐露和殷离所说一般的千言万语，

一张稚嫩可爱的小脸庞上也是柔情万种。

从目光闪躲,到定睛瞧着不放,再到目光中的千言万语,小昭对张无忌是越来越痴恋。不仅如此,小昭成为波斯明教教主之后,两人即将分别,张无忌向小昭表白,称她是自己最爱的人。

张无忌究竟爱谁?在《倚天屠龙记》小说中,其实连张无忌自己也不知道,但金庸无疑是最爱小昭的,在一次武侠小说的讲座上,曾经有位女读者问我,金庸为什么那么喜欢小昭?我一时不好回答,其实金庸自己在新修版《倚天屠龙记》第四十回"东西永隔如参商"中,完美做了解释:

> 她双颊红晕如火,伸臂搂住张无忌头颈,柔声说道:"教主哥哥,本来,将来不论你娶谁做夫人,我都决不离开你,终生要做你的小丫头,只要你肯让我在你身边服侍,你娶几个夫人都好,我都永远永远爱你。我妈宁可嫁我爹爹,却不肯做教主,也不怕给火烧死,我……我对你也一模一样……"
>
> ……
>
> 张无忌低声道:"我会永远永远记得你。我前晚做梦,娶了我可爱的小妹子做妻子,以后这个梦还会不断做下去。"小昭柔声道:"教主哥哥,我真想你此刻抱住我,咱二人一起跳下海去,沉在海底永远不起来。"
>
> 张无忌心痛如绞,觉得如此一了百了,乃是最好的解脱,紧紧抱住了小昭,说道:"好,小妹子!咱二人就一起跳下海去,永远不起来!"小昭道:"你舍得你义父,舍得周姑娘、赵姑娘她们吗?"张无忌道:"我这时候想通了,在这世界上,我只不舍得义父和小妹子两个。"小昭眼中射出喜悦的光芒,随即又决然地摇摇头,说道:"现今我可不能害死我妈妈,你也不能害死你义父。"

读者最熟悉的修订版中,小昭一直称呼张无忌为"张公子",到了新修版,已经改成了"教主哥哥",亲密程度大为增加,并且还表示,无论张无忌娶谁，她也不忌妒，也绝不离开，不仅终生陪伴，还要永远爱着张无忌。

四

金庸心中的小昭会是谁呢？这一点恐怕金庸自己也回答不上来，他可能一直希望遇到这样一位小昭。

1947年夏天，金庸在杭州《东南日报》当记者，主持副刊《东南周末》的"咪咪博士答客问"，他在登门访问小读者杜冶秋时，遇到杜冶秋的姐姐杜冶芬，对其一见钟情，遂送上郭沫若的戏剧《孔雀胆》戏票，邀请杜家人看戏。杜家移居上海，金庸就职上海《大公报》，两人鸿雁传书，坠入爱河。1948年3月30日，金庸受命前往香港，参与《大公报》的复刊，生活清苦，即使这样，半年后金庸回上海述职，于10月2日急匆匆和杜冶芬在上海衡山路国际礼拜堂举行婚礼，婚后挈新妇返港。杜冶芬生活在大都市的上海，自然瞧不上彼时尚是渔村的香港，金庸原计划短暂停留，没想到就此留下。1952年，金庸调到了创刊不久的《新晚报》，两人住在湾仔摩理臣山道，距离报社很近。附近马路叫杜老志道，有家夜总会就以"杜老志"为名，报馆中人好戏谑，就叫杜冶芬"杜老志"，金庸不善辩，也无可奈何。杜冶芬则听不懂，她性子执拗，不肯去学粤语，社交圈子很窄。很多年后，金庸在接受《艺术人生》采访时说，当时杜冶芬看金庸在电影公司做编剧，就想去拍电影，但金庸希望她能留家，因为自己一个小编辑，没有能力介绍她去做明星，两人感情愈疏，据传杜冶芬有了婚外情。终于到1953年，杜冶芬只身回到杭州，只留下一封信，让金庸回去办理离婚手续。《飞狐外传》中写道："终于，在一个热情的夜晚，宾客侮辱了主人，妻子侮辱了丈夫，母亲侮辱了女儿。"从中似乎很能感到金庸本人的一腔愤懑之情。

1953年3月初，金庸回到睽违已久的杭州，结束了自己的第一段婚姻。3月8日，他参加了妹妹查良璇的婚礼后，回了香港，从《新晚报》调回了《大公报》。重回《大公报》，金庸结识了女同事朱玫，开始了他第二段感情。朱玫1935年出生，小金庸11岁，毕业于香港大学，二人热恋数年后，1956年

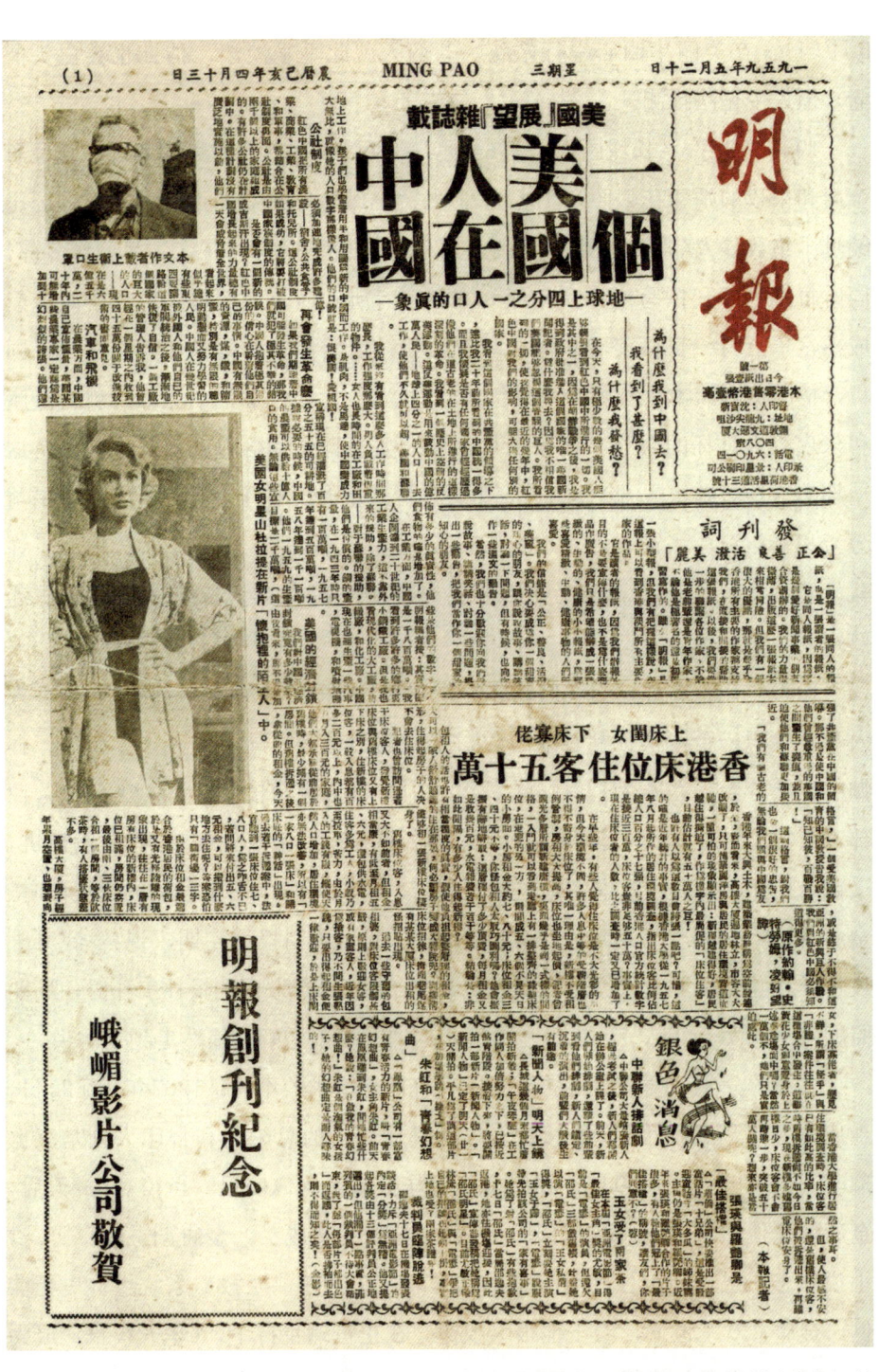

《明报》1959年5月20日创刊号第一版

5月1日，在美丽华酒店举行婚礼。若两人就此平平淡淡，估计也会白头偕老，但人生无法预测。

1956年6月，《长城画报》第64期，特别以"林欢的婚礼"为题，刊登了金庸和朱玫的婚礼花絮照片。上面写道："名编剧家林欢，过去曾替长城公司编过'绝代佳人''欢喜冤家''兰花花''不要离开我''三恋'等剧作多部，同时每期为本刊撰写之特稿，深为本刊读者所欢迎，最近与朱璐茜小姐恋爱成熟，于五月一日假美丽华酒店举行婚礼，道贺者多为电影及新闻文化界同仁，情况热烈，本页各图，为婚筵举行时留影。"这上面的一张照片就是金庸和朱玫两人举杯的合照。这张照片，被很多书刊和网络用过，其来源正是这一期的《长城画报》。除金庸夫妇举杯的经典照片，左上角照片是9岁童星萧芳芳和青年演员张铮合影。二者后皆成为香港老戏骨，1995年共同出演了许鞍华的《女人四十》。萧芳芳更以李连杰《方世玉》中苗翠花一角为内地影迷熟知。

1959年，金庸和同学沈宝新创办《明报》，朱玫全力支持。报纸初创，人人身兼数职，金庸自任社长兼总编，朱玫则跑香港本岛新闻，夫妻俩连一杯咖啡都要分着喝。香港富家子弟戴茂生因仰慕金庸，投其麾下，工作在营业部，其实不过他和沈宝新两人而已。回忆起朱玫，戴茂生说："真是没话讲，采访一把抓，没见过女人像她这样吃得苦。"1976年，《明报月刊》十周年时，金庸写了篇文章《"明月"十年共此时》，回忆《明报》初期，说："我妻朱玫每天从九龙家里煮了饭，送到香港岛来给我吃。"朱玫忙报社工作时，还要照顾四个儿女，可称贤妻良母，然而，这样的模范婚姻，依然走到了尽头。

二人的分离，既有性格的原因，也有理念追求的不同。1967年9月22日，金庸创办《华人夜报》，社长是朱玫，具体负责的总编辑和督印人则是王世瑜。王世瑜出生于1939年，1961年还没毕业就考入《明报》当校对，4天后，金庸就让他做编辑，《明报月刊》创刊时他是主要成员，金庸创办的《野马》小说杂志，也让他担任副总编辑，其升职之快，在《明报》系统堪称史无前例。金庸喜欢王世瑜，给予他很大权限。在王世瑜主持下，《华人夜报》成为一份娱乐性很强的晚报，内容偏重情色，标题惊悚，文字大谈"内幕"消息，

禮婚的歡林

長城公司編劇

SCRIPTWRITER LIN HUAN'S MARRIAGE

Ling Huan, who wrote "The Peerless Beauty", "When You Are Not With Me", "Never Leave Me" and "Three Loves", married to Miss Rosie Chu on May 1st. at the Hotel Miramar. Readers will recognise him as the special column writer of GW Pictorial. Many well-known movie stars and cultural workers attended his wedding.

名編劇家林歡，過去曾替長城公司編過「絕代佳人」、「不要離開我」、「歡喜冤家」、「三戀」、「蘭花花」等劇作品，同時為本刊撰述之特約，深為本刊讀者所歡迎，最近與朱露茜小姐戀愛成熟，於五月一日假養麗華酒店舉行婚禮，到賀者多為電影界與新聞文化界同人，情況熱烈，本刊名圖，為婚筵舉行時留影。

○ 張錚和蕭芳芳也來賀喜
Chang Tseng joins Shao Fong-fong at the party.

○ 一對新人舉杯互敬
The newly-weds in a toast of love.

○ 大公報費彝民先生陳娟娟和費明儀夫婦合攝
Mr. Fei Yee-ming of Ta Kung Pao posed with Chen Chuan-chuan, Barbara Fei and her husband Mr. Hsu.

○ 婚筵後舉行舞會，一對新人翩翩起舞
Dance after dinner and here is the couple!

○ 女導演岳楓王小燕陳綺時名導演之傳
Liu So-fung Ling, Wei Wei and Wong Tse helped to entertain the guests.

○ 陳思恩和莊元庚是席上嘉賓
Chen Sze-sze and Chao Chuan are among the well-wishers.

1956年6月，《长城画报》第64期，刊登金庸婚礼花絮照片。

迎合市井低俗趣味，不久就日销售到三万多份。

朱玫对此颇为不满，认为《明报》是大刊，登这些色情文章有损报格，双方发生争执，矛盾激化，导致王世瑜一气之下，带着多名记者辞职，造成这份报纸难以维持，于1969年停刊。据此可见，朱玫的事业心颇重，工作上有自己主见，据说《明报》的同事见到她都有点头疼。王世瑜离开《明报》后，转投金庸老对手罗斌的《新报》系统，创办了《新夜报》，风格形式全是《华人夜报》的翻版，销路大增。金庸看在眼里，就埋怨朱玫冲动。金庸以生意人的眼光来看，《明报》既能有学术品格的《明报月刊》，也可以有迎合市场的《华人夜报》，有钱赚何必不赚，反正上面也没有《明报》的名字。朱玫颇有些刚愎，反而迁怒金庸，二人大吵一通。据沈西城说，朱玫之所以坚持辞退王世瑜，还认为王世瑜古灵精怪，带坏了金庸。夫妻间吵架逐渐成了常态，偏巧金庸在这个时候，认识了16岁的林乐怡，二人感情上的裂痕逐渐出现。不可调和的矛盾爆发在1976年10月，金庸的长子查传侠在美国哥伦比亚大学自缢身亡，表面上是查传侠和女友分手，其实是对父母各走极端感到伤心。查传侠是金庸最爱的儿子，在接受《渣打财富人生》栏目采访时，主持人问他："这一生当中你最爱的人或东西是什么？"金庸本能重复了一下："这一生中间最喜欢的人……"这句说完，金庸明显沉默几秒，他的右手抬起，连挥了两下，说："最喜欢，我最爱的人，是我的儿子，可惜他在美国自杀，所以我现在想起来很伤心……当他想找我谈心事的时候，我却说要写稿，你出去吧，拒绝了他。我为此而后悔，没机会和他多谈谈。"

金庸收到长子逝世的消息，当天还在报社写社评，他后来说："我是一字一泪写下社评的。"处理好报社公务，金庸飞往美国处理儿子丧事，回来时肝肠寸断。他在第二年《倚天屠龙记》修订版的《后记》中特别写道："张三丰见到张翠山自刎时的悲痛，谢逊听到张无忌死讯时的伤心，书中写得太也肤浅了，真实人生中不是这样的。因为那时候我还不明白。"

儿子的逝世让金庸万分难过，也让他和朱玫的婚姻彻底走到尽头。金庸在2003年凤凰卫视《名人面对面》栏目中说："这个事情是我不好，我对她不起，所以自己心里很自疚的，很懊悔的。"当时他们签了离婚协议书，金庸曾经将离婚协议书撕掉，说我们不要离婚了，但是刚烈的朱玫不接受，说不要再搞回头的事情了。金庸很感慨："我爱了这个人，一生一世永远爱她，这个当然很理想，像罗密欧、朱丽叶、梁山伯、祝英台这些，当然很好的，小说或者戏剧可以这样做，实际人生，人的感情，有的时候会变化的。"

在金庸的心中，第三任妻子林乐怡恐怕也未必是他的小昭。《明报》编辑部的老员工石贝曾回忆："阿May（林乐怡）活泼爽朗，就像天真的小女孩跟父亲玩耍一般，她完全不顾忌她老板娘的身份，也不在乎周围那么多人的注视。我想他们的婚姻当中，查先生之于阿May虽是丈夫，但应该还有着很大一部分类似父亲对女儿的那种宽容。"林乐怡亦未完全走入金庸的内心世界，她对沈西城说起金庸的性格："沉稳内敛，从不背后说人，跟他相处了五十年，我有时候仍然无法知道他在想什么。"

金庸撰写《倚天屠龙记》时，正是《明报》1962年因报道非法移民潮迅速崛起的阶段，他在小说的结尾让周芷若出家为尼，还将峨眉掌门传给了张无忌，让赵敏（连载版时尚叫赵明）和张无忌共偕白首。在金庸心中，可能刚强的赵敏有着朱玫的影子吧！等到20世纪70年代，修订小说的时候，金庸的婚姻处于危机，就想让张无忌和这些女孩子们有个和解，可是终究只是理想，等到2000年之后的新修版，金庸明白："周芷若对张无忌说：'你只管和她做夫妻、生娃娃，过得十年八年，你心里就只会想着我，不舍得我了。'这种感情，小弟弟、小妹妹们是不懂的。"

金庸的人生都被他一一写进了小说。他喜欢小昭，希望身边有这样一个乖巧可人的小昭，可是终究不过是想想，也恰好印证了此篇文章的题目，心目中的爱人，只能存在想象当中，"俩俩相忘"而已！

百尺高塔上的抉择

一

金庸小说《倚天屠龙记》当中，使明教和六大派缓和关系的重要转捩点，发生在明教攻破万安寺之时，教主张无忌以乾坤大挪移神功，营救了被困在百尺高塔上的六大派高手，一举成为天下英雄之望，明教也从此成为天下反元义军的重要首领。

按小说中所言，赵敏将六大门派高手囚禁于大都西城万安寺十三级宝塔之内，后万安寺失火，宝塔被烧毁。

故事时间在元朝末年，元朝首都称为大都，也就是今天的北京。

北京的都城地位由来已久，在不同朝代的不同节点，北京城有着不一样的称谓，春秋战国时称蓟，隋唐时为幽州，辽代为燕京，金为中都，元称大都，明清为北京，民国称北平，今天为首都北京。

金庸小说以明清为历史背景的小说，如《碧血剑》《鹿鼎记》《书剑恩仇录》《飞狐外传》等，都写到了北京城。《天龙八部》中，萧峰被封为南院大王，住所在南京：

> 辽时南京，便是今日的北京，当时称为燕京，又称幽都，为幽州之都……萧峰进得城来，见南京城街道宽阔，市肆繁华，远胜上京，来来往往的都是南朝百姓，所听到的也都是中原言论，恍如回到了中土一般。

《射雕英雄传》中,郭靖在张家口结识"小叫花"黄蓉,分手后:

>一路无话,这一日到了中都北京。这是大金国的京城,当时天下第一形胜繁华之地,即便宋朝旧京汴梁、新都临安,也是有所不及。郭靖长于荒漠,哪里见过这般气象?只见红楼画阁,绣户朱门,雕车竞驻,骏马争驰。高柜巨铺,尽陈奇货异物;茶坊酒肆,但见华服珠履。真是花光满路,箫鼓喧空;金翠耀日,罗绮飘香。只把他这从未见过世面的少年看得眼花燎(缭)乱。

从辽南京、金中都,到元大都,北京逐步上升为全国政治中心。奠定今日北京城格局的,便是元代。

金代海陵王完颜亮发动政变登基后,将都城从黑龙江阿城迁到北京,称中都,位置大概在今天老宣武区一带,中都城,也成为史学界认定的北京城建都之肇始。成吉思汗麾下大将木华黎攻下中都,设燕京路大兴府,元世祖忽必烈在至元元年(1264)改称中都路大兴府,到至元九年(1272),始改名大都路。大都是突厥语:Khanbaliq,其意为"汗城",音译为汗八里、甘巴力克。今日的老北京人仍有称北京为汗八里的,其渊源就在于此。元大都的称谓,也从此走进历史。

大都城的营建,是从金朝留下的离宫的基础上开始的,这个位置,大约是在今日的北海公园,而金代中都所在之地,成了老百姓口中的"南城",元大都是"北城"。所以,北京南城的概念并不是长安街以南的北京,而是指宣武门以南的地区。

当时的元大都,东南角就是现在建国门的古观象台;东北角就是元大都遗址公园的东面,西北角就是元大都遗址公园西土城的拐角,西南角就是西便门的明城墙遗址;而北城墙则是今天北三环和北四环之间的元大都遗址公园,南城墙就是长安街沿线;东城墙大体与东二环线重合,西城墙大体与西二环重合,这就是元大都的大体轮廓。

忽必烈像　　选自台北故宫博物院藏《元代帝半身像册》

  从1267年开始，到1285年结束，元大都的营建，历时18年之久，建成后的元大都城墙周长28公里，近50平方公里的规模，至元三十年（1293），《大元仓库记》记载："大都民有十万。"元代前期文人王恽在诗中也说："都城十万家"，在当时可算世界上最大的城市。

  明成祖永乐四年（1406），明成祖朱棣筹划由南京迁都北京，今天北京二环线，就是当初的城墙所在。这也就表明，明清时期的北京城，是在元大都的基础上，整体往南迁移，而东西位置变化不大。

  金庸所说，位于大都西城的万安寺，究竟在哪儿呢？

二

  六大派高手被囚禁的地方，在金庸最初的写作版本里，并不是万安寺。

  连载版《倚天屠龙记》第七十回"明教大会"，朱元璋向张无忌吐露假扮骡车夫探听到消息：

张无忌道："啊，到了大都，果然是朝廷下的毒手，后来怎样？"朱元璋道："那伙凶人领着咱们，将少林群僧送到西城一座大寺院中，叫咱们也睡在庙里——"

张无忌道："那是什么庙？"朱元璋道："属下进寺之时，曾抬头瞧了瞧庙前的匾额，见是叫做'万法寺'……"

可见金庸当时应该只是顺手取了一个寺名。"万法"一词出自佛教语，梵语为dharma，意译即为"法"，指一切事物及其现象，也引申指理性、佛法。以"万法"为寺名，并无不妥。但是以金庸对待小说写作的态度观之，其对历史环境描写极为审慎，故此他在20世纪70年代修订《倚天屠龙记》时，查考了元代大都城的资料，将万法寺改为了万安寺。

盖因万安寺确为元代时大都西城最大的一处佛教丛林，万安寺中也的确有塔，其寺从建成伊始，便深受元朝皇室供奉崇敬。赵敏出身皇族，若要征用万安寺，将其作为困囚武林高手之用，想来并不困难。

这里所说的"万安寺"，今日仍在，位于北京市西城区阜成门内大街北侧，始建于元初，元世祖忽必烈赐名"大圣寿万安寺"。明天顺元年（1457）重建，改称"妙应寺"，寺中有一座塔，因塔身白色，这座寺被百姓俗称为"白塔寺"。

修订版《倚天屠龙记》第二十六回"俊貌玉面甘毁伤"，张无忌、杨逍、韦一笑来到大都，杨逍向客店里的店小二探听城中有什么古庙寺院：

那店小二第一所便说到西城的万安寺："这万安寺真是好大一座丛林，寺里的三尊大铜佛，便走遍天下，也找不出第四尊来，原该去见识见识。但客官们来得不巧，这半年来，寺中住了西番的佛爷，寻常人就不敢去了。"

在这里金庸写到了两处信息，一是万安寺位于元大都的西城，二是万安寺为"西域番僧"所住。

历史上,万安寺修建之初,即是忽必烈为藏传佛教修建的一处重要丛林。

万安寺先有塔而后有寺。其白塔的原址曾有一座大塔,形制如幢,辽代所建,名永安寺。永安寺为北方显密法重镇,名震一时,后因战争被毁。

元大都初创,忽必烈采用"以儒治国,以佛治心"的政策,崇信吐蕃盛行的藏传佛教,定为国教,又奉藏传佛教领袖八思巴为"国师",在吐蕃施行"政教合一"。

至元八年(1271),忽必烈听闻初建的元大都城西旧塔处放光,命人打开旧塔,塔中发现有香泥小塔,再"下启石函,中有铁塔,内贮铜瓶,香水盈满,皎然鲜白,色如玉浆,舍利坚圆,灿若金粟",瓶底放置一枚"至元通宝"铜钱。1260年,忽必烈定年号为"至元",见此铜钱,他深感天意难测,所以"帝后阅之,愈加崇重",于是"迎其舍利,立斯宝塔"。[①]白塔竣工,八思巴特赋诗赞颂,并命名白塔为"胜利三界大宝塔",寓意为统一天下。

此后,忽必烈又以塔为中心,用十年时间,建成了规模宏大"一如内廷之制"的寺院"大圣寿万安寺",以其"坐镇都邑"。"八思巴"在元代汉译为"圣寿",可见忽必烈对寺院的赐名中包含了对八思巴的敬重之意。

万安寺在此后百年间香火鼎盛,既是帝后贵族、喇嘛僧侣进行佛事的活动中心,又是每年举行规格最高、规模最大的朝廷盛典的场所,《元史》中记载"遇八月帝生日,号曰天寿圣节,用朝仪自此始……前期三日,习仪于圣寿万安寺"。

万安寺在元代占地极广,其范围由忽必烈亲自选定。据《佛祖历代通载》记载,白塔建成后,忽必烈命修建寺院,并"帝建大圣寿万安寺,帝制四方,各射一箭,以为界至"。箭落之处,即为寺院范围。

这种方法袭自蒙古传统的划地习俗。

当年成吉思汗攻克金中都后,就曾在城内"引弓射之,随箭所落","命于城中,环射四箭,凡箭所至……之处"赐予有功之臣。古代的"一箭之

[①] 宿白:《元大都〈圣旨特建释迦舍利灵通之塔碑文〉校注》,《考古》1963年第1期。

北京妙应寺　赵敦/摄影

地"，有120、130、150步不等，每步又划为5尺或6尺（拟为跨跳步）的，以一步约为1.575米记，一箭的距离大致在189米至236米之间。现在白塔寺的山门位置在阜成门大街北侧，和元大都平则门内大街的位置相同，以此可以推测元代万安寺的山门位置和现在白塔寺的山门位置是一致的，恰在200米左右，是以当年万安寺的南北与东西的长度各为400米左右，总面积就可能达到16万平方米，确是一座宽阔、宏大的寺院。也只有这样大的范围，才能容纳下每年举行几次场面壮观、人数众多的隆重盛典。

忽必烈死后第二年，元贞元年（1295），元成宗亲临万安寺举行"国忌日"，进行佛事活动，"饭僧"竟达"七万"之众。

据雍和宫蒙古族老喇嘛佟铁春回忆说："听老人们说，过去的白塔寺很大很大，传说它的山门不在城里，而在永定门外的大红门，每天要跑马摇铃关山门呢！"北京外城的大红门就是白塔寺的山门当然不可置信，"跑马摇铃关山门"的说法，在很多民间传说里形容寺院规模时都曾用过。这种传说，可从另一侧面反映了万安寺的风貌和规模。

对于万安寺的内部格局、殿堂结构、建筑功能等史书乏陈,不过姚遂的《牧庵集》卷十一"普庆寺碑记"说:"大抵抚拟大帝(忽必烈)所为圣寿万安寺而加小。"也就是大承华普庆寺格局是仿造万安寺改小所造。赵孟頫《大普庆寺碑铭》中对大承华普庆寺有详细记载:"其南为三门,直其北为正觉之殿,奉三圣大像于其中。殿北之西偏为最胜之殿,奉释迦金像,东偏为智严之殿,奉文殊普贤观音三大士。二殿之间,对峙为二浮图,浮图北为堂二,属之以廊,自堂徂门,庑以周之。西庑之间为总持之阁,中寘宝塔经藏环焉。东庑之间为圆通之阁,奉大悲弥勒金刚手菩萨。斋堂在右,庖井在左,最后又为二门,西曰真如,东曰妙祥。门之南东西又为二殿,一以事护法之神,一以事多闻天王。合为屋六百间。"①

这段文字详尽,可据此推断昔年万安寺的宏大。

历史上的万安寺的确毁于元末,寺被雷火焚毁,唯存白塔,但这次灾难和明教无关。寺荒65年后,明宣德八年(1433)在原白塔西部与北部的寺院旧址及其他地面,修了一座道教朝天宫,又隔了24年,明天顺元年(1457),由皇家敕建了今日规模的"妙应寺",面积被压缩为东西宽约50多米,南北长约200米,总面积约1万平方米,不到元时的十分之一。

三

《倚天屠龙记》中,少林、武当、峨眉、昆仑、华山、崆峒六大派高手,被赵敏囚禁在万安寺后的塔上,"修订版"第二十六回"俊貌玉面甘毁伤"写道:

> 那万安寺楼高四层,寺后的一座十三级宝塔更老远便可望见。张无忌、杨逍、韦一笑三人展开轻功,片刻间便已到了寺前……不料离塔二

---

① 姜东成:《元大都大承华普庆寺复原研究》,《建筑师》2007年4期。

十余丈，便见塔上人影绰绰，每一层中都有人来回巡查，塔下更有二三十人守着。

修订版第二十七回"百尺高塔任回翔"：

　　塔上诸人听了都是一怔，心想此处高达十余丈，跳下去力道何等巨大，你便有千斤之力也无法接住。崆峒、昆仑各派中便有人嚷道："千万跳不得，莫上这小子的当！他要骗咱们摔得粉身碎骨。"
　　张无忌见烟火弥漫，已烧近众高手身边，众人若再不跳，势必尽数葬身火窟，提声叫道："俞二伯，你待我恩重如山，难道小侄会存心相害吗？你先跳罢！"

这段话里提到了万安寺塔级数是十三级，高度十余丈。宋元时，一尺等于30余厘米，十尺为一丈，折算一下，一丈约有3米。"十余丈"是个约数，我们假定是十丈，也就是十三级宝塔塔高在30多米。

但是，在《倚天屠龙记》连载版第七十一回"用心险恶"中，金庸是这样写的：

　　那万法寺高达四层，寺后的一座九级宝塔，更是老远便可望见。张无忌、杨逍、韦一笑三人展开轻功，片刻间便已到了寺前……不料离塔三十余丈，便见塔上人影绰绰，每一层宝塔上都有人来回巡查，塔下更有二三十人守着。

连载版第七十五回"天龙五刀"：

　　塔上诸侠一听，都是一怔，心想此处相距地面数十丈，若是跳了下去，力道何等巨大，你便是有千斤之力，也无法接住。崆峒、昆仑各派的人中，便有人嚷道："千万跳不得，莫上这小子的当！他要骗咱们摔得粉身碎骨。"无忌眼看烟火弥漫，已烧到了第七层，众人若再不跳，势必葬身火窟，提声叫道："莫七叔，你待我恩重如山，难道小侄会存心相害吗？你先跳吧！"

对比一下，塔的级数从九级改成了十三级，高度从数十丈变成十余丈，张无忌等人观察塔的距离从三十余丈缩短到二十余丈，第一个跳塔的人，从莫声谷改成了俞莲舟。

按九级、数十丈，每层的间距未免太大，故此缩短了塔的高度，增加了塔的级数。观察塔的距离从三十余丈缩短到二十余丈，估计金庸自己也觉得太远，彼时又在黑夜，就算张无忌、杨逍、韦一笑的功夫盖世，恐怕也看不到"塔上人影绰绰"，更何况清楚地辨识"塔下更有二三十人守着"。

莫声谷改为俞莲舟，是因小时候张无忌回归中土，俞莲舟曾经抱着他坐在船头，观看风景，幼小的张无忌"聪明逾恒，心知这位冷口冷面的师伯其实待己极好"，反而莫声谷和张无忌亲近不多，金庸如此一改，极为合理。最重要的是，数十丈的高空跃下，张无忌纵使有"乾坤大挪移"神功，也委实让人担心。即使按塔高30米算，在不考虑空气阻力的前提下，六大派的高手们如果真往下跳，做的都是位移为30米的自由落体运动。

自由落体运动的公式$v^2=2gh$，运动位移等于重力加速度乘以时间的平方，再除以2，由此可以推导出，自由落体的时间等于位移乘2，除以重力加速度，然后再开平方。

现在位移以30米算，万安寺位于北京，北京的重力加速度已知是9.8，初高中物理都约等于10，所以自由落体$v^2=2gh=2\times10\times30$，得出大概落地速度$v=24m/s$。由动量定理$-Ft+mgt=0-mv$判断，其中F为接住人需要的力，m是被接人的质量，时间是从接到接稳需要的时间，假定时间是0.5秒，人的质量为120斤，也就是60公斤，带入公式，则求出F，然后再除以10，就可以换算成张无忌在宝塔下接到相当于要承受多大质量的物体。估算大概相当于他胳膊上放上将近6个成年人的重量。

这还是时间为0.5秒，如果时间再短，重量就会更大。

假使再考虑接人的人手臂高度到地面1.5米，由公式v²=2as，可以得到加速度a=200m/s²，从速度24减速到0的时间t1=（24-0）/200 =0.12s，把这个时间带入，则F=12600N，也就是在张无忌接人的一刹那，相当于1260公斤的物体，静止置于他胳膊上，大概相当于21个成年人，约等于一辆家用轿车！我们不禁实在为张无忌的胳膊担心。

按小说中所说，张无忌并不是直接接住，而是转移了力量的方向：

俞莲舟对张无忌素来信得过，虽想他武功再强，也决计接不住自己，但想与其活活烧死，还不如活活摔死，叫道："好！我跳下来啦！"纵身一跃，从高塔上跳将下来。

张无忌看得分明，待他身子离地约有五尺之时，一掌轻轻拍出，击在他的腰里。这一掌中所运，正是"乾坤大挪移"的绝顶武功，吞吐控纵之间，已将他自上向下的一股巨力拨为自左至右。

俞莲舟的身子向横里直飞出去，一摔数丈，此时他功力已恢复了七八成，一个回旋，已稳稳站在地下，顺手一掌，将一名蒙古武士打得口喷鲜血。他大声叫道："大师哥、四师弟！你们都跳下来罢！"

"乾坤大挪移"的物理原理，大致是通过延长或者缩短冲量来改变时间，进而减弱或者增加冲力，但是依小说所言，张无忌只是用手拍击俞莲舟的腰部，改变其运动轨迹，由自由落体运动变成平抛运动。但是这样，并不能改变落地速度，平抛运动只是在水平方向上，做匀速直线运动，垂直方向上仍然是自由落体运动，无论张无忌拍击的力度有多大，其质量都不会有改变。

金庸估计也是考虑过，觉得塔上群侠的一跃，给张无忌的压力太大，于是大笔一挥，将连载版宝塔的高度从数十丈降为成十余丈，但是张无忌面对的困难依旧是巨大的。不过就像亦舒说的，没有想象力，还读什么武侠小说？以上计算，不过是为了增加研读小说的趣味，小说毕竟是虚构，武侠小说不合道理之处甚多，金庸孜孜以求进行修改，实则大可不必。

北京妙应寺白塔　赵敦/摄影

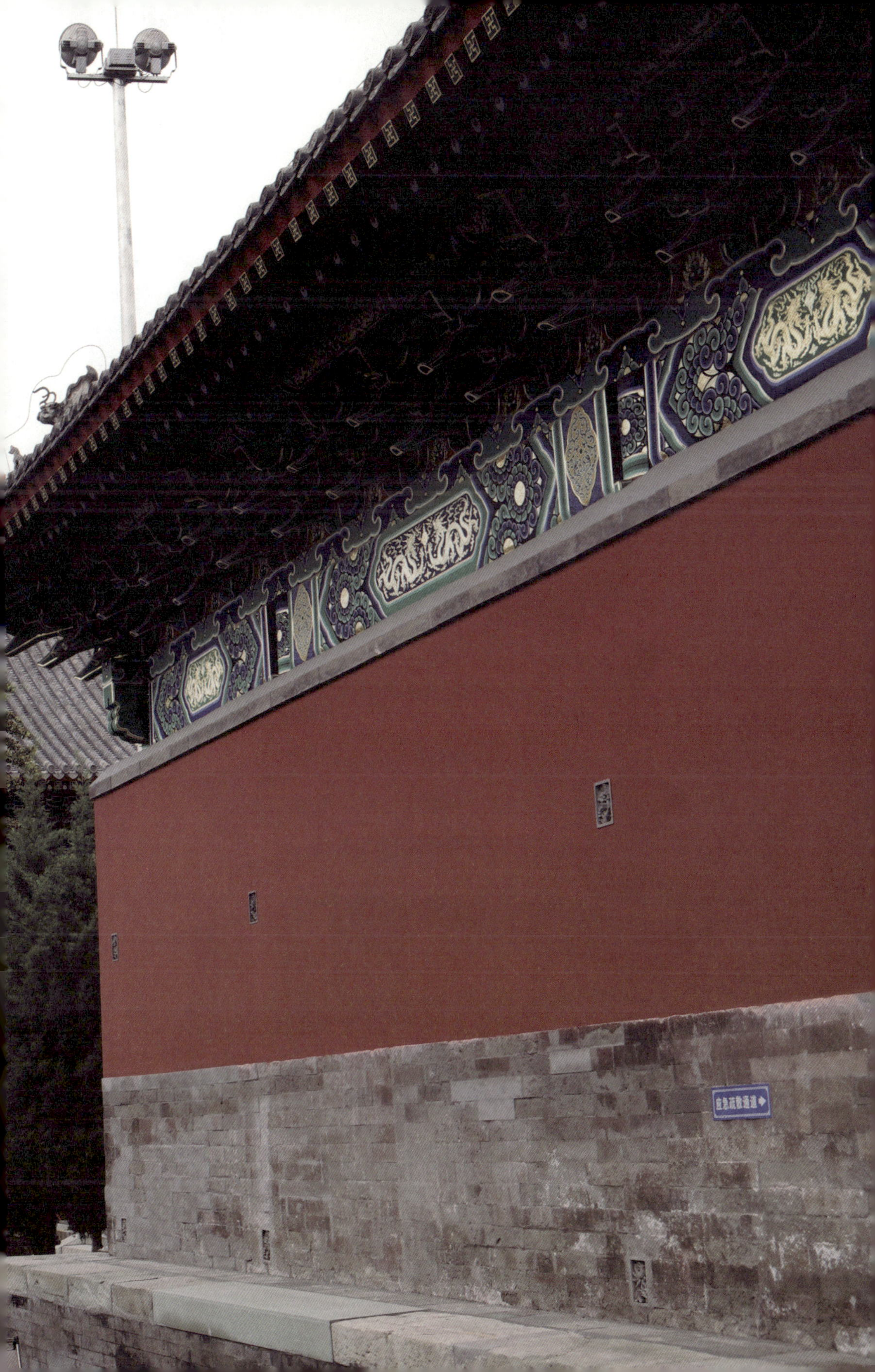

释迦塔（山西应县木塔），金庸笔下宝塔应是如此样貌　郭强/摄

四

我们今天从文本修订的过程来看，金庸的改动，或许是为了更接近历史上白塔的高度。

从现在的数据来看，万安寺的白塔高度在50余米，去掉塔顶的塔刹和相轮，恰好30多米。塔比小说所言更加雄伟，但却是不能囚禁人的，因其内部为实心。根据《特建碑》内容可知，塔底原有石函："先于塔底，铺设石函，刻五方佛白玉石像，随立陈列，傍安八大鬼王、八鬼母轮，并其形象，用固其下。"

万安寺中的白塔，是现今最高大的一座喇嘛塔，造型为覆钵式，属藏传佛教的建筑形式，相比于楼阁式塔，其形式与佛教发源地古印度的窣堵波更为相似。之所以修建成为这种形式，与白塔的建设者不无关系。当时主持白塔修建工程的是尼波罗国（今尼泊尔）人阿尼哥，其样式源自当地风格。阿尼哥也是当时国师八思巴的弟子，由八思巴举荐，完成了这座塔的设计和建造。

白塔地基上以城砖垒起高约2米的方形高台，在方形的中心，筑成多折角方形塔座，每层的四面都左右对称内收两个折角。尤其是须弥座的束腰部分，两边有立柱，上下有枭枋，衬托出许多小立面，造型优美。

塔座上的塔身主体为覆钵体，有7条宽大的铁箍，覆钵体底部与塔座结合处，筑有一圈24瓣仰莲的莲花座，再上是内叠的五道金刚圈。到圆形塔身，上端又间砌一层小须弥座，上部是圆锥形相轮，砌成十三道右旋而上的轮圈，这在佛教中称为"十三天"，也是《倚天屠龙记》小说中的塔高"十三级"的出处。

相轮之上的顶层，是一个直径为9.7米的圆形大华盖，厚木为底，铜质板瓦做盖，周沿垂挂着36片铜质透雕华鬘，每片宽约1米，长2米，下面各吊挂着一个风铃。华盖顶部中央，竖起一个高约5米、重约4吨的空心鎏金铜塔刹，它的高度与坡度恰恰构成了相轮锥体的顶尖部分，使之与相轮成为完整的一体，这在我国现存的古塔塔刹造型中仅此一例。

佛塔的概念，源于印度，梵文称为"stupa"，译为窣堵波、塔婆等，意思是圆冢、方坟、功德聚等等，随同佛教一起传入，有时又借佛的译音"浮屠"为塔。"塔"在公元1世纪前后传入中国时，中国的木结构建筑体系已经形成，积累了丰富的技术经验，也已经建造过迎仙的重楼，由于当时人们又以神仙的概念来理解佛，所以，塔便开始了以传统重楼为基础的中国化进程，发展出独特的汉地式佛塔，如阁楼式、亭式、密檐式、宝箧印经式等。金庸笔下万安寺的宝塔，就是多层楼阁式的中国塔，里面有房间，可以住人，为关押六大派高手提供了方便。

至正二十八年（1368）六月甲寅，"雷雨中有火自空而下"，引发万安寺大火，火球从殿脊东的鳌鱼口喷出，佛像燃烧，元顺帝闻后哭泣不已，急命扑救，"唯东西二影堂神主及宝玩器物得兔，"按文献记录，整个寺院在熊熊大火中被焚殆尽。闰七月丙寅深夜，元顺帝北遁，八月，明朝军队进京，名震天下的大都第一刹——大圣寿万安寺，随着元朝的消亡而曲终人散，只有白塔尚存。元朝诗人张蠢有诗云："数声起蛰乍闻雷，骤落千山白雨来。恐有怪龙遭电取，未应佛塔被魔灾。人传妖鸟生讹火，谁觅胡僧话劫灰。岂复神灵有遗恨，冷烟残烬满荒台。"可见其凄凉之状，也许金庸便是从"魔灾"想起了明教的别称"魔教"吧！

1976年，金庸修订完毕的《倚天屠龙记》由明河社出版，这年的7月，唐山大地震波及北京，白塔天盘倾斜，覆钵体也受到损坏。文物考古学者吴梦麟先生后来回忆："十三天和华盖之间震得非常厉害，就酥了。你要是看它都害怕，那砖都飞了……原来（白塔）塔底下有八条链子，都给挣断了，现在在妙应寺白塔的华盖下面加了八根斜撑的柱子，原来没有。"[①]

1978年9月，北京市政府开始对白塔及寺内殿堂进行大修，据吴梦麟说，当时古建队修顶部的时候，掀开了华盖，发现八个格里有乾隆十八年

[①] 吴梦麟：《追忆1979年白塔寺修缮》，见北京市文物局网站。

（1753）大修白塔时敬装的《大藏经》七万多卷，所以通知文物专家来清理。这次清理除了发现很多珍贵文物，吴梦麟先生还在塔顶天盘的夹缝中发现了一份特殊手稿。这封手稿署名罗德俊，长26.5厘米，宽18.5厘米，纸张已经泛黄，但上面的字迹清晰可辨，工整记录着："今年重修此塔，适值中日战争。六月二十九日，日军即占领北京，从此，战事风云弥漫全国，飞机大炮到处轰炸，生灵涂炭，莫此为甚。枪杀奸掠，无所不至，兵民死难者不可胜计。数月之中，而日本竟占领华北数省，现战事仍在激烈之中，战事何时终了尚不能预料，国家兴亡，难以断定。登古塔追古忆今，而生感焉，略述数语，以告后人，作为永久纪念。民国二十六年十月初三日，罗德俊。"这份手稿只有148个字，却近距离记录了当时日军占领下的北京城中，普通人的愤懑之情。手稿写成前4个月，即为七七事变，至7月末，天津、北平相继沦陷。罗德俊的身份难以考证，根据史料记载，1937年的夏天，一个名为"永德建筑厂"的施工队展开了对白塔的修缮，整个工程一直持续到年底。罗德俊极有可能是从事与文物修缮保护相关的工作，当他在修缮白塔之余，站在700多年历史的白塔塔顶，眺望整个北平城陷于侵略者之手，抚今追昔，慨叹不已！罗德俊究竟怀着怎样复杂的心情，将"历史"藏入"历史"，今人已难以揣度，当41年后手稿重见天日时，罗德俊无疑为后人铭刻了历史。

  金庸的小说一直浸染着浓浓的家国情怀，他的小说大多背景选择民族危难之际，这和他的生平经历分不开。1937年，金庸13岁，11月上旬，日军登陆杭州湾，嘉兴危在旦夕，金庸跟随学校向南流亡，而在这年12月底，家乡海宁沦陷，老家住宅被烧光，母亲徐禄也在逃难途中染病故去。他亲眼见证国家凋零，民不聊生，在和池田大作对话时，他曾说过："战时日军空军投掷的炸弹在我身边不远处爆炸，我立刻伏倒，听得机枪子弹在地上啪啪作响。听得飞机远去而站起身来后，见到身旁有两具死尸，面色蜡黄，口鼻流血，双眼却没有闭上。"[①]

[①] 金庸、（日）池田大作：《探求一个灿烂的世纪（金庸/池田大作对话录）》，北京大学出版社，1998。

"那是一九四二年夏天,我刚从浙东衢州中学高中毕业……我们在浙赣边境的路旁看到一个被日本飞机炸死的农妇,她身旁有一个四五岁的孩子,抚着妈妈的尸体,呆呆地坐着。那死去的农妇身上没半点血,脸色黄得可怕,她是给炸弹震死的,不知怎样,那孩子却没有受伤。农妇身旁散开着一个包袱,有孩子的衣衫和小鞋。我们已是自顾不暇,除了给孩子几个烧饼之外,没有什么办法,三个女同学一面走,一面流眼泪。对于我们这八个十六七岁的少年,那是第一次见到人间的惨事。"

金庸的政治立场是中立的。1981年,他在和杜南发对谈时说:"香港是一个政治斗争很尖锐的地方,这一方面是因为这里是一个完全开放的社会,各种各样的政治势力都有。就《明报》而言,在别的方面我们也不见得就比其他报章好!不过,有一点我们却是做到了,那就是真正独立的。任何力量想影响我们的话,我们是绝对抗拒的。"金庸当年离开《大公报》的原因之一,就是感到其左派色彩过浓,当然,金庸对国民党也没什么好感。1959年6月6日《明报》第18期改版为对开大张,当天社评《我们的立场》中金庸提出"公正与善良":"我们重视人的尊严。主张每一个人应该享有他应得的权利,主张每个人都应该过一种无所恐惧,不受欺压与虐待的生活。"

如果金庸在修订《倚天屠龙记》的时候,能够看到罗德俊这封信,或许对小说中的元末乱世,有更深的感触,笔下也许能多出几段感慨。因为笔下的人间惨剧,他一直有这样的观点:"人间的惨事,我见到的听到的,千万分之一也不到。我相信每个年纪稍大的人,一生之中如果不是身受其酷,也一定见过听过旁人的剧烈痛苦。"是以,六大派的高手在"跳"与"不跳"间要选择,而金庸的立场,历经多次冲击,始终没有改变,始终秉持"家国"两字。1967年,香港爆发左派群众运动,金庸站在了运动对立面,昔日同写《三剑楼随笔》的百剑堂主陈凡与他势同水火,以笔名张恨奴,写了《明报的妖言与妖术》等文章,对金庸口诛笔伐。当初他们是同事,陈凡曾撰一联:"偏多热血偏多骨,不悔情真不悔痴。"金庸很喜欢,陈凡便用宣纸写好裱起,赠予金庸,金庸还将其悬于斗室。

11年前的1956年3月,金庸首部小说《书剑恩仇录》正式由三育图书

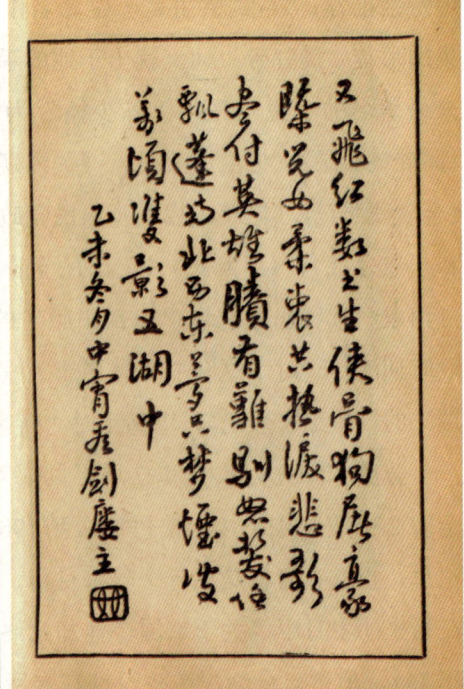

1956年3月，金庸《书剑恩仇录》三育图书文具公司版，"中霄看剑楼主"所填《满庭芳》词。"中霄看剑楼主"即为百剑堂主陈凡

文具公司出版时，在第一集的扉页之后、目录之前，有署名"中霄看剑楼主"填的一阕词作为题词，上面写道："题金庸弟书剑恩仇录，调寄满庭芳"：

> 一卷书来，十年萍散，人间事本匆匆。当时并辔，桃李媚春风。几许少年侪侣，同游日，酒与情浓。而今看，斜阳归路，芳陌又飞红。数书生侠骨，狗屠豪概，儿女柔衷。共热泪，悲歌尽付英雄。胜有难驯怒发，任飘蓬，南北西东。梦只梦，烟波万顷，双影五湖中。

相知之情，溢于纸外。中霄看剑楼主亦是陈凡。1956年9月，陈凡以百剑堂主笔名写武侠小说《风虎云龙传》，金庸在《新晚报》"天方夜谭"栏目

173

中特别推荐:"百剑堂主是一位著名作家的笔名,'书剑恩仇录'单行本第一集的那首'满庭芳'词,就出于他的手笔。"陈凡的武侠小说仅此一部,他后来最著名的小说则是用"陈少校"为笔名写的《金陵残照记》,一共五本:《酒畔谈兵录》(记淮海战役)、《关内辽东一局棋》(记辽沈战役和平津战役)、《金陵残照记》(记渡江战役及国民党政权内幕)、《逐鹿陕川康》(记陕北之战和川康之战)、《黑网录》(记国民党特务组织活动),这套书内地在1988年4月由农村读物出版社以"内部出版"的名义发行,后来出现大量盗版,在一段时期流行一时。这套书和署名唐人(严庆澍)的《金陵春梦》、宋乔(周榆瑞)的《侍卫官杂记》,堪称当时"蒋家王朝"三大野史。

  金庸和陈凡因政见和立场不同,双方渐行渐远,昔日好友,今朝仇雠,金庸心中或悲或怒,无法忖度,到1967年8月28日,《中国邮报》根据一份消息,报道金庸将是下一个暗杀目标,金庸不得不携全家暂避新加坡。然而,在后来的岁月中,关于家国,他却始终强调"民族大义,利于国家"[①]。1973年4月,他访问台湾,在政论《在台所见、所闻、所思》中感慨:"我这一生如能亲眼见到一个统一的中国政府出现,实在是毕生最大的愿望。"[②]7月份,数万字政论的单行本由明报有限公司出版,其中的家国呼唤,引起两岸重视,不久福建军区政治部联络部进行了翻印,成都军区(现西部战区)政治部群工部又翻印了福建军区本,比他的武侠小说进入内地要早得多。

  由于金庸的立场,香港的左派和右派对他都不满意,说他是左右摇摆的墙头草,金庸则说:"我的立场就像一双笔直的筷子,从来没有改变。改变的,只是桌上摆放食物的圆盘。圆盘转来转去,食物调来调去,人们便以为我的立场变了,其实我没有,变了的是圆盘,是食物。"

  《倚天屠龙记》是塔焚而寺在,历史的真实是寺毁而塔存。今日路过北京阜成门内大街,依然可以看到历经岁月的白塔宛若洁白无瑕的巨大玉瓶,安稳地矗立在北京西城,瓶顶带着一顶金色的垂珠冕旒,天高云淡,塔刹华盖

[①] 金庸、(日)池田大作:《探求一个灿烂的世纪(金庸/池田大作对话录)》,北京大学出版社,1998。
[②] 原载《明报》1973年6月7日至23日。

熠熠生辉。微风拂来，塔上铜铎清脆悦耳，正所谓"珍铎迎风而响韵，金盘向日而生辉"。

没有张无忌，也没有六大派高手，却可以眺望宝塔，抒发思古之幽情。

八极定乾坤

一

金庸武侠小说里的武功千变万化，神奇之极，不少读者看起来目眩神迷，不能自已。很多年前我看过一本《金庸武学地图》，这本书列举了金庸小说里出现过的各种武功，计有剑法35种、刀法23种、拳法44种、掌法48种、指法13种、擒拿手法38种、腿功11种、内功26种、武功秘籍13种，另外还有其他各种怪异功夫136种。

这些武功都有好听的名字和神奇的用法，每次看到萧峰使出"降龙十八掌"、杨过挥动"玄铁重剑"、张无忌运用"乾坤大挪移"，我都会手心出汗，激动半天，但作为读者和武术爱好者，我也能够分辨清楚——这些武功明显是金庸自己杜撰！

我记得和金庸同时期写武侠小说的梁羽生有一段话，具体表述忘记了，大致意思是，武侠小说里的武功，距离现在时代越近，就越不好写。俗话说，距离产生美，可能距离现实越远，越容易发挥想象力。

金庸可能也有这样的顾虑，他的小说中，距今天越远的朝代，里面的武功就越神奇，距离今天越近的朝代，功夫反而越平实，造成读者这样一个印象：金庸武侠小说里侠客们的武功，一代比一代要弱。

距今最近的封建王朝是清朝，在金庸的小说里，直接表明清代背景的有4部，按时间排序《鹿鼎记》《书剑恩仇录》《飞狐外传》《雪山飞狐》，另外一部《连城诀》，最初没有表明年代，仅从修订版插图上看是清代的故事，不过早期连载版时的插图，还不是清代装束，说明当时金庸并没有明确时代背景。到了2000年后出版的新修版，金庸增加了一段吴六奇的故事，接上了《鹿鼎记》。

《飞狐外传》1960年1月11日，发表于《武侠与历史》杂志创刊号，每期约8000字，到1962年4月6日第74期结束，约写了两年。这74期中停稿9期，共计登载65次。《武侠与历史》是金庸创办的第二种刊物，出版之前，《明报》在1959年12月16日头版发了则广告，说"金庸新作《飞狐外传》将在不日出版之《武侠与历史》小说杂志刊载，金庸拥趸密切注意"。

作为金庸创办的第二本刊物，他又想到给自己的小说写续集，以此招徕读者。当时《神雕侠侣》未写完，且已经是《射雕英雄传》的续集，《书剑恩仇录》《碧血剑》的结局，皆为群雄远离中原，再次重临故土，似显为难，于是只剩《雪山飞狐》可选。《飞狐外传》首次连载，编辑写了一段文字，以引起读者的关注：

> 读者们想必都看过金庸的"雪山飞狐"一书，那种全新的技巧对金庸本身说来是迈进了一大步。飞狐在那本书中突然而来，书末也未点明他结局如何，这就惹起了无数读者的关心，函电交驰，要金庸对飞狐其人做一个明白的交代。
>
> 金庸以众意难违，决心写作飞狐外传一书，交本刊连载发表，以补前书的不足。飞狐究竟怎样练成武功，怎样横行天下，与苗人凤的生死决斗怎样了结，与苗若兰的儿女柔情又怎样展开；这种种情节都在本书有详尽的交代。

当然，金庸自己写着写着，所谓的"生死决斗"依旧没有交代，因为9个月后，金庸改变了想法。他在《新晚报》1960年10月5日"十周年特刊"上写了一篇《"雪山飞狐"有没有写完》的文章，正式向读者宣告，胡斐的一刀会不会劈下去，将不会有人知道，就此维持开放性的结尾不变。《飞狐外

—7—

袁紫衣用分筋錯骨手制服秦耐之。

叫陣，周鐵鷦、王劍英等都是天下聞名的好漢，縱然命喪當場，也決不能退縮。周鐵鷦道：「咱們鷹爪雁行門自先師謝世，徒弟們個個不成器。先師的功夫十成中學不到一成。姑娘肯賜教誨，敝派上下那一個感光寵？只是師兄弟們都是蠢材，練成了先師傳下別派的功夫卻不會練。」袁紫衣笑道：「這個自然。我若不會鷹爪雁行門的功夫，怎能當得鷹爪雁行門的掌門？周老師大可安心。」周鐵鷦和曾鐵鷗都是氣黃了臉，師兄弟對望一眼，均想：「便是再強的高手，也從沒敢輕視鷹爪雁行門了。你仗着誰的勢頭，到北京城來撒野？」

秦耐之知道今晚已非動手不可，他適才見過袁紫衣的功夫，和胡斐似在伯仲之間，自己卻曾敗在胡斐手下，頗想討一個巧，乘周王諸人，耗盡了力氣，自己再來撿便宜，讓她先鬥周王諸人，以他是老奸巨猾，兄弟在後面跟吧！」袁紫衣笑道：「你不說我也知道，你的功夫不如他們，因此我挑弱的先打。外邊草地上滑腳，咱們到亭子中過招。上來吧！」身形一晃，進了亭子，雙足並立，沉肩塌脖，五指併攏，手心向上，在小腹前虛虛托住，正是「八極拳」的起手式「懷中抱月」。

秦耐之吃了一驚：「本派武功向來流傳不廣，但這一招『懷中抱月』，左肩低，右肩高，左手斜，右手正，顯是已得本派的心傳，她卻從何處學來？」袁紫衣道：「秦老師搬開桌子凳子，免得碍手碍腳，待小老兒搬開桌子凳子。」此一手、撲腕、寸懸、抖展』八極，『摟、打、騰、封、踢、蹲、掃、掛』八式，變化爲『閃、長、羅、躲、拘、切、閉、撥』八法，這四十九路八極拳，講究的是小巧騰挪，若是嫌這桌子凳子碍事，當真與敵人性命相搏之時，難道也叫敵人先搬開桌椅？」她這一番話宛然是掌門人教訓本門小輩的口吻，而八極拳的諸種法訣，卻又說得一字不錯。秦耐之臉上一紅，更不答話，腰一彎，躍進了亭中，一招「推山式」，左掌推了出去。

袁紫衣搖了搖頭，更不招架，只是向左踏了一步。秦耐之身前便是桌子擋住，這一掌推不到她身上。他變招卻也迅速，「抽步翻面錘」，

《飞狐外传》1961年2月21日《武侠与历史》连载页面

传》其实是"前传",而非最初计划的"外传"。金庸在这部书中,通过赵半山和红花会英雄大闹"天下掌门人大会",勾连起了《书剑恩仇录》与《雪山飞狐》,在宋代江湖之外,成功构建了清代武林。是以,金庸笔下较为真实的武术,就出现在《书剑恩仇录》《飞狐外传》《雪山飞狐》这3部小说中,其中《飞狐外传》涉及的武术最多,描写也最为平实,比如太极拳、八极拳、华拳、形意拳和八卦掌等。

这篇文字主要想说说八极拳。因为这是我第一次在武侠小说中读到八极拳,其他如太极拳、形意拳、八卦掌等拳术,在武侠小说中多少曾经露过面。

先看看《飞狐外传》中,关于八极拳的两段描写:

> 那老者身形一起,微笑道:"有僭了!"左手挥掌劈出,右拳成钩,正是八极拳中的"推山式"。胡斐顺手一带,觉他这一掌力道甚厚,说道:"老爷子好掌力!"
>
> ……那八极拳的八极乃是"翻手、搽腕、寸恳、抖展",共分"搂、打、腾、封、踢、蹬、扫、挂"八式,讲究的是狠捷敏活。那老者施展开来,但见他翻手之灵、搽腕之巧、寸恳之精、抖展之速,的是名家高手的风范。
>
> ……只见那老者一步三环、三步九转、十二连环、大式变小式,小式变中盘,"骑马式""鱼鳞式""弓步式""磨膝式",在胡斐身旁腾挪跳跃,拳脚越来越快。
>
> ……
>
> 袁紫衣……身形一晃,进了亭子,双足并立,沉肩塌胯,五指并拢,手心向上,在小腹前虚虚托住,正是"八极拳"的起手式"怀中抱月"。
>
> 秦耐之吃了一惊:"本派武功向来流传不广,但这一招'怀中抱月',左肩低,右肩高,左手斜,右手正,显是已得本派的心传,她却从何学来?"……心中惊疑,脸上却不动声色,说道:"既是如此,待小老儿搬开桌子凳子,免得碍手碍脚。"
>
> 袁紫衣道:"秦老师这话差了。本门拳法'翻手、搽腕、寸恳、抖

展'八极,'搂、打、腾、封、踢、蹬、扫、挂'八式,变化为'闪、长、跃、躲、拗、切、闭、拨'八法,四十九路八极拳,讲究的是小巧腾挪,若是嫌这桌子凳子碍事,当真与敌人性命相搏之时,难道也叫敌人先搬开桌椅吗?"她这番话宛然是掌门人教训本门小辈的口吻,而八极拳的诸种法诀,却又说得一字不错。

秦耐之脸上一红,更不答话,弯腰跃进亭中,一招"推山式",左掌推了出去。

袁紫衣摇了摇头,说道:"这招不好!"更不招架,只是向左踏了一步,秦耐之身前便是桌子挡住,这一掌推不到她身上。他变招却也迅速,"抽步翻面锤""鹞子翻身""劈挂掌",连使三记绝招。袁紫衣右足微提,左臂置于右臂上交叉轮打,翻成阳拳,跟着便快如电闪般以阴拳打出,正是八极拳中的第四十四式"双打奇门",这原是秦耐之的得意招数,可是袁紫衣这一招出得快极,秦耐之猝不及防,急忙斜身闪避,砰的一下,撞到了桌上,桌上茶碗登时打翻了三只。袁紫衣笑道:"小心!"左缠身、右缠身、左双撞、右双撞、一步三环、三步九转,那八极拳的招数便如雨点般打了过去。

八极拳在中国传统武术中,被认为是较为凶悍的技击拳术,有"文有太极安天下、武有八极定乾坤"的说法。八极拳以其刚劲、朴实、动作迅猛的独特风格流传至今,早年被称作"巴子拳""八忌拳""八技拳""开门八极""开拳"等,近代始以"八极"二字定名,盛行于河北省沧州盐山县东南一带乡、村各地。如今八极拳的练习者大致分成四大片区:西北片区;东北片区;沧州、北京、天津片区;台湾片区。其流行传播也有历史原因。

我少年时混迹京城各大"拳场",接触过流传于北京地区的多种拳术,以太极、八卦、形意、意拳(大成拳)为多,练习八极拳的师傅较少,但在有数的几次接触中,深深感到这门拳术的动作刚劲朴实,发力暴烈,打起来气势雄壮,真有"晃膀撞倒山,跺脚震九州"的气派。我记得当时有一位师傅和我说,练这门拳术费鞋,一两个月就要换新鞋,他都舍不得买帆布运动鞋,就选最便宜的绿色"解放鞋"。后来我读"八极拳"的拳谱，里面的歌诀说："疯牛惊象龙虎行，开步打拳一团风。行如风，稳如钉，四面八方任我行，"颇为形似。我跟着站了几天基础桩法"两仪桩"，但是实在太累，没有坚持下去，也就没有继续学。

考诸史料，八极拳的由来大致有这样几种说法：其一是1936年沧州孟村人吴会清编著《河北省孟村镇吴氏八极拳秘诀之谱》中说："无极生太极，太极生两仪，两仪生四象，四象生八卦……跪膝者南北二极也，摞手者天地转也，腰步盼前顾后也，八极者，无极归原也。"①其二是由国家体育总局武术运动管理中心、武术研究院编写的《八极拳》教材："八极言八方极远之地。八极拳有出手四面八方，可达极远之意。"②其三是全国体育院校教材委员会审定的《中国武术教程》："拳称八极，乃沿用古代九州之外有八寅，八寅之外有八纮，八纮之外有八极的说法，即八方极远之意。"③还有一些文章论述更传统哲学化：八极之意，八为阴阳变化，极为巧妙变化趋于极远之意，八极拳在技术训练中讲究头、肩、肘、手、尾、胯、膝、足八个人体部位，要求将这八个部位精求熟练，达到"极"点的意思。再者，八极拳术所练的劲称"十字劲"即是向四面八方尽量向外撑、向外发，将劲力达到极度。④

中国武术溯源时往往会故神其说，昔日习武之人泰半没读过什么书，如此深奥的哲学理论恐怕是后人附会上去的，我是不大相信因为某种哲学思考所以发明了某种拳术，拳术是一种实用技术，只能是在实际应用当中逐步发展和丰富。

当前八极门人奉吴钟为祖师，吴钟之前的八极拳传承，并无明显史料支持。关于八极拳的起源，其实也就是吴钟的师承，以"癞""癖"说最为流行。

"据《沧县志》：吴钟，北方八门拳术之始祖也（字弘声），孟村镇天方教

---

① 朱宝德、吕甫琴：《八极拳研究之八极拳理论探究》，《武林》2005年第4期。
② 国家体育总局武术研究院：《八极拳》，高等教育出版社，2011。
③ 邱丕相：《中国武术教程》（上册），人民体育出版社，2004。
④ 朱宝德：《八极拳理论探究》，《精武》2004年第1期。

人（回族），字弘声（1712—1802），生于山东省庆云县后庄科村。吴钟自幼家境贫寒，且幼年丧父，无奈随母亲投奔沧县孟村镇（今河北省孟村回族自治县城关镇）同宗同祖吴嵘之祖门下。八岁就聪慧过人，年甫弱冠，勇力出众，遂弃书学技击，昼夜练习，寒暑无间。一夜，方舞剑庭中，有欻然而下者，黄冠羽士也。叩其姓字，不答，坐谈武术，皆闻所未闻，继演技击，更见所未见。遂师事之，受八极之术。道士留十年，忽曰：'吾术汝尽得之，吾将逝矣'。钟泣且拜曰：'十年座下，赐我良多，唯以不知师之姓名为憾。'道士慨然曰：'凡知癞字者，皆吾徒也。'言罢辞去，杳然无踪。逾二年又一人至，次知为癞之弟子，亦秘其姓氏，惟曰：'吾癖字也。'赠八极秘诀一卷，并传授大枪奥秘……当时京师有神枪吴钟之称……尊癞为一世，癖、钟为二世焉。"[1]

八极拳在近代闻名于世，拳风刚猛暴烈，重点在于贴身靠打，非常讲求实战，是一种打练结合的拳种。一旦交手，猛起硬落、硬开对方之门户，连连进发，是以当前部队、武警中习练的擒拿、背摔、格斗等，都吸收了八极拳的某些技术特点。

现在流传的八极拳派系，从根源上讲不是来自孟村就是来自罗疃，这两个地方相距不过十几公里。北京、沧州、天津流传的八极拳流派多是由孟村一支传承，保留了传统八极拳的古韵。东北、西北及台湾流传的八极拳流派则主要是罗疃一支。近代以实战闻名于世的八极拳名家李书文、霍殿阁、刘云樵等人，皆为罗疃这一支。

清末民初，李书文名重一时，他幼时拜八极拳四世传人张景星为师，习练八极拳三年，后拜在师伯黄士海门下习练大枪六载。据民国《沧县志》记载，李书文长得"短小瘠瘦而精悍逼人"，在室内"排掌击空，离窗五尺，窗纸震荡有声；用大枪刺壁之蝇，蝇落而壁无痕。铁锥入壁，力拔甚难"，他以"大枪搅之，锥即出，"是以世人称其为"神枪"。

---

[1] 邱丕相：《中国武术教程》（上册），人民体育出版社，2004。

白猿拖刀势
乃佯输诈回鎗法逆
转硬上骑龙顺步缠
拦崩靠迎封接进弄
花鎗就是中平也破

八极拳擅长大枪，枪为古代兵器之王　选自清代手抄本《长枪式图说》

二

李书文作为近代有名的八极拳家，他的名字如今在网络上超级火热，若你搜索一下李书文和八极拳，发现关于他的故事非常多，却又基本雷同，包括说他受袁世凯聘请现场教训日本武道教官、与俄国著名拳师马洛托夫比武掌断其肋骨、担任张作霖奉军武术总教官、大枪刺苍蝇等等，很多以武术为题材的网络小说，已经将李书文描写得近于神话人物。当我做了一下资料溯源，却发现20世纪80年代，沧州编写《沧州武术志》的时候，他的名字还被写作李树文，远没有今日这样大的名气。李书文的事迹之所以这样传奇，实际是从日本传回中国来的。

日本武术学者松田隆智（1938—2013），少年时师从极真空手道创始人大山倍达研习武术，在遍访日本武术流派之后，对中国武术产生了兴趣，于是他前往中国台湾，接触到了八极拳，拜台湾武坛国术推广中心的苏昱彰为师，学习八极拳，而苏昱彰的师父是刘云樵，刘云樵是李书文的弟子。

20世纪80年代，松田隆智开始了中国大陆的访学之旅，写出了《中国武术史略》《开门八极拳》等书，有趣的是，他书里很多武术家的事迹颇似小说，此后中国武术的传奇故事愈发夸大，这本书很可能就是滥觞。1982年6月2日，以松田隆智为团长的日本泛亚细亚武术

刘云樵所著《八极拳》书影，新潮社1992年出版

考察团来到沧州孟村，松田隆智结识了八极拳家吴连枝。当天上午，孟村拳师表演结束后，日本考察团成员集体表演了八极拳小架，松田隆智自己也单独表演了八极拳。松田隆智回国后积极宣传八极拳，1988年，《周刊少年Sunday》开始刊登由松田隆智创作、藤原芳秀绘制的漫画《拳儿》，讲述一位日本青年不远万里来到中国学习武术的故事，这本漫画中出现的人物几乎都有现实的原型，包括松田的老师苏昱彰以及刘云樵等人，都以化名登场。松田隆智熟悉八极拳，漫画就以八极拳作为核心，而李书文作为八极拳的名家，又是刘云樵的师父，被漫画着重描绘，还为李书文出了一整本《外传》。漫画将李书文塑造为无人能敌的世外高人。这部漫画也迅速在同期诸多少年热血漫画中脱颖而出，成为彼时很多日本少年熟悉的人物形象，一个时期，《拳儿》之于武术，犹同《灌篮高手》之于篮球。台湾武坛国术推广中心的林松贤曾在接受香港《星岛日报》采访时表示，漫画《拳儿》的招式准确率在80%左右。此后在日本制作的大量格斗游戏中，八极拳都成为无敌的存在，比如3D格斗游戏里面的《VR战士》系列、《莎木》系列，还有《街霸》等等，八极拳皆为极高级别的拳法。

　　李书文这一支弟子之所以具有如此传奇性，离不开李书文的弟子在军阀割据时代，活跃在风云多变的中国政治舞台上。李书文的大弟子霍殿阁，做过末代皇帝溥仪的武术教师和警卫官，随侍溥仪33年的李国雄就回忆："霍殿阁是武术之乡——河北沧州小集儿人，溥仪移居天津以后他也来到天津……充当武术教师，受到溥仪的信用……正是这批人奠定了护军的基础，从天津跟到长春，人人身怀绝技，忠心耿耿地保卫溥仪。霍殿阁到张园，带来一阵习武之风……霍殿阁一抱拳，道了声'遵命'，纵身跳到戏台上，对大家说：'我愿向大家传授霍家拳的基本功，共八种，也叫八极拳。第一种为迎面拳，第二种为迎面掌，第三种为撑捶，第四种为劈掌……'说完，霍就在戏台上一样一样地演练，脚把台板跺得冬冬（咚咚）山响。"[①]

　　正因霍殿阁跟从溥仪的经历，八极拳遂在东北三省广为流传。此支八极

---

① 李国雄口述、王庆祥撰写《随侍溥仪纪实》，东方出版社，1999。

拳除习练小架、大架、对接、金刚八式、六大开、劈挂掌等之外，还习练霍殿阁自己创编的内容，一部分是霍殿阁训练伪满护军时创编的"应手拳"；另一部分是霍殿阁根据自己的实战经验将"霸王折缰""朝阳手"与李书文传"六大开"组合而成的"八大开"。

李书文的另一位弟子刘云樵经历就更为传奇，也有说他为李书文关门弟子。从刘云樵自己的叙述以及采访来看，刘云樵亦是沧州人，1909年出生，7岁时拜李书文为师，20岁时随李书文游历山东，向八卦掌名家宫宝田学习八卦掌，也学过七星螳螂拳和六合拳。1937年，刘云樵投考设在陕西凤翔的黄埔军校第七分校（第15期），1939年毕业进入军队。1940年作战中曾受伤被俘，关押在山西运城战俘营。刘云樵以其机智及武功，脱逃成功，游过黄河，逃回陕西。

刘云樵因很好的武术功底，曾受命潜入日伪统治地区，从事情报工作。也因这些隐秘的经历，他被附会为"天字第一号"情报员，不过这些没有得到刘云樵证实。1949年，刘云樵随国民党撤到台湾，曾在台湾国防部人事次长室、联勤总司令部任职，退役之后在台北景美镇家中赋闲了两三年。1967年，台湾当局领导人办公场所侍卫室改组，他经黄埔同学孔令晟推荐，在台湾当局领导人办公场所侍卫室担任安全顾问，并教授八极拳。此后在蒋经国举办的"联指部拳术师资训练班"中担任教练，训练了4期学员，其中包括蒋经国总统卫队的"七海"警卫编组，著名的蒋经国侍卫，说"蒋经国死在我怀里"的蔡福来，就是出身"七海"的侍卫官。

晚年的刘云樵将全部精力投入弘扬八极拳中，特别是他在台北成立了武坛国术推广中心，教习八极拳法。1992年去世时被台湾武术界尊为"武坛宗师"。

刘云樵在台湾教习的八极拳有两个路子，一是传统八极拳，通过武坛国术推广中心传播；二是为训练特勤人员创编的体系，更加实用和简练，据后来传出来的资料显示："早上跑五千公尺、马步弓捶五百下、九十八磅哑铃重量训练一百下、拍摔凳至少一百掌；而套路练习，有小八极、大八极、六大开、八极连环、劈挂掌共五个套路，各套路中间仅休息三十秒，前后总共花费时间历时四十八分钟以上，可见其训练之严格。"这个八极训练体系直到2000年后才被披露流出。

王家卫的电影《一代宗师》除了重点展示咏春、八卦掌、形意拳，另一重要拳术就是八极拳。张震饰演的"一线天"，一身八极拳功夫，借叶问之口介绍他："有人说他是军统的第一杀手，也有人说他是溥仪的保镖。"实则原型就是霍殿阁和刘云樵。

"一线天"在影片中没有直接明确身份。在香港街头，他被一群人追杀，从对话中可以看出他们都曾属于一个组织。组织成员说："余誓以至诚，效忠领袖，服从组织，为达成使命，甘任劳怨，不辞牺牲，如违誓言者，愿受任何严厉之制裁。""一线天"回了句："八宝街、朝天宫的东西在香港还能用吗？"

所谓誓言实则是国民党三民主义青年团的入团誓言，八宝街、朝天宫这两个地方是国民党蓝衣社搬迁前后的两个旧址，蓝衣社正式名字为"三民主义力行社"，后来演变为"军统"。

刘云樵晚年回忆，自己有位师兄弟，叫李健吾，曾给毛泽东做过警卫，但在公开资料中查无此人，并不能确定此消息的真实性。不过2023年3月30日《沧州日报》举办了"运河论武文武兼修传武魂"文化论坛活动，座中有沧州画家李荣起，就是李健吾之孙。他谈道："爷爷过去是习武的，他在20世纪30年代参加革命，延安时期在中央警卫部队任职。1945年，被党组织派到南方做地下党工作，化名李健吾。他是刘云樵的师兄，又是同村人，所以有很多工作上的接触。但刘云樵在敌方，而爷爷是秘密身份。重庆谈判后，到了1947年，爷爷与党组织失去联系，后隐姓埋名回到家乡南皮县王寺镇集北头村终老，对以往的事情，只字未提。又过了数十年，刘云樵的徒弟来家乡寻找李玉海（李健吾真名），才揭开了这段前尘往事。"佐证了这件事。

具有传奇色彩的李书文，他的三个弟子，分属不同政治阵营，却担负着相同的职责任务，从中可以窥见八极拳的实战能力。

《飞狐外传》里的八极拳掌门秦耐之，武功高强，身为福康安的贴身侍卫，不无历史折射的影子。

三

回到金庸小说来看八极拳。金庸说八极拳的特点是"狠捷敏活",这几句话概括很对。八极拳讲究"挨傍挤靠,崩撼突击",临战时意念要"猛如虎,狠如鹰,滑如油,冷如冰""动如崩弓,发若炸雷,势如倾堤"。至于金庸在小说中所说的四十九路,其实应该称为四十九式,虽为小说家言,但距离事实并不太远。

八极拳"大式"指的是八极大架,"小式"则指的是八极小架,小架是基础,大架是运用。八极拳技击的具体招法称为八大招,是八极拳的搏击精华,各家视为珍宝:迎封朝阳手、眼望三箭手、迎门三不顾、猛虎硬爬山、黄莺双抱爪、霸王硬折缰、左右硬开门、立地通天炮。各支派叫法略有差异,但具体内容一致,如"眼望三箭手",也叫"阎王三见手""阎王三点手"。

金庸大概觉得原八极拳谱中"猛虎硬爬山""霸王硬折缰""左右硬开门"这些名称不雅或不好理解,所以根据自己的想法,进行了文学化的处理,不过在八极拳中都可以找到意思相近的技法:"推山式"应该就是"推窗",两臂交叉抡打叫作"叠手"或"合子手"。"骑马式""鱼鳞式""磨膝式"应是指步型、步法和桩功,"抽步翻面锤""鹞子翻身""劈挂掌"则是指招法,属于八极拳中的"反砸"和"转身撑掌"。

电影《一代宗师》里的演员张震师从北京八极拳名家王世泉,王世泉之师为天津鲍有声,昔年河北国术馆四大金刚之一,是许家福弟子。许家福为李书文弟子,这一脉传承分明。电影里张震打的八极拳样子对了,但为了视觉观感,仍增加了不少花哨动作,事实上,八极拳架子古朴,挨膀挤靠、劈砸抖迎、顶抱弹踢、折缰挂缠,招法中腿法甚少,拳法也不多见,最重"顶、缠"二法,这是八极的精要所在,打起来并不好看。

所谓的"缠",其实是擒拿,大家熟知的缠腕、金丝缠腕、小缠丝等,是一种技术和劲法。"缠"是说不拧、不切、不压,缠中有压,以缠为主,拿人反关节,造成疼痛,迅速制服对手。小说里说袁紫衣"左缠身、右缠身"不

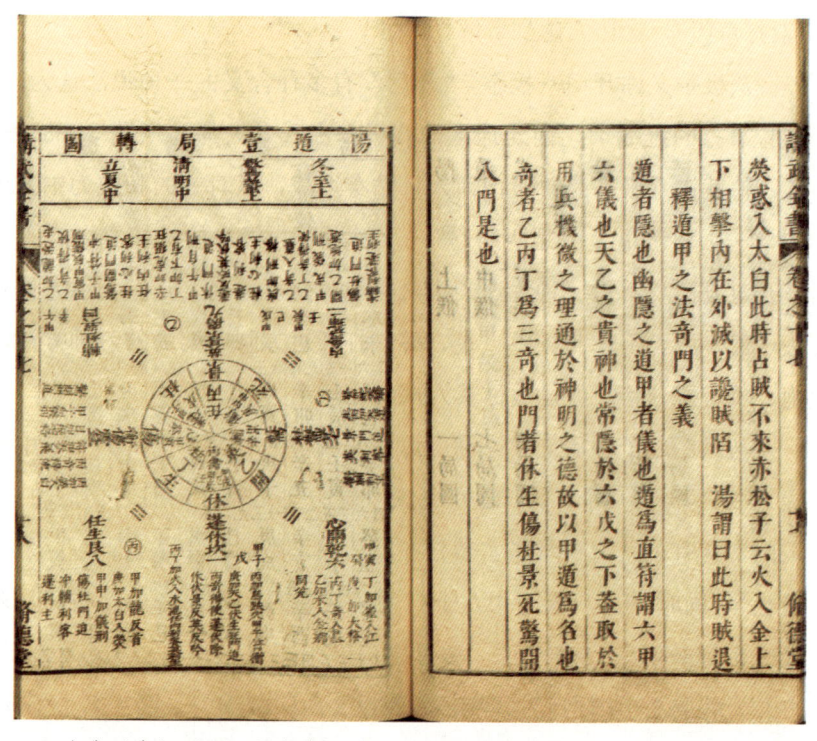

古代以奇门遁甲八门寓意"八极",应用于战争的阵法中　　选自明崇祯时期修
德堂刊本《讲武全书》兵占篇

算虚言。

　　《飞狐外传》提到秦耐之开拳时"起式双足并立"也对,八极拳确实是拳心向上在小腹前微微托住,此式称为"怀中抱月"倒也形象。八极拳将"抱"的动作称为"怀抱婴儿手托山",并不单指"霸王顶肘"这一个动作,其意犹如太极拳的抱球,主要是要求掌握含胸拔背、头顶颈竖和气沉丹田的要领,使全身保持"六合八极"的浑圆状态,这样才能做到"四肢八节皆是手,浑身无点不弹簧",打出四面八方,回旋往复的"十字劲""缠丝劲"和"沉坠劲"。

　　金庸小说中所讲"沉肩蹋胯"和八极拳要领中的"沉肩坠肘、松腰蹋胯"一样,符合八极拳的动作要领和起式方法。"五指并拢"是指掌型而言,八极拳的掌型主要是"柳叶掌"和"瓦楞掌",四指并拢,拇指卧倒,以充分发挥砍、削、摔、插、点、劈、切、印、挂、按等实战用法。紧接着双手成阴拳打出也对,这个动作在八极小架中叫"揣裆",但为什么金庸会把这一招改叫

"双打奇门",就让人感到费解。

八极拳又称开门八极拳,"开门"有多种含义:一种说法认为,八极拳是贴身靠打的近战拳,西北地区的八极拳由武术大师马凤图(1888—1973)传入,他就讲八极拳是"破门而入,贴身近战,以对方的胸腹为主要进攻对象"的拳法。拳谚说"手是两扇门",开门指以八极拳技术核心之一的"六大开"破开对方门户。另一种说法,说八极拳讲究六大开,是指利用人体八大部位:头、肩、肘、手、胯、膝、足、臀,打开对方防守架势的六种方法,包括顶、抱、单、提、胯、缠,故称其为六大开门。

马凤图之子、历史学家马明达在其编著的《武学探真》一书中说:"给八极冠以'开门'两个字,还有更深一层的文化蕴含,而它仍然与'八极'一词的本意有关,清初学者宫梦仁在《读书纪数略》中载云:'八极,地之穷极处也',同时说,八极是由八个门为其代表的:方土之山曰苍门(东北),东极之山曰开明门(东方)。波母之山曰阳门(东南),南极之山曰暑门(南方)。编驹之山曰白门(西南),西极之山曰阊阖门(西方)。不周之山曰幽都门(西北),北极之山曰寒门(北方)。宫氏的这种说法使我们进一步了解了'开门八极'的深意,显然,'开门'一词含有技术的和理念的两层寓意,以开门冠八极,首先是为了给八极张目,以强调八极的威力和技术特点,同时这两个字也大大强化了八极的理念意识,又增加了八极的人文色彩,从这一点上,我们再一次看到八极前贤们的深曲用心"。

联系到"奇门遁甲"中也是八门,分休、生、伤、杜、景、死、惊、开。生门为生,死门为死,入其他各门,则又见八门,周而复始。这种观点或许启发了金庸,将"奇门遁甲"和"八门"结合起来,创造了"双打奇门"这样一个招式名称,听起来更为玄妙,符合武侠小说的欣赏趣味。

关于八极拳内含"开门"之说和"八门"之说,如果您有兴趣,可参看孙禄堂的《拳意述真》、马国兴的《古拳论阐释续编》等书,在此不做过多举例,否则论述起来太繁。

真正习练武术,一套拳术的内容非常广泛,既包括拳的套路,也有刀、枪、棍、剑等武器套路,但这都不是重要的。我在和很多老前辈接触过程中,发现他们学了一辈子拳,有的只是半套架子。有的师傅就很直言不讳地说,那"玩意儿"(套路)没用,练拳最重要的是能否通过架子将拳术的"劲"爆发出来,功夫练到一定程度的人,才能体会到"有招有式都是假,无招无式才是真"的道理。

从晚清到民国,中国武术获得了一个井喷式的发展,在那样的动乱年代,武术如果不能实战,是不可能存留下来的。生死相争的实战时刻,往往三两下就决定胜负,不会像武侠小说中,一招一式描摹清楚,读起来惊险万端,也绝对不会像电影里的武打场景,摆个亮相,然后旋转几圈,还频繁出现高腿,出腿就打上几下,甚至十几下。实战中武者基本不会抬高腿,所谓"腿不过膝",因下盘是身体的根基,一旦抬腿过高,容易失去平衡,正是"起腿半边空",起高腿的技法,不仅没有攻击力,反而会被敌人乘虚而入。要知道每一脚出去,靠的是腿部、腰部等不同部分集中起来的爆发力,不可能一腿击出,还有余力。虽然北方戳脚和八卦掌中也有高腿的"点脚",但这种动作都会配合擒拿动作,以防备对手的"抱腿摔"。

武术的观赏性和实用性是一对矛盾体。

八极拳流传于沧州,沧州是中国武术之乡,其流行的拳种占了全国武术拳种的40%以上。在沧州,除了八极拳,劈挂拳也修习者甚多,往往练八极拳的人,都会兼练劈挂拳。八极拳贴身近打、强攻硬取,劈挂拳则放长击远,"你行当面我行旁",二者一长一短的结合,堪称完美。所以沧州还流传着一句武术谚语:"八极加劈挂,神鬼也害怕。"马凤图更以"龙翔虎潜"来形容它们的关系。

刘云樵曾说:"八极之劲紧,劈挂之劲畅。八极之势猛,劈挂之势悠。八极之工架绷撑,劈挂之工架舒坦。八极一动、以脊作轴,劈挂一举、本腰为根。八极之功、以深沉为成就,劈挂之功、以畅达为有得……八极多直进之法、劈挂擅迂回之计。八极要打得步步如木桩深植,劈挂要打得手手赛蛱蝶翩飞。八极是刚中有柔,劈挂是柔里调刚。"[1]

---

[1] 刘云樵:《八极拳》,新潮社,1995年6月。

金庸小说写秦耐之的招数里有"劈挂掌",也符合八极拳的技击特色。

沧州的回族武术家马凤图,自幼随祖父、父亲习劈挂拳及摔跤,并随舅父吴懋堂和孟村吴世柯习八极拳,12岁时,又拜盐山县黄林彪为师,学习通背大架子,到他晚年客居西北时,通过多年的潜心研究和融汇熔铸,形成了以"通备劲"为核心的劈挂、八极、翻子、戳脚以及奇枪、风魔棍、劈挂刀、袍剑、缠丝鞭杆等拳械的独特风格,并广为流传于西北诸省、区。

马凤图认为,武术的发展,必适应社会条件之变化,他追求众多武术门派各从其类的归一趋势,打破门派壁垒,由小块块向大块块发展,倡导戚继光《纪效新书》中"各家拳法兼而习之"的观点,并创立了以"理象会通,体用俱备;通神达化,备万贯一"为宗旨的武学体系。多数八极拳门人都在练习八极的同时学习劈挂,也体现着戚继光的武学思想。

从这个观点出发,《飞狐外传》里袁紫衣兼容并蓄的武术观念是进步的,从中也可以看出,金庸在写作武侠小说时,笔下武功虽为杜撰,但确实翻看了不少武术典籍,金庸的儿子查传倜曾经回忆:"我记得中午的时候吃完饭,他到他的书房开始写小说,我记得他几个床全都是小说,然后我还记得是武功的那类参考书,都是五六本的。"

《飞狐外传》中武功的写实性,未必是金庸存了暗示中国文化衰落的深意,但愈接近近代,各类笔记野史中,记载武术的内容愈多,金庸自己可能也觉得这样写来,比那些凭空想象得来的"奇功绝艺"更为贴近书中的时代。如果对比《飞狐外传》的文字,你会发现这本书与金庸其他小说的不同,现代文学的影响更深,正如金庸自己所说:"这部小说的文字风格,比较远离中国旧小说的传统,现在并没有改回来。"反而体现了金庸现代白话文的写作功力。为了适应写作语言,这本书中的武功趋近于现代,也就顺理成章。当然,即便写实,金庸与民国旧派武侠的写实还是不同,他对传统武术资料的袭用和剪裁过程,渗透了自己对武术的思考,虽为想象,却符合武术的基础规律,为武侠小说增添了别样风采。

太极拳的穿越

一

1999年夏日的一个清晨，绿意有些醉眼，阳光透过树叶间的缝隙，洒落在地上，斑斓若碎金。这是北京天坛公园的一处拳场，我已习武一年，少年热血，每天跃跃欲试，手脚极不安分。那天在老师的要求下，我下场进行"实战"。我的对手是丰台"二七"厂的一位年轻工人，我俩年龄相仿，平时之间有过演练，属于套招，每人手里都留着"尺寸"，但这次老师说："你们放开了打一下。"这是我平生第一次实战，兴奋伴着期待。然而，当双方毫无征兆动起手时，我陡然发现，所有的一切都和脑海中无数次的设想完全不同。看到对方拳头袭来，我所能做的竟然是一种本能的逃避，什么桩架、门户、发力……全都忘得一干二净。对方其实和我也差不多，在我手忙脚乱地躲开一拳之后，我能迎面感到他的慌张。对方向前一步，他的脸离我很近，我自己完全可以抬手还以颜色。可就在那一刹那，鬼使神差，我觉得手软，没了力气。对手虽惊慌，却没有客气，紧跟着一拳打在我的腮上。如果说这算击打，却也抬举了对方，在外人看来，这一下充其量算是"蹭过"，可我陡然觉得脸一热。这个时候，"实战"被叫停了。两人下来互相对视，浑身冒汗，呼呼喘粗气。看看时间，上场还不到一分钟。老师冷笑："学把式没几天，就别惦记着动手，不是闹笑话，就得进'局子'。"

每位少年都曾经有过武侠梦，或多或少都会产生对功夫的向往，每每看

《武侠世界》发表《戊戌侠踪》书影

过武打片之后，总会哼哼哈哈，乱比画几下。1998年，我在天坛公园闲逛，这里有很多拳场。北京武术界特别喜欢用"拳场"这个词，指的是有一定规模且相对固定的练拳场所。拳场在北京武术发展史有重要的地位，甚至成了许多北京武术人生活中不可缺少的组成部分。在这些拳场之中，走出了很多优秀的武术家。除了天坛公园之外，东单公园、地坛公园、动物园一带也有很多拳场，我几乎都拜访过，大开了眼界，让我认识了传统武术。

我在和老前辈们聊天说拳的过程中，发现在他们口中流传着很多清末民国时期武术前辈的故事，我回去又翻了资料，发现他们说的这些人物，都是实有其人，有据可查的。我当时萌生了一个想法："将这些真实的武术人物写成小说是否可以？"我考虑了许久，又搜集了大量历史资料和武术资料，决定写一部长篇小说。

这个想法实在大胆。一个没怎么写过小说的人，居然要写长篇小说，只能推给"初生牛犊不怕虎"了。我在动笔之初，只是想传达一个"武术文学化"的概念，想用小说的语言记述清末流传于北京地区的几种拳术的发展历程。小说人物是真实的，情节却是虚构的；小说的武术是真实的，但描写是夸张的。

我选了"戊戌变法"这段历史作为小说背景，主人公是清末八卦掌名家尹福。因为根据记载，尹福曾经教过光绪皇帝练八卦掌，算是光绪帝的武术老师，这给"庙堂"与"江湖"之间，提供了桥梁。20世纪30年代的评书名家连阔如，提到北京练武术还说："……至于清室末叶，八卦门的董海川、尹福（现在平市募警教练所尹玉璋之父），太极门之杨露禅，亦都有惊人的技能，又戳杆又支杆（又教徒弟又护院），很做了些个惊天动地的事儿。提起杨班侯、翠花刘、煤马、眼镜程等人来，至今还有人在茶馆酒肆里谈论他们的故事。"[1]

这些人物故事，撑起了这本名为《戊戌侠踪》小说的主要情节，嗣后发表在香港的《武侠世界》上，这亦是我平生出版的第一本长篇小说。这本小说后被我评书门的师哥温振鑫改成长篇评书，在北京人民广播电台播出，后来单田芳先生的弟子赵亮（亦是我评书师父马岐先生的义子）再次改编演播。小说中的部分内容，我自己在录制评书《北京法源寺》时也用到过。

小说写得并不见佳，却给我打开了了解传统武术之门。在天坛公园，我和一位练意拳的老师聊得比较投缘，不知怎么的，兴致来了，决定学一学。记得当时我对老师说，想体验一下发力的感觉，老师说，你摆个姿势站那儿吧。我于是摆了个自己认为最稳当的架势。没想到老师非常放松，也没见他做多大幅度的动作，随意搭上我的胳膊，我骤然间觉得一股力量涌来，再也找不到重心，身不由己地倒退了几步，一下摔倒在地。整个过程不过短短几秒钟，我直接就懵了。

我曾经以为看到很多武术资料上的描述都是故神其说，但那一刻，我体验到了传统武术的神奇魅力。我从这里开始，练习基本功，踢腿、压腿，其实就是为了提高腿部的柔韧性和灵活性，正压、侧压、后压、撕腿、正踢、

---

[1] 连阔如：《江湖丛谈》，当代中国出版社，2009。

侧踢、外摆、里合，练了小半年，其实这些都是为了锻炼身体素质，没有任何实战意义。真正接触到武术本身，还是站桩和盘拳。也是在这里，我接触到了当今常见的太极拳流派。

天坛公园是北京城比较大的拳场集中地，这里与其他拳场不同的是，练太极拳的老师特别多，各种流派都有。天坛公园拳场也被很多太极拳练习者称为活动的太极拳博物馆，各家各派太极拳皆有。

太极拳是中国三大内家拳之一，与形意拳和八卦掌并列，在近代中国武术史上曾经风光一时。今日在武术界，名称带有"太极"的拳种，已不下百个，都说有传承和特点，但是除了陈氏、杨氏、孙氏、吴氏和赵堡太极拳在动作、套路、风格上虽各成一体，却保持着相似的技术方法和运动特点，其他拳种的"太极"特点实则并不明显。

作为如此知名的拳种，在武侠小说中，被写到的概率反而并不太多。民国时期的武侠小说作家中，只有平江不肖生、白羽、郑证因曾将之作为武侠人物的重要武功进行过描写，其中白羽的《偷拳》名噪一时，杨露蝉（实为杨禄禅，传写为杨露禅）从"太极陈"处装哑"偷拳"学艺的经历，几乎耳熟能详，至于是否符合历史真实，已无人关心。如同读《三国》，大家皆言"草船借箭"为诸葛孔明，无人在意历史上这件事乃是孙坚所为。港台新派武侠作家笔下，太极拳出现的更少，在金庸和梁羽生的小说里曾经露面，主要集中在清代背景的小说。事实上，金庸的小说，距今年代愈久远，武功也就愈神奇，如《天龙八部》中的"六脉神剑"，其实已近似于还珠楼主笔下的"剑气"。其他武侠作家的笔下武功，泰半也是虚写，其原因主要是作者对技击并不内行。梁羽生早期《龙虎斗京华》《草莽龙蛇传》，武功描写脱胎自白羽小说，偶有发挥，写到"判官笔"，反遭学武者之讥，所以新派武侠作家觉得与其勉力写武术，束缚手脚，且易出错，不如走幻想一途，毕竟读者也不是要从武侠小说学习武术，武功不过是服务情节的手段。

我对太极拳的印象，除了公园里老人的健身操，主要是金庸在《倚天屠龙记》中较为详细描写了太极拳由武当张三丰创立后，张无忌初学太极，以柔克刚，大显神威，初读之下，竟忍不住要拍案站起来。

二

太极拳在历史上究竟是何时出现的呢？从史学的角度，这并非难以回答的问题。现存中国拳法名称可追溯时间并不太长，明代戚继光在其《纪效新书》中说："古今拳家，宋太祖有三十二势长拳，又有六步拳，猴拳，囮拳，名势各有所称，而实大同小异。至今之温家七十二行拳，三十六合锁，二十四弃探马，八闪翻，十二短，此亦善之善者也。吕红八下虽刚，未及绵张短打。山东李半天之腿，鹰爪王之拿，千跌张之跌，张伯敬之打，少林寺之棍，与青田棍法相兼，杨氏枪法与巴子拳棍，皆今之有名者。"[1]这里面没有提到太极拳。

《江南经略》论拳　选自日本京都大学东方学图书馆藏明代嘉靖四十五年刊本

明代郑若曾《江南经略》记11家拳法：赵家拳（赵太祖神拳三十六势、芜湖下西川二十四势、抹陵关打、韩童掌拳六路）、南拳（似风、似蔽、似进、似退，凡四路）、北拳（供看拳，凡四路）、西家拳（六路）、温家钩挂拳（十二路）、孙家劈挂拳（四路）、张飞神拳（四路）、霸王拳（七路）、猴拳（三十六路）、童子拜观音神拳（五十三参）、九滚十八跌打挝拿以及眠张短打破法、九内红八下等破法、三十六拿法、三十六解法、七十二跌法、七十二解法。同时，明之唐顺之《武编》、何良臣《阵纪》等书记载拳法的文字，也都未见太极拳。

---

[1] [明]戚继光：《纪效新书》，马明达点校，人民体育出版社，1988。

至明末清初，内家拳的名称开始出现，其中也没有太极拳。民国时徐珂编《清稗类钞》广采数百种清人笔记，并参考各种报纸消息，其中提到的拳有：少林拳、太祖拳、通臂拳、大红拳、小红拳、二郎拳、路行拳、梅花拳、罗汉拳、地趟拳、关西拳、万古手、黄英手、三十看对手、谭腿、燕青、十八滚等，也无太极拳。

以此观之，太极拳之名出现颇晚，起码在清代中期之前没有见过。最早提到"太极拳"一词，是王宗岳的《太极拳论》，而这篇文字，源自清光绪七年（1881）李亦畬在《王宗岳太极拳谱跋》所说："此谱得于舞阳县盐店。"文中言，咸丰二年（1852），武禹襄前往河南舞阳探望兄长武澄清，其兄为舞阳县知县，在该县盐店得到王宗岳的《太极拳谱》，其中有《太极拳论》和《打手歌》。此说真伪不论，即使为真，那么史上最早出现"太极拳"一词，也在1852年。

近代武术史学者唐豪曾考证，认为太极拳是明末清初河南温县陈家沟陈氏九世陈王廷创造，但此说颇可商榷。查考《陈氏家谱》，其中在乾隆十九年（1754）谱序中陈王廷名旁注"陈氏拳手"，在道光二年（1822）接修谱中，十一世至十五世诸陈中有旁注"拳手""拳头""拳师"，未见"太极"字样。

名气极大的杨露禅在京师传教之拳，最初称为"绵拳""化拳"，至于网上说，光绪皇帝的老师、翰林学士翁同龢，曾亲眼见过杨露禅如何挫败各路好手，在其日记中留下"杨进退神速、虚实莫测、身似猿猴、手如运球，犹太极浑圆一体也。"写下"手捧太极震寰宇，胸怀绝技压群雄"对联赠给杨露禅。这段资料实则经不起推敲。按照杨露禅的生卒年和生平经历，杨露禅同治四年（1865）进京时已经66岁，同治十一年（1872）去世，在北京待了7年。翁同龢比杨露禅小31岁，直到光绪元年（1875），光绪即位才成为皇帝的文科老师，此前并没有得到慈禧太后的重视。翁是体仁阁大学士翁心存之子，官宦世家，咸丰六年（1856）状元及第，1865年—1872年，翁同龢主要工作在翰林院，身份清贵，他怎么会这样不吝语言去夸赞一位布衣习武老人呢？通过搜索《翁同龢日记》以及翁同龢诗集、书法集，没有发现他对太极，或者武术有任何评价。况且这副对联根本不能称其为对联，完全不符合联律，怎么能是一位"状元"的水平。

从时代来看，杨氏父子在北京所授弟子，多为富商政要，正因如此，捧红了这门拳术。但不论怎样，从时间轴来看，杨氏拳称"太极拳"，只能是在武禹襄一系所传之拳提出"太极拳"之后。

不得不说"太极拳"的名字，委实要比"陈氏拳""杨氏拳""绵拳""长拳"这些名字看起来神秘且具哲理得多。在这种历史语境下，陈家沟所传拳术，也开始称为"太极拳"。

陈氏拳名字之改，实来自陈鑫。陈鑫（1849—1929），字品三，河南温县陈家沟陈氏族人，从其先祖陈卜自山西洪洞迁至河南算起，他是第十六代。陈鑫从光绪三十四年（1908）至民国八年（1919），花费十二年时间，编写《太极拳图画讲义》一书，在他逝世后，1933年以《陈氏太极拳图说》之名正式出版。所以，陈氏拳称"太极拳"较晚，有趣的是，"太极拳"之名，在彼时陈家沟并未引起关注，直到20世纪50年代，当地人仍称呼所练拳法为"炮捶"，实际上，今天"陈氏太极拳"仍和"炮捶"混称，陈氏太极拳一路称"十三势"，二路称"炮捶"。陈氏拳刚勇激烈，也和其他各式不同。

1852年出现的《太极拳论》，成为"太极拳"一词目前可考最早时间，至今学界没有拿出比这更早的史料，如果再把"太极拳"名称出现的时间往前推，都只能算推论。

我曾在《搏者张松溪》一文中，提到袁世凯的幕僚宋书铭，宋书铭当时自称远祖宋远桥，自己学的是唐代许宣平传的太极拳。许禹生、吴鉴泉等人都跟随宋书铭学过太极拳，据说杨露禅的孙子杨澄甫也拜访过宋书铭。许禹生后来写书，就说太极拳可能是宋远桥所传，还没有提到张三丰。

从历史上看，太极拳的成型和流传，明显晚于其他拳种，但是中国的各行业，若要扩大影响，往往会寻找一个偶像，进而神化，尊为祖师。武术更是如此，1912年，向恺然（平江不肖生）在《拳术见闻录》中就说"盖拳术之为物，不多见于经史，莫能道其沿革者，穿凿附会以求之，无益于技术，诚多事耳。"但是民间社会很认这个。许禹生有个好友陈微明是晚清举人，民国后任清史馆纂修，他从杨澄甫学艺，算是半师半友的关系。陈微明1925年在上海成立致柔拳社，宣传太极拳健身养生作用，并且广泛宣传，招收学员。拳社教拳，需要教材，经人倡议，又得杨澄甫首肯，陈微明将自己所撰书稿交由上海中华书局出版，由名流郑孝胥题写书名"太极拳术"，书中先将太极拳归入内家拳，张三丰就顺理成章成为太极拳的创立者。1926年，陈微明发起举行张三丰祖师诞辰纪念日活动，从此张三丰创立太极拳的说法开始大兴。

金庸小说中，写张三丰创立太极拳，正是基于这样的行业传说。

三

张三丰在《明史·方伎传》有相关文字，然其是否和武术技击有关，并不明确，文中说张三丰（张邋遢）"辽东懿州人，名全一，一名君宝，三丰其号也。以其不饰边幅，又号张邋遢。颀而伟，龟形鹤背，大耳圆目，须髯如戟。寒暑唯一衲一蓑，所啖，升斗辄尽，或数日一食，或数月不食。尽经目不忘，游处无恒，或云能一日千里"。从这样的描写来看，张三丰绝非普通人。

清代雍正元年（1723），汪锡龄收集当时关于张三丰的文字，辑为《张三丰全集》，除了张三丰本人的诗文，里面还有汪锡龄所撰《三丰先生本传》《外传》两文，观其内容，仍为《明史·方伎传》所述，只是其中数处提及张三丰两度居武当山，一次是在元泰定元年（1324），居九年，另一次是在明洪武初年（1368），"居武当二十三年，一日拂袖游方而去"。从此不见影踪。永乐四年（1406），侍读学士胡濙言，张三丰有道法，永乐帝于是在永乐五年（1407），命胡濙寻找。胡濙遍游天下，寻访十年，并无消息。永乐帝嗣后又命孙碧云在武当山修建宫殿，修书信相邀，仍未见踪迹。到天顺三年（1459），明英宗赐赠张三丰为通微显化真人。

这些是史书上记载张三丰与武当山的关系，没有提及张三丰与武术的联系。从史料上看，张三丰为武当丹士，应无问题，然而他并非普通隐士，所以《明史》未将其列入《隐逸传》而列入《方伎传》，证明他有绝技，特别标明"攻其术者，要必博极于古人之书，而会通其理，沉思独诣，参以考验，

张三丰画像　选自明代玩虎轩刻本《列仙全传》

不为私智自用，乃足以名当世而为后学宗"。

张三丰和武术技击联系起来，来自《王征南墓志铭》，作者为黄宗羲。黄宗羲大名鼎鼎，不多赘述，其文作于清康熙八年（1669），收入《南雷文案》，是最早记载"内家拳"的文献。从此，中国拳术分为内、外两家，少林、武当两大宗派，就这一点来说，这是中国武术史上的重大事件，也为中国武侠小说的写作，提供了源头素材。

《王征南墓志铭》中说："少林以拳勇名天下，然主于搏人，人亦得以乘之。有所谓内家者，以静制动，犯者应手即仆，故别少林为外家，盖起于宋之张三峰。三峰为武当丹士，徽宗召之，道梗不得进，夜梦玄帝授之拳法，厥明以单丁杀贼百余。"

该文说"张三峰"，而非"张三丰"，又言"宋"，不说元明，予人的感觉并不是同一人，但以黄宗羲的学识，不应出现如此舛错，因明代中后期，张三丰已是民俗传说中的重要人物。黄宗羲的文中说"武当丹士"，且都与帝王产生联系，则未免太过巧合，以个人浅见，张三峰与张三丰二者实为一人。那么，黄宗羲为何要在时间和人名上写错呢？推断应为故意。黄宗羲在明亡后，密谋抗清，此为史实，金庸也据此在《鹿鼎记》开篇，让黄宗羲、顾炎武等人出场，勾勒反清复明的叙事背景。这和顾炎武、傅山与山西丹枫阁主人交往，将南拳、绵拳传予戴家子弟，奠定后世心意拳（形意拳）武学理论基础颇为相似。黄宗羲文中故意舛错，必有隐情。当然，这些不是本文要讨论的内容，不做多言。以文献而言，至迟在明末清初时，张三丰已成为创立内家拳的代表人物，这种偶像崇拜，亦是武术发展的必然产物。

此种说法，投射至文学创作中，小说家自然是喜欢的。《明史·方伎传》记载："明初，周颠、张三丰之属，踪迹秘幻，莫可测识……张中、袁珙，占验奇中。" 周颠、铁冠子张中、张邋遢张三丰三人，在元末明初之时，乃是家喻户晓的传奇人物，都与明朝开国有重要关系，围绕他们三人的野史、传奇开始出现。金庸《倚天屠龙记》中，周颠、张中就位列明教五散人。

早期传奇中的张三丰，主要为神仙形象。明朝末年，一些求长生者，就以攀附张三丰为荣。陈继儒的《见闻录》卷六就记载，万历二十年（1592），有百岁老人自称素与张三丰善，相见无他语，各大笑，送墓志一本。李时珍的《本草纲目》卷一上《引据古今医家书目》引自陶弘景以下唐宋诸本草医书84家，又有李时珍本人引276家。在这276家中就有"张三丰仙传方"一家，之后数卷提到以张三丰命名的具体医方。

话本小说中亦有相关痕迹。《警世通言》里有一则故事《假神仙大闹华光庙》，说杭州魏宇之父为给儿子驱邪祟，欲请法师，正好有法师上门，自言："弟子是湖广武当山张三丰老爷的徒弟，姓裴，法名守正，传

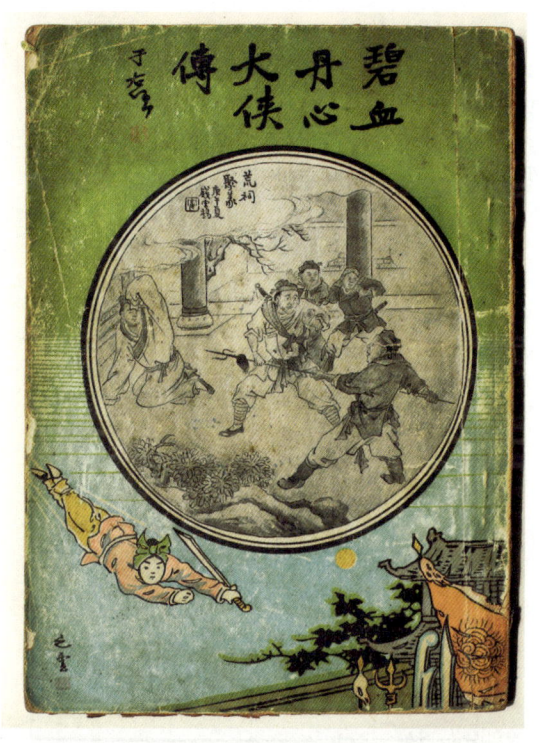

《碧血丹心大侠传》1930年版书影　杨锐/供图

得五雷法，普救人世。因见府上有妖气，故特动问。"从后文看，裴法师恐怕并无真才实学，是否为三丰弟子，不知真假，但其借此抬高身价，可见张三丰在当时的影响力。《三刻拍案惊奇》《西湖二集》等书，也说张三丰、周颠等人事迹，与明代正史、方志文献如出一辙，足证当时民间的熟稔程度。

张三丰作为侠客出现在武侠小说中，是在文公直《碧血丹心大侠传》中，与周颠子、大通尼同为世外高人，其弟子霹雳杨洪乃是书中重要人物之一。

文公直撰写《碧血丹心大侠传》为1928年间，1930年出版，及至20世纪30年代，有评书艺人张青山根据野史、传奇编写了一部长篇武侠小说《洪武剑侠图》，书中的张三丰已经是身怀绝技的侠客。

张青山约1887年生人，吉林扶余人，隶属满洲正白旗五甲喇，曾入吉林武备学堂，后读于北京绥英学校，毕业后入北洋军，辛亥革命时，曾与革命军在武汉激战，称"三战三伤"，民国成立后退伍行医，大约"九一八"事变

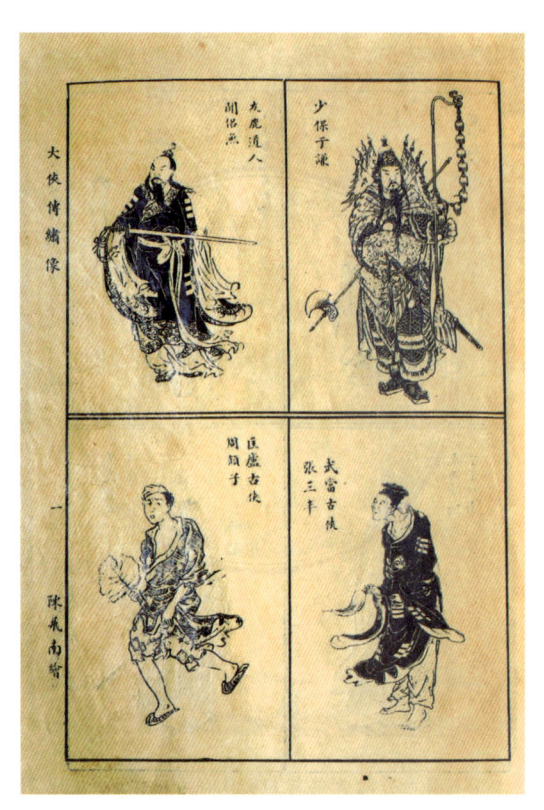

《碧血丹心大侠传》1930年版人物绣像　杨锐/供图

后,由北京到沈阳,登台说书,当时被称为说"武扣"的名将。之所以有此称呼,因张青山善说"短打书",也即武侠故事。

张青山所说之书,并非传自他人。从他的从业经历来看,张青山不是幼时学艺,成年后才进入评书行当,这样很难得到师长传授"道活儿书"(口传心授的书)的机会,他的评书是自己"攥弄"的,最为出名的就是《洪武剑侠图》和《水浒拾遗》。《水浒拾遗》是梁山好汉的同人故事,与原著并无关系。张青山说书之余,将所述评书笔录,先在报纸连载,继由长春"新京印书馆"出版,作为武侠小说销售。当时长春有刊登通俗小说的《麒麟》杂志,张青山也曾在上面撰写谈论评书的文章,1941年该杂志上曾有《货真价实先看后买,书店老板发表谈话》一文,其中提到"张青山放送《洪武剑侠图》,马上《洪武剑侠图》单行本便售完,张青山放送《水浒拾遗》,立刻书店卖空了《水浒拾遗》。"可见张青山的小说颇有读者。

《洪武剑侠图》一书,开篇为"除邪教三侠士共设伏魔会,发忠愤二高人失极陷空岛",写刘伯温和施耐庵携手云游天下,为国选贤,在少林寺遇到旧友张三丰,参与少林、武当、莲花三派的比武大会。书中写张三丰出场:"来人乃是江湖奇人,姓张名全一,号三丰,别号邋遢道人。乃是天师派中人,文武精绝,尝游行天下,混迹江湖,每在市井中往来,冬夏只一件道袍,年貌似五六十岁的人,其实已经年逾耄耋。盖有延年之法,驻颜之术。虽非大陆天仙，也属异常。刘伯温在授业时，曾在铁冠道人处见过，颇闻其异，及伯温出世，辅佐洪武定天下于滁州，又见过一次。曾攀谈二日夜，与之谈文论武，真是博古通今，经天纬地之才，学富如伯温，尚望尘莫及。钦佩之至，欲师事之，三丰不允其请，许为益友。"

张青山的《洪武剑侠图》目前未见整理出版本，他将书道（评书梗概）传给弟子肖荫成，此后东北评书艺人所讲《洪武剑侠图》多从肖荫成传出。坊间有流传《洪武剑侠图》的评书文本，是老艺人刘浩鹏重新编纂，已非张青山原有文本。

四

无论文公直还是张青山，其笔下的张三丰不脱传统小说窠臼，迨至金庸《倚天屠龙记》一出，张三丰武学宗师的形象就此确立，而世间广为知名的太极拳，为张三丰百岁之后创立。《倚天屠龙记》中的太极拳虽然出现在第二十四回，但金庸前文早有铺垫：

> 郭襄睡到半夜，忽听得觉远喃喃自语，似在念经，当即从朦胧中醒来，只听他念道："……彼之力方碍我之皮毛，我之意已入彼骨里。两手支撑，一气贯通。左重则左虚，而右已去，右重则右虚，而左已去……"郭襄心中一凛："他念的并不是甚（什）么'空即是色、色即是空'的佛经啊。甚（什）么左重左虚、右重右虚，倒似是武学拳经。"

这是觉远圆寂之前，默诵《九阳真经》，后面还有："……气如车轮，周身俱要相随，有不相随处，身便散乱，其病于腰腿求之……先以心使身，从人不从己，从身能从心，由己仍从人。由己则滞，从人则活。能从人，手上便有分寸，秤彼劲之大小，分厘不错；权彼来之长短，毫发无差。前进后退，处处恰合，工弥久而技弥精……彼不动，己不动，彼微动，己已动。劲似宽而非松，将展未展，劲断意不断……力从人借，气由脊发。胡能气由脊发？

气向下沉，由两肩收入脊骨，注于腰间，此气之由上而下也，谓之合。由腰展于脊骨，布于两膊，施于手指，此气之由下而上也，谓之开。合便是收，开便是放。能懂得开合，便知阴阳……"

这些句子是小说唯一一次正面出现的《九阳真经》正文，却不是金庸自己凭空编撰，而是从李亦畬太极拳论中的"五字决"杂抄而来，此书于1935年以《廉让堂太极拳谱》为名刊印出版，在武术界广为流传。李亦畬是武氏太极拳的第二代传人，他是武禹襄外甥，得传武氏拳。李亦畬收徒郝为真，郝为真于民国初年"入京访友"，病倒京城，幸得孙禄堂请医救治，得以康复。郝为真感激孙禄堂，遂将所习拳术相告，也才有了后来的孙氏太极拳。孙氏太极拳晚出，但孙禄堂1919年写作《太极拳学》，反而是公开出版的有关太极拳的第一部著作。

按金庸的说法，张三丰师从觉远，所得《九阳真经》最多，太极拳的拳理来自《九阳真经》，却也顺理成章。只是太极拳本应成为武当派的看家绝学，但这套功夫，传递至清代，武当派反而不教了。《书剑恩仇录》里，武当派大侠陆菲青教授弟子李沅芷："便以武当派的入门功夫相授，教她调神练气，先自十段锦练起，再学三十二势长拳，既培力、亦练拳，等到无极玄功拳已有相当火候，再教她练眼、练耳、打弹子、发甩手箭等暗器的基本功夫……再过两年多，陆菲青把柔云剑术和芙蓉金针也都教会了她。"诸般武功，却只字未提太极拳。

此时的武林，有了太极门，并且还不是一个，分为"温州王氏太极门"和"直隶广平府太极门"。《书剑恩仇录》里陆菲青重逢赵半山，未见其面，先听其声，仔细琢磨，想起"那是从前在屠龙帮时的好友赵半山。

张青山《洪武剑侠图》书影　于鹏/供图

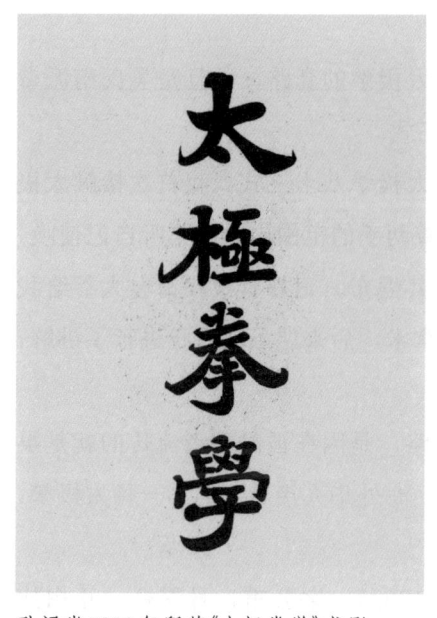

孙禄堂1919年所著《太极拳学》书影

那人比他年轻十岁,是温州王氏太极门掌门大弟子。"到《飞狐外传》中,赵半山受"直隶广平府太极门"掌门孙刚峰之托,千里寻仇,在商家堡追到了广平太极的叛徒陈禹,陈禹当时即说:"赵三爷是南派温州太极门,兄弟是直隶广平府太极门,咱们是同派不同宗。"

这当然是小说家言,金庸对真实历史进行了加工。

直隶广平府太极门,显是来自杨氏太极。直隶广平府的杨露禅三下河南温县陈家沟,拜师陈长兴,学成后回到家乡,广授门徒,遂开创杨氏太极拳。

至于浙江温州太极门,则恐怕是温县改温州。浙江流传的是"内家拳",为明朝中期宁波人张松溪所传,今日称"四明内家拳",虽然近似,却并非太极拳。

广平府太极兴,是咸丰年间事,《飞狐外传》故事时间为乾隆中叶,真实世上连太极拳的名字还没有,当然更没有广平府太极,而太极拳一直为北方拳术,民国之前,在南方也无太大影响。

至于张三丰在《倚天屠龙记》中演示的太极拳,则明显是近代太极拳,并且是民国时才规范了套路的吴氏太极拳。

《倚天屠龙记》第二十四回"太极初传柔克刚":"张三丰缓缓站起身来,双手下垂,手背向外,手指微舒,两足分开平行,接着两臂慢慢提至胸前,左臂半环,手掌与脸面对成阴掌,右掌翻过成阳掌,说道:'这是太极拳的起手式。'跟着一招一式地演了下去,口中叫着招式的名称:揽雀尾、单鞭、提手上势、白鹤亮翅、搂膝拗步、手挥琵琶、进步搬拦锤、如封似闭、十字手、抱虎归山……约莫一顿饭时分,张三丰使到上步高探马,上步揽雀尾,单鞭而合太极,神定气闲地站在当地,虽在重伤之后,一套拳法练完,精神反见健旺。"

这里面的招式名称以及顺序,是吴氏太极拳的套路,并且是吴氏南派拳谱的一百零八式,而不是吴氏北派的八十三式。

我师兄温振鑫的父亲,练的就是吴氏太极拳八十三式。我首次接触太极拳,即是吴氏拳。我的双拳一旦到了温大爷两手的范围内,就不听自己使唤,您往往只是轻轻挪动,我就重心失衡,任其摆布。记得有次我请温大爷给我讲解太极拳中的采和挒,全是反关节的擒拿术,后来您虽然对我进行了讲解,我纵然明白,但每次仍然逃脱不了。

金庸之所以采用吴氏南派太极拳的套路,是因在彼时香港流传的就是吴氏太极拳,也可以说,太极拳在海外传播,海外华人接触到的第一种太极拳,就是吴氏太极,而非杨氏、陈氏。

吴氏太极拳创自全佑。全佑(1834—1902),字公甫,号保亭,正白旗人,满族老姓吴福氏。

清咸丰、同治年间,杨露禅客居北京城"充旗营教师时,得其传者盖三人,万春、凌山、全佑是也。一劲刚、一善发人、一善柔化。或谓三人各得先生之一体,有筋骨皮之分"[①]。因为三人出身相对寒微,杨露禅所收弟子非富即贵,不便称师兄弟,"旋从先生命,均拜班侯先生之门,称弟子"[②],以杨露禅之子杨班侯为师,三人之中,唯全佑"最著者也"[③]。

全佑之子鉴泉(1870—1942),自小从汉姓,改姓吴,幼秉家学,擅长小架太极拳。1921年,吴鉴泉受聘于北京体育研究社,去掉小架太极拳中的发劲、跳跃和重复动作,创编吴氏太极拳套路,有方架和圆架,快拳和慢拳,其徒手技术善于缠斗,还包含各种摔法、擒拿。也即是说,金庸笔下太极拳的套路,此时才刚出现。

1928年,"北伐"结束,南京国民政府成立,在此前后,上海市政府、精武体育会等托人北上聘请全佑的弟子——太极拳名家王茂斋,王茂斋因经营

[①②] 黄文叔:《杨家太极拳各艺要义》,《国术统一月刊》社,1936。
[③] 吴图南:《国术概论》,上海商务印书馆,1939。

卖麻刀等建筑材料的商号"同盛福",离不开北京,遂介绍吴鉴泉前往,自此吴氏太极拳开始南传。

吴鉴泉在北京、上海两地授拳,出了众多弟子,其直系传人有吴公仪、吴公藻,女吴英华、吴俊华,婿马岳梁、李立荪。吴鉴泉之子吴公仪与吴公藻,在吴鉴泉南下上海授拳时,分别将吴氏太极在广州、长沙传播。1937年,吴公仪、吴公藻兄弟在香港成立鉴泉太极拳分社,吴公仪任社长,直到1942年香港沦陷才离开。

不得不说,吴氏兄弟二人眼光和运气太差。军阀混战时,吴公仪跟从山东军阀张宗昌,吴公藻跟从湖南的何健,随着政治人物的倒台,二人也颇受波及。1948年,兄弟二人重返香港复社,其时,香港部分当地人士对太极拳持怀疑态度,在报刊上偶有笔墨官司。1953年秋,香港《中声晚报》刊载"鉴泉太极拳社"社长吴公仪谈话,内有"本人深知太极拳之妙用,本社不论何时何地,都可与中西拳师研究"之语。

这句话引来香港拳师不快,公开表示要与吴公仪"研究"的是澳门泰山健身学院院长陈克夫。陈氏时年三十五岁,练习白鹤拳,兼善拳击,曾获香港拳击冠军。1954年1月3日,双方在香港新光酒店签订合约,从内容看,这场名为"公开研究国术的合演",实质是一场比武较量。

这场比武由南澳门康乐会筹办,定名为"慈善比赛大会"作为港澳慈善事业的筹款活动,于1月17日下午在澳门新花园举行,两个回合后,裁判即宣布停赛,虽然并未分出实际胜负,却影响广泛。

这个事件也拉开了新派武侠小说的序幕。1月17日,香港《新晚报》刊发了梁羽生的文章《太极拳的一页秘史》,文中讲述杨露禅"装哑偷拳"的故事,实则是将白羽小说复述了一遍,在文章结尾,特别说"吴全佑传给儿子吴鉴泉,吴鉴泉又传给儿子吴公仪,就是这次比武中太极派的主角了"以应新闻事件。梁羽生已被主编罗孚说服,决定创作武侠小说,1月19日,《新晚报》预告"本报增刊武侠小说",20日,发表《龙虎斗京华》。大概一年后,金庸的首部武侠小说《书剑恩仇录》,也面世于《新晚报》。二人早期的武侠小说,都不同程度写到了太极拳。

"吴陈比武"之后，太极拳名气大振，风行于港澳南亚，海外团体纷纷致函请吴公仪授拳。吴公仪命长子吴大揆在香港弥敦道开设九龙鉴泉太极拳分社，次子吴大齐、侄吴大新亦分赴新加坡、吉隆坡、马尼拉等地设立分社。后因鉴泉太极拳社日渐壮大，又购买九龙佐敦道保文大厦顶楼为总社新址，原本位于香港骆克道的总社改称香港分社，由女儿吴雁霞及女婿郭少炯主持。自此，吴氏太极拳风行于东南亚各地，并传播至加拿大等国。

1974年，香港"邵氏"上映电影《太极拳》，故事模仿李小龙的《唐山大兄》，编剧倪匡。这是太极拳第一次被搬上银幕，男主角陈沃夫曾在1971年台湾东南亚国术擂台赛获重量级甲级冠军，他的师父是太极拳名家郑天熊，正宗的吴氏太极传人，所以大银幕上首次出现太极拳的功架就是吴氏太极拳，技击时的摔法明显。

电影《太极拳》是陈沃夫第一次也是最后一次担任男主角的电影。1972年他加入"邵氏"电影公司，两年间在《荡寇志》《朋友》《小孩与狗》《逃亡》等几部片子中当配角，好容易在《太极拳》中熬成了主角，却没看到自己影片上映。1974年1月31日，他因为煤气中毒，死在"邵氏"员工宿舍，年仅24岁。

据香港老牌演员李修贤回忆，陈沃夫住的那个宿舍是他以前住过的，"邵氏"老板娘方逸华规定员工住宿舍都要交煤气费，陈沃夫贪便宜，想省煤气费，就自己偷接管子，结果洗澡时煤气泄漏，不幸逝世。

吴氏兄弟中吴公藻则家学渊源，尤以理论见长，著作丰富。1980年，吴公藻80多岁高龄时，在明报集团之下的明窗出版社出版了《吴家太极拳》一书，跋文由金庸所作，全文七百余字。金庸对于太极拳的接触和了解，主要为吴氏太极，他笔下的张三丰练的是吴氏太极拳，也就不奇怪了。

五

传统内家拳，不必神话，也不必矮化。传统武术中，习惯将太极拳、形意拳、八卦掌这三种看上去运动较缓慢的拳法称为内家拳，而以少林拳为代

张三丰与张无忌练习太极剑　李志清/绘画

表，出拳快速、身法敏捷的称为外家拳。但是如果仔细分析，这种划分其实并不合理。比如陈氏太极拳，其老架二路"炮捶"发劲频繁，打起来快速有力，辅以很多跳跃动作，杨氏太极拳也有太极快拳，这样看的话，明明属于外家拳的范畴，可反观号称外家拳的少林拳，其柔拳一脉打起来缓慢绵柔；刚猛迅捷的八极拳，它的"八练八要"里，第二练就叫作"软绵封闭拨"，其实也是内家拳练法。

以我有限的习武经验和老师的教诲，我以为若要进行划分的话，应该是内家拳和外家拳侧重练习的部位不一样，按老拳谱和老师所说的，人的身体要分为三节，梢节、中节和根节。从全身来讲，腿为根节，腰腹为中节，胸腔以及上肢为梢节。从上肢来讲，手是梢节、肘为中节、膀为根节。从下肢来讲，脚是梢节、膝盖是中节、胯是根节。从手来讲，掌根是根节、指根是中节，指尖是梢节。

外家拳的训练方法就是以训练梢节开始，手脚灵活，动作敏捷；内家拳训练却以膀胯根节为核心，一处动，全身跟从。凡是格斗，基础逻辑就是发

211

力。西方称之为"动力链发力"，他们的格斗体系已经非常完备，专家学者为此建立了非常严谨的理论体系和训练方法，而内家拳的发力方式是以身体为重量的抛发力，这种力量的使用被称为"整劲"。太极拳的拳谱中说"气宜鼓荡"，就是在形容自身重心的变化，所谓的"鼓荡"是在感受到人体的重心，如水一样，在体内来回运动。古人用"气"来形容这种感觉。

我最初接触武术时，也是很相信"气"的概念，因为金庸的武侠小说里这样写，很多拳谱也这样写，但是经过严格的站桩训练，我才明白，这些理解是不对的。只要是拳术，练习的都是用力的方法。

我当初学习站桩的时候，很长时间进入误区。等我认识自己八卦掌老师贾树森先生之后，才有了更多体悟，后来贾老师出国赴美，我亲炙的时间不长，但这点收获却大有裨益。目前传统内家拳的训练其实没有统一规范，比如说，无论太极、形意和八卦，都要求站浑圆桩。站桩的方法，随便从网上搜一下，都在谈"虚领顶劲，沉肩坠肘，松腰塌胯，含胸拔背"，这几句话对吗？非常正确。但是通过这几句话，是练不出来任何功夫的。这几句话只是答案。就像贾老师和我说的："你光知道答案没有用。这道题的答案肯定是这个结果，可你抄了别人的答案，却不知道验算过程，等于这道题依然不会做。"拳术终究是身体力行的过程，看拳谱练成绝世武功，只存在于小说里。

人的身体是非常精密的机器，每个关节轻轻一个翻转，都会造成不同的后果。究竟站到什么程度？手、肩、胯、腰在哪个位置？需要老师现场指点。往往很多老师自身并没有运动生理学的理论，他自己练出来是一种感觉，只能用自己的体会来指导你。偏偏人与人的身高、体重、比例又不一样，寻找到自身的"运动结构"，也就明白了拳术的发力原理。浑圆桩看着静站一个小时，最初双手抬高一寸的时候，我整个肩膀仿佛要断裂一般，身体想要达到老师要求的平衡状态，自觉千难万难，没想到随着时间推移，自己也一点点突破了，现在回想也觉不易。习武是件特别锻炼意志的事儿，通过锻炼，不一定能成为所谓的武林高手，这个过程已足以锤炼身心。想想看，一个人如果能在一个小时里，连续不断地静静接受身体上的煎熬，那么以这种经验再去处理其他事情，亦会非常有底气。

我在习拳的过程中也一直在思考，传统武术为什么走到今日毁誉交织的境地。除了众所周知的历史原因，主要还是没了存在的目的性。我认识一位师傅，孩子从小跟他学家传的拳术，练得很好，但是想要考体育大学，必须去打国家标准套路，套路根据动作完成度打分，孩子分数不高，这位师傅很急，这关乎是否能上大学，更关乎孩子未来的出路。

戚继光《纪效新书》在卷四"谕兵紧要禁令篇"说："凡武艺，不是当应官府的公事，是你来当兵防身立功杀贼救命本身上贴骨的勾当。你武艺高，决杀了贼，贼如何又会杀你。你武艺不如他，他决杀了你。若不学武艺，是不要性命的呆子。"[①]

这话何等直白啊！现在武术哪里还需要这样的目的呢？有人说，传统武术打不了，其实是传统武术已没了专业练习者。要知道现代的拳击、摔跤、散打专业运动员，从8到12岁就开始每天用6到7个小时训练，18到20岁时参加专业比赛，配有专业营养师、专业医生和专业教练。传统的武术爱好者若每天能拿出2到3个小时训练，已经很难得了。传统武术除了追求体操化的套路比赛，剩下的完全业余化。这种业余化，没有选材，也没有淘汰。从竞技体育的思维来看，一名选手想要走上竞技场，从最初的力量、心肺、耐力、速度等，皆要优中选优，达到一定标准，才能被认为是"人才"，送进训练场。可以说，就身体素质而言，能走到训练场中的，都是好"苗子"，百里挑一，甚至千里挑一。国外著名的格斗家，更是万里挑一。可是反过来看现实中鼓励学习传统武术，我总能听到这样的话："孩子身体不太好，跟我练拳吧！"这点颇有意思。从历史上看，诚然有很多著名的内家拳大师都身材矮小，幼时身体不好，经过内家拳的训练，成了技击高手。那么是不是也可以这样说，传统内家拳的训练方法更科学？更能克服先天弱势呢？根据文献记载，说杨露禅身高臂长，个子能达到一米九，杨露禅在清末北京武林成就了"杨无敌"的名声，是不是和他优秀的身体素质有关呢？如果先天素质优秀的人去练内家拳，成就是不是会更大？水平会不会更高？这些无法忖度，不过

[①] [明]戚继光：《纪效新书》，马明达点校，人民体育出版社，1988。

以我的经验来看，无论任何锻炼，运动过程一定会累，不累就不会有锻炼效果。练拳亦是如此，因为要竞技，就更会累，一味轻松怎么可能练出功夫？君不见，轻飘飘状若神仙的大师，被人一拳击打出局。体能都没有，怎么打？我第一次实战，不到一分钟就浑身透汗。要打够三分钟，体能和心肺跟不上，想都别想。

贾老师的师父是孙志君爷爷，孙爷爷是程有生的弟子，程有生父亲是程殿华，程殿华是八卦掌宗师程廷华（眼镜程）弟弟，同为八卦掌祖师董海川弟子。程有生过世后，孙爷爷又补贴拜师在程有信（程廷华之子）门下，这支八卦掌传承清晰。孙爷爷就说自己年轻时候站桩，大腿疼得需要往床上搬，练八卦掌虽以走转为主，若手上没有力量，打击也是无效的。孙爷爷说，那时候练八卦掌的师傅们每天都要去捏泥馒头和捏坛子口，以增强手指的力量，归根结底，肌肉的训练必不可少。

我早已熄了习武有成的妄念，不过每日仍坚持站桩，坚持练定式架子，坚持用手指做俯卧撑，大概一口气还能做十几个到二十个……练拳亦是修心性。我这种强度就练拳而言，算是极为懒惰的练习者，注定出不了功夫，对比从前的老先生们，算是云霄之别。我们的知识体系进步了，可是对外部世界的认知并没有超越既往哲学的范畴，武术是体用结合的技术，注定要没落。

六

20世纪70年代末，经历过特殊时期，社会上已无人关注太极拳，恰在1978年11月，日本众议院副院长三宅正一带团访华，聊到了他在学习中国太极拳，邓小平很高兴，就谈论起太极拳的优点。三宅正一当即就请求邓小平为日本的太极拳爱好者题词。这个题词就是"太极拳好"。现在很多教授太极拳的地方，都悬挂有这四个字，其实题词的印刷版要到1992年才传回中国。

1978至1980年，三宅正一连续3年要求到陈家沟参观，直到1981年成行。陈家沟一下出了名，国人才知道太极拳在国际上这么有名气。陈氏太极拳引起了省里重视，成立了武术处，为太极拳的发展奠定了基础。

1992年，河南举办首届国际太极拳年会，省里让陈氏太极拳"四大金刚"之一的陈正雷去请金庸，但金庸不肯来，金庸表示自己把太极拳神化了，而且自己把太极拳的创始人写成了张三丰——"不好意思去"。

以金庸的学识，他不可能不知道太极拳的实际流传过程，金庸除了吴氏太极，肯定读过其他太极拳的拳谱，并且有的拳谱还离他写作时间很近。

《飞狐外传》中，直隶广平府太极门中的陈禹，为了得到门中的"乱环决"和"阴阳决"，谋害师叔吕希贤，赵半山追杀至商家堡，结识胡斐，为了指点胡斐，现场教学，背诵"乱环决"和"阴阳决"：

乱环术法最难通，上下随合妙无穷。陷敌深入乱环内，四两能拨千斤动。手脚齐进竖找横，掌中乱环落不空。欲知环中法何在，发落点对即成功。

太极阴阳少人修，吞吐开合问刚柔。正隅收放任君走，动静变里何须愁？生克二法随着用，闪进全在动中求。轻重虚实怎的是？重里现轻勿稍留。

很多人认为，这两首七言八句诗是金庸所作，实则亦是金庸抄来的。"乱环决"和"阴阳决"出自《太极拳九诀八十一式注解》，吴孟侠、吴兆峰编著，1958年，由人民体育出版社出版。吴孟侠写于1957年12月的"前言"中说："三十年前从牛师连元学习太极拳。牛师系太极拳名家杨班侯的高足，得杨氏秘传太极拳九诀。"

所谓九诀，包括全体人用诀、十三字行功诀、十三字用功诀、八字法诀、虚实诀、乱环诀、阴阳诀、十八在诀、五字经诀九个部分，另有五个要领：六合劲、十三法、五法、八要、全力法等。

据吴孟侠说，1940年曾告诉他人三个诀，即"十三字行功诀""八字法诀"和"虚实诀"，这次出书，是其第一次公开。

《太极拳九诀八十一式注解》出版后，北京、上海的一些杨氏太极拳传人

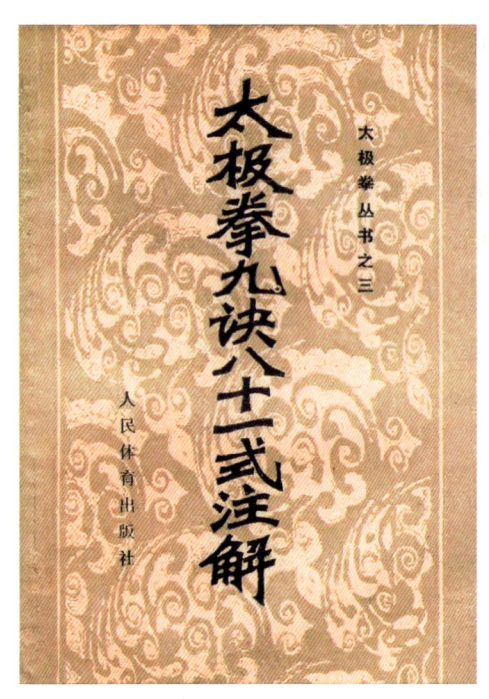

《太极拳九诀八十一式注解》书影，人民体育出版社，1958年

曾质疑，表示没听说过牛连元其人，对九诀表示有怀疑，认为造假。此事真伪不论，但《太极拳九诀八十一式注解》确为中华人民共和国成立后，国家首次以个人名义出版的太极拳谱。

《飞狐外传》写于1960年，金庸参考了这本书是确凿无疑的。

金庸给《吴家太极拳》所作跋文，首段就是："太极拳的基本构想，在世界任何拳术、武功、博击方法中是独一无二的。我相信这是老庄哲学在拳术中的体现。用在政治上是清静无为的黄老之术；用在拳术之上，便是以柔制刚的太极拳。"

其实老庄并不讲太极，讲太极的是《周易》。《庄子·大宗师》虽然提到："夫道……在太极之上而不为高；在六极之下而不为深。"这里所谓"太极"，同"六极"相对应，指宇宙中的极限和道性，与"易有太极，是生两仪，两仪生四象，四象生八卦"不是一个概念，但在金庸对太极拳的理解里，这些都是武术中道家学说的体现。

金庸早在《书剑恩仇录》中就在思考武术的"有无之辩"，陈家洛解读《庄子·养生主》，领悟"以无厚入有间"的道理，虽然没有进一步拓展，但已经应用了"以无为本""无能胜有"等道家基本哲学命题。

《射雕英雄传》里周伯通教授郭靖"七十二路空明拳"，金庸将原理直接归附于《道德经》，转用了道家"无用之用"的命题进行引申："无"由于其有待充盈，有待发展，有待利用，从道家"无"比"有"在哲学层面更有价值，进而推论出相对于"刚""满"来说，"柔"和"空"更加具有意义。

当金庸写作《飞狐外传》和《倚天屠龙记》时，已将这种哲学思索与笔下的武功完美结合起来，比如张三丰现教现卖太极拳，使张无忌武功陡进，当场击败赵敏座下的高手。张三丰又创造奇迹，现场教授太极剑，居然问"忘掉多少"。而张三丰"站起来，左手持剑，右手捏个剑诀，双手成环，缓缓抬起，这起手式一展，跟着三环套月、大魁星、燕子抄水、左拦扫、右拦扫……一招招地演将下来，使到第五十三式'指南针'，双手同时画圆，复成第五十四式'持剑归原'。"这里的太极剑又变成了杨氏太极剑套路，出自陈炎林1943年出版的《太极拳刀剑杆散手合编》。

赵半山论述太极拳时，则说："圈有大圈、小圈、平圈、立圈、斜圈、正圈、有形圈及无形圈之分。临敌之际，须得以大克小、以斜克正、以无形克有形，每一招发出，均须暗蓄环劲。"

金庸通过他的理解，加上艺术想象和夸张，将"圆转不断"的太极之理书写出来。当然，像这样的太极剑和太极拳，读者恐怕从未见过，现代的太极拳家想也想不出来，理论上却也找不出多大破绽，一切似乎都合情合理。

只是这种比武较量是金庸的臆想，武术分练法和打法，练法是练套路、练式子，用来熟悉拳法，打法则不然。练时有定式，打时无定型，就像我第一次与人实操较量，打起来什么都不记得，完全是身体本能反应。武术的打法训练，是通过一次又一次实战，形成肌肉记忆。小说之中，张无忌和赵半山可以按照套路，一式一式地打下去，但真正动起手，完全不可能看出招式的样子。

《飞狐外传》里，陈禹以"进步搬拦捶"进攻，赵半山以"白鹤亮翅"避开，并以"揽雀尾"还击："就在这电光石火的一瞬之间，赵半山身子一弓，正是太极拳中'白鹤亮翅'的前半招，陈禹这一拳的劲力登时落空。赵半山腰间一扭，使出'揽雀尾'的前半招，转过身来，双掌缓缓推出，用的是太极拳中的'按'劲。他以半招化解敌势，第二个半招已立即反攻。"

搬拦捶本身是连消带打。搬、拦是格挡，捶是进攻。敌方以右拳攻击，己方翻右前臂转压敌手，谓之搬。对方再起左拳，己方上步踩其脚，再以左掌按其手，称为拦，最后弓步前进，右拳击出才是捶。

这些只是用法，在实际技击中，太极拳的格挡不能单纯用手臂，碰到力量大的对手根本就挡不住，太极拳格挡依靠的是身体和步法的变化。练内家拳，懂得发力不过是第一重关，想实战要做大量步法训练。所谓"教拳不教步，教步打师傅"。搬实则是擒拿，要用身体去拿，而不是靠手。重点是拦和捶，而这一拦一捶用起来，其实就是形意拳里的半步崩拳。内家拳的道理都是相通的。

小说里的陈禹既是偷袭，就使不了"搬拦捶"。赵半山的"白鹤亮翅"是个下坐的式子，也没有前半招，"揽雀尾"则包含了掤、捋、挤、按四个攻击动作，称为"四正手"，都是弓步，前半招恰好不是"按"，"按"是最后的动作。

这种打斗的场面，只能存在于金庸的想象中。妙在金庸对于道家哲学有着自己独到的理解，他将老庄思想和《周易》，融入他笔下的武功、生活和理想之中，融入对历史和现实、人性和人生、社会与文化、人物与性格等的思考中，其所写未必是真实，却让他的作品有了更加丰富的文化内涵。

《笑傲江湖》和《广陵散》

一

金庸在20世纪70年代修订小说时，对小说的回目重新进行了取名。

所谓回目，是中国传统小说的习惯，从宋元话本到明代成熟的章回体小说，皆有脉络可循。说书先生开书前，先将这回书概括一下，写到外面的水牌子上，以此招徕观众，其实就是回目。

金庸在写第一部小说《书剑恩仇录》时，使用的是七字回目，每两回恰是一幅联语，后来修订时，两回并做一回，回目恰是传统的对仗形式。

金庸在其后的小说写作中，《碧血剑》和《连城诀》的回目仍是传统对仗形式，《飞狐外传》《白马啸西风》出现了短语作为回目，其他小说，金庸皆采用四字作为小标题。

这些小说先在报刊上连载，每回长度与今天读者熟悉的修订版本不同，回目的文采和准确性远逊如今所见，随意性很大。金庸在20世纪70年代修订时，除增删小说内容外，还要将每章的字数整理得较为接近，这样就要将原来的章节从中掐断，重新取一个合适的回目。取回目看似简单，但要求有一定深度，且要准确概括，难度其实不小。

金庸为此煞费苦心，力气下得较大的，比如《天龙八部》每十回是一首词，《倚天屠龙记》四十回连在一起，是一韵到底的柏梁台体古诗，《鹿鼎记》取自查慎行的《敬业堂诗集》……最特殊，也最简短的回目，则是《笑傲江湖》，每个回目仅有两字，含义变得更为内敛，比如"灭门""学琴""三战""绣花""曲谐"等名称，似乎是金庸进一步化繁为简的尝试。

原以为这些回目只是金庸想要与其他小说相区别，并没有什么深意，但后来发现仍是低估了金庸。

偶然看到《广陵散》曲谱，颇为惊讶。《广陵散》全曲共有四十五个乐段，分开指、小序、大序、正声、乱声、后序六个部分，各段的名称，全以两字为名，如"止息""顺物""取韩""沉名""终思""恨愤""亡计"等等。

重新回顾《笑傲江湖》的回目，仿佛聆听一支回旋往复的乐曲。全书的引线是琴箫合奏的《笑傲江湖之曲》，从刘正风与曲洋的友情，到令狐冲与盈盈的爱情，一波三折。几乎可以肯定，《笑傲江湖》的回目正是金庸在向《广陵散》这首古曲致敬。

《笑傲江湖》修订版第七回"授谱"中，这样写道：

刘正风道："令狐贤侄，这曲子不但是我二人毕生心血之所寄，还关联到一位古人。这'笑傲江湖曲'中间的一大段琴曲，是曲大哥依据晋人嵇康的'广陵散'而改编的。"

曲洋对此事甚是得意，微笑道："自来相传，嵇康死后，'广陵散'从此绝响，你可猜得到我却又何处得来？"

令狐冲寻思："音律之道，我一窍不通，何况你二人行事大大的与众不同，我又怎猜得到。"便道："尚请前辈赐告。"

曲洋笑道："嵇康这个人，是很有点意思的，史书上说他'文

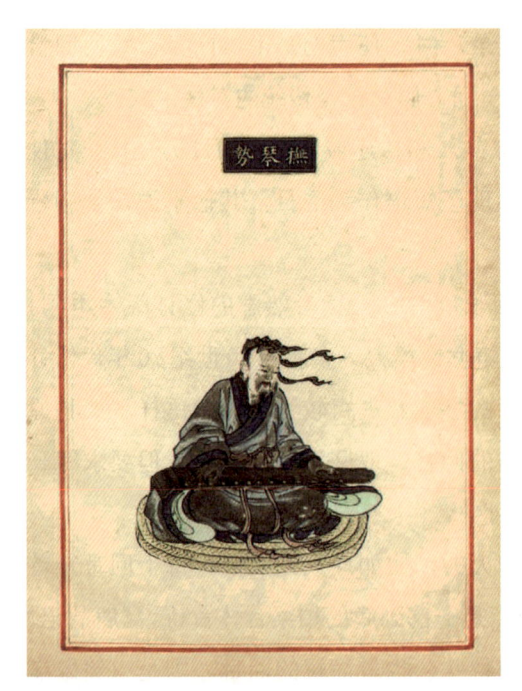

古人抚琴势　　选自明精钞彩绘本《太古遗音》

嵇康像　选自宋元钱选《七贤图》

辞壮丽，好言老庄而尚奇任侠'，这性子很对我的脾胃。钟会当时做大官，慕名去拜访他，嵇康自顾自打铁，不予理会。钟会讨了个没趣，只得离去。嵇康问他：'何所闻而来，何所见而去？'钟会说："闻所闻而来，见所见而去。'钟会这家伙，也算得是个聪明才智之士了，就可惜胸襟太小，为了这件事心中生气，向司马昭说嵇康的坏话，司马昭便把嵇康杀了。嵇康临刑时抚琴一曲，的确很有气度，但他说'广陵散从此绝矣'，这句话却未免把后世之人都看得小了。这曲子又不是他作的。他是西晋时人，此曲就算西晋之后失传，难道在西晋之前也没有了吗？"

令狐冲不解，问道："西晋之前？"曲洋道："是啊！我对他这句话挺不服气，便去发掘西汉、东汉两朝皇帝和大臣的坟墓，一连掘了二十九座古墓，终于在蔡邕的墓中，觅到了'广陵散'的曲谱。"说罢呵呵大笑，甚是得意。

令狐冲心下骇异："这位前辈为了一首琴曲，竟致去连掘二十九座古墓。"

只见曲洋笑容收敛，神色黯然，说道："小兄弟，你是正教中的名门大弟子，我本来不该托你，只是事在危急，迫不得已的牵累于你，莫怪莫怪。"转头向刘正风道："兄弟，咱们这就可以去了。"刘正风道："是！"伸出手来，两人双手相握，齐声长笑，内力运处，迸断内息主脉，闭目而逝。

从小说叙述来看，《笑傲江湖之曲》中的某些段落，并非是刘、曲二人原创，而是改编自《广陵散》，这也解释了，金庸为何要将《笑傲江湖》修订版的回目改为两字的原因。

但是，既然书中说《广陵散》已经绝传了，还要曲洋发掘古墓才能重现于世，那么引发金庸灵感，他所看到的《广陵散》曲谱又是来自哪里呢？

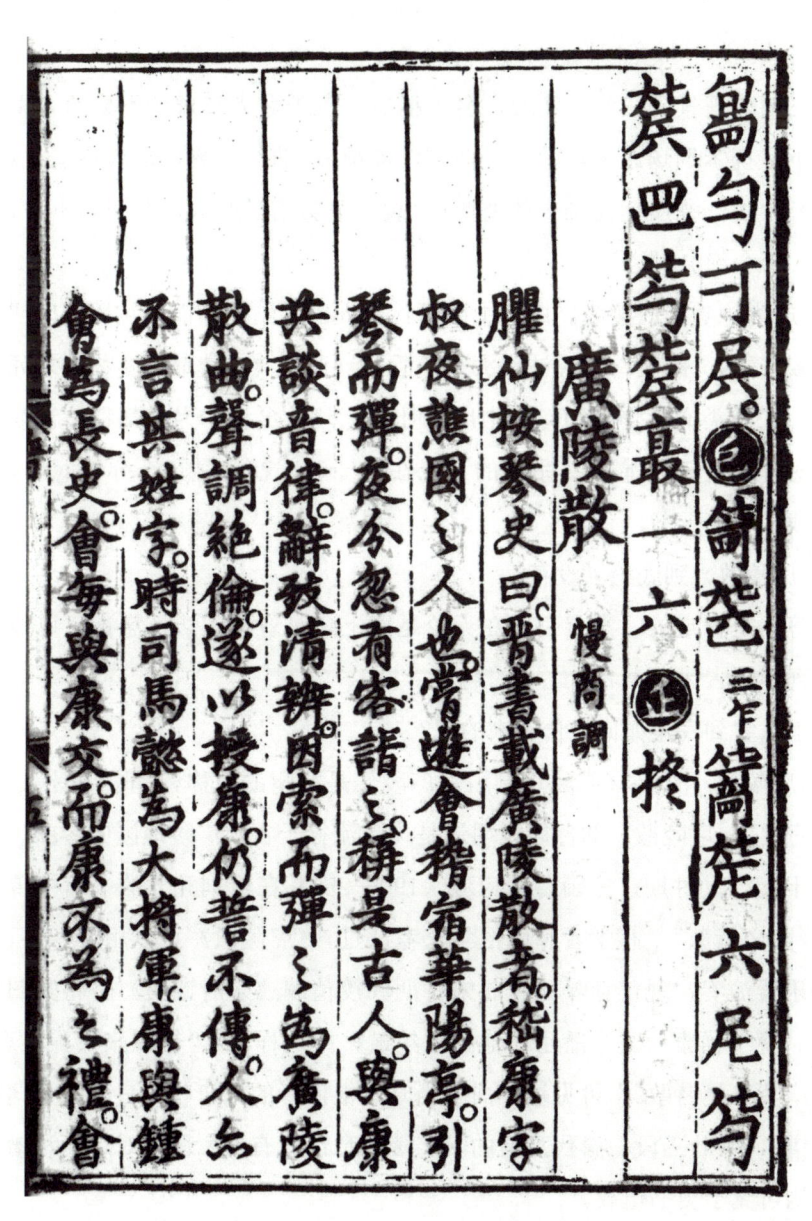

《广陵散》琴谱 选自明刊本《神奇秘谱》

二

三国曹魏景元三年（262），名士嵇康在三千名为其求情不果的太学生的注视下，抚琴刑场之上，弹奏一曲《广陵散》，曲终赴死，从容不迫。《世说新语》中说，嵇康死前唯一的遗憾："袁孝尼尝请学此散，吾靳固不与，《广陵散》于今绝矣！"

成为绝响的广陵散，成了中国历代文人的心结。然而，从历朝历代留下的记载来看，"绝响"的说法，大有矛盾。一边说《广陵散》随嵇康之死湮灭无闻，在各类文学作品和诗词中用"几成广陵散矣"作为对某种技艺或者某位名家作品绝迹的感叹，吊诡的是，在另一边，在各种场合弹奏《广陵散》的记载又不绝于书。

《广陵散》到底绝了没有？

答案是肯定的，没有！现在无论是网上还是音像商店，您都可以找到这首位列中国古代十大名曲之一的名作。

那么它到底是如何流传下来的呢？

《广陵散》又名《广陵止息》，"广陵"是扬州的古称，"散"是操、引乐曲的意思，《广陵散》的标题说明这是一首流行于古代广陵地区的琴曲。此曲萌芽于秦、汉时期，三国曹魏应璩（190—252）在给刘孔才的书信中曾提到"听广陵之清散"。有学者和民俗学家考证过，《广陵散》可以用琴、筝、笙、筑等乐器演奏，现仅存琴曲。北宋时期郭茂倩编《乐府诗集》时将其归为楚调曲。晚于嵇康的文人潘岳在他的《笙赋》中这样写："辍《张女》之哀弹，流《广陵》之名散。"可见这首曲子当时是很流行的。唐代李良辅编有《广陵止息谱》，共廿三段，唐代吕渭的《广陵止息谱》有卅六段，对这两种谱的记述，均可见于史书记载。

现在见到的古本最早收在明代朱权的《神奇秘谱》里，全曲共45段，正是现今用于演奏的本子。另外，明代汪芝在《西麓堂琴统》中还收有两个本子，称甲、乙本。这组琴曲是被古今方家认可，流传了千年。不过我们今日能听到这首曲子被弹奏出来，不得不提古琴名家管平湖先生。

管平湖（1897—1967）自幼随父学琴，后广泛求艺，自成一家，演奏技艺独立于众多琴家之上，被称为近现代"琴乐第一人"。

管平湖琴艺精湛，生活却极困苦，少年丧父，家道中落，常常家徒四壁，囊空如洗，十分窘迫。他曾做过故宫博物院的油漆工，因为他不仅善于演奏，而且精于制琴和修琴，现在故宫珍藏的唐琴"大圣遗音"、明琴"龙门风雨"，都是经他之手修好的。新中国成立前夕，他甚至靠画幻灯片来养家糊口。

1952年，55岁的管平湖应聘到中央音乐学院民族音乐研究所任副研究员，从事古琴打谱。所谓"打谱"是古琴艺术中特有的术语，传世琴谱虽多，其实皆为"死谱"，当然，琴谱对古人来讲倒非"死谱"，谱中所载在当时是能够使用的，但今人已远离旧日环境，失去了辨识减字谱的能力，尤其一些生僻指法，需要通过艰苦考证才能译解出来，这即为"打谱"。

管平湖查阅了大量文献，结合自己的经验和理解心得，开始了古曲打谱，《广陵散》列为重点之一。1953年，管平湖打谱《广陵散》，古曲的结构庞大，一般都在10分钟以上，《广陵散》全曲体量更大，共45段，演奏要长达半个小时，如此大型的曲目，弹奏时要做到前后照应，脉络分明，将全曲章法结构安排得当，颇费周折。

《广陵散》有开指、小序、大序、正声、乱声、后序6个部分，各谱分段均有"取韩""含志""沉名""投剑"等小标题。管平湖最初依据明代《风宣玄品》打谱。由于古琴谱没有节奏标注，打谱在一定程度上等于现代创作，管平湖往往为了一个指法接连几天琢磨，常常忙到深夜，直到解决为止。1954年，管平湖又根据《神奇秘谱》，对《广陵散》进行校订并定稿。随着《太音大全》《琴书大全》等重要琴书陆续被发现，经过分析比较，管平湖自己研究的指法绝大部分都与这些古籍相吻合。历经两年余，管平湖终于脱谱，能够一气呵成弹奏完这一套大曲。1957年3月，音乐研究所为管平湖弹奏的《广陵散》录音，王迪整理记录，译成五线谱，并在下面标注减字原谱。管平湖的老友，文物鉴定专家王世襄特别为《广陵散》曲作了文献考证，并对《广陵散》的内容、历史进行了整理和研究，撰写了《古琴名曲广陵散》一文，发表在《人民音乐》1956年4月号上，这篇文章后来收录在王世襄的《锦灰堆》中。此后管平湖又将《广陵散》作了几次修正。1958年6月，历经沧桑的《广陵散》全曲，以五线谱和减字谱对照形式，由音乐出版社出版。①

《广陵散》因嵇康而声名远播。历史上的嵇康从小喜欢音乐，精于笛，妙于琴，对音乐有特殊的感受力。《晋书·嵇康传》说，嵇康"学不师受，博览无不该通"，这与其思想上狂放不羁、不受礼法约束有很大关系。嵇康对礼法不以为然，更对官场仕途深恶痛绝。所以他宁愿在洛阳城外做一个默默无闻、自由自在的打铁匠。当他的朋友山涛推荐他做官时，嵇康决然与山涛绝交，并写下著名的《与山巨源绝交书》，以明心志。

这样看来，金庸的《笑傲江湖》受到了《广陵散》的启发，主人公令狐冲在世人眼中是个不肯循规蹈矩的浪子，精神情怀上实则与嵇康一脉相承。

然而考诸事实，这个思路，应该是金庸在修订《笑傲江湖》时想到的。金庸下笔之初，其实并没有把《笑傲江湖之曲》和《广陵散》联系起来。

《笑傲江湖》小说初版连载时，这段故事文字出自第十九回"杀人灭口"：

> 曲洋向刘正风望了一眼，说道："我和刘贤弟醉心音律，以数年之功，创制一曲'笑傲江湖'，自信此曲之奇，千古所未有。今后数千年间，纵然世上再有曲洋，却不见得又有刘正风，就算又有曲洋、刘正风一般的人物，却又不见得二人生于同时，要两个既精音律，又精内功之人，志趣相投，修为相若，一同创制此曲，实是千难万难了。此曲绝响，我和刘贤弟在九泉之下，不免时发浩叹。"他说到这里，从怀中摸出一本册子来，说道："此是'笑傲江湖曲'的琴谱，刘贤弟另有一本箫谱，请小兄弟念着我二人一番心血，将这琴谱箫谱携至世上，觅得传人。"刘正风从怀中也取出一本册子，笑道："这'笑傲江湖曲'倘能流传于世，我和曲大哥死也瞑目了。"
>
> 令狐冲躬身从二人手中接了过来，道："二位放心，晚辈自当尽力。"

---

① 关于管平湖先生打谱《广陵散》前后，参考张婷：《管平湖年谱》，《中国音乐学》2009年第4期。

他先前听说曲洋有事相求，只道是十分艰难危险之事，那（哪）知只不过是要他找两个人来学琴学箫，此事可说是易如反掌。

曲洋叹了口气，道："小兄弟，你是正教中的名门大弟子，我本来不该托你，只是事在危急，迫不得已的牵累于你，莫怪莫怪。"转头向刘正风道："兄弟，咱们这就可以去了。"刘正风道："是！"伸出手来，两人双手相握，哈哈一声长笑，闭目而逝。

令狐冲接过《笑傲江湖》曲谱，曲洋和刘正风便"双手相握"，闭目而死，没有刘正风和曲洋向令狐冲解释《笑傲江湖》之曲和《广陵散》有何关系，这段文字是金庸在修订时后加上去的，从而使回目和内容，都和《广陵散》产生了关联。

三

从西晋之前古墓中盗掘《广陵散》曲谱的事，不是金庸灵机一动的神来之笔，此前他已经写过这段故事，在修订《笑傲江湖》时来了个"乾坤大挪移"！

《笑傲江湖》写于1967至1969年，早在1961年，金庸撰写《倚天屠龙记》时，就让"金毛狮王"谢逊干了这件盗墓的事。

连载版《倚天屠龙记》第十四回"玄冰火窟"中，谢逊从王盘山掳走张翠山和殷素素，在船上大作才艺展示：

谢逊道："待我抚琴一曲，以娱嘉宾，还要请张相公和殷姑娘指教。"从舱壁上取下瑶琴，一调弦音，便弹了起来。张翠山于音韵一道，素不擅长，也不懂他弹些什么，只是觉得琴音甚悲，充满着苍凉郁抑之情，越听越是入神，到后来忍不住凄然下泪。谢逊五指一划，铮的一声，琴声断绝，强笑道："本欲以图欢娱，岂知反惹起张相公的愁思，罚我一杯。"说着举杯一饮而尽。

CHINESE MUSIC. 61

These simple characters and a number of others are brought together in various ways to form compound characters. Thus, if the player meets with the character 杢,¹ he will know at once that he has to pull rapidly the seventh string forward and backward with the forefinger; if he should meet the character 芑,² he would place the middle finger of the left hand opposite the seventh stud on the second string, and give an inward motion to that string with the middle finger of the right hand.

It is easily perceived that such complicated directions are difficult to learn and to remember, and that endless studies are necessary to master this instrument.

At the Confucian ceremonies there are six *ch'in*: three on the east side of the hall, and the three others on the west. The music which they have to perform is written in the simplest manner, but it is permitted them to embellish their part with all the difficulties which their skill will allow of.

Formerly the seven strings were tuned as follows:—

```
  1  2  3  4  5  6  7
  C  D  E  G  A  Č  Ď
```

¹ Composed of 木 (index of right hand to be moved inward), 乚 (index to be moved outward), and 七 (seven, i.e. the *seventh* string).
² Composed of 中 七 (seven, i.e., the *seventh* stud), 勹, and 二 (two, i.e. the *second* string).

外国人眼中的中国古琴演奏，特别提到了中国琴谱为复合字　选自《中国音乐》(Chinese Music)，阿理嗣(Jules A. van Aalst)，1884。

张翠山道："谢老前辈雅奏，是何曲名，要请指教。"谢逊望着殷素素，似欲要她代答，殷素素摇摇头，也不知道。谢逊道："晋朝嵇康临杀头之时，所弹的便是这一曲了。"张翠山惊道："这是'广陵散'么？"谢逊道："正是。"张翠山道："自来相传，嵇康死后，广陵散从此绝响，却不知谢前辈从何处得此曲调？"

　　谢逊笑道："嵇康这个人，是很有点意思的，史书上说他'文辞壮丽，好言老庄而尚奇任侠'，这不是很对你的脾胃么？钟会当时做大官，慕名去拜访他，嵇康自顾自打铁，不予理会。钟会讨了个没趣，只得离去。嵇康问他：'何所闻而来，何所见而去？'钟会说：'闻所闻而来，见所见而去。'钟会这家伙，也算得是个聪明才智之士了，就可惜胸襟太小，为了这件事心中发愁，向司马昭说嵇康的坏话，司马昭便把嵇康杀了。嵇康临刑时抚琴一曲，的确很有气度，但他说'广陵散从此绝矣'，这句话却未免把后世之人都看得小了。他是三国的人，此曲就算在三国之后失传，难道在三国之前也没有了吗？"

　　张翠山不解，道："愿闻其详。"谢逊道："我对他这句话不服气，便去发掘西汉、东汉两朝皇帝和大臣的坟墓，一连掘了二十九个古墓，终于在蔡邕的墓中，觅到了'广陵散'的曲谱。"说罢呵呵大笑，甚是得意。张翠山心下骇然，暗想："此人当真无法无天，为了千余年前古人的一句话，竟会负气不服，甘心去做盗墓贼。若是当世有人得罪了他，更不知他要如何处心积虑的报复了。"

这段文字很熟悉吧？原来最早是谢逊盗墓而得广陵散，只是在修订后的《倚天屠龙记》中，这些被悉数删去，稍做改动后，移植到修订的《笑傲江湖》中。

现在想来，金庸也许在完成《笑傲江湖》后，才感到令狐冲的行为大有魏晋之遗风，继承了嵇康弹奏《广陵散》的精神气韵。

嵇康和令狐冲都不拘世俗礼仪，都为当世人所不容。但是他们其实是真正的信守礼教者，与道貌岸然的卫道者们形成巨大的反差，一个是发自内心的，一个是止于表面的。

对此鲁迅曾在《魏晋风度及文章与药及酒之关系》一文中说过："例如嵇、阮的罪名，一向说他们毁坏礼教。但据我个人的意见，这判断是错的。魏、晋时代，崇奉礼教的看来似乎很不错，而实在是毁坏礼教，不信礼教的。表面上毁坏礼教者，实则倒是承认礼教，太相信礼教。因为魏、晋时所谓崇奉礼教，是用以自利，那崇奉也不过偶然崇奉……于是老实人以为如此利用，亵渎了礼教，不平之极，无计可施，激而变成不谈礼教，不信礼教，甚至于反对礼教。"[①]

回思令狐冲在小说里的行为，这段文字恰可为他做注脚。

四

《笑傲江湖之曲》，在令狐冲和盈盈新婚之际，由二人琴箫合奏，从此"曲谐"：

> 这三年中，令狐冲得盈盈指点，精研琴理，已将这首曲子奏得颇具神韵。令狐冲想起当日在衡山城外荒山之中，初聆衡山派刘正风和日月教长老曲洋合奏此曲。二人相交莫逆，只因教派不同，虽以为友，终于双双毙命。今日自己得与盈盈成亲，教派之异不复得能阻挡，比之撰曲之人，自是幸运得多了。又想刘曲二人合撰此曲，原有弥教派之别、消积年之仇的深意，此刻夫妇合奏，终于完偿了刘曲两位前辈的心愿。想到此处，琴箫奏得更是和谐。群豪大都不懂音韵，却无不听得心旷神怡。

《笑傲江湖之曲》来自《广陵散》，若细究《广陵散》描写的内容，两人在大喜之日弹奏此曲，其实并不一定和谐。

《广陵散》早期并无内容记载，唐韩皋主张"地名说"，认为是描写王凌

[①] 鲁迅：《而已集》，载《鲁迅全集》（第三卷），花城出版社，2021。

在广陵起兵讨伐司马氏，结果失败的悲壮史事。当然此说从年代来讲就不怎么可信。元代张崇主张"刺客说"，认为是描写聂政刺韩相侠累，近代杨宗稷也主张"刺客说"，不过他认为是描写的聂政刺韩王。"刺客说"在解释内容上比较贴切，但不能说明为什么要和"广陵"这个地名挂上关系。

聂政刺韩王，在史实中无考，仅有聂政刺侠累。

《史记·刺客列传》记载：韩国大臣严遂（字仲子）与韩相韩傀（字侠累）产生矛盾。严仲子找到聂政，花重金收买他刺杀侠累。聂政因要赡养老母，故拒绝了严仲子的厚礼。后来聂政母亲离世，聂政葬母之后，对严仲子说，自己本是市井之徒，而严仲子为"诸侯之卿相"，不远千里，驱车前来以重金邀请。此番礼遇，聂政自然要回报，因此他"将为知己者用"。

司马迁用简略的语言描述了惊心动魄的刺杀场面："聂政直入，上阶刺杀侠累，左右大乱。"聂政大呼不止，又连杀数十人。聂政最后把剑指向自己，割面、剜眼、剖腹。聂政这样做的目的，是为了避免有人认出自己，从而连累与自己长相相似的姐姐。聂政后被暴尸于市，无人识得。韩国国君遂以百金悬赏提供线索的人。

聂政的姐姐聂荣听说此事，怀疑是弟弟所为，于是动身到韩国探询究竟。聂荣到达聂政暴尸之处后，认出聂政，大哭。聂荣对围观者说："这是我的弟弟聂政，他受严仲子重托来刺杀侠累。为了避免株连我，竟然自破面相。我不能连累聂政的声名啊。"然后聂荣哀恸而死。

晋、楚、齐、卫等国的人听说此事后，纷纷赞赏聂政"士为知己者死"的无畏气概，又赞扬聂荣是烈女，一个弱女子，不惜"绝险千里"，从而使聂政得以名扬天下。

这段故事与古希腊悲剧作家索福克勒斯的《安提戈涅》颇为相类，也是反抗禁令，埋葬亲人。金庸在谈黑格尔时，特别提到黑格尔最推崇此剧"认为古今戏剧，以此为首。"金庸很熟悉这个剧作，他也说："安蒂琪（今译安提戈涅）的故事，有些类似我国战国时的聂嫈（聂荣亦有作聂嫈），她不怕严法而收葬弟弟聂政的尸体。郭沫若先生曾以此为题材写过一部话剧'棠棣之花'，我不知道他是否因'安蒂琪'而触动创作灵感，但由此受到若干影响，想来在所不免。"

聂政刺韩之后六百多年，东汉蔡邕在《琴操》中将这段历史演绎为聂政为父报仇的故事，说战国时期聂政的父亲为韩王铸剑，因误期限，被韩王所杀。聂政立志为父报仇，乃入山学琴十年，终获超绝琴艺。韩王召聂政进宫弹琴，聂政趁韩王听琴不备，忽从琴内取出匕首，将韩王刺死，然后悲壮自杀，琴曲取名为《聂政刺韩王》。金庸在小说里将《广陵散》出土之墓，选在蔡邕墓中，其渊源正在于此。

《广陵散》曲谱在明代《神奇秘谱》中有"取韩""亡身""含志""烈妇""沉名""投剑"等分段标题，故事里的人物关系和《史记》所载虽有出入，但乐曲的情绪、节奏等，和《史记》所载基本一致，古今琴曲家均把《广陵散》与《聂政刺韩王》看作是异名同曲。

金庸在《笑傲江湖》的新修版中，也将这段故事增加了进去：

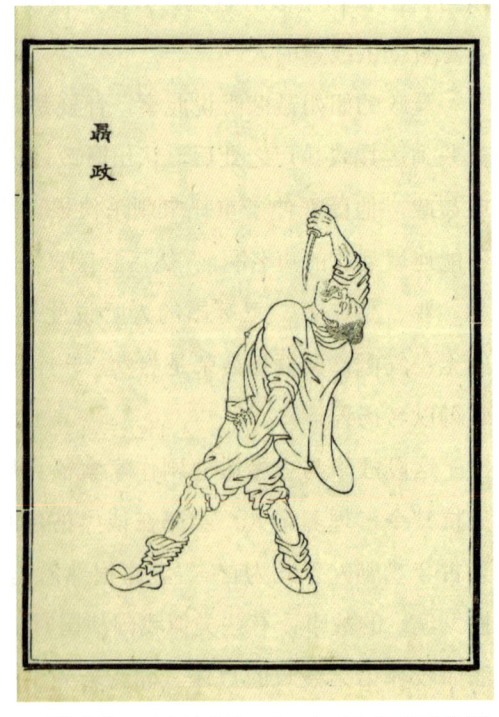

只见曲洋续道："小兄弟，你是正教中的名门大弟子，我本来不该托你，只是事在危急，迫不得已地牵累于你，莫怪，莫怪。这《广陵散》琴曲，说的是聂政刺韩王的故事。全曲甚长，我们这曲《笑傲江湖》，只引了他曲中最精妙的一段。刘兄弟所加箫声那一段，谱的正是聂政之姊收葬弟尸的情景。聂政、荆轲这些人，慷慨重义，是我等的先辈，我托你传下此曲，也是为了看重你的侠义心肠。"令狐冲躬身

聂政像　选自清光绪二十二年刊本《历代画像传》

道:"不敢当!"

曲洋笑容收敛,神色黯然,转头向刘正风道:"兄弟,咱们这就可以去了。"刘正风道:"是!"伸出手来,两人双手相握,齐声长笑,内力运处,迸断内息主脉,二人闭目而逝。

《广陵散》的旋律激昂、慷慨,是我国现存古琴曲中唯一具有杀伐气韵的乐曲,与传统文人气息浓厚、以高逸淡雅为尚的琴曲风格迥不相同,过去被认为有失古琴的中正和平之旨。

"纷披灿烂,戈矛纵横"的《广陵散》,实则表达了被压迫者反抗暴君的斗争精神,具有很高的思想性。嵇康或许也正是看到了《广陵散》的反抗精神,才如此酷爱《广陵散》并对之产生了深厚的感情。

根据《神奇秘谱》记载,书中所收《广陵散》来自隋朝皇宫所收的曲谱,隋朝灭亡之后流入唐朝皇宫,但到唐朝灭亡,曲子也流落民间,有幸被更多人接触到,得以传承下来,被《神奇秘谱》所收录。

至于从嵇康之死到《广陵散》被收入隋宫,几百年间又发生了什么?曲子如何被收入隋宫中,已经无法考证。

《广陵散》之绝并不是因为嵇康,而是因为曲子描述的是"弑君",不符合封建礼教。内容以"复仇"为主题的激昂曲调,也与儒家提倡的"乐教"和"修身养性"相悖,难以被封建"正道"所接受,是以《广陵散》在清代绝响一时。

令狐冲与盈盈洞房花烛大喜之日,合奏《笑傲江湖之曲》,不见于金庸最初的连载版本。试想一下,令狐冲和盈盈眼前满堂宾客,盈盈红烛,内心却是"聂政刺韩相"与"聂荣收葬弟尸"的画面,明显有悖常理。

或许争论琴曲内容在嵇康或令狐冲看来,是件无聊之事。嵇康的音乐理论主张"声无哀乐",认为音乐可以被多解,同一音乐,听众不同,理解也不同。人们对音乐有情感反映,是因为"至和"的音乐,可以把本来潜在于人心中的不同感情激发出来。

2004年9月金庸受邀游四川,他在成都现场聆听82岁古琴演奏家俞伯荪操琴，金庸自谦是牛，为其夫妇题诗："来蜀中兮，聆名琴；闻佳曲兮，听清音；愧非知音兮，对牛弹；喜见伉俪兮，识高人；聆俞伯荪伉俪雅奏，不辨川菜佳味三月矣。"结尾非常俏皮地化用了"闻韶"的典故。四川一行过了两个多月，金庸来到泉州，再次现场聆听了一场古琴演奏。

在香港做实业的泉州人何作如在2003年的北京嘉德春季拍卖会上，以300多万元拍下了一张唐代古琴"九霄环佩"。全世界目前只有不到20张唐琴，其中有4张名为"九霄环佩"，至此，分别存于中国国家博物馆、北京故宫博物院、辽宁省博物馆及何作如手上。

拍得"九霄环佩"后，何作如曾寻觅许多名家弹奏，皆不理想，直到遇到了古琴演奏家李祥霆，"九霄环佩"重现天籁之音。

何作如得知金庸将做客泉州，特意将"九霄环佩"带到泉州，并邀请李祥霆演奏。11月24日，泉州酒店举行了一场"李祥霆琴箫音乐会"，现场演奏了《梅花三弄》《流水》《广陵散》《酒狂》等古曲。这是"九霄环佩"首次面向公众演奏，金庸聆曲后，为李祥霆题字"高山流水觅知音，轩昂低语诉琴心。"

这张琴最近一次面世，是2023年4月7日，法国总统马克龙访问中国期间，在广州白云山麓的松园，聆听了古曲《高山流水》。演奏之琴，便是这张"九霄环佩"，演奏者李蓬蓬是李祥霆的女儿。

金庸在小说中有7部作品写到古琴，共计34位琴人先后出场，比如《倚天屠龙记》的"昆仑三圣"，《天龙八部》中的"琴癫"康广陵，《笑傲江湖》里的"琴痴"黄钟公等等，但在金庸小说写作的年代，香港的琴人圈子非常小，比较有名的只有饶宗颐和蔡德允，与外界交流不多。金庸小说插图中，姜云行所绘古琴置放，琴头没有悬空，可见当时外人对于古琴并不了解，少有参考。反观金庸小说，凡是写到与古琴相关的文字，硬伤很少，瑕不掩瑜，极为难得。

1956年8月1日，文化部、中国音乐家协会举办"第一届全国音乐周"开幕，管平湖在开幕式上参演了古琴合奏《和平颂》。这个曲子其实就是《普庵咒》。金庸在《笑傲江湖》中有《清心普善咒》，根据书中曲子的功能，很多

太古遺音卷之二

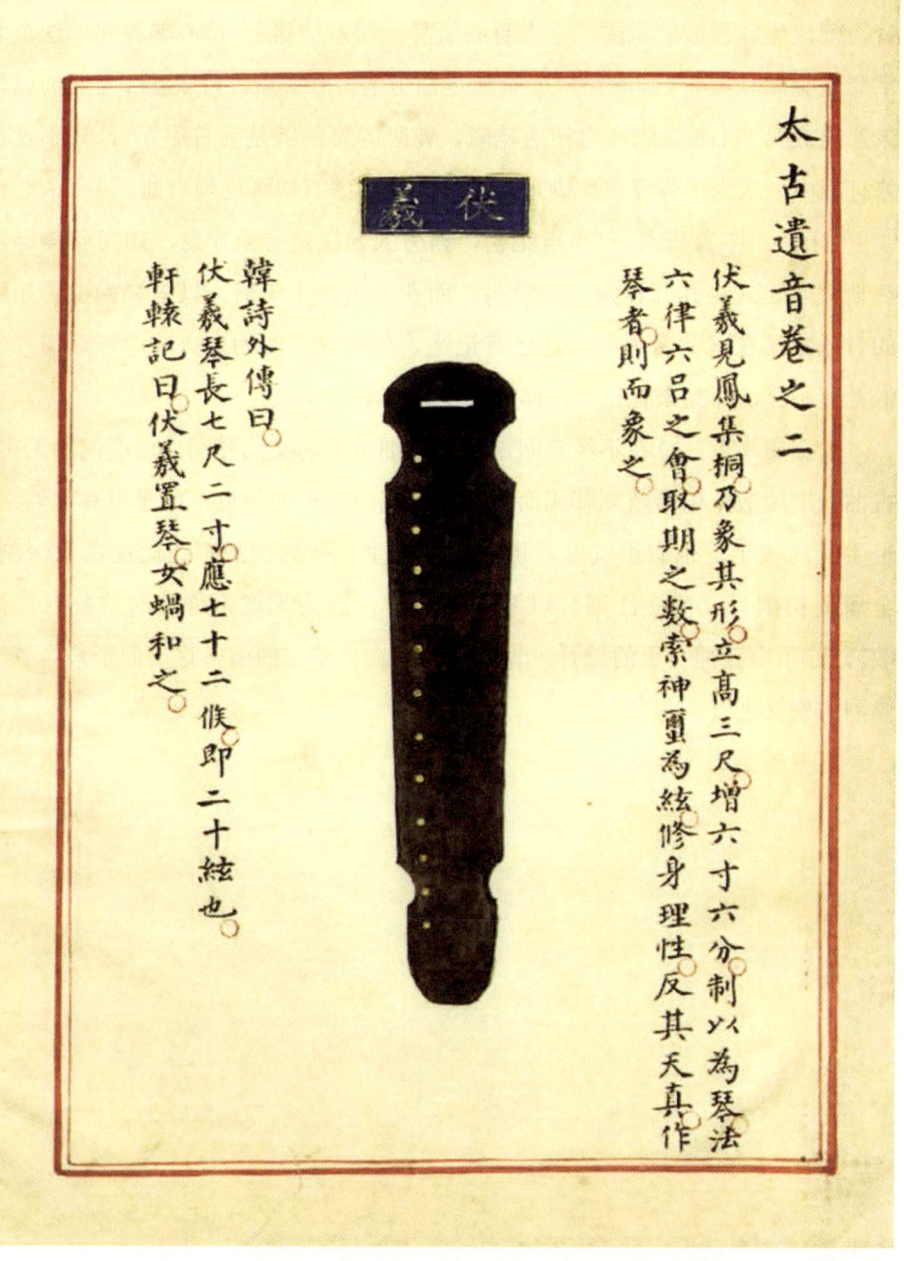

伏羲

伏羲見鳳集桐乃象其形立高三尺增六寸六分制以為琴法六律六呂之會取期之數索神𧦬為絃修身理性反其天真作琴者則而象之

韓詩外傳曰伏羲琴長七尺二寸應七十二䕗即二十絃也軒轅記曰伏羲置琴女媧和之

古琴"九霄環佩"為伏羲式，約略為圖中樣貌　選自明精鈔彩繪本《太古遺音》

235

琴人认为就是琴曲《普庵咒》。此谱最早见于明末《三教同声琴谱》，旁有梵文字母的汉字译音，可见其为学习梵文发音的唱经曲调。曲子使用了较多撮音，营造晨钟暮鼓的氛围，令人身心俱静，缓解情绪。《清心普善咒》这个名字想是金庸杜撰，《普庵咒》金庸却是知道的，1955年7月28日，《书剑恩仇录》连载第171期，陈家洛初遇乾隆，乾隆弹奏的就是《普庵咒》，只不过在修订版中，改为了乾隆自作满篇歌颂皇恩浩荡的《锦绣乾坤》曲。

"乐者，亦为药也。"20世纪初，西方人始探索音乐疗愈，1940年美国堪萨斯大学正式将其开设为一门学科。而在中国两千年前，以古琴为主要乐器的音乐疗法在《黄帝内经》里已有记述。盈盈以琴曲为令狐冲调理疗伤，看似荒诞不经，却其来有自，同样符合现代医学的原理。

读金庸小说，总在不经意间，感受到细节上的文化浸润，可谓润物无声。古曲《广陵散》以聂政刺韩相而缘起，因嵇康临刑而绝世，曲子里有重然诺、轻生死的侠士，也有讲气度、重风骨的书生，背后的故事让此曲寓意深刻。金庸最初撰写《笑傲江湖》以琴曲为元素，恐为无意，修订时选择《广陵散》，除了令狐冲身上的魏晋风骨，更因为在传统乐曲中，这支曲子最具苍凉惨烈的侠义之气。

《明报晚报》与《越女剑》

一

《越女剑》是金庸的第十五部小说，只有两万多字，连载于《明报晚报》，时间是1969年12月1日至12月31日，整整一个月。

世人皆称《鹿鼎记》为金庸最后一部武侠小说，其实，1969年10月24日，《鹿鼎记》即开始在《明报》连载，距离《笑傲江湖》连载结束只隔了11天。从时间来看，《越女剑》应该算是金庸最后的武侠小说"绝唱"。

一直以来，坊间皆认为《越女剑》写于1970年，因为金庸在"金庸作品集"《侠客行》修订版结束之后，写了一篇短文，作为《越女剑》的后记兼《卅三剑客图》序言，文中说："这些短文写于一九七〇年一月和二月，是为'明报晚报'创刊最初两个月所作。"1981年，在"金庸作品集"《鹿鼎记》修订版的后记中，他仍然提到："最早的'书剑恩仇录'开始写于一九五五年，最后的'越女剑'作于一九七〇年一月。十五部长短小说写了十五年。"

但金庸这里记忆是错误的。1970年1月开始连载的，仅是《卅三剑客图》的说明文章，并非《越女剑》。因为随着《明报晚报》创刊号被发现，证明《明报晚报》创刊于1969年12月1日，上面连载着《越女剑》。

《明报晚报》的创刊，承接停刊的《华人夜报》。《华人夜报》1967年9月22日创刊，走大众娱乐路线，销量虽佳，低俗的内容却引起金庸妻子朱玫不满。朱玫是《华人夜报》社长，总编辑是王世瑜，朱玫与王世瑜二人的矛盾，

237

最终引发王世瑜带领手下人马辞职出走,《华人夜报》难以为继,只得停刊。

1969年,金庸的《明报》集团已经颇具规模,10月17日,《明报》转载《星岛日报》的消息,说香港中文大学集体通讯中心9月调查,香港中文报的读者中,有11.2%的人阅读《明报》,仅次于《星岛日报》和《星岛晚报》。金庸虽停办《华人夜报》,仍想再办一份通俗类的报纸,《明报晚报》也就应运而生。

11月28日,《明报》刊出《晚报将创刊》一文。12月1日,《明报晚报》创刊当天,金庸在《明报》写了一篇社评《〈明报〉的小七妹诞生》,说《明报》由于篇幅所限,有颇多新闻、特写、故事、分析文章无法刊登,而这些文字内容不错,值得读者阅读,晚报将成为日报的补充报纸,日报上已有的,晚报不再重复,晚报上刊载的内容,绝大多数也不能在日报上读到。晚报上的小说与散文,执笔者尽量与日报不同,他希望日报读者也能成为晚报的读者,日、晚报加起来能满足他们的全部要求。之所以叫"七妹",明报集团已有过大哥《明报》、二哥《武侠与历史》、三哥《明报月刊》,四哥、五哥都叫《新明日报》,只不过分别在新加坡和马来西亚出版,六妹是《明报周刊》,《明报晚报》是第七份诞生的报纸。金庸说,《明报》虽有种种缺点,但有它

(《越女剑》越南《远东日报》连载第一期(《远东日报》比《明报晚报》刊载晚了11天,因《明报晚报》的失传,《远东日报》是唯一可以得窥当日连载情况的版本。)

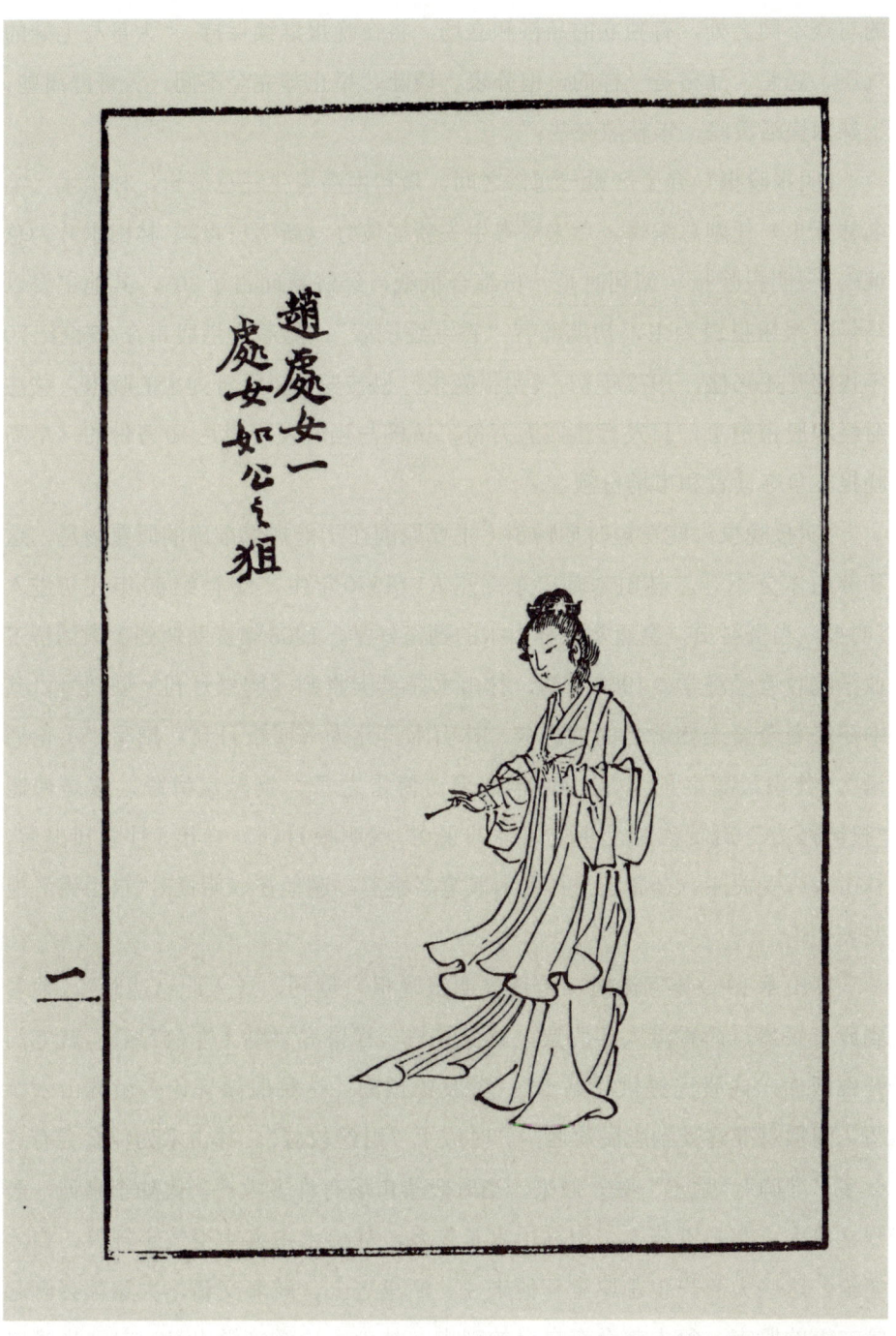

赵处女　选自清刊本任渭长《剑侠传》

的与众不同之处，有独立的品格和立场，将在晚报继续保持。"大哥与七妹的气质、思想、品格是一样的，但外表、谈吐、举止却完全不同。大哥严肃些，七妹愉快活泼些，年轻漂亮些。"

《明报晚报》介于严肃与通俗之间，最初由潘粤生任总编辑，林山木（笔名林行止）任副总编辑，后来潘粤生去新加坡办《新明日报》，林山木升为总编辑。《明报晚报》创刊时是一份综合报纸，经济新闻占了30%，其他主要以马经、娱乐报道为主，初期辟有"香港经济版"，随着香港股市在20世纪70年代初开始兴盛，1972年初，《明报晚报》也转变为以经济为主的晚报，关注财经和股市消息，日发行量四五万份，试图与当时发行量达10万份的《星岛晚报》争夺读者和市场份额。

《明报晚报》能在短时期畅销，主要原因在于能提供准确的股票消息，这和林山木分不开。林山木是广东潮州人，1940年生，20世纪60年代初进入《明报》当资料员，金庸赏识林山木的勤奋好学，1965年资助他到英国剑桥工业学院攻读经济学。1966年初，林山木在英国收到《明报月刊》创刊号，其中还夹着金庸夫妇署名的致意卡，林山木自此为《明报月刊》撰写"英伦通讯"，其中最著名的就是1968年他采访傅雷之子、钢琴家傅聪，这是傅聪"投奔西方"后首次接受中文媒体的采访，《明报月刊》当年3月号刊出后，林山木广受关注。金庸还给林山木取笔名桑莫，邀他在《明报》"自由谈"上发表评论。

林山木1969年回港时，恰逢《明报晚报》创刊，遂入职《明晚》，他看到股市兴盛，而香港人买股票，就像买马一样讲究"贴士"（tips），就专门开辟版面，向股民提供"贴士"，做股票预测。这种股票评论多由林山木撰写，因消息准确受到股民欢迎，一时成了"财经权威"。林山木为什么会有这么多"准确""贴士"呢？原来，当时股票市场有许多大户，比如李嘉诚、廖烈文等人，都是潮州人，跟林山木是老乡，林山木本人生得气宇轩昂，口才便给，这些大商户也都愿意和他来往。酒桌之上，觥筹交错，大家都会聊起第二天的股市，每人都会有自己的观点。林山木读经济学出身，自己也懂股市，默记于心之后，第二天一早写成文章。《明报晚报》在下午一点钟出版，股民往往要读过他的文章才开始进行交易，一时间《明报晚报》几乎成了股民必读的参考资料。

眼见《明报晚报》的销路攀升，林山木不肯为人作嫁，他凭借内幕消息也在股票市场上赚了笔钱，就想另办一张报纸，内容以经济为主。林山木曾相中《明报》的毛国昆做编辑，私下拉拢，当他一切准备停当，找金庸摊牌时，孰料毛国昆早已将此事告知金庸。金庸对林山木反复挽留，特别说："衷心希望你能留下来，条件方面，我们可以好好商量。"但林山木去意已决，不肯回头，遂创办了《信报财经新闻》，于1973年7月3日正式印行。林山木虽蝉过别枝，金庸也展现了他的宽宏大量。俗话说"伙辞东，一笔清"，金庸对林山木却没有留难，林山木自己也在《信报》"发刊社评"中向金庸和《明报》的旧同事致谢，感谢他们为创刊进行的指导和鼓励。

林山木出走，也带走许多《明晚》的专栏作家，如曹仁超、陈昆伦、思聪、江之南等人。《信报》面世后，严重影响《明报晚报》，潘粤生重新回来接手，又赶上全球性石油危机，香港股市大跌，《明晚》再难给股民有益提示，发行量一蹶不振，始终徘徊在两万。很多人骂林山木忘恩负义，但金庸没有生气，却说："人往高处走，水往低处流，林山木有这么好的成就，我也高兴。"

林山木创办《信报》后，在许多场合都会遇到金庸。金庸很客气地主动握手，称呼"林先生"，而不再摆老板的架子，称呼"山木"了。

二

创办《明报》集团旗下新的报刊，金庸惯用的方法就是连载自己的武侠小说，正如《神雕侠侣》之于《明报》，《飞狐外传》之于《武侠与历史》。金庸深知读者喜欢阅读自己的小说，创办新报刊，小说会成为极佳的宣传。

《越女剑》是金庸小说中篇幅最短的一部，将历史背景放在了先秦的春秋末年，在所有武侠小说里较为少见。按金庸的说法，《鹿鼎记》是他武侠小说收山之作，只是因为《越女剑》连载完结时，《鹿鼎记》尚在《明报》连载

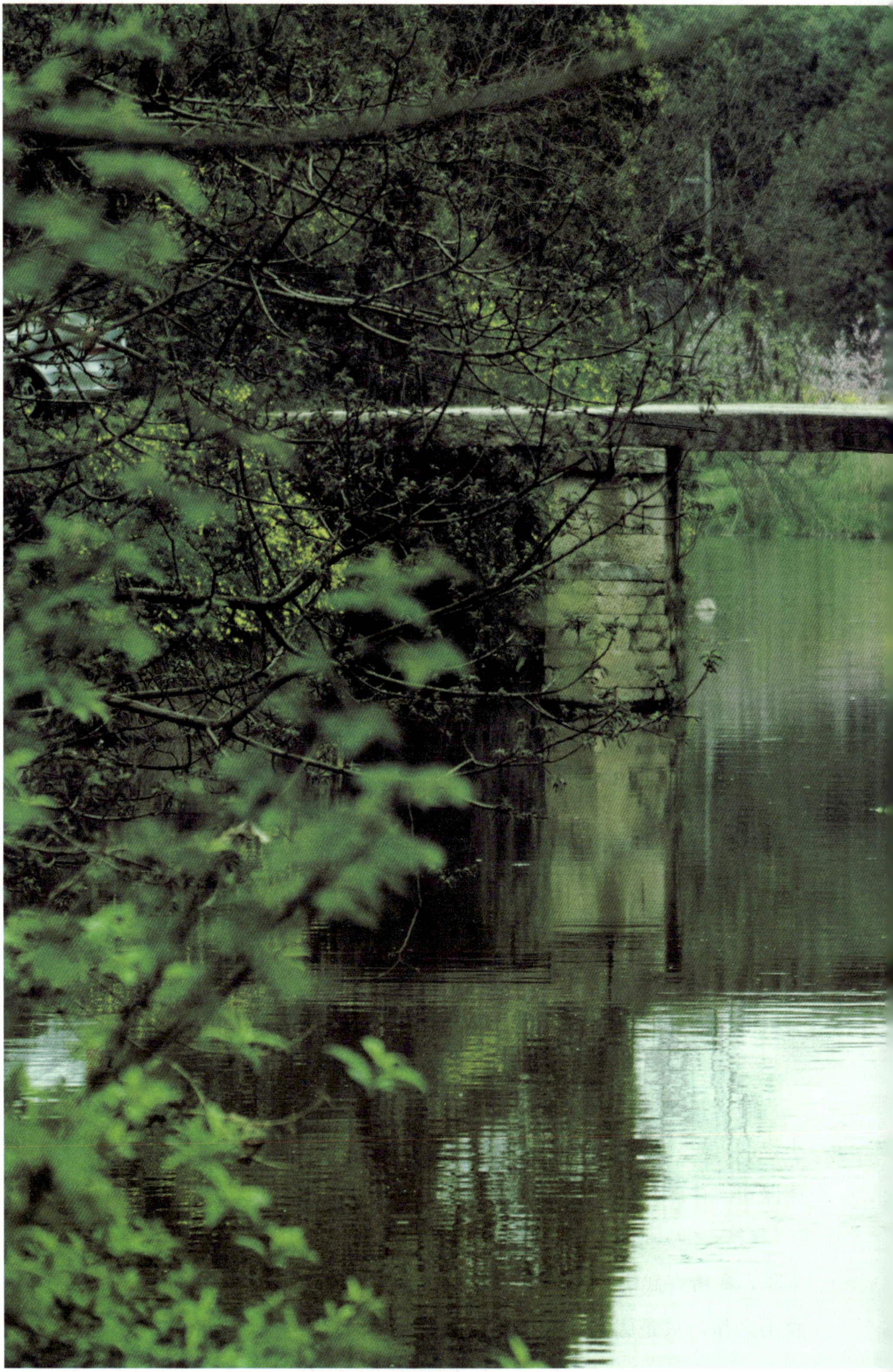

今日绍兴若耶溪,古意犹存　张骞/摄

中。其实《越女剑》虽为独立短篇，按写作顺序，才是封笔之作。

《越女剑》的篇幅虽短，但其艺术水准却并不低。正如温瑞安评价金庸短篇武侠小说时所说："可是'武侠短篇最难写'……文字越少，塑造人物形象越不易，所有小说都是一般。只是武侠小说还要耗费文字去作出交代，譬如武林的规矩、武功招式的变化、心理的变迁，远较其他小说复杂与困难。通常一篇武侠短篇，能把一个故事说得完整，能创造出一个令人印象深刻的人物，诚已不易。"[1]

金庸自述撰写《越女剑》的初衷，是因清代任渭长版画集《卅三剑客图》。金庸原想给每一幅图"插"一篇短篇小说，《卅三剑客图》中，赵处女居于第一，也是开篇之作。然而，金庸彼时将创作精力已全部放在《鹿鼎记》上，《越女剑》类似鲁迅的"故事新编"，囿于精力所限，也未能够将这部小说铺陈展开。在《越女剑》连载结束后，金庸从1970年1月至2月，撰写系列随笔《卅三剑客图》，转以叙述文形式，依画成文，有考证，有想象，有回忆。金庸重述传奇的这个构想，后来有作家王小波接续，转而另辟蹊径，以现代文学的笔法，在《唐人传奇》中，亦真亦幻构建了其中五个故事：《红拂夜奔》（《虬髯客》）、《红线盗盒》（《红线》）、《立新街甲一号与昆仑奴》（《昆仑奴》）、《夜行记》（《汝州僧》）、《舅舅情人》（《车中女子》）。

《越女剑》的故事背景在春秋末年吴越争霸的时期，涉及的历史人物有越王勾践、吴王夫差、范蠡、西施等。越女阿青剑术精妙，被范蠡引荐到宫中教授士兵剑法，终于帮助越王勾践雪耻复仇。在教授士兵的时候，阿青暗暗爱上了范蠡，但范蠡与西施早有白头之约，只是为了复国大业，西施牺牲自己，献身给吴王夫差。小说结尾，阿青本来很忌妒西施，想要伤害她，可是一见到西施的美貌便惊呆了，不忍下手，一声清啸，最后破窗离去。

《越女剑》小说中通过勾践与薛烛的对话，谈了一大段"宝剑"的轶事，这段内容来自《越绝书》"记宝剑"篇，金庸以此证明"剑起于越"名不虚传。

---

[1] 苏墱基、温瑞安：《金庸茶馆》（第六册），中国友谊出版公司，1998。

相传春秋时，欧冶子应越王之聘，铸出宝剑五把：湛卢、纯钩、胜邪、鱼肠、巨阙，因"赤堇之山，破而出锡；若耶之溪，涸而出铜"①。若耶溪在浙东绍兴南部山区。今若耶溪上游尚有名为上灶、中灶、下灶三个村落，相传即欧冶子当年铸剑之灶基。其南即日铸岭，有茶名"日铸"，宋人吴处厚《青箱杂记》云："昔欧冶子铸剑，他处不成，至此一日铸成，故名日铸岭。"

距离绍兴不远，位于浙江武康县的莫干山，本为盛夏避暑胜地，秋游未免阴冷。《吴越春秋》中记载，不仅有

《越绝书》论宝剑　选自明嘉靖二十六年陈垲刊本

关于吴人为王铸剑于此的传说，还有一曲"人祭"的尊贵和惨烈，吴越人之好剑器，果真不同凡响：

> 干将者，吴人也，与欧冶子同师，俱能为剑。越前来献三枚，阖闾得而宝之，以故使剑匠作为二枚，一曰干将，二曰莫耶。莫耶，干将之妻也。干将作剑，采五山之铁精、六合之金英，候天伺地，阴阳同光，百神临观，天气下降，而金铁之精不销沦流。于是干将不知其由。莫耶曰："子以善为剑闻于王，使子作剑。三月不成，其有意乎？"干将曰：

---

① [东汉]袁康、吴平辑录：《越绝书全译》，俞纪东译注，贵州人民出版社，1996。

245

"吾不知其理也。"莫耶曰:"夫神物之化,须人而成。今夫子作剑,得无得其人而后成乎?"干将曰:"昔吾师作冶,金铁之类不销,夫妻俱入冶炉中,然后成物。至今后世,即山作冶,麻絰葌服,然后敢铸金于山。今吾作剑,不变化者,其若斯耶?"莫耶曰:"师知亲烁身以成物,吾何难哉?"于是干将妻乃断发剪爪投于炉中。使童女童男三百人鼓橐装炭,金铁乃濡,遂以成剑。阳曰干将,阴曰莫耶。阳作龟文,阴作漫理。[①]

《考工记·总叙》中说:"郑之刀,宋之斤(斧),鲁之削,吴粤(越)之剑,迁乎其地而弗能为良,地气然也。"《庄子·刻意》中也有:"夫有干越(吴越)之剑者,柙而藏之,不敢用也,宝之至也。"可以看出,战国诸子文字中多言及干将、莫邪,在彼时应有其物,从而成为宝剑的代名词。

春秋晚期,诸侯争霸,彼此征伐。其时以车战为主,士兵用戈、矛等长兵器,剑通常作为辅助武器。《左传》里说,车战中以戈为武器,将敌方勾下战车后,再用剑击杀,称"戟拘其颈,剑承其心",偏偏吴越两国因境内山川河流众多,打斗以近身格斗为主,长兵器使用不便,剑成为主要武器。《考工记》的记载,说明吴越是铸剑佳地,有好剑之风,遂优于中原各国。

1965年出土的越王勾践剑,耀眼瞩目,印证了史籍并非虚言。越王勾践剑出于湖北望山楚墓群,现藏于湖北省博物馆。2019年,我到武汉物外书店参加自己新书的推广活动,特别抽出了半天时间去看这柄宝剑。见到实物时,完全被震撼到了。此剑长55.7厘米,宽4.6厘米,柄长8.4厘米,重875克,近剑格处有两行鸟篆铭文:"越王鸠浅(勾践)自乍(作)用剑"八字。剑身有中脊,两刃锋利,前锋曲驱内凹,开有血槽,增加了杀伤力。让人惊艳的是,宝剑经硫化处理,在地下掩埋2400多年,依然锋利,出土时曾一剑划破百张宣纸。此刻在博物馆的灯光照耀下,光芒闪烁,仿佛铸造时间就在昨日。当年这柄剑出国展出时曾受到过损伤,已被列为禁止出境展览文物,离开湖北省博借展的次数都相当有限。与越王勾践剑一起出土的还有一柄宝剑,形

[①] [汉]赵晔:《吴越春秋全译》,张觉译注,贵州人民出版社,1993。

制和铸造工艺与勾践剑相似，剑上镶嵌有蓝色琉璃及绿宝石，至今保存完好，经鉴定，也属于战国时期的吴越宝剑。

金庸撰写《越女剑》是否因看到了这柄宝剑出土的新闻，才萌生了撰写这篇小说的构思呢？毕竟金庸家乡也算古吴越之地，他自己也说："但在春秋战国时期，吴人和越人却是勇决剽悍的象征。那样的轻视生死，追求生命中最后一刹那的光彩，和现代一般中国人的性格相去是这么遥远，和现代苏浙人士的机智柔和更是两个极端。"吴越既有善于铸剑者，又有善于鉴剑者，尚需有善于驭剑者，耐人寻味的是，在古人的心目中，这位驭剑者竟是位女性。

唐代诗人李白在他的游侠诗《东海有勇妇》中说："学剑越处子，超然若流星。"在《结客少年场行》中，他又说："少年学剑术，凌轹白猿公。"

白猿和少女，构成了这个故事的本源。

三

《越女剑》的故事最早完整出现，是在汉赵晔的《吴越春秋》一书中，记载剑客越处女与白猿比武以及向越国军队传授剑术的故事。《吴越春秋·勾践阴谋外传》中这样记载，越王问范蠡手战之术：

> 范蠡对曰："臣闻古之圣君莫不习战用兵，然行阵、队伍、军鼓之事，吉凶决在其工。今闻越有处女出于南林，国人称善。愿王请之，立可见。"越王乃使使聘之，问以剑戟之术。
>
> 处女将北见于王，道逢一翁，自称曰袁公，问于处女："吾闻子善剑，愿一见之。"女曰："妾不敢有所隐，惟公试之。"于是袁公即拔箖箊竹。竹枝上枯槁，末折堕地，女即捷末。袁公操其本而刺处女。处女应即入之，三入，因举杖击袁公。袁公即飞上树，变为白猿。遂别去，见越王。①

---

① [汉]赵晔:《吴越春秋全译》,张觉译注,贵州人民出版社,1993。

《吴越春秋》干将莫邪铸剑　选自明代吴琯辑校《增订古今逸史》，明万历时期刻本

越女打败袁公后,见到了越王。越王请教"剑之道",答曰:

其道甚微而易,其意幽而深。道有门户,亦有阴阳,开门闭户,阴衰阳兴。凡手战之道:内实精神,外示安仪;见之似好妇,夺之似惧虎;布形候气,与神俱往;杳之若日,偏如螣兔;追形逐影,先若佛仿;呼吸往来,不及法禁;纵横逆顺,直复不闻。斯道者,一人当百,百人当万。王欲试之,其验即见。①

越女言毕,当场试演,其"剑术"果能"一人当百,百人当万",天下无敌,"当此之时皆称越女之剑。"

《吴越春秋》的作者是东汉时的赵晔,他是绍兴人,因此书中记载多抑吴而扬越。但为此书做了考证和注解的元朝徐天祐认为赵晔"去古未甚远,晔又山阴人,故综述视他书纪二国事为详。"也就是说,从秉笔直录的史学观看,《吴越春秋》还是可信的。但是单纯截取"越女剑"这一段来看,充满了文学色彩,尤其是情节和人物的奇特幻想,明显超过史学范畴。这个故事首先在史实中突兀的插入一个"出于南林"的无名无姓的精通剑术的女子,这是第一个奇幻之处。

插入该女子的原因,是希望让越国的士兵学会越女的剑术,但在越女见越王的途中,又遇到了一位自称"猿公"的老人,要求比剑,越女击败老人后,老人化猿而去,这是第二个奇幻之处。

在越女为越王传授剑术的时候,越女不但总结了击剑之道,而且说明这种剑道是其长期修炼自悟的,掌握了它可以百战百胜,天下无敌,这是第三个奇幻之处。

明代学者谢肇淛说:"凡小说及杂剧戏文,须是虚实相半,方为游戏三昧之笔。亦要情景造极而止,不必问其有无也。"这句话说明在古人眼中,小

---

① [汉]赵晔:《吴越春秋全译》,张觉译注,贵州人民出版社,1993。

说、杂剧、戏文的撰写，离不开虚构，而《吴越春秋》"越女之剑"故事其实体现了小说"虚实相半"的特征，是以这段故事绝非史实，而是一篇带有杂史性质的"小说家言"。

后世很多著作引录或摘录"越女剑"的故事，但在表现袁公与越女对打上却多有不同。

《吴越春秋》的四部丛刊本没有："袁公操其本而刺处女。处女应即入之，三入，因举杖击袁公"这23个字，这段话出自唐代《艺文类聚》

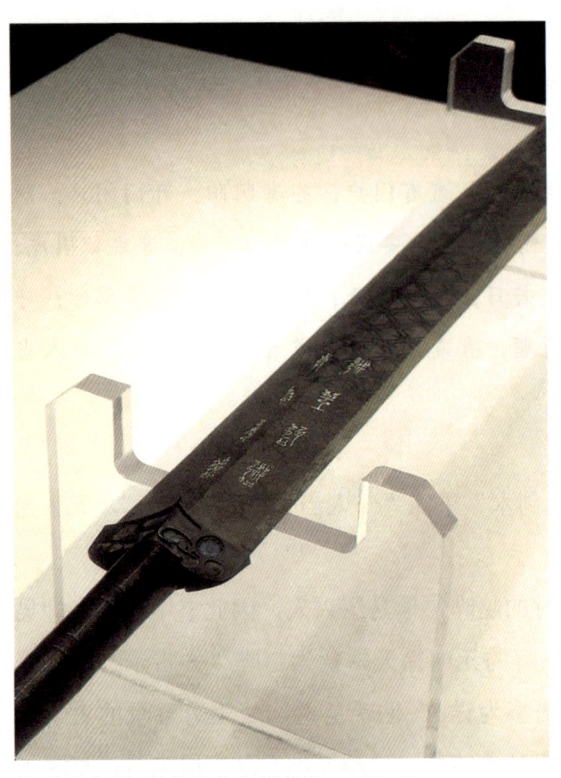

越王勾践剑，现藏湖北省博物馆　　郭强/摄

卷九十五，今本是根据《艺文类聚》补入的。

这段文字叙述袁公手折生竹，如断枯木。处女以竹枝的末梢和袁公的竹枝相斗，守了三招之后还击一招。袁公不敌，飞身上树而遁，其中增添了击刺过程。明代王世贞编纂《剑侠传》则说："公即挽林杪之竹似桔槔，末折堕地，女接取其末。公操其本而刺女。女应节入之，三入女因举杖击之，袁公即飞上树，化为白猿。""桔槔"是井上汲水的滑车，形容袁公使动竹枝时的灵动，四部丛刊本的《吴越春秋》这两个字作"颉桥"，唐代《艺文类聚》改写作"枯槁"，可见历代文人对于这段故事的增益修改。

冯梦龙的《东周列国志》第八十一回写这段故事，文字更加形象动人：

老翁即挽林内之竹，如摘腐草，欲以刺处女。竹折，末堕于地。处女即接取竹末，以刺老翁。老翁忽飞上树，化为白猿，长啸一声而去。

使者异之。处女见越王，越王赐座，问以击刺之道。处女曰："内实精神，外示安佚。见之如好妇，夺之似猛虎。布形候气，与神俱往。捷若腾兔，追形还影，纵横往来，目不及瞬。得吾道者，一人当百，百人当万。大王不信，愿得试之。"越王命勇士百人，攒戟以刺处女。处女连接其戟而投之。越王乃服，使教习军士。军士受其教者三千人。岁余，处女辞归南林。越王再使人请之，已不在矣。①

以上三段对"越女剑"故事的改写中，文人不约而同地将改写重点放在了对于"越女"的高超剑术的描述上，作家们直觉地发现了武侠小说的魅力所在——神奇武功带来了幻想，引发了人们独特审美的满足。

鲁迅说："小说亦如诗，至唐代而一变，虽尚不离于搜奇记逸，然叙述宛转，文辞华艳，与六朝之粗陈梗概者较，演进之迹甚明，而尤显者乃在是时则始有意为小说。"②

唐代以前的很多写作者，其实对于小说和史传分得并不太清楚，刘勰《文心雕龙》就曾说过，著史者往往为了迎合大众，在信史基础上，"传闻而欲伟其事，录远而欲详其迹。于是弃同即异，穿凿傍说，旧史所无，我书则传。"于是出现了杂史和杂传。当然，古人在写这些文字时，也并不认为自己是在创作小说，反而觉得自己就是在著录历史，其表象虽为小说，但却可以补史书之缺。唐代之后，独立纯粹的虚构小说创作开始出现，小说的"近史"特征消减。在传奇故事中，作者更为侧重个人的主观意识，而非事实。"越女剑"的故事，从一开始就具有的虚构成分，无疑为后来写作者提供了土壤，进而愈加丰富起来。

---

① [明]冯梦龙、[清]蔡元放：《东周列国志》，人民文学出版社，1979。
② 鲁迅：《中国小说史略》，载《鲁迅全集》(第九卷)，花城出版社，2021。

四

　　金庸在《越女剑》的写作过程中，吸收了此前各类作品对"越女剑"改写的长处，同时又吸收了相关游侠诗歌的营养。《越女剑》从第一次发表至今，尽管有版本差异，但其内容金庸并没有进行多大修改。在小说《越女剑》中，金庸首先为剑客越女阿青虚构了身份来历和家庭姓名，并通过越女的自述，详细解释了越女向白猿学习剑术的过程。

　　越女阿青是一个在乡间牧羊的女子，和母亲相依为命。她的高超剑术不完全像《吴越春秋》中所写的是苦练自悟，而是在与白猿的搏斗中逐步习练而成，这个改写既包含了自悟的成分，也吸收了游侠诗歌的说法。庾信的《宇文盛墓志》中有句："授图黄石，不无师表之心，学剑白猿，遂得风云之志。"杜牧有诗云："授符黄石老，学剑白猿翁。"都认为白猿是越女的剑术老师。

　　越女和白猿以竹枝比剑，神光离合，兔起鹘落，极具画面感，到后世演化成为剑舞，唐代杜甫《观公孙大娘弟子舞剑器行》诗序中说"浏漓顿挫""豪荡感激"，而李白诗中也说自己"起舞拂长剑"之时，"四座皆扬眉"。武侠小说描写的剑术当然不是真实中的技击，而是借鉴这种艺术化的剑舞。

　　袁公和越女的故事不止金庸写过。民国时期，还珠楼主代表作《蜀山剑侠传》中，"空空娘子"余莹姑所用剑法就是越女剑法。主人公李英琼的弟子猩猩袁星，即为袁公后代，掌中一对玉虎长剑，亦是袁公所留，并且说袁公早已修成剑仙，因败于越女之手，遁入深山隐修，在东汉光武帝时成仙。梁羽生的《大唐游侠传》中，刺客精精儿善使袁公剑术，说袁公为老猿化身，乃战国时以轻灵矫捷见长的剑术名家："用剑刺穴之法，始于袁公……据传袁公剑法，却可以在一招之内，同时刺敌人九处大穴。"

　　金庸自己在《射雕英雄传》里也说唐代末年，越女剑法被嘉兴剑术名家依据古剑法要旨，再加创新，南宋时期，越女剑法传至"江南七怪"之一"越女剑"韩小莹，后韩小莹又传至郭靖，《神雕侠侣》中，郭靖又传越女剑

越女论剑　李志清/绘

法至郭芙、郭襄。

金庸本人也自承，之所以安排白猿教授越女剑术，是受前代武侠小说的影响，他在《卅三剑客图》中说：

> 白猿会使剑，在唐人传奇《补江总白猿传》中也有描写，说大白猿"遍身长毛，长数寸。所居常读木简，字若符篆，了不可识；已，则置石磴下。晴昼或舞双剑，环身电飞，光圆若月。"
>
> 旧小说"绿野仙踪"中，仙人冷于冰的大弟子是头白猿，舞双剑。还珠楼主的《蜀山剑侠传》中，连续写了好几头会武功的白猿，女主角李英琼的大弟子就是一头白猿。[①]

金庸的改写隐含了他后期写作武侠小说的潜在创作规律，即回避神异之说，张扬人的力量。不过，越女和白猿的故事太过神奇，金庸落笔难免受传说影响。纵观金庸的15部小说，越女阿青无疑是其笔下人物中武功最高的人。小说曾写道："一千名甲士和一千名剑士阻挡不了阿青。"这种武功已经很夸张了，但我们今天看到的这句依然还是修改过的版本，在最初连载版《越女剑》中，金庸写的是"二千名甲士和二千名剑士"。

武侠小说可以塑造一些超自然的存在，但不应在整部作品中宣扬神异或怪诞的主题，它始终要传达的是人类本身作为"人"的存在时候的一种理想的状态，并借此来鼓舞读者，在人的头脑中树立自信自强的精神。

以此观之，武侠小说与西方的文艺复兴时期的某些人本主义作品，比如《巨人传》的主题是有共同之处的。诚然，对妖异之说的抵制正是新派武侠小说先进性之所在。《武侠小说鉴赏大典》中说："最大限度地发挥人的潜能，这是武侠最引人入胜的特征，"也正是这个道理。

《越女剑》小说与金庸其他的小说写作方式不同之处，还在于金庸用笔简

[①] 此段李英琼弟子之说，金庸笔误，李英琼弟子袁星为莽苍山的猩猿头目，汉时绿毛山人刘根门下苍猿转世，并非白猿。

洁,叙述灵动,采取了大量的对白和场景铺垫来推动故事发展,颇具画面感。同时,金庸还大量借鉴了电影"蒙太奇"的手法,使时间和空间迅速连接,范蠡和阿青的对话,甚至还掺杂了一些"意识流"的写法,在金庸小说写作中是很少见的。

金庸毕竟是现代作家,他不会满足对神奇武功的改写,他最喜欢和最擅长的仍然是写人,具体来说,是写人的情感。在这篇不足两万字的小说中,他以极端功利化、世俗化的政治斗争,反衬了越女阿青的崇高情感追求,宣扬了高尚的爱情观念和人性本真之美。

《越女剑》故事承袭自中国武侠小说最常见的乱世争霸下的神秘女侠模式。乱世争霸背景下,以政治人物对权力的争夺,反衬了爱情崇高的主题。夫差、勾践等视女性为政治工具,冷酷无情,更显范蠡、西施、阿青之间情感的可贵。

古今中外的爱情故事,最动人心弦的一定是悲剧化的结局。金庸当初写《神雕侠侣》,小龙女若死于绝情谷底,无疑艺术感染力可能更高。当然,金庸不肯让小龙女死去,最现实的原因就是在担心《明报》的销量。《越女剑》中,阿青的结局其实是一场爱而不可得的悲剧。小说的结尾,阿青本来是想要杀掉西施,她偏执地爱着范蠡,但当她亲眼看见了西施的绝世容颜之后,转而选择了放弃。寥寥百余字,阿青经历了杀气充盈,继而消失,紧接变成了失望、沮丧,再变成了惊奇、羡慕等情绪变化。阿青的杀心,是来自范蠡不爱她,却深爱着西

《蜀山剑侠传》初版书影　杨锐/供图

施；杀气消失，是因为她面对的竟是世间无与伦比的美丽女子；失望和沮丧，是因自叹不如；惊奇、羡慕，是西施的美超越了想象，真的比范蠡所说的湘妃还要美。阿青选择放弃杀心的第一重是被西施容颜惊艳，产生了对美的崇敬，证明人类对一切美好事物的追求出自天性。更进一步展示了阿青此刻已经不再是不谙世事的小女孩，懂得了真爱的定义："既然爱他，就让他幸福生活下去。"所以，阿青一声清啸，选择了离开。这篇小说非常短，剥离掉传奇色彩，金庸想展现的还是人性内在的冲突，这是现代小说的特征，而金庸在如此有限的篇幅中，营造出哀而不伤、委婉凄美的美学氛围，颇见功力。

坊间说金庸小说中唯一未改编过影视剧的即是《越女剑》，此说不确。1986年香港亚洲电视台拍摄了20集电视连续剧《越女剑》，由李赛凤、岳华主演，故事即改编自金庸这篇小说，当然电视剧增添了无数情节，这也是迄今为止唯一一部有关"越女剑"专门题材的影视剧。

五

《越女剑》结束后，仅仅依靠《卅三剑客图》的叙述文字，定然吸引不了读者，金庸虽没在《明报晚报》继续刊登新小说，却开始了另一项堪称巨大的工程，那就是对曾写过的13部作品逐一进行修订。修订后的作品，他放在了《明报晚报》上先行连载，也即是说《鹿鼎记》的撰写其实与金庸小说修订是同时进行。

《明报晚报》连载的金庸小说修订文本，称为"全新修订本"，并注明"增删润饰，改写修订"，但这个"全新修订本"与后来明河社正式出版单行本的"修订版"金庸作品集内容还并不完全一样，可以视为是"修订版"的初稿。《明报晚报》连载的修订版文本资料有限，非常珍贵，很少见到，仅有一位香港藏家张棠坤藏有《明报晚报》10部连载金庸小说的剪报资料。2017年2月，香港文化博物馆的"金庸馆"开展，组委会曾将这一藏品借来展出，坊间才能得窥其貌。这个版本可以佐证金庸小说文本的变化。比如《明报晚报》刊载的《射雕英雄传》修订版，还没有开篇的"张十五说书"，《倚天屠

清代任伯年绘《公孙大娘舞剑图》

龙记》中张无忌会"降龙十八掌"没有删掉。

金庸在1970年3月开始修订小说，其修订顺序，大致依据小说创作顺序，第一部修订连载的即是《书剑恩仇录》，首期连载时间为1970年10月1日。金庸在首期修订版《书剑恩仇录》连载前，写了一段文字说明，可视为金庸修订小说的初心宣言：

> 我的每一部武侠小说都在报纸上连载，每天写一段，刊一段。当旅行之时，在飞机上写，在酒店中写。记得很清楚，"神雕侠侣"中杨过断臂那一节，是在深圳火车站上写的。那时到大陆去参观，在火车站等火车，在一张黄纸上写完杨过的手臂被郭芙一剑斩断，投入深圳的邮筒寄回香港。在印度的卧车上、南斯拉夫的宾馆里、爱丁堡的餐室中，都写过武侠小说。
>
> 这样一段一段的写，印成书后，文气当然不连贯，前后的呼应照顾，伏线补笔，都感到粗疏。看到文学史上的记载，作家们怎样一次又一次的修改作品，内心总是感到惭愧……在报上写连载，有一种特殊的要求，在连载的结尾往往要安排一个"钩子"，放一个悬疑，以吸引读者明天跟着再看，这些连续而有规律地出现的"钩子"，放在整本书中，有时会显得是不必要的庸俗趣味，也往往破坏了正常的节奏，使人觉得不大愉快……所以下决心来修订一下，希望减少一点自己当年写作时的疏漏，也是对十五年中热心读者们的一个交代。

在《书剑恩仇录》连载最后一期，金庸以个人名义发了启示："此后续刊修订改写之'碧血金蛇剑'，现正在修订撰写中，约一周后可开始刊登。"第二部修订版果然是《碧血金蛇剑》，比较连载版和修订版的书名，"碧血剑"多了"金蛇"二字，金庸在连载首期又附了一段说明：

> "碧血金蛇剑"由旧作"碧血剑"修订而成，书中的金蛇郎君只在其他角色的叙述和回忆中出现，是没有正式出场的人物。而主角袁承志所

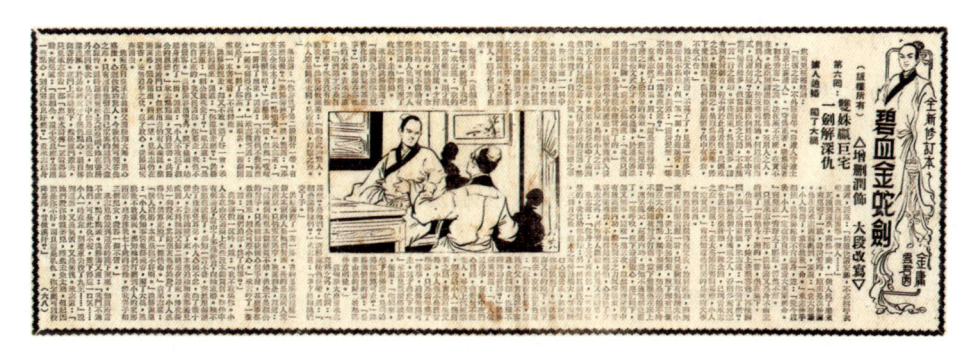

修订后的《碧血剑》1971年7月30日《明报晚报》连载页面。可以看到书名改为《碧血金蛇剑》,并有"增删润饰,大段改写"字样。
邝启东/供图

用的武器又叫做"金蛇剑",所以书名中加上"金蛇"两字,原作结局大多文本,全部重新写过。

金庸可能又改变了主意,正式出版时仍然改回《碧血剑》。《碧血剑》的修订算是金庸所有小说中花费心力最大的一部,金庸在修订版"后记"中说:"曾作了两次颇大修改,增加了五分之一左右的篇幅。"也即是说,《明报晚报》改了一次,明河社出书时又改一次,到新修版的"后记"中又说:"这一次修订,改动及增删的地方仍很多……初版与目前的三版,简直是面目全非。"这部小说从最初开始连载时,就有很多先天不足,金庸即使后期花了很大的力气,但这部小说总体水准依然不是很高。从文学创作角度来看,作品在最初版本写就之后,无论后期再怎样修订重补,并不能产生质的变化,这一点从《雪山飞狐》的写作中亦可以看到。

《明报晚报》第三部连载的是《雪山飞狐》,未见《明报晚报》连载实物,但《飞狐外传》剪报是有的,金庸在小序中,用了极大篇幅谈《雪山飞狐》的修订:

> 十多年前,写"雪山飞狐",结尾是一个悬念,曾有好几位朋友、许多读者,希望我写一个肯定的结尾,仔细想过之后,觉得还是保留原状

的好，让读者们多一些想象的余地。在我自己心中，曾想过七八种不同的结果，有时想想各种不同结果，那也是一种享受。

这些文字后来被金庸修改，收入修订版《雪山飞狐》的"后记"里。[①]但是金庸最初写作《雪山飞狐》时，究竟有没有写完？其实颇多争议，比如罗孚的儿子罗海雷就曾经提供了一种说法：

《雪山飞狐》连载期间，突然《明报》创刊，查良镛马上迅速而坚定地做出腰斩《雪山飞狐》决定，明显地是为《明报》争取读者。这个朋友回忆当时《新晚报》里很多人大骂，但父亲力主低调处理，让查良镛写了最后一节（晚报连载每日一节约千字）勉强收场。后来查良镛写过一篇文章，说《雪山飞狐》的突兀结尾，给读者留下悬念，是自己对小说创作手法一种尝试云云。[②]

《雪山飞狐》1959年2月9日在《新晚报》连载，6月18日刊载完毕，其间5月20日《明报》创刊，这种可能性是存在的。或谓，金庸若觉《雪山飞狐》有不足之处，可以在修订版之中完善。实则对写作者而言，时移世易，重写小说情节，往往是件极困难的事。

1960年10月5日，金庸应《新晚报》编辑之邀，写了篇文章，祝贺《新晚报》发行十周年，题目就是《"雪山飞狐"有没有写完？》。在这篇文章中，金庸很明确地说，《雪山飞狐》是写完了的。金庸还说，《雪山飞狐》写作之初，他就预设了两难的结局。写了没几天后，在宋乔（周榆瑞）家中宴会，座中还有罗孚和梁羽生，大家谈起了结局，都觉得这个结局比较新奇，"虽然他们未必赞同"。金庸认为，这样的结局"可以让读者们自己过一下写武侠小说的瘾，他们在自己的心里可以写出胡斐和苗若兰的结婚场面，也可以写出胡斐

[①] 金庸小说在《明报晚报》的连载情况，参考杨晓斌《纸醉金迷——金庸武侠大系》，台湾远流出版事业股份有限公司，2019。

[②] 罗海雷：《查良镛与〈大公报〉的小秘密（上）》，《大公报》2018年12月2日。

和苗人凤同归于尽的悲惨场面。"又举了西方的一个故事和马克·吐温一篇小说作为例子,"我以为这个小小的难题是很容易解决的,可是现在我却无能为力了。"

新修版《雪山飞狐》"后记"中,金庸说:"本书于一九七四年十二月第一次修订,一九七七年八月第二次修订,二〇〇三年第三次修订,虽差不多每页都有改动,但只限于个别字句,情节并无重大修改。"我曾对比过不同版本的《雪山飞狐》,如金庸所言,的确"原书十分之六七的句子都已改写过了",大改细节而未改情节,故事本身并没有变化。也许金庸当时真没有写完,敷衍了一个结尾,但后来觉得这种写法也另有一番味道,就此维持原作,亦未可知。

《明报晚报》刊登的金庸小说,是从连载版到修订版之间的过渡版本,与两者都有大幅差异,可说是另外一个非常珍贵的小说文本。

《明报晚报》自林山木出走后,销量已显颓势,依靠金庸修订小说尚能吸引读者。1978年9月4日,最后一部修订的《鹿鼎记》开始在《明报晚报》连载,直至1980年1月25日完毕。1974到1980年,金庸也在《明报晚报》连载修订版的基础上,修订自己单行本的金庸作品集。到1981年,金庸作品集修订完毕,由明河社出齐。此时负责《明报晚报》财经版的黄扬烈看财经类报纸大有可图,也宣布脱离《明报晚报》,创办香港《财经日报》,从报章内容到风格,皆模仿林山木的《信报》,但销量始终不足万份。黄扬烈向金庸求助,借款20万,却始终未能翻身。股东纷纷退股,只能再次求告于金庸。金庸提出收购报纸,也即是说勾销此前借款,由金庸负担《财经日报》拖欠款项。1982年,《财经日报》归入《明报》系统,金庸想将《财经日报》和《明报晚报》合并,也始终没有办成。到1988年,《明报晚报》再难支撑,宣布停刊,金庸遣散79名员工,补偿金就发了200多万。停刊《明报晚报》时,几乎所有人都反对,金庸却说:"作为报人,我希望她能办下去,但作为企业家,看到她亏损,且没有好起来的可能,我只能把她结束。有人说结束会对我的声誉有损坏,我说如果不结束对我的声誉也是损坏,但过后人们会认为

雪山激斗　李志清/绘

我的决定是对的"①。

当年王世瑜因与朱玫的矛盾,离开《明报》系统。1976年金庸与朱玫离婚后,金庸又请王世瑜回到《明报》。沈西城说,金庸门下有两大弟子,是他自己承认的,其一是大弟子潘粤生,其二即为王世瑜。王世瑜追随金庸几十年,即使移民加拿大,每年11月,必回港探望金庸。他视金庸为义父,金庸也一直当他为义子,两人无所不谈。在王世瑜眼中,金庸极其聪明,他说:"查先生好眨眼,一眨,主意就来了。"但王世瑜也说,金庸一生很少错看人,却错了两次,一次是放走了林山木,让他去创办了《信报》,另一次是将《明报》卖给于品海。王世瑜顿足搥胸说:"这是一个极其极其错误的决定。"

1993年,金庸退休转让《明报》,4月1日,"于品海取代查良镛出任明报企业有限公司董事局主席",金庸只任名誉主席,其主政《明报》的时代实质已经结束了。到1994年1月1日,金庸辞去名誉主席职位,《明报》不再是他的《明报》了。金庸此次识人不明,一世英名败在了这笔转让上。1994年,于品海因错误投资和曾隐瞒在加拿大获罪的消息,为《明报》造成了不良影响,1995年,《明报》又转售给马来西亚的木业大王张晓卿,无复当年规模。金庸恐怕做梦也想不到,仅仅两年,于品海就会将《明报》卖掉。

《明报》在金庸之手管理了34年,同样,《信报》在林山木手上,也存在了33年,既是巧合,亦有规律。2006年,林山木将一手创办的《信报》转给了李嘉诚次子李泽楷。《信报》当年以其严肃的财经报纸形象独树一帜,林山木的"财经短评"享有极高知名度,进入新世纪,由于香港报业的竞争以及来自新媒体的挑战,《信报》从日销量最高的50多万份,降至6万份,林山木无力回天。

中国的报业从晚清诞生伊始,就产生了以办报人的背景,去界定报纸类别的特色,于是有"官员办报""文人办报""商人办报"之说。中国的文人,就是读书人,崇尚言论,崇尚报效国家。《大公报》的总编辑张季鸾曾在1941年5月5日的《大公报·重庆版》本社同仁的声明中说:"以本报为例,假若

---

① 冷夏:《文坛侠圣——金庸传》,广东人民出版社,1995。

本报尚有渺小的价值，就在于虽按着商业经营，而仍能保持文人论政的本来面目。"

金庸办报的方针实则一直延续着《大公报》的思路，他对文人论政和商业经营有着不变的情怀。文人办报会有很多缺点，因为文人的目的在于家国情怀，报纸反而成为手段，一旦文人被执政者招揽，报纸也就不复存在了，而文人办报往往喜欢借题发挥，重视言论，轻于事实发掘，这也形成了报纸发展的障碍。林山木的办报风格师承金庸，亦属文人办报。昔日香港，《明报》《信报》一时瑜亮，对其最为推重的，也正是文化界和知识界。《信报》转让，宣告香港文人办报的终结。在时代的浪潮中，文人的情怀终究在市场的竞争中归于沉，画上了历史句号。

2008年，林山木公开宣布，他由原来的自由资本主义的倡导者转向赞成社会主义，认为"社会主义的确能够维系社会公平"，引发香港业界震动。曾接手《明报》的于品海于2015年在北京大学马克思主义学院攻读了马克思主义哲学博士。商业化的香港报人，如此转向，真是世事沧桑，莫可定论。

金庸的武侠小说成于香港报业，《明报》曾在一天的版面中，连载7篇武侠小说，而最终武侠小说也见证了报业的退潮，消泯在夕阳下的香江波涛中。

翻译家金庸

一

2022年，一本名为《谈心：与林青霞一起走过的十八年》的书出版，作者金圣华，写她和大明星林青霞的友谊，以及彼此间关于阅读、写作、生活的心得体会。坊间肯定更熟悉明星，但在翻译领域，金圣华是学术界的名教授，远非"明星"可比。金圣华是法国巴黎索邦大学博士，香港中文大学的翻译系教授、荣誉院士及翻译学荣休讲座教授，另一社会职务是香港翻译学会荣休会长、荣誉会士。金圣华曾两度担任香港翻译学会的会长，为推动香港翻译工作做出了贡献。

按传统说部习惯，谈金圣华教授，算是"楔子"，为了引出香港翻译学会。2021年是香港翻译学会成立50周年，因为疫情，学会举办了多场线上的系列讲座，在东亚地区颇具影响。50年间，香港翻译学会一直活跃在香港文化领域，促进与翻译、语言和跨文化的交流。

倒退50年，时维1971年10月6日，香港翻译学会（Hong Kong Translation Society Ltd，简称HKTS）成立，这是香港唯一的翻译学者和翻译专业人士组织，定期出版会刊《译讯》及学术期刊《翻译季刊》，出版翻译论文集及专书共十余种，设立了两个翻译奖学金。

查阅文献，关于香港翻译学会的历史，有这样一段描述："1971年10月6日，'香港翻译学会有限公司'在香港正式注册成立。七个月前，七位会员

Louis Cha, T. C. Lai, Meng Ma, Stephen C. Soong, Alex H-H Sun, Philip S. Y. Sun 和 Siu-Kit Wong 作为发起人,召开成立大会,旨在香港成立一个非营利的学术团体,以促进与中文翻译有关的标准、交流、出版和研究。这些发起人,包括六位杰出学者和一位著名武侠小说作家兼报纸出版家,他们秉持的坚定信念,铭刻于学会章程中。"[1]

熟悉金庸生平的人,会立刻反应过来,Louis Cha,正是金庸的英文名字,其他六位,分别为:赖恬昌、马蒙、宋淇、孙鸿辉、孙绍英及黄兆杰,皆为香港地区著名的学者和翻译家。

香港传播学奠基人余也鲁,亦是翻译家、出版家,洵为香江学林翘楚,曾出版《余也鲁日记:夜记香港百天》一书,其阅历既丰,交游又广,在日记里写了不少香江学界的掌故,特别提到"香港翻译学会"成立,并言学会之发起宣言,即由金庸起草。岁月嬗递,文字难觅,不知昔日金庸怎样说明香港翻译学会的成立缘由,或许上面这段文字有可能就来自金庸最初起草的宣言。对于七位发起人所秉持的信念,他们这样阐释:

> 提高翻译水准,协助中文及其他语言的翻译培训,鼓励学者投身重要著作的汉语和其他语种翻译,以适应社会发展的需要、促进文化交流,并以此目的:
> (一)召开学会会议;
> (二)出版书籍或期刊,赞助翻译方面的研究,举办专题会议和从事符合本会宗旨的其他活动;
> (三)印刷、出版、出售、出借或分发本会会刊或报告。

金庸与其他六位学者相比,似乎距离翻译这个职业有些远,但寻觅金庸的早年经历,他对翻译一直情有独钟,这是不争的事实。金庸的一生除了写有武侠小说、新闻评论,还留下了大量翻译作品,可惜湮没在武侠和新闻两

---

[1] 此为笔者自行翻译,无中文版本,若有舛错,以英文原文为准。英文原文来自香港翻译学会官网。

大光环下,不为人所知。

二

1945年2月20日,已是抗日战争的后期,一份《太平洋杂志》在大后方重庆创刊出版,封面上标注由太平洋出版社发行,社址在重庆弹子石大有巷4号,印刷方为警声合作社印刷部,其地址为弹子石大佛段61号,二者相距不远。这份杂志非常短命,仅出版一期,创刊号亦即终刊号。

《太平洋杂志》有64页,内容包括时事、学术、文艺、翻译等文章,颇为充实,很能迎合不同读者的口味。这本杂志的编辑是查良镛,发行为张凤来。

前一年的1944年,金庸20岁,因有游历外国的想法,遂产生了当外交官的理想,就读于中央政治学校外交系。中央政治学校是国民党"党立的最高学府",其前身是中央党务学校。这年上半年,大一学期结束,金庸的学习成绩名列全校第一,但到了秋天,他却不得不离开学校。他回忆这段往事时曾对严家炎教授说:"抗战后期我在重庆中央政治学校念外交系,那个学校国民党控制很严,国民党特务学生把很多人看做'异党分子',甚至还乱打人。我因为不满意这种状况,学校当局就勒令我退学。"[1]

失学的金庸想到了表兄蒋复璁。蒋复璁是海宁硖石人,军事家蒋百里的侄子,1940年,任国立中央图书馆的首任馆长。透过蒋复璁的关系,金庸进了中央图书馆阅览组工作,名义是干事,具体工作是登记借书和还书,时间为每天下午两点到晚上十点。这份工作薪水不高,仅仅糊口,但在管理图书的同时,给了年轻金庸一个大量阅读的机会,他集中读了大量西方小说,包括英文原著《撒克逊劫后英雄略》(今译《艾凡赫》),并英法文互参读了《侠隐记》(今译《三个火枪手》)《基度山恩仇记》(今译《基督山伯爵》)。

图书馆的工作任务不重,颇具生意头脑的金庸,萌发了办一份杂志的

---
[1] 严家炎:《金庸小说论稿》,新星出版社,2021。

念头，他后来在《太平洋杂志》创刊号的"编后记"里，谈到了创办初衷：

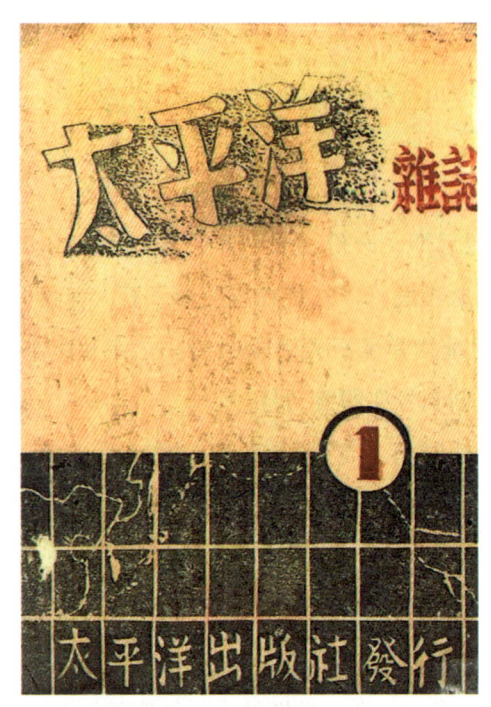

> 我们在重庆，外埠的友人常会写信来说："希望寄一些新的刊物给我们吧！"但寄什么给他们好呢？重庆好的刊物很多，但未必正合他们的需要。学政治经济的要一些资料；学文学的想看些最新的作品；学科学的想知道世界上科学进步到了什么地步。生活太无聊的要求些刺激；生活太紧张的人要求得到解脱。我们想到，应该有一本刊物能普遍地满足这种需要。于是我们着手筹备了，希望这是一本范围极广的刊物，希望这是一本能适合大众需要的刊物。

《太平洋杂志》封面书影

金庸对读者市场的需求极为敏锐，1939年12月，他15岁，因同学张凤来、马胡銎都有弟妹要投考初中，但找不到合适的参考书，于是搜集材料给他们作为参考。在此基础上，金庸编辑了《献给投考初中者》一书，于1940年5月出版，这是他的第一本书，问世一年，印行20次，销量10万册，带来了丰厚的报酬，直到1949年3月，南光书店还在出版《献给投考初中者》，可见此书的长销程度。金庸若干年后回忆往事，对池田大作说："我创办《明报》而得到成功，大概就源于这种洞悉读者心理的直觉能力。"

金庸觉察到读者的需求，于是拉上张凤来等三位同学，想要办一份杂志。穷学生哪里有钱，只能四处告借，筹措经费，所得不过杯水车薪。杂志最大的支出是印刷费，金庸后来找到重庆大东书局的老板，勉强答应赊账印刷一期。

重庆当时流行美国杂志《大西洋月刊》，这是一本文学和文化评论杂志，1857年11月创刊，至今仍在出版，在美国颇具影响力。据说当年宋美龄很喜欢这本杂志，经常翻阅。金庸蹭了这个热度，为自己这本杂志取了个相类的刊名《太平洋》。

三

一期杂志需要的内容不少，作为新刊，稿源是个问题，但是从创刊号目录上的13篇文章来看，有《齐格菲防线大战记》《意大利投降内幕》这样关注世界战事的译文，也有《飞弹之谜》《最近的诺贝尔奖金获得者》的科普文章，还有文学类的《少年彼得的烦恼》《安娜与星罗王》等小说、散文等，做到了普遍满足读者的需要。金庸自己还以"查理"笔名发表了长篇小说《如花年华》首章，占了7页，约有9000字，这或许是金庸自己的第一部长篇小说，可惜未完。

杂志中的文章以译文为主，目录上的译者除了"查理"，还有段一象、良莹、张捷、贾鼎治、王人秋、俞淬、马玮等，其中贾鼎治是中国现当代翻译家，1925年出生，新中国成立后任新华通讯社国际部译审，当时年少，正在重庆，其他翻译者的名字无从可考，考虑金庸在中央图书馆的便利条件，以及出刊的紧迫时间，推测这些翻译者大多是金庸自己，他为了让读者感觉本刊实力强大，供稿者甚众，换了不同的"马甲"，《太平洋杂志》可称金庸最早的"译文集"。金庸利用国立中央图书馆的丰富资料，每天得空就翻译，下班后，又带着《英汉词典》，赶到同处两路口地区的美军俱乐部，抢译新到的外国报刊上的文章。他以查理为笔名，在"发刊词"里宣示了办刊的宗旨——传播知识，传播真、善、美：

> 一本理想的综合刊物，应该能够传播广博的知识，报道正确的消息，培养人们高尚的艺术兴趣与丰富的幽默感。真理、善良、美丽，都是十

分宝贵的东西，为了要获得这些，几千年来不知道有多少人尽了终生的努力，甚至牺牲了生命。我们这本杂志，就是集拢这些美丽的东西献给你。渺小的蜜蜂从各种花朵里制出蜜来，我们希望这蜜是甜的。

愿望是美好的。《太平洋杂志》虽投读者所好，首印3000册，上市不久就销售一空，这给了金庸莫大鼓舞，他积极筹备第二期，结果因纸价飞涨，印刷方不肯继续赊账，理想输给了现实，杂志就此寿终正寝。

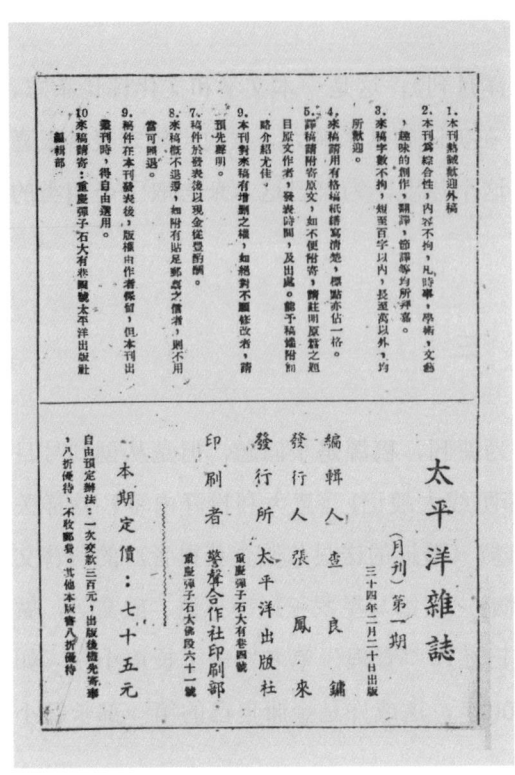

《太平洋杂志》版权页书影

在杂志的最后一页，还有金庸为自己打的"广告"，除了杂志，他还要雄心勃勃出版翻译丛书，起手就是两套重量书：

一是大仲马《基督山伯爵》的全译本：

　　本社新书预告
　　世界文学不朽巨著
　　基度山伯爵（全译本）
　　大仲马原作
　　查良镛译
　　大仲马最精彩之杰作，西洋流传最广之小说。
　　史蒂文孙说："此书极度迷人，没有人能看了第一章而不一口气看到

270

末一章"。每个西洋人都知道基度山伯爵就像中国人知道关公和贾宝玉。

书中包含了一切使人兴奋的情节：爱情、战争、决斗、阴谋、复仇、报恩？越狱、自杀、假死、发疯、复辟、退位、党争、强盗、绑票、偷窃、结婚、得宝、炫富、化妆、暗杀、航海、覆舟、纵火、赛马、比枪……

全身疯瘫用眼睛说话的老人。

为了儿子而毒杀四人的美妇。

与父亲信仰相反，活埋自己儿子的法官。

拿女儿当生意经的银行家……

译文流畅，语句美丽。

本书第一册在印刷中　第一册实价二百五十元

欢迎预约及批销　预约八折

出书后，预约者优先寄奉　批销六五折

二是英文选集：

二十世纪英文选

俞杨等选编

1.所选各篇均为二十世纪之杰作，现代人应读现代英文。

2.作家为英美第一流文豪，如萧伯纳，拉斯金，威尔斯，马克·吐温，高尔斯华绥，罗素，哈代，辛克莱，贾克伦敦，巴蕾，吉卜林等。

3.每作家选一代表作，自一文可窥见一文豪之作风。

4.每篇题材各个不同，抒情，议论，描写叙述等均有。

5.每篇长短相仿，均系精短可资背诵。

6.文首附有作家小传，及该文之地位。

7.篇末详细注释生字，难句，用于自修教科均即适宜。

从这两份书籍预告来看，金庸深谙读者的心理。我们今天关于文学，总有"纯文学"和"通俗文学"的分野，文学的体裁愈加固化，评论家们对文学的价值，总有一种自信，认为"纯文学"在时间面前更具优势，"通俗文学"意味着流行一时，"纯文学"则更能永恒。可若真放在时间背景下考察，这个观点颇可商榷。雨果诞生两百周年时，法国的报章上有"谁还在阅读雨果"的疑问，但我绝不会怀疑，与他同一年出生的大仲马依然会有读者群。

《基督山伯爵》的广告中，金庸使用了极为吸引人眼球的词语，也可见他已经下定决心翻译这部长篇小说。若读者不想读长篇，金庸亦很贴心，备有《二十世纪英文选》，著名作家的短篇作，一次可以读完，还能用于背诵和学习。

金庸翻译的《基督山伯爵》计划出版多少册，无法可考，但第一册售价250元，价格不菲。当时中央图书馆馆长蒋复璁月薪560元，金庸自己的月薪仅有50元左右。抗战时期，民国政府发行的货币恶性通胀，重庆物价到抗战后期上涨了1560多倍。居住在重庆的老舍曾回忆，起初四川的东西便宜，"一角钱买十个很大的烧饼，一个铜板买一束鲜桂圆"，但从1940年起，物价几乎一天一倍的上涨。作家张恨水提到他初到重庆时肉价2角一斤，5年后肉价暴涨到三四十元一斤，他要同时创作7部小说，写小说的过程中还不时发表散文、杂文、评论等，以换取稿费养活一家人。

同期比较，一册《基督山伯爵》的文字量不会太少，可以推测金庸已完成了相当数量的译文，而他的生活境遇也可想而知。如果《太平洋杂志》能有后来《明报》的命运，金庸大抵第一部出版的小说就是翻译作品了，但时代和命运交织在一起，没有那么多"如果"。金庸彷徨无计之时，巧遇一位熟人，让他决定从中央图书馆辞职，就此离开了重庆。

四

1942年夏，金庸从衢州中学毕业，江浙沦陷，他前赴重庆报考大学，一路行经浙、赣、粤、桂、湘五省，至湖南时路费罄尽，正好中学同学王铎安的哥哥王侃在湘西泸溪办湖光农场，金庸遂寄居农场。湖光农场主要种植油桐树和油茶树，还建有苗圃，培育油桐树苗，金庸在这里半工半学，直到

1943年夏，才考取中央政治学校。

1945年的春天，《太平洋杂志》第二期夭折，金庸对前途更为迷惘，恰好王侃来重庆办事，二人重逢，他再度邀请金庸帮他经营农场，重要的是，许诺如果经营有方，油桐树栽植成功后，将会资助金庸出国，这个条件让金庸颇为心动，便答应了下来。4月19日，金庸从中央图书馆离职，与当时已从中央大学休学的高中同学余兆文一道前往湘西农场。

湖南大学于1938年内迁至辰溪县，距离农场不远，金庸便想借读湘大（可能是指湘潭大学）重续学业，于1945年8月8日，写信给湖南大学校长胡庶毕："……恳请先生准予在贵校借读以成生负笈后方之志……如蒙允许，生愿受严格之编级试验，或请准予暂在四年级第一学期试读，如成绩不及格可即予开除，但求能赐予一求学机会……自知所请于贵校规定或有未合，惟请先生体念陷区学生环境之特殊、情况之艰苦，准予通融借读或试读……"[①]并备言自己为了求学，千里辗转，突破日军防线的艰辛经历。金庸言辞虽切，但校方未予通融，胡庶华校长于18日按有关规定签字批复："关于借读需向教育部请求分处，本校不能直接收容。"回绝了金庸的请求。

金庸多年后回忆自己寄居湘西的经历，称"那是在自己最穷困潦倒的时候，"[②]彼时之失意，溢于言表。金庸《笑傲江湖》中令孤冲抓青蛙吃的细节，即是来自当时他饥饿的真实经历。如此困境，陪伴金庸的还是翻译。他从重庆离开时，带了一箱书，多为外文书籍，或者就是他准备编选《二十世纪英文选》的书籍原本，他在农场开始试译《诗经》，并计划编写一本《牛津袖珍字典》，可惜都未能完成。

湘西闭塞，抗战胜利的消息稍晚才传到金庸耳中，由于王侃的一再挽留，他直至1946年6月才离开湖南回到浙江。

金庸后来在和池田大作对谈时说："我在1946年夏天就参加新闻工作，

[①] 湖南省档案馆"国立湖南大学·人事类·关于各处学生请求借读等资料·自1945年起至1948年"的221号档案卷宗第35页之查良镛书信。转引自《金庸年谱简编》。

[②] 万润龙："华山论剑"，79岁的金庸是如何上山的？——我与金庸先生的交往（之十一）。此文在文汇报官网刊载。

最初是在杭州的《东南日报》做记者兼收录英语国际新闻广播。"[1]杭州《东南日报》于1927年3月12日创刊，1937年2月1日社址迁至杭州众安桥畔，大楼五层，是当时的地标建筑。《东南日报》是浙江地区有名大报，中华人民共和国成立后并入浙江日报社。不过进入东南日报社的时间，金庸记忆有误。浙江档案馆馆藏有东南日报社的全宗档案，其中有职工登记表、金庸签下的"东南日报社职工保证书"以及离开报社时的"辞呈"。按照职工登记表记载，他进社日期是"三五年十一月二十二日"，亦即是1946年11月22日，介绍人是陈向平。

陈向平又名陈增善，1909年出生，1926年在宝山县立师范读书时就参加了中国共产主义青年团，抗战全面爆发后秘密加入了中国共产党。1939年，陈向平担任《东南日报》副刊《笔垒》主编，1941年，陈向平从来稿中发现一篇散文《一事能狂便少年》，读后深为赞赏。这篇稿子出自正在读高中的金庸之手，二人相识后，结成了忘年交。金庸早期的一些散文多发于《笔垒》副刊。

《东南日报》分"云和版"与"南平版"，抗战胜利后，"云和版"回杭州出版，"南平版"则迁上海为总社。1946年，金庸回到家乡浙江海宁，风尘困顿，已无法继续求学，他想起陈向平，遂写了一封信："……陈老师，还记得良镛载于《笔垒》的文章《一事能狂便少年》……良镛在湘西油茶农场年余，发展未果，故回浙江家中闲待。战争流离尚已结束，良镛思虑再三，欲在杭州谋一职糊口……"

陈向平接信后，向杭州《东南日报》总编辑汪远涵推荐了查良镛。汪远涵是浙江温州人，毕业于复旦大学，1939年和陈向平一同进入东南日报社工作，从编辑一路做到总编辑。金庸初到编辑部，说是外勤记者，汪远涵给他安排的任务却是"翻译"，按"东南日报社职工保证书"上提供的说法"兹保证查良镛在贵社任记者兼收英文广播，工作服务期内，确能遵守社方一切规章，听从调度，谨慎奉公……"这份工作实则就是收听外国电台，比如美国

---

[1] 金庸、（日）池田大作：《探求一个灿烂的世纪（金庸/池田大作对话录）》，北京大学出版社，1998。

金庸1941年9月4日在《东南日报》副刊"笔垒"发表散文《一事能狂便少年》

之音（VOA）、英国广播公司（BBC）的英语广播，选择可用的翻译。金庸偶尔也会翻译一些英文报纸上的短文，以备报纸缺稿时使用。报社没有录音设备，这种国际新闻稿全靠直接收听后翻译，金庸晚上八点开始工作，边听边记，最后凭借记忆全文译出。

五

进入东南日报社不久，1946年12月5日，金庸即在《东南日报》第三版上发表《英国最近的外交政策——艾德礼表示支持联合国》，这是金庸翻译伦敦《泰晤士报》记者斯蒂特的一篇稿子，署名"查良镛译"。金庸出色的翻译水平，给汪远涵留下很好的印象。1988年，汪远涵与金庸通信时还提到这件

275

事,印象深刻:"上海总社的陈向平先生介绍你来杭,做这份收听和翻译的工作……陈向平询问过你在《东南日报》的境况,我说你英文水平相当高,行文流利,下笔似不假思索,翻译特好。"

同学余兆文来杭州,非常震惊金庸的工作:"外国电台广播,说话那么快,又只说一遍,无法核对,能听懂就已经很不错了,你怎么还能逐字逐句把他们直译下来?"金庸则解释:"一般说来,每段时间,国际上也只有那么几件大事,又多是有来龙去脉的,有连续性。必要时,写下有关的时间、地点、人名、数字,再注意听听有什么新的发展,总是八九不离十,不会有太大差错。"足见金庸在翻译上的功力和严谨写作态度。

金庸在东南日报社工作不到一年,其间作为外勤记者写了些访问文章,还在《东南日报》副刊《东南风》和《东南周末》主持"信不信由你""咪咪博士答客问"栏目,其他主要是译文。这些译文除在《东南日报》发表,也刊登于上海的《时与潮》杂志,比如《西伯利亚的神秘城》《苏联也能制造原子弹》《五国和约的检讨》等等,除了署本名查良镛,也使用了"查理""白香光""香光"等笔名[①]。

1947年的六七月间,上海的《大公报》公开招聘三名翻译,金庸看到消息后报了名。当时《大公报》在新闻界如日中天,员工待遇高、收入稳定,因此应聘人数达到109名。《大公报》最后选了10人进入笔试,金庸幸运位列其中。笔试试题由《大公报》翻译主任杨历樵拟定,并最终由他阅卷打分。"试题英文电报一,社论一,译为中文"。[②] 金庸只用了65分钟就第一个交卷,随后,他顺利通过了口试。不得不说,金庸的翻译功底和《东南日报》的报业经历起了关键作用,他成为第一个被录用者。

当时金庸的堂兄查良鉴任上海市法院院长,并在东吴大学法学院做兼职教授,通过这层关系,以及中央政治学校的学历,金庸在上海停留期间,进入上海东吴大学法学院插班修习国际法,继续未完成的大学学业。10月6日,

---

[①] 赵跃利:《金庸笔名知多少》,此文刊载于澎湃新闻网。
[②] 特约记者:《关于招聘翻译》,《大公园地》复刊第13期(1947年11月)。

金庸以此为由，向东南日报社申请"准予赐请长假"，"拟至上海东吴大学法学院研究两年"。第一次的报告批有"慰留"字样，他于同日再次递交申请，眼见他去意已定，报社"勉予照准"。10月底，金庸进入上海《大公报》工作。

金庸在《大公报》上的是夜班，白天在东吴大学完成学业。他在上海《大公报》工作时，发表了很多关于国际社会新闻或人物的评论文章，译文颇多，除了《大公报》，金庸还在《时与潮》杂志兼职编辑。

《时与潮》杂志封面书影

《时与潮》杂志专门报道国际问题，也评论国内新闻事件，1938年在武汉创刊，8月即迁重庆，抗战期间坚持出版，是大后方最畅销的刊物之一。台湾学者齐邦媛的《巨流河》回忆抗战时期的"人和事"，特别说到《时与潮》："在那个时代，那样遥远的内陆山城，《时与潮》是很受欢迎的刊物，政府与民间都很重视，几乎每次出刊立即销售一空。许多人说那是水深火热的战线后面的一扇窗户，让我们看到外面的世界。"[①]抗战胜利后，《时与潮》曾停刊，后于1946年12月在上海复刊。

《时与潮》以"报导时代潮流，沟通中西文化"为宗旨，实则主要从日本、英国、美国等公开出版的杂志上，选译国际政治、经济、军事、文化等文章。金庸本人几乎没有在公开场合提过自己在《时与潮》的这段兼职经历，只能从《时与潮》上发表的大部分的译文和编辑署名有所窥见。仅1947年11

[①] 齐邦媛：《巨流河》，生活•读书•新知三联书店，2011。

月1日，金庸就在《时与潮》半月刊第二十八卷第六期发表《苏联陆地战略的秘密》)、《如何避免第三次世界大战》《莫洛托夫的左右手》，同日，在《时与潮副刊》第八卷第五期发表译文《SVP——万能服务处》《电脑》《了解你的头发》《铝是一种新药吗?》。在《时与潮》半月刊发表译文最多的一期，是1947年12月16日的第二十九卷第三期：《资本主义与世界和平》《社会主义与共产主义》《巴勒斯坦怎么分治》《法国饥馑的原因》，一口气连登四篇[①]。

1947年12月1日，《时与潮》编辑部从上海市长春路392号迁到梵皇渡路（今万航渡路）618号，这是一幢气派的花园洋房，俗称"小白楼"。《时与潮》的总编辑邓莲溪因是国民党立法委员，占据了这处洋房，作为编辑部。

邓莲溪之所以请名不见经传的金庸来当《时与潮》半月刊的主编，其实不过让他一个人独立担负编辑、发稿任务。当时老同学余兆文去上海探望金庸，看见编辑部设在楼下一间豪华小客厅，楼上有很多客房，但金庸却栖身在一处阁楼中，可见当时金庸在邓莲溪心目中的位置。

金庸也对老同学余兆文说："不瞒你说，我为《时与潮》杂志曾经翻译过一些文章，他们大概是看中了我动作快这个特点吧。在杭州《东南日报》工作时，我一收到这里寄去的原文稿件，看一遍后就着手翻译。一篇一两千字的文章，我两个小时就脱稿了，既不需要誊写，也不需要修改，所以当天就把译文寄给他们。这样翻译了一段时间后，不知是什么原因，《时与潮》杂志社就来信说要聘请我做杂志的主编。"[②]

邓莲溪1949年1月27日殁于"太平轮"事件，《时与潮》杂志也在1949年2月停刊。今日"小白楼"仍在，属上海美术电影制片厂的一部分，听说未来将成为上海动漫产业园区。世事沧桑，莫可预料。

[①] 赵跃利：《金庸笔名知多少》，此文刊载于澎湃新闻网。
[②] 傅国涌：《金庸传》，北京十月文艺出版社，2003。

六

金庸在上海《大公报》工作至1948年3月,草草结束了在东吴大学法学院的学业,前往香港。3月15日,《大公报》港版复刊,急需一名翻译,原定张契尼去,但他因太太临盆,不能前往,报社派24岁的金庸南下香港补缺。金庸原想短暂停留,却没有想到命运难测,他这一去,毕生的事业和荣光就留在了那里。

《大公报》港版复刊后,没有自己的办公地点,租用的是《新生晚报》的二楼,地址位于中环的利源东街15号,这里一切简陋,工作辛苦。金庸继续翻译电讯,更担任国际新闻版的编辑,协助编辑国际新闻版。《大公报》宿舍是普通的四层旧楼,位于中环坚道赞善里8号楼,距离利源东街隔两条街,走路只需十来分钟,金庸中午吃饭,下午睡觉,晚上工作。除了新闻类的译文,他用"镛"的笔名还翻译了一个长篇《我怎样成为拳王——乔路易自传》,从1948年12月10日连载至1949年3月16日,共47期,连载开始前,有一段小引,估计为金庸所加:"本文于十一月八日起在美国《生活画报》刊载,是世界重量级拳击冠军乔路易的生活史,叙述他怎样从一个农奴的家庭中生长为世界闻名的拳王,其中包括许多拳击中的要诀。"

1949年6月,一个名叫陈文统的广西青年从岭南大学毕业,前往香港求职。语言学家王力给他写了

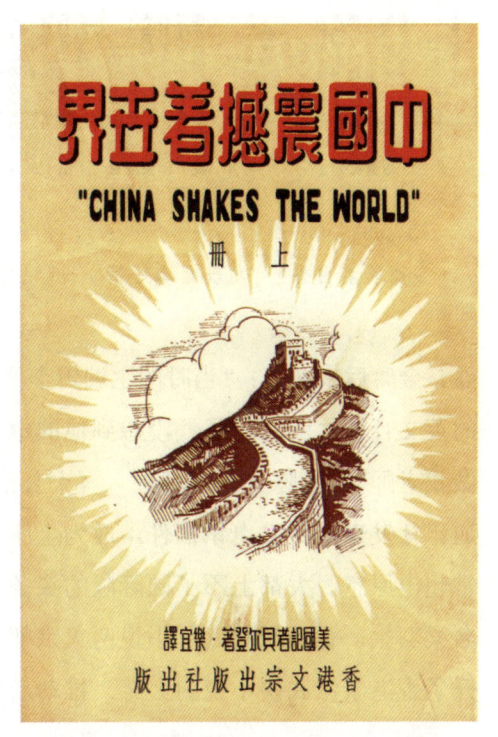

金庸译作《中国震撼着世界》封面书影,香港文宗出版社,1952年3月

一封送交《新生晚报》的推荐信，岭南大学校长陈序经则推荐他去见香港《大公报》的总负责人李侠文。陈文统先去《新生晚报》，结果被婉拒，他又去见李侠文，所幸李侠文也是岭南大学出身，看了陈序经的信，答允下来。数日之后，陈文统收到了参加测试的通知。

考试的主考官是金庸，他给陈文统出的题目是翻译新闻稿件，总共三条：一条是中文译英文，另两条分别是路透社和法新社的英文稿，需要译成中文。

这个题目不算很难，陈文统有所准备，记熟了专用单词，答了一小时便交了

金庸署名白香光，发表翻译短篇小说《记者之妻》页面

卷。金庸后来回忆："当时的主编辑李侠文先生委托我做主考。我觉得文统兄的英文合格，就录取了，没想到他的中文比英文好得多（他的中文好得可以做我老师）。"[①]陈文统顺利进入《大公报》，最初也在编译组，负责翻译国外通讯社发来的英文电讯稿件，成为金庸的同事，只是他的译文太重文采，常常超出原意，大都上不了国际版的头条。当然，后来陈文统写武侠小说，笔名梁羽生，香港新派武侠小说两大宗师就这样结识了。梁羽生和金庸共同掀开了香港新派武侠小说的大幕，推动新派武侠小说跃上历史舞台，但两人的

---

① 金庸：《痛悼梁羽生兄》，《明报月刊》2009年3月号。

性格与理想全然不同，金庸强调个人主义，国际化的阅读为他的小说带来了人物内心的体悟，而梁羽生雅善辞藻，注重集体主义，这些从二人对待译文的态度上就可以窥见苗头，却都没有脱离时代给予他们的烙印。

金庸在《大公报》系统一直工作到1958年，在这期间，他翻译的作品除了国际电讯，主要集中在几类：其一，是长篇的新闻报道，比如以"乐宜"为笔名翻译的美国记者贾克·贝尔登的长篇纪实《中国震撼着世界》，从1950年到1951年9月20日，连载于《新晚报》，由香港文宗出版社结集出版，分上下两册，1952年3月初版2000册，3个月后再版，又印1000册。他还翻译了美国《星期六晚邮报》上的《朝鲜美军被俘记》，同样在《新晚报》上分8期连载。1952年1月到6月5日，翻译了英国记者R·汤姆逊撰写的长篇报道《朝鲜血战内幕》，也由香港文宗出版社结集出版；其二，是文艺评析，他以"子畅"笔名，翻译了美国剧作家J·劳逊的《美国电影分析》86篇，1954年7月18日至10月20日，连载于《大公报》，此外，还有《荷里活的男主角》《论"码头风云"》《我怎样学舞》等文章；其三，是生活情感和社科哲思，比如以"子畅"笔名翻译的法国作家莫洛亚《幸福婚姻讲座》等。

翻译这几类文字之余，金庸心中仍然没有忘记小说。当年在《太平洋杂志》创刊号上，金庸自己已尝试

《大公报》1948年9月14日第七版"大众顾问"栏目页面

撰写篇幅长一些的小说，也开始翻译《基督山伯爵》。翻译小说不同于其他社科译文，首要就是文学性，要求译者本身有相当的文学修养，才能为其他语种的读者揭开原作者的神秘面纱，这种字斟句酌，无疑是个艰难的过程。

七

金庸曾和梁羽生、百剑堂主陈凡一起在《大公报》上开过"三剑楼随笔"的专栏，三人轮流"坐庄"，1956年12月26日，轮到金庸，他写了篇《圣诞节杂感》，后来很多研究者提到这篇文章，注意到的多为金庸父亲在他读中学时，为他买了一本狄更斯的《圣诞述异》，其实文中金庸特别提到了自己翻译小说：

> 我曾译过美国短篇小说家丹蒙·伦扬的那篇《圣诞老人》。故事是说一个善心的强盗劫了一批珠宝，去放在他爱人老祖母的圣诞袜子里。这位老太太快要死了，她一生都相信圣诞老人会在她的袜子里装进些礼物，在临终之前，这愿望终于达到了。这个强盗由于穿了圣诞老人的服装，埋伏着要打死他的敌党竟然没有认出他来，因而逃得了性命。这是一篇惊险而滑稽的故事，但在人物的内心，蕴藏着善良和温柔。①

丹蒙·伦扬是谁呢？这个名字现在通译为达蒙·鲁尼恩（Damon Runyon），1946年逝世，美国新闻记者、短篇小说作家，旧书网上可以搜到他的书，不过没有中文译本。达蒙·鲁尼恩出身美国的一个新闻世家，祖父和父亲都是报商，1898年，他参军服役，经历过美西战争，退役后给多家报纸写稿，后来作为体育记者写了很多棒球比赛的文章，深受欢迎。1967年，他去世21年后，还被列入了棒球名人堂。

鲁尼恩为人仗义，荡检逾闲，赌博、酗酒、吸烟、婚姻出轨样样不缺，

---

① 金庸：《圣诞节杂感》，载《三剑楼随笔》，学林出版社，1997。

其赌品不佳，喜欢打听内幕消息下注，赛马是他写作中的主题。美国富兰克林图书馆（Frankin Library）的世界最伟大作家系列（The World's Greatest Writers）在1979年收录了他的小说集《红男绿女》（Guys and Dolls）。富兰克林图书馆多是出版世界经典、美国经典、普利策获奖等系列丛书，早期代表了当时书籍装帧印刷艺术的天花板，成品全真皮装帧，竹节书脊，内文为无酸厚道林纸，配以精美插图，三面全金口，前后扉页真丝缎面，缎带书签；必须一订一整套，先交钱后发书，大概一月一本，读者要五到八年才能集齐整套书。在20世纪70年代，一本定价高达28到45美元，极为昂贵，是无数藏书者垂涎的对象。鲁尼恩能入选其中，虽不如德莱塞、海明威、威廉·福克纳有名，却足证其在美国作家中的地位。

金庸最早翻译鲁尼恩的小说，现可考证的是短篇小说《记者之妻》，1948年9月6日开始连载，达蒙·鲁尼恩译为冷扬，译者署名白香光，这是由赵跃利《金庸笔名知多少》一文最先考证出来，后来严晓星《金庸年谱简编》也采用了这个说法。这篇小说曾引起了读者兴趣，1948年9月14日《大公报》第七版"大众顾问"栏目中，有读者来信询问："编者先生：近日见贵报大公园刊登'记者之妻'一文，内容非常精彩，兹请问㈠冷扬是何国人，其生平如何？他的作品是不是都同记

金庸署名白香光，发表翻译短篇小说《会一会总统》页面

者之妻那样差不多？㈡白香光是谁？是先生呢还是小姐？有名的还是没名的？㈢这篇登完之后（因写短篇小说，大约不长吧），还能再登其他类似的么？"报纸答曰："㈠冷扬是美国现代最知名的幽默作家，他曾做过近二十年的警察局消息记者，对美国的下层阶级很熟悉；他的作品都是以幽默的笔调，俚俗的口语来描写黑暗社会人物的人性。㈡白香光是先生，他还年轻，未享盛名，但在我们看来，他对英文的了解程度以及他翻笔的流畅，比时下知名之士并不差。㈢这篇已登完，还会登类似的。"嗣后1948年11月23到28日，再次刊登了鲁尼恩小说《会一会总统》，署名还是白香光。①

金庸翻译鲁尼恩小说似不在少数，他曾以温华篆为笔名，在《新晚报》上连载了《马场经纪》《神枪大盗》《开夹万专家》《超等大脚》4篇。②1956年4月，香港三育图书文具公司出版了一部"滑稽讽刺小说"，书名《最厉害的家伙》，封面写明"丹蒙·伦扬作""金庸译"，这本集子收录了7篇小说，依次为：《吃饭比赛》《柠檬少爷》《记者之妻》《十二枪将》《最厉害的家伙》《超等大脚》《恋爱之王》。小说集里没有前面提到过的《圣诞老人》《会一会总统》《马场经纪》《神枪大盗》《开夹万专家》，却有《超等大脚》。可以推测，金庸翻译鲁尼恩的小说不会是只有12篇，若仅止12篇，似没有理由遗漏，这应是一本译著精选，更多篇章可能以不同的笔名散落在其他报纸。

《最厉害的家伙》小说集中的7篇小说后来重载刊行过。1981年3月1日，金庸的武侠小说《连城诀》在《南洋商报》的副刊"小说天地"连载结束，随即连载"滑稽讽刺小说"系列，署名"D.伦扬著""金庸译"，内容就是《最厉害的家伙》一书的7篇小说，连载顺序都一样。

今天我们得以看到这7篇小说的原文，是2016年7月，香港天地图书有限公司出版了"香港当代作家作品选集"系列丛书，共计21册，其中《金庸卷》由金庸的秘书李以建编，收入金庸的武侠小说（节选）、散文、社评、政论、诗词、翻译、学术等文字，翻译部分收录的就是这7篇小说。彼时金庸

---

① 赵跃利：《金庸笔名知多少》，此文刊载于澎湃新闻网。
② 邝启东：《另类金庸》，中华书局（香港）有限公司，2023。

在世，当是经过了首肯。7篇的次序有所调整：《柠檬少爷》《记者之妻》《吃饭比赛》《最厉害的家伙》《十二枪将》《超等大脚》《恋爱之王》。

八

鲁尼恩的笔下多为小人物，赌徒、妓女、黑帮分子等，往往以纽约都市为背景的，热衷于讲述边缘人物偷奸耍滑、鬼鬼祟祟、投机取巧的故事，笔调轻松，让人忍俊不禁，情节曲折，结局出人意料。

比如《最厉害的家伙》这篇，能被选做书名，显示出金庸对其的喜爱。故事讲述了"我"和铁锈查理[①]在一个星期三晚上发生的事。"我"血压高了，医生却劝"我"要平静生活，否则一定会完蛋。"我"交了十元诊费后，出来碰到了铁锈查理。在"我"眼里，铁锈是世上最厉害的人，比如他讨厌一个人的帽子，会直接开枪打死他，如果不开枪，就用刀子刺，总之这是一个极其暴力的恶棍，"他所以没有入狱，唯一的原因是他刚刚从监狱中出来，当局还没有时间想法子再把他关进去"。"我"很担心自己的血压，不想和他混在一起，但是又不敢惹他，在他的胁迫下去抢了弥敦·底特律和猪猡伊凯的赌场，还在布希米亚夜总会打了四个警察。这一晚"我"吓得血压都要爆掉，又不敢离开。铁锈查理为了感谢"我"的不离不弃，邀请"我"去他家吃早餐，让他老婆做火腿鸡蛋。"我"想他老婆的生活一定苦得不得了，没想到进了门，看到铁锈的老婆身材异常矮小，二话不说，她拿起棒球棍就打，让人大跌眼镜的是，恶棍铁锈被老婆揍了，却说："平平气，小嘟嘟，等一下，甜心。""我"最终也被他老婆用棒球棍打了头，冲下楼后，铁锈老婆还扔了块砖头，打在"我"后脑上，肿起了一大块。第二天去看医生时，医生量了血压说："你的血压现在已经低于正常的标准了，你看，你好好休息一晚有这样大的功效，诊费十元。请请。"

[①] 这个名字笔者怀疑原文应该是 Rust Charlie，金庸在这里使用了意译加音译的方法，但看不到小说原文，仅做推论。

《南洋商报》1981年3月1日重刊《最厉害的家伙》页面

我一直以为鲁尼恩的小说在内地没有中文译本，结果"啄木鸟杂志"公众号2022年10月14日发布了一篇翻译小说，作者正是达蒙·鲁尼恩，叫作《一个十分危险的人》，大致讲的是一个小镇来了个叫摩根·约翰逊的年轻人，因为长相凶恶，脸上有伤，所以大家都说他是个危险的人。渐渐的镇上的人都这样传说，并且说他脸上的伤是在纽约和10个歹徒打架留下的，后来这个人数甚至上升到了20个人，但是有一天，一个喝醉的牧羊人拿着刀威胁摩根，结果摩根转身就逃跑了，再没有回来。

从上面提到的三篇小说内容，以管窥豹，约略可以看出鲁尼恩小说的特点，这种"情理之中，意料之外"的写法，类似于不停翻包袱，有些相声"三翻四抖"的感觉，语言诙谐和幽默，难怪金庸将其定名为"滑稽讽刺小说"。金庸《最厉害的家伙》的"译者后记"特别说："伦扬的文笔非常奇特，全部没有过去式，而俚语之多之怪，在美国作家中也是罕有的。"金庸为了保留这个特点，在翻译过程当中使用了颇多粤语方言，比如贴士（tips，内幕消息、提示消息），温拿（Winner，胜利者，赢家），契弟（骂人话，约等于混蛋），瓜直（也有写作瓜咗，死亡）等，这些语言的使用，颇能赢得香港读者的亲近感，也贴合原作。

鲁尼恩的小说富于戏剧性，具有电影的风格，事实上，他的小说有十多部都被改编为电影，比如秀兰·邓波儿主演的喜剧电影《小麻烦》（Little Miss Marker），故事原著就是达蒙·鲁尼恩的小说。

《最厉害的家伙》一书有两个细节特别值得注意，一是出版时间1956年4

月，二是出版方三育图书文具公司。

1955年2月8日，金庸撰写的《书剑恩仇录》在其供职的《新晚报》连载，此前的1952年，金庸从《大公报》调至《新晚报》编副刊"下午茶座"栏目。《新晚报》属《大公报》旗下，最早是为了刊登报道朝鲜战争消息而成立。1949年10月1日，中华人民共和国成立，香港《大公报》即公开宣布："自本日起，遵令正式实行公元。"报头从"中华民国三十八年"改为"公元一九四九年"，明确其拥共爱国立场，一直位列香港左派报纸首席。当时香港左派报纸如《大公报》《文汇报》等一般不采用外国通讯社稿件，而新华社稿件来得太慢，所以就办了一份相对中立的报纸《新晚报》，便于刊登外社消息。

梁羽生的《龙虎斗京华》于1954年1月20日在《新晚报》连载，至1954年8月1日结束，紧接着又从1954年8月11日连载《草莽龙蛇传》

香港《大公报》1949年10月1日发布重要启示："自本日起，遵令正式实行公元。"

直到1955年2月5日。梁羽生觉得自己的理想是新文学，不想再写武侠小说，就向总编辑罗孚推荐了金庸，遂有了《书剑恩仇录》出世。至于后来梁羽生却不过老东家情面，只得从1955年2月15日开始为《大公报》撰写《七剑下天山》，嗣后成为代表作，当时谁也料想不到。

《新晚报》在1955年2月7日的头版头条宣布："'天方夜谈'明天起增

加两个新的连载：其一是金庸先生的武侠小说《书剑恩仇录》，另一是贝嘉先生间谍小说'她死在第二次'，紧张曲折，引人入胜，看过便知，请为留意！"①

金庸和梁羽生武侠小说的风行，促进了《新晚报》的发行。当时香港地区同属左派阵营的报纸副刊，一般少用社会来稿，多由各报编辑提供，一来内容可靠，二来亦可在稿费上有所补贴自己的编辑。1955年底，同样具有拥共立场的《香港商报》总编辑张学孔和副刊主编李沙威找到梁羽生，希望他也为《香港商报》供稿，"但梁回复是：'我是搞新文学的，开这个笔，只算是向报馆的一个交代，一之为甚，其可再乎！'（大意）他是不答应了，商报转约金庸上阵。"②此时金庸从《新晚报》调回《大公报》当副刊编辑，李沙威就转请金庸为副刊《说月》写一部武侠小说。金庸的《书剑恩仇录》共连载575期，完结时间是1956年9月5日，当时尚在连载中。金庸答应了李沙威，从1956年1月1日撰写他的第二部武侠小说《碧血剑》，一直连载到当年12月31日结束，时间整整一年。这个过于巧合的时间，显然来自双方之间曾有的约定，这可能也是《碧血剑》草草收场的原因。这种做法无疑伤害了小说的整体布局，金庸后来在《碧血剑》上的修订，花费心力最多，但仍是其小说中质量不高的一部。

至于三育图书文具公司则是金庸小说连载之后，最早授权出版单行本的出版社。三育图书文具公司出版的金庸小说，主要是金庸创办《明报》前发表的《书剑恩仇录》《碧血剑》和《射雕英雄传》，另外一部《雪山飞狐》是否得到授权，一直有争议。坊间有三育图书文具公司出版的《雪山飞狐》存在，但是金庸予以否认。在1959年8月，三育图书文具公司出版《射雕英雄传》第十六集版权页上，有一段"作者郑重启事"："本人所撰武侠小说，全部仅'书剑恩仇录'、'碧血剑'、'射雕英雄传'、'雪山飞狐'、'神雕侠侣'五种，均由香港三育图书文具公司出版，此外并无其他著作。"究竟这段文字

---

① 《填字游戏大送戏票 武侠小说新作出笼》，《新晚报》1955年2月7日。
② 张初：《〈商报〉、武侠、梁羽生》，《香港商报》2009年2月10日。

的确是金庸声明,还是出版社自为,暂无考证,若是金庸同意的话,那么金庸可能准备将所有面世的小说都交予三育图书文具公司出版,彼此合作应是愉快的。

三育图书文具公司出版的《射雕英雄传》连载版第五集末页,亦可见金庸作品的广告:"本公司发行金庸先生著作……"除《书剑恩仇录》《碧血剑》和《射雕英雄传》,就有《最厉害的家伙》,金庸译,标价一册一元八角。

1956年4月三育图书文具公司出版的金庸翻译小说集《最厉害的家伙》,具有重要意义。基于双方的合作关系,金庸亲自授权当无疑问。这个时间段,金庸在撰写《书剑恩仇录》和《碧血剑》两部小说,恰和翻译鲁尼恩的小说的出版同期,同属金庸小说写作的起步阶段。

香港天地图书有限公司总编辑、学者孙立川在《香港当代作家作品选集·金庸卷》出版时特别提道:"金庸的武侠小说之所以不同凡响,得益于金庸对中国传统小说与历史的深刻理解,也与他深厚的西方文学艺术修养有关。比如,他的武侠小说,采用的是中国传统小说形式,但环环相扣、引人入胜的情节设计,则与他对西方小说的大量阅读与翻译及对西方电影的熟稔不无关系。"[①]

金庸对鲁尼恩小说的持续翻译,不能不说是一种偏爱,或者金庸当时翻译鲁尼恩小说的目的,就是在为自己创作小说进行揣摩学习。金庸在《最厉害的家伙》"译者后记"中特别夸赞鲁尼恩"是美国小说界的一个怪才,他所写的小说独树一帜,别出心裁,常有意想不到之奇。"鲁尼恩小说的戏剧性与传奇性,可以对应中国的武侠小说,鲁尼恩笔下出现的黑道人物,亦可对应武侠小说里的江湖草莽。《碧血剑》中袁承志以牧童身份出场一段,不难看出鲁尼恩小说的影响。金庸武侠小说中出现的轻松幽默、诙谐调侃的笔调,以及对笔下人物性格和行为的刻画,显然亦能在鲁尼恩的小说中觅到隐藏的蛛丝马迹。两人都从事报业新闻工作,叙事的节奏上也可找到认同。具体到更

[①] 张修智:《香港首次推出金庸选集展现"武侠宗师"文学成就》,新华社香港分社2016年7月29日,https://www.sohu.com/a/108298193_115402。

深入的研究，希望随着时间的推移，能够发现更多金庸翻译的鲁尼恩小说，也期盼鲁尼恩的小说的中文译本进入中国。

九

我手头有一册名为《情侠血仇记》的长篇小说复刻本，虽非原书，但可以完整看到书的全貌。封面书名为手写，重要的是落有"金庸译"，从字体上看极似金庸亲笔所书，书脊上写有"远东书报公司发行"，封底有一方细白文篆刻印章"艺文出版公司文艺丛书"。

翻开版权页：

情侠血仇记（全册）

翻译：金庸

出版：野马小说杂志出版社

　　香港渣菲道第399号4楼

发行：胡敏生记书报社

　　香港湾仔洋船街第32号

承印：联发印务

　　香港筲箕湾道196号

定价：港币三元八角

书脊上的远东书报公司不见了，发行为胡敏生记书报社，全书三百七十四页，很厚的一本书了。

胡敏生记书报社也作胡敏生书报社，其实就是邝拾记书报局的副牌出版社，负责邝拾记书报局的海外发行任务，实质上"两块牌子一套人马"。邝拾记书报局出版发行金庸的武侠小说，大致从1959年5月20日《明报》创刊，《神雕侠侣》连载后一周开始。金庸初期有过"一女两嫁"的计划。《明报》1959年7月18日《神雕侠侣》第60期文末答读者问："张明先生：'神雕侠侣'第一集的正版本正在整理中，仍将由三育图书公司出版。"第二天的第61期，又有："宝宫先生：'神雕侠侣'之正版本即将由三育图书公司出版，普及版之薄本及厚本，均已由邝拾记报局出版。你欲补阅前文，可就近购阅。"

在这段话里，涉及金庸小说版本的两个概念——"正版本"和"普及版"。所谓"普及版"的薄本和厚本，是指金庸小说每日连载后，随刊随印而成的小册子。薄本是将7天连载的内容合成4回印刷出版，大概4回合成1集是为厚本。"正版本"则是金庸在"普及版"的基础上，经过文字修订后出版的版本。金庸极有可能是想让邝拾记书报局随着《明报》的发行出版"普及版"，再将文字校对后交给三育图书文具公司出版正式版本。

三育图书文具公司出版《射雕英雄传》第十六集上的"作者郑重启事"

金庸选择邝拾记书报局，因其是《明报》的发行总代理，一客不烦二主，但三育图书文具公司是老熟人，一向合作愉快，所以他可能想如此兼顾。可惜这个想法无疾而终，极有可能是邝拾记书报局的反对，此后，金庸的《神雕侠侣》《飞狐外传》《鸳鸯刀》《倚天屠龙记》《白马啸西风》《天龙八部》《素心剑》（即《连城诀》）《侠客行》，皆由邝拾记书报局出版或发行。

邝拾记书报局与金庸的合作至1967年。邝拾记老板邝拾为当时左派群众运动之领袖，双方政治立场不合，终止合作。这里又涉及3家出版发行机构，"出版"和"发行"有分有合。按时间顺序，《神雕侠侣》《飞狐外传》是邝拾记书报局出版、发行"一肩挑"，《鸳鸯刀》由胡敏生书报社出版发行，《倚天屠龙记》之后的几部书，由武史出版社出版、邝拾记书报局发行。武史出版社是《明报》自己的出版社,金庸为出版发行《武侠与历史》杂志而设立,发行还是交给邝拾记书报局。①

我之所以不厌其烦解释金庸与邝拾记书报局、胡敏生记书报社的渊源,据此可以看出"胡敏生"不会发行伪造金庸的译作,这本书是金庸的长篇小说译作无疑。出版方野马小说杂志出版社也可从侧面证明,金庸最早想自立门户,创办的并非《明报》,而是小说杂志,计划10天一本,名字就叫作《野马》。《野马》源自《庄子》:"野马也,尘埃也,生物之息相吹也。"取其"很自由、有云雾缥缈"之意。金庸一直很尊崇英国哲学家罗素自由、反战的理念,在他看来,"野马"象征一种自由的精神。1959年3月,金庸和沈宝新还将这个名字进行了注册,只是后来听从报贩的建议,改为报纸。办小说杂志的愿望,金庸始终没有熄灭,1962年8月15日,他推出了《野马》小说杂志,出版至1969年停刊。

《情侠血仇记》一书的版权页看不到出版时间,但从《野马》小说杂志存在时间来看,应在1962至1969年之间。《野马》小说杂志出版社似计划出版一系列文艺小说,《情侠血仇记》书后有"新书介绍",其中列有台湾女作家郭良蕙的代表作《遥远的路》等12种书。《遥远的路》由台湾高雄长城出版社出版,时间为1962年,是当时的畅销小说,如果进一步缩小范围,《情侠血仇记》出版时间极大可能也在1962至1963年。

香港邝启东兄是金庸小说版本收藏的大家,他出版有《另类金庸》一书,在书中特别收录了一段关于《情侠血仇记》的记载,辑有《野马》创刊号的书影。这份珍贵的小说杂志创刊号,据启东兄介绍,由马来西亚的萧永龙先生收藏,创刊号的头条便是金庸翻译的《情侠血仇记》,特别说明"最佳西洋武侠小说"。再次佐证了金庸的习惯,其每创设新刊,必以自己的小说招徕读者。

《情侠血仇记》后面紧跟着就是著名侦探小说家阿加莎·克里斯蒂的一个

---

① 关于金庸小说出版与发行,见杨晓斌《纸醉金迷——金庸武侠大系》,台湾远流出版事业股份有限公司,2019。

短篇小说，小说名为《怪梦》，关于大侦探波洛的故事，今译为《梦》。这期小说多以侦探和悬疑类型为主，也可窥见金庸对这本杂志读者群的定位。

《情侠血仇记》名字很武侠，说是译作，却未在书上写明原作者，且试看开篇第一段：

> 一五七八年，人民庆祝"忏悔星期日"已罢，街上喜庆欢乐的声音刚消逝，一所华邸之中的大宴便即开始，这所华邸是著名的蒙芒西家族所新建，在河之对岸，和罗浮宫斜斜相对，蒙芒西家族和法国王族有姻戚之谊，贵盛有若王公。在公宴之后再举行这次家宴，那是为了庆祝桑洛克和白尚妮的婚礼，新郎是法王亨利三世的宠臣，而新娘则是法国元帅白里萨的女儿。

读者面前徐徐展开一幅法国的历史画卷，时间、地点、人物纷纷登场。这并非很偏门的小说，熟悉西方文学的读者，看到亨利三世的名字，估计已经猜到了，这是大仲马的小说《蒙梭罗夫人》。

《蒙梭罗夫人》的故事在《玛戈王后》和《四十五卫士》之间，三部小说合称三部曲，以法国瓦卢瓦王朝"三亨利之战"为故事背景，大历史是16世纪法国宗教战争期间的宫廷斗争。这场战争来源自16世纪德国的宗教改革运动，最终演化为一场耗时30多年的内战，从1562年起，大约持续到1598年，大战八次，小战不断，个中人物关系错综复杂。

《玛戈王后》故事发生时间约为1572年到1574年查理九世去世；《蒙梭罗夫人》时间在1578年，即查理九世去世、亨利三世即位后的第4年。《四十五卫士》在《蒙梭罗夫人》故事的7年后。这个时间段相当于中国明代万历年间，明朝士大夫正在末世狂歌，远方的法国宫廷正斗得一团糟。

大仲马有句名言："历史是什么？是一个钉子，一个用来挂我的小说的钉子。""三亨利之战"复杂的人物关系和权力倾轧，为大仲马提供了丰富的素材和想象空间。1994年，法国导演帕特里斯·夏侯拍摄的电影《玛戈王后》，直接改编自大仲马的同名小说，拿奖拿到手软，时至今日仍然评分极高，可见大仲马这个系列故事的精彩。

《蒙梭罗夫人》有真实的历史背景，有权力和背叛，有爱情和阴谋，有嫉妒，也有贪婪，有刀光剑影的决斗，也有花前月下的浪漫，有慷慨的英雄，也有阴险的小人……可以说，你能想到传奇小说里一切想要的元素，这本书全都写到了。金庸选择翻译《蒙梭罗夫人》的原因可能亦在于此。《蒙梭罗夫人》的故事一条主线为亨利三世的弟弟安茹公爵（即《玛戈王后》中的阿朗松公爵，受封安茹采地后称安茹公爵）窥伺王位，暗中针对亨利三世开展阴谋活动；另一条主线为安茹公爵手下勇士比西与狄安娜的爱情，狄安娜又被王家犬猎队队长蒙梭罗欺骗，成为他的夫人，同时，安茹公爵也觊觎狄安娜的美貌，形成了四角恋，贯穿于整本书中。

这个故事并非大仲马第一次写作，其核心内容来自他在1829年创作的戏剧处女作《亨利三世及其宫廷》，这部戏剧比雨果的《欧那尼》还早问世一年，浪漫主义挑战古典主义的"三一律"，演出后轰动巴黎，也让大仲马一举成名。

十

金庸翻译的这本长篇小说，大异于其他版本的译本。原书共九十八章，金庸则合并为二十章，并且略去了回目。

《野马》小说杂志创刊号上，却有回目，比如第一章为"婚宴"，也标明了原作者"法国大仲马原作，武侠小说名家金庸译写"，金庸还撰写了一段引言：

> 大仲马最著名的作品，自然是"三个火枪手"及其两部续集，其次是"基度山伯爵"，更其次是"亨利三世三部曲"。这部"情侠血仇记"是以"亨利三世三部曲"中摘录译出的。据我所知，中国文学界从未有人介绍过这部作品，不但没有译文，连文字中也未见有人提起。其实这部小说描写男女的爱，充满了美丽的、凄厉的、委婉的感情和事迹，而黑夜行劫、武士决斗、下毒复仇、密室疗伤等等惊险情节，更是令人阅

读之际，激动得难以自已。①

据启东兄介绍，《野马》小说杂志和金庸的另一本杂志《武侠与历史》一样，有署名金庸和宜孙两个版本，萧永龙先生的第一期署名是金庸，而邝启东收藏的第八期署名是宜孙，而后面的期数，只有作者大仲马的名字，没有译者的名字。不知金庸何种考虑，结集出版后，反而只有译者名，没有原作者名字了。

诚如金庸在"引言"中所说"摘录译出"，这种译法似乎在模仿伍光建翻译的《侠隐记》②，删节某些段落，加快叙事节奏，却又不伤害故事的完整和精彩。翻译语言上，金庸也明显在致敬伍光建的译本语言。如《侠隐记》中主人公达特安（今译达达尼昂）初遇颇图斯（今译波尔多斯）："看见中间一群人里，有一个身躯壮大的火枪手：模样十分骄蹇，身上亦不着号衣，只穿一件天蓝夹衫，肩上挂了绣金带子，外罩红绒大衣，胸前露出那绣金带子，挂了一把大剑。这人值班才下来，故作咳嗽之状，说是受了点风，故披上红绒大衣；一面大模大样的在那里说话，一面拿手来捋须。"不是文言文，也不似现代白话文的语言。茅盾在谈伍光建所译《侠隐记》，特别说："伍光建的白话译文，既不同于旧小说（远之如'三言'、'二拍'，近之则如《官场现形记》等）的文字，也不同于'五四'时期新文学的白话文，它别创

《情侠血仇记》书影　赵跃利/供图

---

① 邝启东：《另类金庸》，中华书局（香港）有限公司，2023。
② 即大仲马的《三个火枪手》。

295

一格，朴素而又风趣。"

金庸曾在不同的场合表达过他对《侠隐记》的喜爱，他翻译的《情侠血仇记》，对于伍光建的语言是有所承继和吸收的，试看金庸译写《情侠血仇记》中男女主角相见的一段：

布熙站起身来，高兴得有点目眩头晕，戴娜带他进了孟叔鲁方才在那里发恶的起坐间。布熙在灯光之下直望着戴娜，半出喜悦，半出爱慕，真是万万想不到，使他神魂颠倒的美人如今会在面前了！戴娜大约十八九岁，脸如芙蓉，明艳无比，身若杨柳，窈窕娇美，尤其那一对眼睛明亮清澈，使人不敢仰视，不由得把布熙看得呆了。戴娜见到这位法兰西第一英雄对她如此仰慕，自然也是高兴，但是不免有点害臊。

再看下面的译本：

布西陶醉在幸福中，痴痴呆呆地站起身来，同狄安娜一起，走进蒙梭罗刚刚离去的客厅。

他带着惊异的目光，凝视着狄安娜的面庞。在此之前，他怎么也不敢相信，他到处寻找的这个女人会同他想象的一样美，因为他一直认为，自己的那些想象不过是一些漫无边际的幻想，但现在，这一切都在事实面前变得黯然失色了。

狄安娜约有十八九岁光景，正是豆蔻年华、春蕾初绽的时候，其艳丽和动人自不待言。在布西的眼神中，欣喜过望的心情是显而易见的。狄安娜感到他在赞美自己，她很想不让他这样心醉神迷地看着她，但没有勇气。

这是《蒙梭罗夫人》国内较为经典的译本，陈祚敏译，江西人民出版社1983年版。

比西站了起来？他感到幸福，简直要惊呆了；他随着狄安娜走进德·蒙梭罗先生刚刚离去的客厅。

他用充满爱慕的惊异眼光凝视着狄安娜；他根本不敢相信；他找的那个女郎同他梦中的女郎一样美，现在现实早已经超过了他自己认为是荒唐的想象。

狄安娜年约十八或十九岁，正是豆蔻年华、鲜艳夺目时期，其美貌可以使鲜花增加清新的色彩，使美果添上可爱的光泽。比西眼光的表情叫人不会弄错，狄安娜感觉出来自己正在被人爱慕，而她却没有力气使比西从心醉神迷的状态中清醒过来。

这是后来上海译文出版社出版"大仲马选集"中的《蒙梭罗夫人》，郑永慧译，1990年版。此版本最为流行，现在网络上的电子版文字，即出自这个版本。

三个版本对照，布熙、布西、比西；戴娜、狄安娜；孟叔鲁、蒙梭罗都是一个人名的不同译法，金庸《情侠血仇记》里的其他人，比如弗朗索瓦·戴比内·德·圣吕克译作桑洛克，冉娜·德·科塞—布里萨克译作白尚妮。金庸对于人名和地名的翻译，没有采取将原文中的名、姓、父名、族名等全放上去的直译法，而是采取类似中国人名的译法，阅读时减少了读者对人物的距离感。

这段金庸翻译的文字，如"使人不敢仰视""不由得看得呆了"等句子，在他的小说中亦曾多次出现。《射雕英雄传》中，郭靖初睹黄蓉女装："这少女一身装束犹如仙女一般，不禁看得呆了。那船慢慢荡近，只见那女子方当韶龄，不过十五六岁年纪，肌肤胜雪，娇美无比，容色绝丽，不可逼视。"这段文字与布熙见戴娜何等相似。

大仲马的小说对金庸影响极大，金庸自己就说过：

《侠隐记》一书对我一生影响极大，我之写武侠小说，可说是受了此书的启发。法国政府授我骑士团荣誉勋章时，法国驻香港总领事Gilles

Chouraqui先生在赞词中称誉我是"中国的大仲马"。我感到十分欣喜，虽然是殊不敢当，但我所写的小说，的确是追随于大仲马的风格。在所有中外作家中，我最喜欢的的确是大仲马，而且是从十二三岁时开始喜欢，直到如今，从不变心。①

如前文所述，金庸在1945年便计划翻译大仲马的《基督山伯爵》，因世事所迫，不得已放弃，但对大仲马小说的喜爱，使他念念不忘翻译大仲马的小说，这本书应该是圆了他的一个旧日梦想。

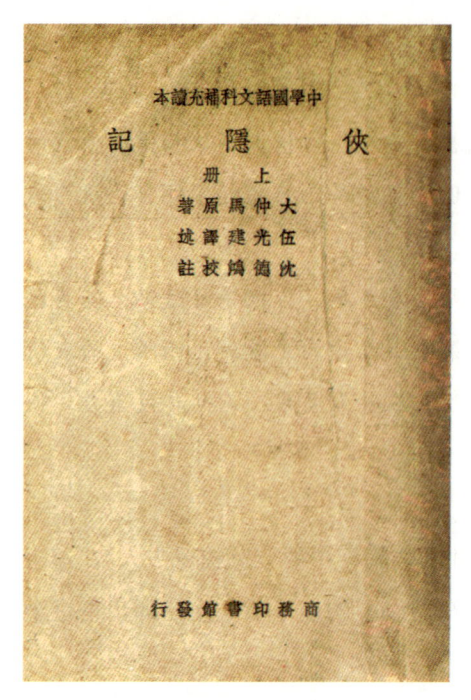

伍光建译《侠隐记》书影，金庸所读应是这个版本。

相较于陈祚敏和郑永慧忠实于原著的译本，金庸的译本除了删节，更大胆对结尾进行了大幅度修改。原著中圣吕克向亨利三世告发了安茹公爵，安茹公爵被关押了三个月，圣吕克请冉娜照顾狄安娜，结果狄安娜悄悄离开，不知所终。金庸则让桑洛克（金译）向安如公爵（金译）提出决斗，两个回合，就将安如公爵杀死，为布熙（金译）复仇，并将戴娜（金译）接到家中照料，故事就此结束。

安茹公爵其实死于7年后的《四十五卫士》中，狄安娜也还有很多故事。金庸改写了结尾，遵从中国传统小说观点，安排了一个正义战胜邪恶的结局，出版时为了增加神秘感，索性连原作者的名字也删掉了。

---

① 金庸、(日)池田大作：《探求一个灿烂的世纪(金庸/池田大作对话录)》，北京大学出版社，1998。

郭靖与黄蓉　李志清/绘

十一

我目前无法判断《情侠血仇记》具体翻译的时间，囿于资料，不能妄下论断，但联系彼时金庸的经历，或在1959年到1962年间。

这段时间正是《明报》创立最艰难的一段时期，金庸当时既是报纸的主笔，也是报纸的作者，他每天在《明报》扮演了4个不同的角色：其一，撰写社评，代表《明报》立场和观点发表文章；其二，连载武侠小说；其三，撰写《明窗小札》专栏，分析国际形势；其四，发表连载的翻译文章，比如他以金庸之名翻译了英国著名哲学家罗素《人类的前途》，于1963年在《明报》上连载。

20世纪50到60年代，没有互联网，新闻消息主要依靠世界各地通讯社的电报传真供稿，要想及时报道国外的消息，直接翻看国外的报纸杂志是最便捷的途径。曾有读者来信询问《明报》的信息来源，金庸回复说："买来的。"《明报》成立初期，金庸经济拮据，无法订阅诸多的报刊，他就每天花时间去报摊和书店翻查。当时他住在港岛，报馆办公室在九龙，每天都要乘坐渡轮横越过维多利亚港湾，他曾说："九龙尖沙咀码头前，有一档报贩专卖外文航空版的报纸，美国的《纽约时报》《纽约先驱论坛报》，英国的《泰晤士报》《卫报》《每日电讯报》《每日快报》《每日邮报》，西德的《佛兰克福日报》《汉堡日报》，日本的《朝日新闻》《每日新闻》《读卖新闻》，以及《曼谷日报》《马尼拉时报》《新加坡海峡时报》等等都有。普通都是一元一份。如果每种都订下来，当然太不经济，我也没有这许多时间去阅读和利用。我经常去翻翻，看到有合用的资料，就花一元买一份。"[①]

1962年5月，《明报》因报道难民潮，引起港岛关注，发行量节节攀升，才逐步扭转困局。这一年，《野马》小说杂志创立，说明金庸已经能够腾出部分精力，投入到小说杂志上，完成他喜爱的大仲马小说翻译出版的工作。

---

① 金庸：《七元五角买一份报纸》，载《明窗小札1963》，中山大学出版社，2014。

翻译作为金庸重要的工作之一，几乎贯穿了他的写作生涯。2004年11月23日到27日，金庸访问厦门泉州，他与厦大教授李晓红对谈时回忆："当年我在《大公报》还学做翻译，记得在翻译美国的一个部长到南京来访问的谈话时，翻译老师指出我翻译得太复杂，其实是一句很简单的话。他还耐心地告诉我怎么翻译比较好，怎么就不好了，我至今还能记得。"[1]金庸口中的翻译老师，就是当年招聘他进入《大公报》工作的翻译主任杨历樵，被同仁呼为"杨老令公"。

"怎么翻译比较好，怎么就不好了"关乎翻译中"词义确定"和"表达得体"两大主题，金庸的回忆，其实切中了翻译的重点。关于金庸的生平，资料愈加丰富，但我在查阅资料时发现，金庸一生对自己的翻译生涯谈得不多，远远少于他针对政治、历史、文学、新闻学发表的言论，然而，金庸的翻译工作确实占据了他生命中的绝大比重。对于翻译的标准，金庸没有具体阐释过，他在《读刘殿爵先生语体译〈心经〉》一文中曾称赞："实在译得既简洁，又明确。"可能就是他对翻译境界的认同。金庸写"三剑楼随笔"时，在《谈谜语》一文中说：

> 欧美人用拼音文字，字谜就远不如我国的巧妙，英文中的字谜大抵在"同音"与"双义"两点上着眼。前者如"王老五为什么总是对的？答：因为他始终找不到小姐（never miss taken，音同 never mistaken，从来不错）（注：好像应该是从来不错的意思，这是指音同的短语意思）。"后者如"律师为什么如同啄木鸟？答：因为他们的Bill都很长（Bill既有账单的意思，也有鸟嘴的意思）。"还有一个开律师玩笑的谜语："为什么律师像失眠者？答：因为他们都是这边lie一下，翻过来那边又lie一下（在英文中，lie这字既是睡卧，又是说谎）。"[2]

---

[1] 李晓红：《金庸：我真正擅长的是做报纸》，2014年1月28日，刊载于凤凰网。
[2] 金庸：《谈谜语》，载《金庸散文集》，作家出版社，2006。

信手拈来，却又举重若轻。翻译为金庸的写作提供了丰富养分，他的翻译文字又深受自己文学创作的影响。文学创作的一个最大特点就是深刻表现人性，在金庸的眼中："人的性格和感情，比社会意义具有更大的重要性。"对人物进行观察、分析和描写，是作家的习惯和看待人与事的切口，所以在金庸的翻译文本中，可以发现他喜欢从人的角度出发，将人物植入到具体的环境，通过人物的行为来书写评判。翻译的基本原则是"信达雅"，对金庸而言，实用是第一法则，他在不同语种中切换，翻译更像是他手中重要的观察利器，充溢着个人的思索与体悟。在金庸的小说和文章中，东西纵横，古今对照，其中五花八门、千奇百怪的广博知识，无疑是"译入"和"译出"的具体体现。

《明报月刊》的前总编胡菊人认为，金庸的文章是香港的第一流文章，"第一"太主观，而第一流怎样都说得过去。[①]这和金庸的勤奋学习和努力分不开。他的用功是罕见的，很多事情他听到批评不做回应，但他会暗暗用力，就像他以八十高龄一定要去剑桥大学读个博士回来，还要用英文去研究中国唐代的历史，倪匡笑话他"滑稽"，他也不理。以"翻译"回溯金庸的半生，正如《明报月刊》现任总编潘耀明所言，博士很多，但金庸只有一个。文字的江湖中，将永远留有金庸的名字。

[①] 胡菊人:《查先生的文字》,《明报月刊》2018年12月号.

谁翻旧曲唱新声（后记）

林遥

《金庸小说的微声》完全是我写作计划外的一本书。

我对武侠文学的关注，着眼点在于这种类型文学的生长以及与时代之间的关联性。拙著《中国武侠小说史话》出版后，手头仍有不少武侠小说相关资料和作家创作的回忆文字没有使用。这些内容颇多细节，甚为有趣，却无法写入《中国武侠小说史话》。这些资料虽散乱无章，无疑也应是武侠小说史中的一部分。嗣后我开始写作《大武侠时代》系列文章，落笔之初，以不沾"史"字，约束较少，不那么严肃面孔，间或夹杂自我管见，更具风致些。《大武侠时代》系列受制于散漫主题，偏偏自己又不想简略堆砌，遂只能慢慢摸索，跬步而行。

在系列文章写作间，《金庸小说的微声》这本书却无意成型了。

我自己实则不愿意写金庸。

金庸的武侠小说无疑是中国武侠小说发展史上的一座高峰，且从目前来看，暂时还没有出现可与之比肩的武侠小说。诚然，金庸前后，乃至同时期，很多武侠小说也非常出色，专以单一作品相较的话，未见逊色多少。我之所以有此论断，乃是就作品整体性、创作态度和长期影响而言，金庸确实无出其右。

金庸本人和他的小说甚至已经成为一种文化符号或者文化现象，研究者甚众。市面上研究金庸小说和其生平的书汗牛充栋，仅写金庸的传记，网络上一搜就有七八种之多。金庸的这种关注度，也非从20世纪90年代开始，早在20世纪60年代金庸成名后，就有人开始了对其小说的搜罗研究。换而言之，坊间对他的小说写作和人生经历，巨细靡遗，爬罗剔抉，不免众声喧哗。我看到有的书，甚至对金庸小说不惜逐字逐句分析，辨析其间的"微言大义"，阅后只能叹为观止。

我非"金迷"，也实在难以颉颃这些研究者，但我喜欢金庸小说，而且很喜欢。我因写作《中国武侠小说史话》，需广泛阅读武侠小说，某些重点作品，甚至需反复读。其间除了名家名作，一些差强人意的武侠小说，亦不能轻易舍弃。如此纵览之下，至今仍可读出新意者，还是金庸。

武侠小说无疑要好看，不好看的武侠小说丧失了其作为这种类型文学的第一要义。好看之外，还需耐看，文字要想经得起时间的考验，艺术性的思考绝不可少。金庸自己也说过，年轻时喜读大仲马，年长之后也会感觉有些浅，后来转向读希腊悲剧，读狄更斯。金庸小说长达50年的修改历程，其实也是一步步深化其文学性的过程。

我实不愿长篇累牍谈论金庸的文学意义和文化品位，在这两点上，金庸小说固然超越同侪，但受限于小说题材，不必以严肃文学的眼光来衡量。这本小书之所以唤作"微声"，是我更喜欢金庸小说的微小细节，更关注金庸写作过程当中可能"灵光乍现"的一闪念。当然，我之揣测不一定是金庸真实的创作思考。这只是我读小说的一点趣味。是以，本书没有将金庸的十五部作品面面俱到。有的小说谈论多些，有的则干脆一句未提。

这些文字最早的写作时间是2016年，彼时我因腓骨骨折，居家疗伤，日常写些文字自娱，初衷无非是带有闲聊性质的随笔，一如我坐在评书舞台上，说些正书之外的"书外书"。自己也没料到后来越写越多，有的出现在一些官方的公众号上，比如广州市朗声图书有限公司的"金庸FM"，抑或中国武侠文学学会不对外发行的电子会刊，还有一些文学杂志，比如《天涯》《中国作家》《作品》等。因缺乏目的性，文中也往往浸润了自身的经历和阅读体会。我试图还原金庸写作时的时代背景，却不想标榜所谓的首次发现，虽然文中的某种观点可能略有新意。

金庸小说并非凭空而来，它里面大量的文化细节和文学根脉，与金庸的读书体验、平生经历、时代影响，以及他精益求精的写作态度分不开。

我答应北岳文艺出版社的高海霞编辑后，将这些散乱文字结集，又花了接近半年时间，重新增删修改，使之读起来华缛柔适，不务矜奇。在这个过程中，我强烈地感到，金庸一直不怎么快乐。

2002年是大仲马200周年诞辰，在这一年，他的灵柩从家乡墓地迁入巴黎的先贤祠。进入这个殿堂的，都是为法国做出非凡贡献的人，其中的作家有伏尔泰、卢梭、雨果、佐拉和马尔罗，大仲马是第六位。与前五位由法兰西文学院推荐不同，他是由时任法国总统希拉克签发同意的。关于大仲马的文学地位，法兰西文学院一直颇有微词，但不管怎样，通俗小说作家大仲马，终于成为法兰西文学史上最值得骄傲的作家之一。

如果中国有这样的殿堂，金庸可以进入吗？晚年的金庸有些焦虑，他特别在意自己在中国文学史上的地位，所以不停修改他的小说。他的一生横跨多种身份，可说功成名就，但他最想得到的，却仿佛没能得到。金庸的人生和他的小说交融在一起。

2017年我去香港，拜访倪匡先生，曾询问金庸先生的近况，当时我还奢望也许能够见上一面。倪匡摇头说，他半年前去见金庸的时候，已不大认得人。彼时心下立刻一沉，岁月衰颓，无人能免。迨至2018年金庸仙去，顿觉一个时代就此画上了句点。

我永远忘不了自己11岁时第一次读《射雕英雄传》时的惊艳感："天下竟然有这样好看的小说！"我忘不了风雪之夜健步而行的丘处机，剑把上的黄色丝缘在风中猎猎飘扬；我忘不了江南七怪十六载投身黄沙大漠，不负千金一诺；我也难以忘怀郭靖在赵王府将点心揣进怀中，只想带给他的黄兄弟……感念金庸，为无数像我这样的孩子，带来了精彩至极的幻想传奇。

本书序言由陈墨先生撰写，我中学时就已经拜读陈墨先生研究金庸小说的文章，大为叹服。坊间写金庸的传记，我以为最具价值者为冷夏的《文坛侠圣——金庸传》、傅国涌的《金庸传》、张圭阳的《金庸与〈明报〉》，此外还有严晓星的《金庸年谱简编》，刘国重的《金庸评传》，但这些书中的一些观点似不为金庸所喜，而金庸生前非常希望能够由陈墨为他写一部传记，但是传主和作者之间，某些观点未能一致，后来陈墨先生婉言回绝了。陈墨先生后来对此颇有悔意，他曾对我言，有些事情未能亲自求证，可能永远都湮没无闻了。此事金庸当面向陈墨邀约，回港之后，还写信重提，足见金庸对陈墨先生的认可，内地金庸小说研究第一人名不虚传。

本书封面由香港李志清先生为本书所绘。2000年前后，李志清先生为金庸小说绘了大量插图，深得金庸本人喜爱和认可。《金庸小说的微声》完稿后，我请志清先生绘制封面，得他慨然允诺，并感谢广州市朗声图书有限公司，转让部分图片版权，以使这本书更为丰富可读。

关于金庸生平的若干细节和经历，受惠于沈西城先生、严晓星先生和赵跃利先生，金庸小说的版本资料，受惠于杨晓斌、邱建恩、邝启东、于鹏等诸位先生。林春光先生阅读了整本书稿，并指出了一些舛错，在此一并感谢。

2024年是金庸诞辰一百周年，百年时光倏忽而过，《金庸小说的微声》与我写作的《大武侠时代》大抵一脉相承。20世纪波澜壮阔的历史风云变幻，与金庸小说悲欢相随。